g|r|a|f|i|t

Chemnitzer Str. 31, D-44139 Dortmund
Internet: http://www.grafit.de
E-Mail: info@grafit.de

Umschlagbild: manun / photocase.com
Druck und Bindearbeiten: GGP Media GmbH, Pößneck
ISBN 978-3-89425-387-5
1. 2. 3. 4. 5. / 2014 13 12 11

Jürgen Kehrer

Fürchte dich nicht!

Thriller

grafit

Jürgen Kehrer, geboren 1956 in Essen, lebt in Münster. Er ist der geistige Vater des Buch- und Fernsehdetektivs Georg Wilsberg. Neben bisher achtzehn Wilsberg-Krimis veröffentlichte er auch historische Kriminalromane sowie Sachbücher zu realen Verbrechen. Zuletzt erschien *Todeszauber,* der zweite Wilsberg-Roman, der in Zusammenarbeit mit der Autorin Petra Würth entstand. Außerdem verfasste Kehrer mehrere Wilsberg-Drehbücher für das ZDF.

www.juergen-kehrer.de

Vor uns saß auf einem riesengroßen, in romantischer Art schräg gestellten Bett die Herrin: die Angst. Sie hatte eine entfernte Ähnlichkeit mit einem Pferd, aber einem sehr hässlichen. Ihr Morgenrock bestand aus lebenden Fledermäusen, die an den Flügeln zusammengenäht waren.

Leonora Carrington

Prolog

Mit ihm war die Kraft und die Herrlichkeit. Er schwebte durch den Raum wie eine junge Gottheit, sein Herz schlug ruhig und gleichmäßig. Die Mission, die er zu erfüllen hatte, bedeutete nicht mehr und nicht weniger als das Ende der Welt, in die er hineingeboren, in der er aufgewachsen und an der er sich abgerieben hatte. Wenn die Mission gelingen würde – und daran zweifelte er keinen Moment –, begann ein neues Zeitalter, alles würde besser werden, der Menschheit stand eine Epoche der Freiheit bevor.

Es lag nicht an ihm allein, natürlich nicht. Aber seine Brüder und Schwestern, die in den anderen Hotels das Gleiche versuchten, waren ebenfalls gut vorbereitet. Letztlich stand jeder für jeden ein und so hatten sie gelost, und er hatte den britischen Premierminister gezogen. Es war ihm vollkommen egal, mit derselben Überzeugung hätte er den französischen Präsidenten oder den spanischen Ministerpräsidenten übernommen. Der Premierminister war – wie jeder seiner Amtskollegen – nur ein Mensch, ein fehlbarer, von Zwängen, Umfragen und falschen Einflüsterungen getriebener Mensch.

Die Sicherheitsleute am Eingang des Hotels hatten keinen Verdacht geschöpft, weil er sich nicht wie ein Attentäter verhielt. Attentäter konnten ihre Nervosität nicht verbergen, sie schwitzten und stanken nach Angst und Entschlossenheit. Geschulte Personenschützer – und die deutschen und britischen Beamten im Hotel gehörten zu den besten – erkannten einen Attentäter auf zehn Meter Entfernung.

Ihn nicht. Er war ruhig geblieben und hatte den Männern lächelnd seinen Ausweis gezeigt, der ihn als Kellner identifizierte, zugelassen für die höchste Sicherheitsstufe. Das gefälschte Dokument war nicht perfekt, aber gut genug für einen langen kritischen Blick. Der Mann, dessen Rolle er einnahm, lag gefesselt in seiner Dienstbotenkammer. Mit einem blutigen Daumen. Denn nicht der Ausweis, bei dem sie das Foto und einige Daten ausgewechselt hatten, sondern der Daumenabdruck in der Sicherheitsschleuse stellte das größere Problem dar. Vorsichtig drückte er seinen rechten Daumen, an dem die abgezogene Haut des echten Kellners klebte, auf den Scanner. Das grüne Lämpchen leuchtete auf, die Sicherheitsleute nickten ihn weiter zum Metalldetektor und tasteten ihn anschließend gründlich ab. Sie fanden nichts. Für das, was er vorhatte, brauchte er keine Waffen.

In den letzten Wochen hatte er gehungert und fünf Kilo abgenommen, unter seiner Nase wuchs ein kratziger Schnurrbart und die vormals aschblonden Haare klebten dunkelbraun und glänzend an seinem Schädel. Nicht den Sicherheitsleuten galt das Versteckspiel, die kamen von auswärts und hatten keinen blassen Schimmer von seiner wahren Identität. Aber einigen der Hotelangestellten war er sicher schon mal auf der Straße begegnet. Als freundlicher Polizist, stets bereit, Auskünfte und Ratschläge zu erteilen und für Ruhe und Ordnung zu sorgen, soweit das auf Norderney überhaupt nötig war. Eine sprechende Uniform, bei der man Hilfe suchen oder sich über die Idiotie der anderen beklagen konnte. Dass in der Uniform ein Mensch mit Gefühlen steckte, interessierte niemanden.

Die Arbeitskleidung des Kellners passte ihm wie angegossen. Vor dem Spiegel kontrollierte er den Sitz der Fliege und wischte ein paar Flusen von den Ärmeln. Dann stieg er in den Kühlkeller hinab und holte das, was er brauchte, aus dem markierten Fach. Früher als erwartet hatte sich eine günstige Gelegenheit ergeben. Jetzt durfte er nicht zögern. Doch Zweifel gehörten ohnehin nicht zu seinem neuen Leben.

Leichtfüßig näherte er sich dem Eingang zum Speisesaal. Seine ganze Erscheinung hatte eine Wandlung durchgemacht. Er ging aufrechter, straffer, voller Energie, die er seinem baufälligen Körper nicht mehr zugetraut hätte.

Vor dem Speisesaal fing er erstaunte Blicke von anderen Kellnern auf, die sich ihm entgegendrängten. Und dann stand er im Saal. Der Premierminister war die Sonne, um die herum sich konzentrische Kreise von wichtigen und weniger wichtigen Menschen bildeten. Sein bernhardinerhaftes Gesicht wirkte noch griesgrämiger als auf den Fotos, die der Expolizist kannte. Bellend stieß der Premier Kommentare aus, die von seiner Tischgesellschaft mit wohlwollendem Nicken aufgenommen wurden.

Den Kellner, der ein Tablett auf dem Tisch abstellte, beachtete er nicht mehr als die Tapete an der Wand.

Erster Teil

Der Stich

1

Norderney, Alter Postweg

Martin Geis kam sich vor wie ein Inselführer. Nur waren es keine gewöhnlichen Touristen, die hinter ihm hertrotteten und alles Mögliche über die Strände, den Hafen und das Wattenmeer wissen wollten, sondern Anzugträger aus Berlin und Hannover. Ihr Interesse galt nicht der Fauna des Nationalparks oder der Geschichte der Badekultur, stattdessen musste Geis Zahlen referieren: Schiffsbewegungen, Hotelbelegungen, Länge der Strände und Entfernungen zum Festland und den nächsten Inseln. Natürlich hätte man das alles am Schreibtisch mit ein paar Klicks im Internet erfahren können, doch dann wäre den Herren der dreitägige Ausflug auf die Insel entgangen, Luxusversorgung in einem der besten Norderneyer Hotels inklusive.

Man wolle sich vor Ort ein Bild machen, das war die Formulierung, die Geis in den letzten Tagen ständig gehört hatte. Seine Reisegruppe bestand aus lauter Sicherheitsexperten, im Bundesinnenministerium und in verschiedenen Bundes- und Landesbehörden zuständig für die Abwehr von militanten Demonstranten und Terroranschlägen.

Geis graute vor den nächsten Monaten. Denn die Sicherheitsexperten waren erst die Vorhut. Bis zum sechsten September würde es jetzt so weitergehen. Bis zu dem Tag, an dem das Gipfeltreffen der europäischen Regierungschefs beendet war. Delegationen und Komitees aus allen EU-Ländern würden die Insel überrollen. Sein Chef in Aurich hatte ihn ausdrücklich darauf hingewiesen, dass er sich jederzeit für Auskünfte und Führungen bereithalten müsse.

Als hätte er nichts Besseres zu tun, als den Animateur für politische Spitzenbeamte zu spielen.

»Sie sind doch nicht ausgelastet«, hatte Fokke Janssen alle von Geis erhobenen Einwände abgeschmettert. »Mit den paar Kneipenschlägereien und Strandtaschendiebstählen werden Ihre Leute auch ohne Sie fertig.«

In der Woche vor dem Gipfeltreffen, so sahen die bisherigen Planungen vor, würden über tausend Polizisten auf der Insel stationiert werden. Janssen und ein paar hohe Tiere aus Hannover wollten dann selbst nach Norderney kommen und das Kommando übernehmen. Für Martin Geis, den Leiter der kleinen Norderneyer Polizeistation, war ab diesem Zeitpunkt nur noch die Rolle eines Parkwächters vorgesehen.

Nach den Erfahrungen vom G8-Gipfel in Heiligendamm war die Idee aufgekommen, die nächste Mammutkonferenz auf eine Insel zu verlegen, die sich viel leichter überwachen ließ als jeder Ort auf dem Festland. Doch warum musste es ausgerechnet Norderney sein? Warum nicht eine der anderen ostfriesischen Inseln oder, noch besser, Helgoland, der Felsbrocken mitten in der Nordsee?

Natürlich kannte Geis die Antwort. Norderney verfügte über die notwendige Infrastruktur. Die Staats- und Regierungschefs kamen ja nicht allein, sondern mit Horden von Beratern, Bodyguards und Journalisten, die alle angemessen logieren wollten. Und Norderney bot genügend Unterbringungsmöglichkeiten und Konferenzräume, um einen solchen Ansturm zu bewältigen.

Geis stapfte über den Alten Postweg in Richtung Dünen. Mit verhohlener Schadenfreude registrierte er, dass sich die Männer in seinem Schlepptau immer missmutiger gegen den Nordseewind stemmten. Trotz der giftigen gelben Sonne, die am fahlen Himmel hing, waren die Temperaturen alles andere als sommerlich. Und dünne Trenchcoats über Maßanzügen, die Uniform seiner Begleiter, eigneten sich für eine Dünenwanderung in etwa so gut wie ein Taucheranzug für die Durchquerung der Wüste.

Seit drei Stunden liefen die Männer mittlerweile hinter ihm her. Geis hatte die Sicherheitsexperten kreuz und quer durch den Ort und dann über die Strandpromenade bis zum Hafen geführt. Jetzt würde sich zeigen, ob sie es ohne Erfrierungen bis zum Flugplatz schafften.

»Warten Sie mal!« Lange, ein Abteilungsleiter aus dem Bundesinnenministerium und offenbar der Anführer der Reisegruppe, schnappte nach Luft. Sonne, Wind und Anstrengung hatten das Gesicht des korpulenten Mannes schweinchenrosa gefärbt. »Wohin kommen wir, wenn wir da geradeaus gehen?«

»Am Golfplatz vorbei zum Leuchtturm und dem Flugplatz.«

»Ist das Gebiet relevant?«

»Kommt darauf an, was Sie darunter verstehen«, gab Geis zurück.

Um den Leiter der Polizeistation bildete sich eine Traube. In einigen Gesichtern war die Hoffnung auf ein baldiges Ende der Führung zu erkennen.

»Uns interessieren vor allem die sicherheitsrelevanten Bereiche«, erklärte ein Mann, dessen Glatze von einem Sonnenbrand glühte. »Östlich der Lippestraße ist die Insel doch weitgehend unbewohnt.«

»Richtig.«

»Und die Nord-Süd-Richtung der Straße eignet sich optimal, um einen Auffangzaun zu errichten. Wir müssten nur noch bis zum Wasser verlängern.«

»Sie wollen den gesamten Ostteil der Insel absperren?«, fragte Geis.

»Warum nicht?« Lange hatte sich erholt. »Wir können nicht jeden Meter Strand bewachen. Eine Auffanglinie vor dem Tagungskomplex spart eine Menge Einsatzkräfte.«

»Und wer soll aufgefangen werden?« Geis deutete auf die Dünenkette. »Dort gibt es keinen Hafen.«

»Unterschätzen Sie nicht, mit wem wir es zu tun haben«, sagte der Glatzenmann. »Schlauchboote können an jeder Stelle der Insel landen. Außerdem lässt sich das Watt bei Ebbe zu Fuß durchqueren.«

»Nur mithilfe eines erfahrenen Wattführers. Alles andere wäre Selbstmord.«

Lange lachte auf. »Nichts für ungut, Herr Hauptkommissar. Das sind fanatische Spinner. Wenn die Möglichkeit besteht, versuchen sie es. Und falls einer absäuft, schieben sie uns dafür die Schuld in die Schuhe.«

»Was Herr Dr. Lange damit sagen will«, mischte sich ein Dritter ein. »Wir gehen nicht vom Normalfall aus. Auch nicht von vernünftigen, die Risiken abwägenden Gegnern. Unsere Planungen sind immer auf den Worst Case ausgerichtet.«

Worst Case, dachte Geis. Mein Worst Case ist der verdammte Gipfel.

Lange fixierte den Mann, der es gewagt hatte, ihn zu interpretieren. »Was ich damit sagen will, ist ganz einfach: Die Insel wird zweigeteilt. Daran gibt es nichts zu rütteln.«

»Das wird den Urlaubern aber nicht gefallen.« Geis schob die Hände tiefer in die Taschen der Lederjacke. »Die Strände vor der Weißen Düne sind im Sommer sehr beliebt.«

»Welche Urlauber?« Lange guckte amüsiert. »Am ersten Septemberwochenende wird es keine Urlauber geben.«

»Die Stammgäste buchen meist ein Jahr im Voraus.«

»Sorry. Dann haben sie in diesem Jahr Pech gehabt. Alle Hotels sind für die Gipfelteilnehmer reserviert. Ebenso die Fähren und der Flugplatz. Gewöhnliche Sterbliche werden keinen Zutritt haben. Glauben Sie, der französische Präsident will den Frühstückssaal mit kreischenden Kindern teilen?«

Geis' Handy fiepte. Er trat ein paar Schritte zur Seite und meldete sich.

»Gefährliche Körperverletzung«, sagte Britta Hartweg.

»Wer?«

»Hannah Berends vom *Hotel Strandblick.*«

»Ist der Täter bekannt?«

»Ihr Mann, Eiko Berends. Hat sie in der Küche verprügelt. Die Restaurantgäste haben uns gerufen. Der Hubschrauber ist bereits angefordert. Hannah muss so schnell wie möglich nach Norden ins Krankenhaus.«

»Hast du den Scheißkerl verhaftet?«

»Natürlich.«

Geis schaute zu den Sicherheitsexperten, die ihre Ohren aufstellten, um etwas von dem Telefonat mitzubekommen. Der Vorfall bot eine einmalige Gelegenheit, diesen Idioten zu entkommen.

Geis senkte die Stimme: »Hol mich ab! Ich bin an der Kreuzung Alter Postweg und Lippestraße. Und bring Thedinga mit. Er soll die Führung zu Ende machen.«

»Wir kommen auch ohne dich klar, Martin.« Hartweg klang ein wenig enttäuscht.

»Schon möglich. Aber ich will den Fall selbst übernehmen.«

Geis beendete das Gespräch. Vom Festland näherte sich der Hubschrauber, auch die Sicherheitsexperten hatten bereits das Motorengeräusch gehört.

»Was ist passiert?«, fragte Lange.

»Jemand ist schwer verletzt worden. Genaueres weiß ich noch nicht. Ich nehme an, es ist in Ihrem Sinn, wenn ich mich persönlich darum kümmere. Einer meiner besten Männer wird mich ersetzen.«

Der wortkarge Thedinga würde die Wichtigtuer hoffentlich noch eine Weile durch die Dünen scheuchen.

»Sollten Sicherheitsfragen auch nur am Rande …«

»… werde ich Sie unverzüglich unterrichten«, sagte Geis.

Eiko Berends war tatsächlich ein Sicherheitsrisiko. Hauptsächlich für die Menschen, die ihm am nächsten standen.

Fast alle Einheimischen wussten, dass Berends seine Frau und sein Kind schlug. Geis selbst hatte Hannah Berends ins Gewissen geredet und ihr dringend geraten, Anzeige zu erstatten. Doch Hannah war, wie viele Ehefrauen in ähnlichen Fällen, stur geblieben. Der Bluterguss in ihrem Gesicht, behauptete sie, stamme von einem unglücklichen Zusammenprall mit einer Schranktür.

Diesmal würde er Berends drankriegen. Falls Hannah ihren Mann nicht belasten wollte, würden die Zeugenaussagen ausreichen, ihn für eine Weile ins Gefängnis zu schicken.

2

Berlin, U-Bahn

Es war eine idiotische Idee von ihr gewesen, die U-Bahn zu nehmen. Schon vor dem Einstieg hatte sie weiche Beine bekommen. Aber ihr Stolz hielt sie davon ab, einfach wieder umzukehren. Blöde, saublöde. Der Zug war voll. Natürlich. Was hatte sie erwartet? Um acht Uhr morgens? Zum Glück hatte sie einen Fensterplatz ergattert. Wenigstens eine Seite frei. Nur das kühle, glatte Glas. Sie lehnte sich so weit wie möglich zum Fenster. Stehend, eingezwängt zwischen anderen, hätte sie die Fahrt nicht überstanden. Höchstens eine Station. Neben ihr saß ein älterer Mann, nach abgestandenem Schweiß stinkend. Warum duschten die Menschen morgens nicht? Was gab es an dieser zivilisatorischen Errungenschaft auszusetzen? Sie duschte jeden Morgen, manchmal auch abends, um den Dreck des Tages abzuwaschen. Die Nützlichkeit von Deorollern war ebenfalls nicht zu verachten. Es boten sich eine Menge Möglichkeiten, die olfaktorische Belästigung seiner Mitmenschen zu vermeiden.

Aber davon hatte der Typ neben ihr anscheinend keine Ahnung. Schob seinen breiten Arsch immer näher an sie heran. Den von langen Jahren sitzender Tätigkeit breit gewordenen Arsch. Herrgott noch mal, das war ihr Sitz! Was bildete der Kerl sich ein? Jetzt faltete er auch noch seine Zeitung auseinander, hielt ihr das Blatt direkt vor die Nase. Immerhin, es roch nach Papier und Druckerschwärze. Angenehm, im Vergleich zu seinen Körperausdünstungen.

Ihr Herz raste. Der verdammte Muskel strengte sich an, als würde sie einen Achttausender ohne Sauerstoffmaske erklimmen. Dabei hockte sie regungslos auf ihrem Sitz. Zugegeben, tief unter der Erde. Über ihr viele Meter Stein, Lehm, Beton. In einer Metallbüchse, die vollgestopft war mit Pendlern. Wieso konnten die anderen das ertragen? Warum gab es kein Grundrecht auf mindestens einen Meter Abstand zum nächsten Menschen? Die Kopfschmerzen wurden stärker, bohrten sich von den Schläfen aus in die Hirnlappen. Saure Übelkeit stieg vom Magen auf. Ablenken, nicht an den eigenen Körper denken. Sei brav, Viola, beschäftige dich! Was war mit den Frauen auf der Bank gegenüber? Die ältere mit der billigen blonden Perücke zählte die Monate bis zur Rente. Verhärmter, schmaler Mund, das Gesicht zerklüftet wie ein Alpenpanorama. Saß vermutlich im Supermarkt an der Kasse. Oder stand sich in einem Kaufhaus die Beine krumm. Gelenkschäden in den Knien und Wasser in den Füßen. Und das für ein paar Hundert Euro monatlich.

Ihr Magen rebellierte. Sie stieß auf, ein Schwall Magensäure schwappte in ihren Mund. Nur jetzt nicht kotzen. Kein brauner Strahl auf den Boden, keine Spritzer auf Hosenbeine und Schuhe, keine angeekelten Blicke. Das wäre der GAU. Dann lieber ohnmächtig werden, einfach umkippen, rausgetragen werden an die frische Luft, abgelegt auf den herrlich harten Steinplatten des Gehsteigs. *Lassen Sie mich hier lie-*

gen. Ich komme schon zurecht. Es sieht schlimmer aus, als es ist. Nur eine kleine Panikattacke. Passiert mir häufiger. Rein psychisch, verstehen Sie?

Woran hatte sie zuletzt noch gedacht? Richtig, an die Frauen gegenüber. Die junge wirkte ein wenig anämisch. Schwarz gefärbte Haare, weiße, fast durchscheinende Haut, unter der ein paar blaue Äderchen zu sehen waren. Ringe in der Nase, in der Unterlippe, in den Augenbrauen und wahrscheinlich auch im Schambereich. Die schlabberigen Klamotten ein paar Nummern zu groß. Mager, vielleicht magersüchtig. Das würde die Anämie erklären. Hätte sie heute Morgen etwas gegessen, würde sie vermutlich gleich mitkotzen.

Nein, das wollte sie jetzt nicht denken. Gestern Abend. Gestern Abend hatte sie sich stark gefühlt. So stark wie schon lange nicht mehr. Sie hatte sogar ihre Wohnung verlassen und war einmal um den Block gegangen. Vorbei an den Gestalten, die die Berliner Nacht in der Nähe des Ku'damms bevölkerten: Junkies, japanische Touristen, verwirrte alte Damen, türkische Jugendliche, Frauen mit großflächigem Make-up in osteuropäischen Farben, alternde Tunten und betrunkene Russen. Die Männer, soweit heterosexuell, über zwanzig und in der Lage, den Blick zu fokussieren, hatten sie taxiert, die Größe ihres Busens, die Grifffestigkeit ihres Hinterns, hatten darüber nachgedacht, wie sie wohl im Bett sein würde. Und ihr hatte das nichts ausgemacht, fast nichts. Sie war unantastbar gewesen. Wie ein schwarzer Engel, der unter Sterblichen wandelt. Kurz hatte sie überlegt, ob sie in eine Kneipe gehen und ein Bier bestellen sollte. Aber das wäre dann doch zu wahnwitzig gewesen.

Als sie wieder zu Hause war, hatte sie so etwas Ähnliches wie Zufriedenheit gefühlt. Ihr Körper, der sie so oft schmählich im Stich ließ, war angenehm locker und leicht gewesen. Die Sache mit Heiner schien endlich überwunden. Ein paar Wochen war das jetzt her, dass er seine Zahnbürste mitgenommen hatte. Dabei hatte sie von vornherein gewusst, dass die Beziehung zum Scheitern verurteilt war. Sie konnte nicht mit einem Mann zusammenleben, sie konnte es nicht ertragen, mit ihm in einem Bett zu liegen, seinen Atem im Nacken zu spüren. Seine Hände, die ihren Körper abtasteten. Sie hatte es wirklich gewollt. Sie mochte Heiner. Zum ersten Mal seit Jahren hatte sie für einen Mann Gefühle entwickeln können. Und Heiner gab sich Mühe. Er zeigte Verständnis, verlangte nicht viel von ihr. Doch das wenige war mehr, als ihr Körper geben konnte. Wenn Heiner in sie eindrang, verkrampfte sie. Danach kamen die üblichen Beschwerden, Vaginalpilz, Blasenentzündung, morgendliche Übelkeit. Sie wollte, aber ihr Körper wollte nicht. Schließlich hatte sie die Entscheidung ihres Körpers akzeptiert. Heiner musste gehen.

Gestern Abend war das fast vergessen. Gestern Abend. Verdammt lange her. Mehr als acht Stunden. Sie hatte Pläne geschmiedet. Mal wieder laufen. Nicht auf dem Stepper in ihrer Wohnung, sondern open air. In dem Park ganz in der Nähe. Jeden Morgen nach dem Aufstehen ein paar Runden drehen. So wie früher. Vor dem Tag X.

Verrückt! Genauso verrückt wie die Idee, mit der U-Bahn zur Arbeit zu fahren.

Der Mann neben ihr faltete seine Zeitung zusammen und stand auf. Endlich. Hansaplatz. Noch drei Stationen. Das würde sie überstehen. Das musste sie überstehen. Ein großer Dunkelhäutiger setzte sich neben sie. Sie spürte, wie sich ihre Kehle zusammenzog. Sie bekam keine Luft mehr. Das durfte doch nicht wahr sein! Sie würde hier ersticken.

»Alles in Ordnung?«

Der Farbige starrte sie mit weit aufgerissenen Augen an. Er meinte es freundlich.

Sie nickte. Alles in Ordnung. Bestens. Sprechen war nicht möglich.

Ihr Blick verengte sich. In der Mitte war noch alles scharf, aber an den Rändern verschwammen die Konturen. Tunnelblick. Sauerstoffmangel. Die Frauen auf der Bank gegenüber hatten mitbekommen, dass etwas mit ihr nicht stimmte. Guckten sie an, mitleidig die alte, sensationslüstern die junge. Warum quietschte die U-Bahn wie eine ausgeleierte Luftpumpe? Nein, das war nicht die Bahn, das war sie selbst. Sie hyperventilierte. Kein Sauerstoffmangel, sondern zu viel Sauerstoff. Himmel noch mal, was für ein Schauspiel. Peinlich, entsetzlich peinlich! Junge, relativ gut aussehende Wissenschaftlerin hyperventiliert in U-Bahn. Komischerweise konnte sie nicht aufhören daran zu denken, wie sie auf andere wirkte. Nie. Noch im Sterben würde sie sich Gedanken über ihr Aussehen machen. Dabei waren alle Leichen hässlich.

Sie presste ihre linke Hand vor den Mund und tastete mit der rechten in ihrer Handtasche.

»Kann ich Ihnen helfen?« Der Farbige.

Sie schüttelte den Kopf. Wo war das verdammte Taschentuch? Da: Taschentuch vor den Mund und flach atmen. Sie musste raus. Raus, raus, raus. Sofort. Die U-Bahn wurde langsamer. Gott sei Dank. Aufstehen. Irgendwie. Sie schaffte es. Sie stand.

»Ihre Tasche!«

Was? Der Farbige hielt ihre Tasche hoch. Sie nahm die Tasche und zwängte sich durch die Menschen, stieß jemanden zur Seite, trat einem anderen auf den Fuß. Nur raus. Auf dem Bahnsteig noch mehr Menschen. Sie stieß durch die Menge, rannte jetzt, immer noch das Taschentuch vor dem Mund. Die Treppe hinauf. Sterne blitzten auf, rot, gelb, grün. Kometen rasten durch ihr Blickfeld. Endlich Licht. Tageslicht. Luft zum Atmen.

Sie taumelte ein wenig und lehnte sich gegen einen Laternenmast. Wartete darauf, dass sich ihr Atem beruhigte.

»Geht es Ihnen nicht gut, Fräulein?«

Noch jemand, der ihr helfen wollte. Ein alter Mann, weißes Hemd und Krawatte, schmaler, schwarz gefärbter Schnurrbart. Alte Schule.

»Danke.« Ihre Stimme klang belegt.

»Soll ich Ihnen etwas holen? Einen Kaffee vielleicht?«

»Nicht nötig. Mir war nur ein bisschen schlecht.«

Der alte Mann ging weiter. Wo war sie hier eigentlich? Sie schaute sich um. Zu Fuß würde sie eine gute Viertelstunde bis zum Institut brauchen. Allemal besser als ein neues Experiment mit dem öffentlichen Nahverkehr.

Mit jedem Schritt fühlte sie sich besser. Die Panikattacke war überwunden. Man musste das positiv sehen. Schlimmer konnte es heute kaum werden.

Als sie die Kanalbrücke überquerte, erblickte sie das Gebäude, in dem sie arbeitete. Bald würde sie bei ihren Zecken sein.

3

Norderney, Richthofenstraße

»Der Wichser tut so, als ginge ihn das nichts an.« Britta Hartweg starrte durch die Frontscheibe auf die Straße. »Wie tickt so ein Mensch? Schlägt seine Frau krankenhausreif und ist anschließend kalt wie ein Fisch. Als ich ihm sagte, dass er mitkommen muss, hat er mich nur dumm angegrinst. Ich hatte große Lust, ihm eine reinzuhauen.«

»Was du hoffentlich nicht getan hast?«

»Natürlich nicht. Ich habe bloß die Handschellen ein bisschen enger gestellt.«

So wütend hatte Martin Geis seine Stellvertreterin noch nie erlebt. Britta war normalerweise nicht aus der Ruhe zu bringen. Gab es Probleme mit randalierenden Jugendlichen oder Zechern, die über die Stränge schlugen – ein paar Worte von Britta genügten, um den Frieden wiederherzustellen. Ihre äußere Erscheinung erklärte einen Teil dieser Wirkung. Rund einhundert Kilo, auf einhundertachtzig Zentimeter Körpergröße verteilt, schüchterten die meisten männlichen Großmäuler ein. Den Rest erledigte ihre tiefe, raue Stimme.

Geis schätzte an Britta, dass sie ihre Arbeit kompetent und zuverlässig erledigte. Ansonsten wusste er nicht viel über die Frau, die vermutlich seinen Job bekommen hätte, wäre er nicht vor zwei Jahren von Hannover aus in die Wüste geschickt worden. Britta war in Ostfriesland geboren und hatte jedes ihrer neununddreißig Jahre, abgesehen von der Zeit, während der sie Lehrgänge besuchte, in diesem Landstrich verbracht. Sie lebte allein und schien diesen Zustand auch nicht ändern zu wollen. Ob sie auf Männer, Frauen oder etwas ganz anderes stand, Geis hatte nicht die geringste Ahnung. Am Anfang, als er neu auf der Insel gewesen war, hatte er Britta zu einem Bier eingeladen, weil er dachte, dass sie das von ihm erwartete. Nach einer halben Stunde war ihm klar geworden, dass sie aus dem gleichen Grund eingewilligt hatte. Von da an waren sie stillschweigend übereingekommen, ihre Gespräche auf das Dienstliche zu beschränken. Was sich vor allem im Winter schwierig gestaltete, wenn die Stammbesatzung der Norderneyer Polizeiwache aus lediglich fünf Beamten bestand, die viel Zeit miteinander verbrachten. Während der Sommersaison kamen sieben weitere Kolleginnen und Kollegen aus ganz Niedersachsen hinzu. Freiwillige, die unter chronischen Lungen- und Hautkrankheiten litten oder für ein paar Monate dem Stress der Straße entfliehen wollten. Denn die Arbeit auf Norderney bestand hauptsächlich darin, Präsenz zu zeigen – zu Fuß oder auf dem Fahrrad. Schwere Straftaten waren die absolute Ausnahme.

»Wie geht es Hannah?«, fragte Geis.

»Dr. Habibi hält es für möglich, dass sie innere Verletzungen erlitten hat. Sie klagt über starke Schmerzen.«

»Habibi hat sie untersucht?«

»Er war mit seiner Familie im Restaurant, als es passierte.«

»Und was genau ist passiert?«

»Hannah hat im Restaurant bedient, Eiko war in der Küche.« Britta Hartweg ließ den Polizeiwagen über den Onnen-Visser-Platz rollen. Gleich gegenüber befand sich die hell geklinkerte Polizeistation. »In der Küche ist es dann zum Streit gekommen. Dr. Habibi sagt, die beiden hätten sich angebrüllt. Kurz darauf habe man Schmerzensschreie gehört. Als er in die Küche kam, lag Hannah bereits auf dem Boden. Habibis Frau und ein anderer Restaurantgast haben fast gleichzeitig die Notrufnummer gewählt.«

»War noch jemand in der Küche?«

»Zwei Köche und eine Kellnerin.«

»Und?«

»Alle drei haben weggeguckt. Behaupten sie.«

Geis stöhnte. »Das heißt, wir haben keinen unmittelbaren Augenzeugen.«

Britta stoppte vor der Polizeiwache und stellte den Motor aus. »Doch. Hannah.«

»Ich glaube nicht, dass sie gegen Eiko aussagt. Hast du mit ihr gesprochen?«

»Ja. Auf dem Weg zum Hubschrauber. Sie sagt, wir sollen diesen verdammten Schläger in einer Zelle vermodern lassen.«

Geis schaute seine Stellvertreterin erstaunt an. »Das hat sie gesagt?«

»Mit exakt diesen Worten.«

»Entweder sie hat dazugelernt oder er ist diesmal noch brutaler gewesen als sonst.« Geis öffnete die Autotür und stieg aus. »Wie auch immer, ich bin bereit, ihren Wunsch zu erfüllen.«

Sie betraten die Schleuse. Der Wachhabende drückte auf den Türöffner für die innere Tür.

»Wo ist er?«, fragte Geis.

»Im Vernehmungsraum. Fischer und Kielinger sind bei ihm.«

»Hast du ihnen gesagt, dass sie die Klappe halten sollen, bis ich da bin?«

Britta Hartweg blieb stehen. »Hör mal, Martin!«

»Was ist denn?« Er drehte sich unwillig um.

»Wir sind Dorfpolizisten, schon klar. Und du hast in Hannover Mordkommissionen geleitet, warst einer von den ganz wichtigen Jungs.«

»Na und?« Als er es ausgesprochen hatte, wurde Geis bewusst, wie arrogant das klingen musste.

Auf Brittas Hals breitete sich ein roter Fleck aus. »Aber wir sind nicht blöd. Wir wissen, wie man eine Vernehmung durchführt. Du hättest deinen Termin nicht abbrechen müssen, um uns zu zeigen, wie man mit einem Schläger umgeht.«

Geis atmete tief durch. »Du hast recht. Ihr hättet das auch ohne mich geschafft. Ich wollte nur ...« Er versuchte ein Lächeln. »Ehrlich gesagt, wollte ich diesen Typen entkommen. Die sind mir tierisch auf die Nerven gegangen. Und bei Berends dürfen wir keine Zeit verlieren. Sonst kommt in Aurich jemand auf die Idee, uns den Fall wegzunehmen.«

Britta ging nicht auf sein Lächeln ein. »Ich möchte dabei sein.«

»In Ordnung.« Er nickte. »Besorg ein Aufnahmegerät. Ich geh schon mal rein.«

Sie verschwand in ihrem Büro. Vor der letzten Tür am Ende des Flurs blieb Geis stehen. Brittas Vorwurf war berechtigt. Er nahm die Leute, die unter seinem Kommando standen, nicht ernst. Er nahm auch seinen Job nicht ernst. Hier auf Norderney war er nichts anderes als ein Dorfsheriff. Für einen Mann, der Mordkommissionen mit zwanzig und mehr Mitgliedern geleitet hatte, ein gewaltiger Abstieg. Nach seiner Versetzung war er in ein tiefes Loch gefallen. Aber inzwischen hatte er sich mit seinem Schicksal arrangiert. Manchmal genoss er es sogar, auf einer friedlichen, kleinen Insel zu leben, weit weg vom Dreck und menschlichen Müll der Großstadt. Trotzdem waren seine Instinkte noch da. Ein Mann wie Berends konnte sie mühelos wecken.

Mit einem Ruck riss Geis die Tür auf. Eiko Berends saß an dem Tisch in der Mitte des Raums. Ein Mann um die vierzig mit schütterem blondem Haar und Übergewicht. Vermutlich war er schon als Jugendlicher aus dem Leim gegangen. Jetzt wirkte er wie eine große, fette Qualle. Eine Qualle mit blauen Schweinsaugen, in denen nicht die Spur von Reue zu erkennen war.

»Na endlich. Ich habe nicht den ganzen Tag Zeit. Ich muss mich um mein Hotel kümmern.«

Saskia Fischer und Björn Kielinger lehnten nebeneinander am Fenster. Sie gehörten zur Sommertruppe und waren erst seit zwei Wochen auf der Insel. Beide trugen die hautenge Uniform der Fahrradstreife. Fischer sah aufreizend gut darin aus. Modelfigur, blonde, zu einem Pferdeschwanz gebundene Haare, braune Haut an den Armen und Unterschenkeln. Eine echte Schönheit.

»Danke.« Geis nickte Fischer zu. »Halten Sie sich bitte zur Verfügung.«

»Was ist jetzt?«, fragte Berends. »Können wir den Quatsch hinter uns bringen?«

Nachdem die beiden Polizisten den Raum verlassen hatten, setzte sich Geis an den Tisch, ohne den Hotelier eines Blickes zu würdigen.

»Was wird das?« Die Stimme klang ein wenig heiser. »Ist das so eine Psychonummer, die Sie hier abziehen?«

Die Tür wurde geöffnet. Britta Hartweg schob sich auf den Stuhl neben ihren Chef und stellte ein Diktiergerät auf den Tisch. »Läuft.« Sie kontrollierte das Display.

»Beginn der Vernehmung: Dienstag, achter Juni ...«, Geis warf einen Blick auf seine Armbanduhr, »... fünfzehn Uhr siebenunddreißig. Anwesend sind Hauptkommissar Martin Geis und Oberkommissarin Britta Hartweg. Herr Berends, würden Sie bitte Ihren Namen, Ihre Adresse und Ihr Geburtsdatum nennen.«

»Den kennen Sie doch.«

»Fürs Protokoll.«

Der sachliche Ton erzielte die gewünschte Wirkung. Berends rutschte unruhig auf seinem Stuhl herum. »Sie tun ja so, als wäre ich ein Schwerverbrecher.«

Sekunden verstrichen.

»Ich habe ein Kind zu Hause. Meine Mutter ist mit Marcel überfordert. Und das Hotel läuft auch nicht von allein.«

»Dann sollten Sie möglichst schnell eine Aussage machen«, sagte Geis. »Wir haben nämlich Zeit. Wenn es sein muss, bis morgen früh.«

»Na schön.« Die Qualle beugte sich vor. »Eiko Berends, wohnhaft im *Hotel Strandblick* an der Kaiserstraße. Geboren vor einundvierzig Jahren auf Norderney. Wie bereits meine Eltern. Und der Vater meines Vaters. Wir sind Insulaner, keine Zugezogenen.«

»Hannah Berends ist Ihre Frau?«

Ein keuchendes Lachen. »Seit zehn Jahren. Haben Sie nicht schon mal mit ihr geredet, Herr Hauptkommissar? Haben Sie ihr nicht geraten, mich anzuzeigen? Wir haben uns köstlich darüber amüsiert.«

Geis reagierte nicht auf die Bemerkung. »Sie werden der schweren Körperverletzung beschuldigt. Ich weise Sie darauf hin, dass Sie keine Aussage machen müssen.«

Berends grunzte. »Warum so förmlich?«

»Dann schildern Sie uns bitte, was heute Mittag zwischen Ihnen und Ihrer Frau vorgefallen ist!«

»Hannah ist ausgerastet. Weiß der Henker, was plötzlich

in die Frau gefahren ist. Wir waren in der Küche, Hochbetrieb, der Speisesaal voller Mittagsgäste. Da brüllt sie mich an, ich soll mich zum Teufel scheren.«

»Und weiter?«

»Sie ist rabiat geworden, wie eine Furie. Hat geschlagen und getreten.«

»Hannah hat Sie angegriffen?« Britta konnte ihre Empörung nicht verbergen.

Geis schob seinen Fuß neben den ihren und tippte ihn an. Nur nicht provozieren lassen.

»Sag ich doch.« Berends' Schweineaugen funkelten. »Vollkommen verrückt. Ich musste ihr einen Klaps geben, damit sie sich wieder beruhigt.«

»Einen Klaps?« Geis übernahm die Gesprächsführung.

»Vielleicht zwei. Nicht kräftig. Kein Grund, sich auf den Boden zu werfen und den sterbenden Schwan zu mimen. Das hat sie absichtlich gemacht. Damit alle es mitbekommen. Und dieser Araber hatte nichts Besseres zu tun, als sofort die Polizei zu rufen.«

»Dr. Habibi hat richtig gehandelt.« Wieder Britta. »Er hat dafür gesorgt, dass Ihre Frau ins Krankenhaus kommt.«

»Ach was.« Berends machte eine wegwerfende Handbewegung. »Ein paar Beruhigungspillen hätten es auch getan. Heute Abend wäre die Sache vergessen gewesen. Das ganze Theater hätten wir uns sparen können.«

Britta holte Luft. »Sie …«

»Wie groß ist Ihre Frau?«, fragte Geis schnell.

»Einen Meter sechzig. Steht in ihrem Pass.«

»Und wie schwer?«

»Was weiß ich? Fünfundfünfzig, sechzig Kilo. Ist das wichtig?«

»Sie sind rund zwanzig Zentimeter größer und vierzig Kilo schwerer. Und da wollen Sie uns weismachen, dass Ihre Frau Sie bedroht hat?«

Berends lehnte sich zurück und zog sein Hemd aus der Hose. Auf der schwammigen Brust zeichnete sich ein runder roter Fleck ab, der am Rand ins Bläuliche überging. »Und was ist das? Sie hat mich mit einer Pfanne geschlagen. Das Biest.«

»Vielleicht aus Notwehr.«

»Sehe ich aus wie ein Idiot? Ich werde einen Teufel tun, vor meinen Angestellten handgreiflich zu werden. Und schon gar nicht, wenn im Restaurant zwei Drittel der Tische besetzt sind. Das erledigt man anders.«

Geis spürte, wie das Blut in seinen Schläfen pochte. »Und wie erledigt man das?«

»Abends. Ohne Zeugen.«

»Sie geben also zu, dass Sie Ihre Frau schlagen?«

»Gar nichts gebe ich zu. Aber manchmal muss man Hannah zeigen, wer der Herr im Haus ist. Das schadet Frauen genauso wenig wie Kindern.« Berends verzog den Mund. »Da lasse ich mir von einem Festländer nicht reinreden.«

Die Hitze im Kopf nahm zu. Geis warf einen Blick zu Britta hinüber. Ihre Hände waren zu Fäusten geballt. Er musste verhindern, dass die Situation außer Kontrolle geriet.

Der Hotelier grinste. »Sie haben doch damit Erfahrung.«

Geis begriff nicht. »Was?«

»Glauben Sie, wir wissen nicht, warum Sie hier sind? Ihre Frau hat Ihren Chef gefickt. Und Sie haben ihn vermöbelt. Deshalb hat man Sie abgeschoben. Den Superbullen aus Hannover. An Ihrer Stelle hätte ich meine Kraft nicht an dem Typen verschwendet. Ist doch normal, dass ein Mann so was macht, wenn sich die Gelegenheit ergibt. *Ich* hätte meiner Frau gezeigt, wo der Hammer hängt.«

Der Stuhl kippte um. Geis war aufgesprungen.

»Martin!« Britta stand neben ihm und hielt seinen Arm umklammert. »Martin, kann ich dich kurz sprechen?«

Berends lachte. »War es das? Oder muss ich meinen Anwalt rufen?«

»Kommst du!« Britta zog ihn zur Tür. Geis war wie betäubt. Ein Teil seines Bewusstseins bekam mit, wie seine Stellvertreterin Fischer und Kielinger in das Vernehmungszimmer schickte, registrierte Fischers erstaunten Blick. Dann waren sie in Brittas Büro.

»Hier! Trink einen Schluck!«

Erst jetzt merkte Geis, dass sein Mund vollkommen ausgedörrt war. Er kippte das Glas Wasser in einem Zug.

»Tut mir leid.« Er räusperte sich. »Ich habe mich unprofessionell verhalten.«

Die große Frau hievte eine Pobacke auf den Schreibtisch. »Niemand dreht dir einen Strick daraus. Der Typ ist ein absolutes Arschloch.«

»Trotzdem. Ich hätte mich nicht gehen lassen dürfen.«

»Was machen wir jetzt mit ihm?«

»Wir halten ihn fest.«

»Ohne Haftbefehl?«

»Ich rede mit dem Staatsanwalt. Bis morgen ist Berends vorläufig festgenommen. Dann sehen wir weiter. Wir brauchen Zeugenaussagen. Sprich noch mal mit den Angestellten, die in der Küche gearbeitet haben. Die müssen etwas gesehen haben. Und morgen fahre ich aufs Festland. Falls Hannah in der Lage ist, eine Aussage zu machen, kriegen wir ihn.«

»Und wenn Berends die Wahrheit sagt? Wenn Hannah ihn tatsächlich angegriffen hat?«

Geis hob den Kopf. »Glaubst du das?«

Britta zuckte mit den Schultern. »Möglich wäre es. Aufgestaute Wut. Nach langen Jahren der Demütigung.« Sie blickte ihm in die Augen. »Tu mir einen Gefallen, Martin: Halt dich von ihm fern! Mach Schluss für heute!«

Geis nickte. »Ich erledige nur noch ein bisschen Bürokram.«

Er hatte keine Lust, den Abend in seiner Wohnung zu verbringen. Das Zweizimmerapartment befand sich nur wenige Meter von der Polizeistation entfernt. Praktisch für einen Single. Und so sah es auch aus. Unpersönlich. In den zwei Jahren hatte er es nicht geschafft, alle Umzugskartons auszupacken oder Bilder aufzuhängen. Die Wohnung war ein Provisorium. Wie sein Leben.

Geis schlenderte durch die Fußgängerzone Richtung Hafen. Der Platz, an dem er sich am liebsten aufhielt, lag auf dem Wasser. Eine Motorjacht. Nichts Protziges. Ein kleines Shetland-Boot mit Verdeck und Kajüte, das er vor einem Jahr gebraucht gekauft hatte. Bedingt hochseetauglich, aber es reichte, um zum Festland oder einer der anderen ostfriesischen Inseln zu schippern. Was er selten genug tat. Oft saß er im Sommer einfach nur auf dem Boot und guckte zu, wie die Sonne unterging. Leerte dabei ein oder zwei Flaschen Bier und hing seinen Gedanken nach. Kroch anschließend in die Koje. Auf dem Boot fühlte er sich geborgen. Wie in einem Kokon, der ihn vor der Welt abschirmte.

Im Jachthafen war noch nicht viel los. Auf zwei großen Booten brannte Licht, die anderen dümpelten verlassen in Reih und Glied. Vom Holzsteg aus kletterte Geis über mehrere andere Jachten, bis er sein Shetland erreichte. Den Namen *Makabo* hatte er vom Vorbesitzer übernommen, er wusste nicht einmal, was er bedeutete. Es bringe Unglück, ein Boot umzubenennen, hatte man ihm gesagt, also ließ er den Schriftzug unverändert. In der Kühlbox standen noch drei Flaschen Bier. Eigentlich war es zu kalt, um auf dem Deck zu sitzen, aber er musste einen klaren Kopf bekommen. Nachdenken. Verstehen. Begreifen. Warum er die alte Geschichte nicht abschließen konnte. Was ihn daran hinderte, ein neues Kapitel anzufangen. Es ging nicht nur um Michaela, seine Exfrau. Oder um Goronek, seinen Exchef. Dass er den Kontakt zu Annika, seiner dreizehnjährigen Tochter, verlor, traf ihn am härtesten. Warum war er nicht in der Lage, eine vernünftige Beziehung zu pflegen?

Geis zog sein Handy aus der Tasche und schaltete es ein. Drei Anrufe von Fokke Janssen. Auf der Mailbox die Bitte, eher ein Befehl, umgehend zurückzurufen.

»Geis hier.«

»Warum melden Sie sich nicht?«

»Tu ich doch.«

»Ich habe in der Station angerufen. Ich habe ...«

»Um was geht es?«

»Wieso erfahre ich vom Staatsanwalt, dass Sie einen Haftbefehl beantragen? So etwas fällt in unsere Zuständigkeit. Dafür haben wir Fachkommissariate.«

»Bis Ihre Leute hier sind ...«

»Anfangsermittlungen«, unterbrach ihn Janssen. »Alles andere übersteigt Ihre Kompetenz.«

»Nichts anderes haben wir gemacht.« Geis schilderte den Fall in groben Zügen.

»Morgen früh habe ich Ihren Bericht«, sagte Janssen. »Einschließlich der Zeugenaussagen. Und dieser Hotelier ...«

»Berends.«

»... wird nach Aurich überstellt. Sie können ihn nicht auf Ihrer Wache festhalten.«

»In Ordnung.«

Geis beendete das Gespräch und wählte die nächste Nummer. »Martin. Kann ich Annika sprechen?«

»Sie ist bei einer Freundin. Ruf morgen wieder an!«

»Werde ich.«

Michaela hatte schon aufgelegt. Die Sonne tauchte ins Wasser.

4

Berlin, Bundesinstitut für Infektionskrankheiten

Zecken waren faszinierende Tiere. Seit über hundert Millionen Jahren gab es Zecken auf der Erde. Sie hatten schon den Dinosauriern Blut abgezapft, alle Klimaveränderungen überstanden, konnten sich unterschiedlichsten Umweltbedingungen anpassen, jahrelang ohne Nahrungsaufnahme überleben, die Körperfunktionen auf ein Minimum reduzieren und innerhalb weniger Tage ihr eigenes Körpergewicht um das Zweihundertfache steigern. Ein Prunkstück der Evolution. Viel besser geeignet, fremde Planeten zu besiedeln, als der Mensch es jemals sein würde. Allerdings würden sie dazu wohl kaum eine Gelegenheit bekommen. Denn Zecken waren bei allen anderen Lebewesen ziemlich unbeliebt. Was die Zecken nicht störte. Sie hielten Wirbeltiere für große, leckere Mahlzeiten.

Im Grunde bestand der Sinn des Zeckenlebens darin, auf die nächste Nahrung zu warten. Darauf waren alle Sinnesorgane ausgerichtet. Zecken nahmen einen möglichen Wirt schon aus weiter Entfernung wahr. Sie spürten Vibrationen, kleinste Temperaturveränderungen. Mit ihrem mobilen Chemielabor, dem hallerschen Organ am letzten Beinelement des ersten Beinpaares, registrierten sie Ammoniak, Kohlendioxid, Milchsäure und Buttersäure, das, was Menschen und Tiere absonderten, wenn sie atmeten und schwitzten. Hatte die Zecke einen Wirt gefunden, ließ sie sich Zeit. Kein Quickie wie bei einer Mücke oder einer Bremse, Stachel rein und wieder weg – das kam für die Zecke nicht infrage. Mit Muße suchte sie eine optimale Einstichstelle. Zecken waren sehr wählerisch, sie bevorzugten warme, gut durchblutete, dünne Haut, eine Kniekehle oder den Haaransatz. Oft dauerte es Stunden, bis die Zecke ihre Blutmahlzeit begann. Und dann ging sie sehr umsichtig vor. Sie benutzte Gerinnungshemmer, Betäubungsmittel und entzündungshemmende Wirkstoffe, um keine Aufmerksamkeit zu erregen. Denn für eine ausgewachsene, weibliche Zecke war das mehrtägige, opulente Blutschlemmen gleichzeitig die Henkersmahlzeit. Danach kamen nur noch Eierlegen und Tod.

Viola de Monti beschäftigte sich seit Jahren mit Zecken. Sie kannte die Namen fast aller achthunderfünfzig auf der Erde lebenden Arten, ihre Verbreitungsgebiete und die Krankheiten, die sie übertrugen. De Montis Aufgabe war es, die von Zecken ausgehenden Gefahren einzuschätzen. Wo traten neue Fälle von Borreliose und Frühsommer-Meningoenzephalitis auf, wo lagen Risikogebiete, für die Warnungen und Impfempfehlungen ausgesprochen werden mussten? Welche Wanderbewegungen brachten neue Zeckenarten und bislang unbekannte Krankheiten nach Deutschland? Musste man sich vor Anaplasmen, Rickettsiosen, dem Krim-Kongo-Fieber oder dem Q-Fieber wappnen, Plagen, die im südlichen Europa oder in anderen Erdteilen von Zecken ausgingen? Denn dass Zecken zu den Gewinnern der Klimaerwärmung gehörten, stand außer Frage. Sie kletterten in größere Höhen und strebten unaufhaltsam nordwärts. In Schweden hatten sie innerhalb von zehn Jahren rund hundert Kilometer überwunden. Auch in Deutschland nahm die Zeckenpopulation infolge der milden Winter rasant zu. Und der Gemeine Holzbock, die verbreitetste Zeckenart, war längst nicht mehr der einzige Krankheitsüberträger. Von Osten näherte sich die Taigazecke und von Süden rückte Dermacentor reticulatus, die Auwaldzecke, heran.

Viola griff nach einem Untersuchungsbericht, der sich mit der bakteriellen Verseuchung von Auwaldzecken beschäftigte. In vierzig Prozent der Tiere hatte man Rickettsien gefunden, kleine Bakterien, die für eine ganze Reihe von Krankheiten verantwortlich waren, von harmlosen Haut- und Lymphknotenveränderungen bis hin zu hohem Fieber und Herzmuskelentzündungen. Opfer von Stichen berichteten zudem von Taubheitsgefühlen, was darauf schließen ließ, dass Auwaldzecken Toxine absonderten.

Neben der Auwaldzecke würden bestimmt auch andere Zeckenarten in Deutschland eine neue Heimat finden. Vereinzelt waren bereits Braune Hundezecken und aus dem Balkan stammende Laufzecken gesichtet worden. Das Arbeitsgebiet von Dr. Viola de Monti stand nicht in Gefahr, demnächst überflüssig zu werden.

Darüber machte sich die Mikrobiologin ohnehin keine Sorgen. Als hoch qualifizierte Spezialistin würde sie immer einen Job finden. Probleme bereiteten ihr die Menschen, mit denen sie zu tun hatte. All die gutmeinenden, wohlwollenden, eifersüchtigen und besitzergreifenden Exemplare der Gattung Homo sapiens, die in ihren Lebensraum eindrangen. Wie heute Morgen, in der U-Bahn. Gegen Zecken konnte man sich schützen, gegen Menschen nicht.

War es pervers, dass sie im Laufe der Zeit eine gewisse Bewunderung für die blutsaugenden Spinnentiere entwickelt hatte? Oder eine professionelle Deformation, so wie Sargschreiner den Geruch von frischen Särgen liebten oder Generäle den Klang von Kanonenfeuer? Viele Menschen sammelten Schmetterlinge, Viola besaß eine Zeckensammlung. Auf einige, seltene Arten aus Südamerika war sie richtiggehend stolz. Abends, bei einem Glas Wein, konnte sie herrlich abschalten, wenn sie die Tiere durch eine Lupe betrachtete. Und als Heiner sie zum ersten Mal in ihrer Wohnung besuchte, hatte sie den Satz gesagt, der ihr schon lange auf der Zunge lag: *Möchtest du meine Zeckensammlung sehen?* Anschließend hatte sie schallend gelacht, sein Zusammenzucken und der entgeisterte Gesichtsausdruck waren zu putzig gewesen. Und das bei einem Mann, der immerhin im Gesundheitsministerium arbeitete.

Die blaue Stahltür ihres Büros öffnete sich. Daniel Felsenburg, einer der wissenschaftlichen Mitarbeiter ihrer Abteilung, kam herein.

»Wir haben zwei neue Fälle von FSME. Ein älteres Paar.«

»Wo?« Viola ärgerte sich, dass Daniel schon wieder das Anklopfen vergessen hatte. Obwohl sie ihm mehrfach gesagt hatte, wie wenig sie es leiden konnte, wenn er einfach hereinplatzte.

»Du wirst es nicht glauben.« Ein Lächeln spielte um seine Lippen. Daniel sah aus wie ein junger Römer. Adlernase, braune Augen und lockiges schwarzes Haar. Trotzdem nicht Violas Typ. Auch wenn er sich anstrengte.

»Mach's nicht so spannend!«

»In Köln.«

Das Lächeln verstärkte sich und bekam einen sexuellen Unterton. Er konnte es nicht lassen, sie anzumachen. Aus reiner Gewohnheit, vermutete Viola. Wahrscheinlich zog er die Masche bei jeder Frau ab, die in sein Beuteschema passte.

»Gibt es Hinweise auf den Ort der Infektion?«

»Die beiden haben Köln nicht verlassen.«

»Klingt nicht sehr glaubwürdig.« Viola blickte ihm kühl in die Augen. »Vielleicht haben sie vergessen, dass sie letzte Woche einen Ausflug in den Schwarzwald gemacht haben.«

»Denke ich nicht. Es handelt sich um Hartz-IV-Empfänger. Die würden sich an einen Ausflug erinnern. Angeblich haben sie sich die Zecken in einem Park in der Innenstadt eingefangen.«

»Ein Park in der Innenstadt?«, wiederholte Viola skeptisch. »Das wäre ungewöhnlich.«

»Genauso ungewöhnlich wie die Fälle in Dortmund und Hamburg«, trumpfte Daniel auf. »Wenn du mich fragst, haben wir es mit einer neuen Entwicklung zu tun. Die Zecken passen sich dem städtischen Lebensraum an.«

»Aus wenigen Einzelfällen kannst du keine allgemeine Entwicklung ableiten«, widersprach Viola. »Statistisch fällt das in den Zufallsbereich.«

»Der Mann aus Dortmund ist übrigens gestorben.«

»An FSME?«

»Er ist aus dem Bett gefallen und hat sich mit einem Schlauch erwürgt.«

»Dann können wir das wohl nicht als FSME-Todesfall werten.« Viola blätterte demonstrativ in einem Stapel Akten. Die Audienz war beendet.

»Geht's dir gut?« Daniel rührte sich nicht vom Fleck.

»Ja. Danke der Nachfrage.«

»Ich meine ja nur. Du siehst blass aus.«

»Wie blass? Psychisch-krank-blass? Sonnenmangelblass? Oder leichenblass?«

Daniel war beleidigt. »Entschuldige bitte, wenn ich dir zu nahe getreten bin.«

»Keine Ursache.« Viola versteckte ihre Gereiztheit nicht länger hinter Ironie. »Glaubst du, ich weiß nicht, dass sich hier alle das Maul über mich zerreißen. Ich habe heute einen Fehler begangen, das gebe ich zu. Ich bin nämlich mit der U-Bahn zur Arbeit gefahren. Das ist mir nicht gut bekommen. Aber es wird nicht wieder vorkommen, das verspreche ich dir. Morgen siehst du mich frisch und ausgeruht.«

Daniel hielt die Luft an und ließ sie langsam durch die Nase entweichen.

»Mein Gott, Viola!«, stöhnte er frustriert.

»Und Daniel?«

»Ja?«

»Beim nächsten Mal klopfst du bitte an, bevor du mein Büro betrittst.«

Er rannte hinaus und riss die Tür hinter sich zu.

War das nötig gewesen? Warum musste sie immer so verdammt patzig sein? Möglicherweise empfand Daniel tatsächlich so etwas wie Sympathie für sie. Eigentlich war er gar nicht so schlimm. Ein kleiner Junge, der andere mit seinem Aussehen und seinem Charme beeindrucken wollte. In ihrem früheren Leben hätte Viola damit umgehen können. Jetzt nicht mehr. Sobald auch nur die leiseste Anspielung auf ihre psychische Gesundheit kam, ging sie hoch. Wenn sie so weitermachte, würde sie bald so einsam sein wie ein Einhandsegler auf dem Ozean.

Viola dachte an die neuen FSME-Fälle. Nördlich von Hessen und zudem in einer Großstadt – das war tatsächlich bemerkenswert. Allerdings konnte man den Patienten nicht trauen. Verwirrt vom Fieber und anderen Krankheitssymptomen, machten sie oft falsche Angaben. Trotzdem – sollten weitere Fälle auftreten, würde sie sich der Sache annehmen müssen.

5

Norden, B70

Martin Geis stand im Stau. In dem Stau, der sich mehrfach täglich bildete, wenn die Autos der Touristen von der Norderneyer Fähre rollten und sich durch die Innenstadt von Norden quälten. Vermutlich kannten die meisten Touristen die Dreißigtausend-Einwohner-Stadt nur aus der Stauperspektive. Für sie war Norden nichts weiter als eine riesige Zu- und Abfahrtsrampe für die Fähren nach Norderney und Juist. Sobald die neue Umgehungsstraße fertiggestellt war, würde die Stadt vollends in Vergessenheit geraten. Schon jetzt wurde sie nicht einmal auf Straßenschildern erwähnt.

Nur Norddeich, der Stadtteil Nordens, der direkt am Wattenmeer lag. Der Stadtteil, in dem sich der Hafen befand.

Auch Martin Geis ließ Norden meistens so schnell wie möglich hinter sich. Wenn er auf dem Weg nach Hannover war, um seine Tochter zu besuchen. Erst drei oder vier Mal hatte er am Norder Marktplatz angehalten. Vor dem Gebäude der Norder Kripo und stets aus dienstlichen Gründen. Denn die Verbindungen zwischen Norden und den Inseln waren traditionell eng. Viele Insulaner hatten Verwandte auf dem Festland oder besaßen dort Wohnungen, die sie während der kalten Jahreszeit nutzten. Da blieb es nicht aus, dass sich bei Ermittlungen die Wege der Norderneyer und der Norder Beamten kreuzten.

Heute fuhr Geis am Marktplatz vorbei. Er kannte sich in der Stadt nicht besonders gut aus und folgte den Hinweisschildern, die ihn zur Ubbo-Emmius-Klinik führten. Auf Norderney und Juist kannte man die Klinik unter einem anderen Namen: *Das Trockendock.* Nach einer anstrengenden Saison, die für manche nur mit reichlich Alkohol zu bewältigen war, ließen sich die Alkoholkranken oder -gefährdeten für ein paar Wochen Entgiftung in die Klinik einweisen. Rechtzeitig zum Weihnachtsgeschäft begann das Trinken aufs Neue. Es sei denn, Alkohol und Inselkoller hatten schon so gravierende Schäden hinterlassen, dass die Patienten in die gleich nebenan gelegene psychiatrische Abteilung des Krankenhauses umziehen mussten. Geis wusste, dass die Ubbo-Emmius-Klinik ihr Angebot dieser Nachfrage angepasst hatte. Während der Ausbau der psychiatrischen Abteilungen kräftig vorangetrieben wurde, hatten andere Abteilungen schließen müssen.

Eine Intensivstation gab es jedoch nach wie vor. Und auf der wurde Hannah Berends behandelt, wie Geis durch einen Anruf am Morgen erfahren hatte.

Der Hauptkommissar stellte seinen Wagen auf dem Krankenhausparkplatz ab und ging um einen Neubau herum zum Eingang. Eine große Hinweistafel in der steril weißen Eingangshalle listete die Stationen auf. Geis nahm die Treppe zum ersten Stock und klingelte. Es dauerte ein paar Minuten, bis eine Krankenschwester öffnete. Sie schaute auf den Dienstausweis, den ihr der Polizist zeigte, und nickte hektisch zu seinen Erklärungen. Dann war sie wieder verschwunden. Geis stand allein in dem kahlen Flur. Nur das Summen, Piepsen und Stampfen der Beatmungs- und Kontrollgeräte war zu hören. Die Melodie vom nahenden Tod. Vor fünf Jahren, als sein Vater nach wochenlangem Koma gestorben war, hatte Geis sich vorgenommen, es nicht so weit kommen zu lassen. Lieber rechtzeitig abtreten, solange er noch bei Verstand war. Bloß nicht zu einem verkabelten Stück Fleisch werden, durch das Maschinen Flüssigkeiten spülten und Sauerstoff pumpten.

Ein Weißkittel stürmte auf ihn zu. »Herr Kommissar?«

Geis schätzte den Arzt auf Ende zwanzig. Der flaumige Bart war lediglich ein Versuch, erwachsen zu wirken.

»Ich bin Dr. Wagner.«

Der Polizist schüttelte die hingehaltene Hand. »Wie geht es Hannah Berends?«

»Schwer zu sagen. Wir haben es mit einem Polytrauma und Multimorbidität zu tun.«

Warum mussten sich Ärzte immer hinter komplizierten Wortkonstrukten verschanzen?

»Was heißt das?«, fragte Geis schroff.

Wagner zuckte kurz. Offenbar ein sensibles Kerlchen.

»Die Verletzungen, die von der …«

»… tätlichen Auseinandersetzung …«

Wagner nickte: »… herrühren, scheinen nicht so schwerwiegend zu sein. Deshalb konnten wir uns zunächst das hohe Fieber nicht erklären. Die Patientin gab an, sich erkältet zu haben, aber die Symptome …«

»Und was ist es nun?«, unterbrach Geis.

»Eine Krankenschwester ist zufällig auf die Lösung gestoßen. Sie hat im Unterbauchbereich der Patientin ...« In Wagners Kitteltasche piepste etwas. Der Arzt nahm das Gerät heraus und schaute auf das Display. »Moment, ich bin gleich wieder da.«

Nicht aufregen, sagte sich Geis. Anscheinend redet Wagner umso umständlicher, je mehr er unter Druck gesetzt wird. Also lass ihn einfach erzählen.

»Da bin ich wieder.« Wagner probierte ein kleines Lächeln. »Wo war ich stehen geblieben?«

»Beim Unterbauchbereich der Patientin.«

»Ach ja. Eine Krankenschwester hat dort eine Zecke entdeckt. Sehr versteckt, die Patientin muss sie übersehen haben. Das hat uns auf die richtige Spur gebracht.«

»Borreliose?«, fragte Geis.

»Nein. Keine Hautrötung. Die Blutuntersuchung deutete auf eine virale Infektion hin. Und tatsächlich haben wir Antikörper vom Typ IgM ...«

»Himmel!« Geis vergaß seinen Vorsatz. »Können Sie das für Normalsterbliche übersetzen?«

Wagner schluckte. »Kurz gesagt: FSME. Frühsommer-Meningoenzephalitis«, setzte er schnell hinzu. »Eine durch Zecken übertragene Hirnhautentzündung. Normalerweise kommt das in diesen Breiten nicht vor. Aber in seltenen Fällen ... Die Symptome sprechen eindeutig für eine FSME: Nackensteife, starke Kopfschmerzen, Gleichgewichts- und Bewusstseinsstörungen.«

»Und Sie sind sicher, dass das nichts mit den Schlägen zu tun hat, die Frau Berends abbekommen hat?«

»Relativ sicher. Wir konnten noch nicht alles checken, weil wir erst das hohe Fieber unter Kontrolle bringen müssen. Und der letzte Nachweis ...« Der Arzt stockte.

»Ja?«

»… ist ohnehin nur durch eine Autopsie zu führen.«

»Kann ich mit ihr sprechen?«, fragte Geis.

»Das wird nicht möglich sein. Die Patientin hat, wie gesagt, hohes Fieber, sie deliriert zeitweise.«

»Nur fünf Minuten«, beharrte der Hauptkommissar.

Wagner zog Mundwinkel und Augenbrauen hoch und produzierte eine tiefe Rille auf der Stirn. Es sah aus, als sei er gerade schockgefroren worden.

»Bitte!«, sagte Geis mit Nachdruck.

»Okay.« Die Gesichtsmuskeln erschlafften. »Fünf Minuten.«

Er erkannte sie kaum wieder. Das blonde Haar hing strähnig herunter, die Augen lagen tief in den Höhlen und glänzten fiebrig, umgeben von roten Höfen in einem ansonsten vollkommen bleichen Gesicht. Geis trat neben das Bett. Ihre Augen verfolgten seine Bewegung, ausdruckslos. Er fühlte sich unbehaglich.

»Frau Berends, wissen Sie, wer ich bin?«

»Haben Sie ihn weggesperrt?« Die Stimme klang tief und atemlos, ganz anders als das gequetschte Zuckerstimmchen, mit dem Hannah Berends normalerweise sprach.

»Ja, haben wir.« Geis zog einen Hocker heran und setzte sich.

»Sie dürfen ihn nicht freilassen.« Sie griff nach seiner Hand. Ein fester, warmer, feuchter Griff. Geis unterdrückte den Impuls, die Hand wegzuziehen.

»Er soll büßen für das, was er uns angetan hat. Marcel und mir.«

»Das wird er.«

»Er hat Marcel verprügelt. Mein Junge. Es war schlimm. Ich …« Der Rest des Satzes verebbte als unverständliches Wispern.

Geis beugte sich vor. »Was ich von Ihnen erfahren möchte, Frau Berends: Wie hat der gestrige Streit begonnen?«

Keine Reaktion. Sie schien mit offenen Augen eingeschlafen zu sein. Er vergeudete nur seine Zeit. Berends' Anwalt würde die Aussage der Schwerkranken ohnehin in der Luft zerreißen.

»Tut mir leid, Frau Berends.« Er tätschelte die Hand, mit der sie ihn festhielt. »Ich werde wiederkommen, sobald es Ihnen besser geht.«

In ihre Augen kehrte wieder Leben zurück. »Er wird sich nicht ändern. Er wird sich nie ändern. Ich habe mir immer vorgemacht, es würde besser. Die einzige Sprache, die er versteht, ist Härte. Er muss es richtig abkriegen, verstehen Sie?« Plötzlich schnellte ihr Oberkörper hoch. Wie der einer Marionette, die von einem Bindfaden hochgerissen wird. Geis war verblüfft, wie viel Energie in der Frau steckte, ihr Blick brannte fast ein Loch in seine Stirn. »Versprechen Sie mir das?«

»Ich bin nur Polizist, ich …«

»Sie haben gesagt, ich soll ihn anzeigen. Ich will Ihr Wort.«

»Sie müssen sich hinlegen.« Eine Krankenschwester stand im Zimmer. »Gehen Sie bitte!« Das war an Geis gerichtet. »Sie dürfen sie nicht aufregen.«

Er hob die freie Hand zu einer Geste der Unschuld.

»Verschwinden Sie!«, blaffte Hannah die Krankenschwester an. »Raus!«

Das Zimmer füllte sich mit immer mehr Menschen. Mehrere Arme drückten Hannah auf das Kissen. Jemand rief nach einer Spritze. Hannah tobte.

»Kommen Sie!« Dr. Wagner drängte sich neben Geis. »Lassen Sie uns unsere Arbeit machen.«

Mit dem Einsatz seiner ganzen Kraft gelang es Geis, die umklammerte Hand zu befreien. »Eins noch.« Er wartete, bis sich Hannah beruhigt hatte und seinen Blick erwiderte. »Wer hat angefangen mit dem Streit? Wer hat zuerst geschlagen?«

»Ich.« Sie lachte dreckig. »Ich hätte ihm seinen verdammten Schädel zertrümmern sollen.«

Die *Frisia* pflügte durch das ruhige Wattenmeer. Das Schiff war nur mäßig besetzt, Geis hatte einen Fenstertisch und eine Bank für sich allein. Die Westspitze von Norderney mit ihren hohen weißen Häusern zeichnete sich deutlich vor dem grauen Wolkenhintergrund ab, in weniger als einer halben Stunde würde er die Insel betreten. Und morgen oder übermorgen würde auch Eiko Berends wieder da sein. Unbehelligt, als wäre nichts geschehen. Manchmal war das Rechtssystem denkbar ungerecht. Es verlangte Zeugen und Beweise für Dinge, die offensichtlich waren. Und bestrafte die Opfer, die sich wehrten, wenn der Leidensdruck unerträglich wurde. Berends würde ohne jede Strafe davonkommen und Hannah, selbst wenn man sie nicht vor Gericht stellte, den Kürzeren ziehen. Entweder musste sie vor dem Kotzbrocken zu Kreuze kriechen oder sich mit dem Kind ohne seine Hilfe durchschlagen. Geis kannte genug Geschichten von Männern, die versuchten, sich um die Unterhaltszahlungen zu drücken.

Hoffentlich würde ihm Berends in den nächsten Tagen nicht über den Weg laufen. Geis konnte nicht dafür garantieren, dass er die Nerven behielt, falls ihn der Hotelier frech angrinste.

Das Handy fiepte. Geis meldete sich.

»Dr. Wagner hier. Ich wollte es Ihnen zuerst sagen. Wir haben alles versucht, aber es ist uns leider nicht gelungen …«

»Hannah Berends ist tot?«

»Ja. Leider.« Die Verbindung wurde schlechter. »… Blutgerinnsel … überlagernde Symptome … Notoperation …«

»Ich verstehe Sie kaum!«, brüllte Geis.

»Frau Berends hatte ein Blutgerinnsel im Gehirn. Die

Symptomatik ähnelt der einer FSME. Deshalb haben wir das nicht sofort festgestellt.«

»Das heißt, sie hatte gar keine FSME?«

»Doch. Ich meine: sehr wahrscheinlich. Was letztendlich zu ihrem Tode geführt hat, das Blutgerinnsel oder die FSME, muss ...«

»Wodurch wurde das Blutgerinnsel denn verursacht?«

»Nun ...« Wagner zögerte. »Denkbar wäre ein Schlag oder der Aufprall auf einen harten Gegenstand.«

»Ich möchte, dass Hannah Berends' Leiche nach Oldenburg ins rechtsmedizinische Institut gebracht wird«, sagte Geis barsch. »Falls irgendetwas von dem, was ihr Mann mit ihr angestellt hat, ihr Leben beendet hat, will ich das wissen. Haben Sie verstanden?«

»Ja«, sagte Wagner.

6

Berlin, Bundesinstitut für Infektionskrankheiten

»Hast du einen Moment Zeit?« Daniel Felsenburg grinste.

Diesmal hatte er zwar angeklopft, ihre Antwort aber nicht abgewartet. Viola war unschlüssig, ob sie das Klopfen als ersten Lernerfolg werten sollte oder das Grinsen als Provokation.

»Warum?« Sie beschränkte sich darauf, ihre Missbilligung durch eine betont gelangweilte Gegenfrage auszudrücken.

»Es geht um ein Virus. Es befand sich im Gehirn einer Verstorbenen. Ein Speziallabor hat eine Zellkultur angelegt, um FSME nachzuweisen.«

»Was ist daran Besonderes?« Viola stand auf und folgte Daniel in den Flur.

»Das Speziallabor meint, wir sollten uns das Ding mal ansehen. Für ein FSME-Virus verhalte es sich etwas merkwürdig.«

Violas Büro und die Forschungslabore befanden sich in dem seelenlosen Anbau, den man in den Siebzigerjahren des zwanzigsten Jahrhunderts hinter das klassizistische Gebäude gestellt hatte, das die imposante Straßenfassade des Instituts bildete. Um zur Forschungsabteilung zu kommen, die zwei Etagen unterhalb des Bürotraktes lag, nahmen die beiden Wissenschaftler den Aufzug.

»Wer hat den Nachweis veranlasst?« Obwohl Violas Neugierde geweckt war, blieb sie äußerlich ruhig.

»Die Rechtsmedizin in Oldenburg. Soweit ich das verstanden habe, handelt es sich um einen Fall von häuslicher Gewalt. Mann schlägt Frau, Frau kommt ins Krankenhaus. Dort stellt man fest, dass die Frau zusätzlich eine FSME hat. Nun will die Staatsanwaltschaft wissen, woran die Frau tatsächlich gestorben ist, um gegebenenfalls den Mann vor Gericht zu stellen.«

»Und? Gibt es eine Antwort?«

»Anscheinend hat ein Blutgerinnsel im Gehirn knapp vor der FSME das Rennen gemacht.«

»Schuld am Tod ist also der Mann?«

»Sieht so aus.« Daniel stieß die Tür zum Labor auf. »Hast du eine Ahnung, wo Oldenburg liegt?«

»Ziemlich weit im Norden.«

»Ja. Und so heißt auch die Stadt, in der die Frau verstorben ist.«

»Norden?«

»Ein Provinznest in Ostfriesland. Die Frau lebte auf Norderney, das nächste Krankenhaus befindet sich in Norden. Auf FSME sind sie überhaupt nur gekommen, weil die Zecke noch auf der Haut saß. Im halb gesogenen Zustand.« Daniels Stimme vibrierte vor Aufregung. »Das heißt, der

Stich lag höchstens zwei oder drei Tage zurück. Ist doch Wahnsinn, oder?« Er deutete auf den Monitor, der neben dem riesigen Elektronenmikroskop stand. »Ich habe schon alles vorbereitet.«

Die kleinen kugeligen Gebilde, die sich auf dem schwarzweißen Bild erkennen ließen, sahen aus wie ganz normale Flaviviren. Trotz der fünfzigtausendfachen Vergrößerung, die das Elektronenmikroskop erlaubte, war nicht einmal eindeutig zu bestimmen, ob es sich um Gelbfieber- oder FSME-Viren handelte.

Viola las die Protokolle der PCR und der immunhistologischen Untersuchung. Die Ergebnisse sprachen eindeutig für FSME, allerdings hatte der Antikörpertest nur eine eingeschränkte Reaktion erbracht. Als ob sich das Virus verändert hätte. Jetzt verstand sie, warum das Speziallabor die Probe weitergeleitet hatte. Es bestand die vage Möglichkeit, dass es sich um eine Mutation handelte.

»Wir bräuchten eine Analyse der RNA. Dann wüssten wir, ob das genetische Material vom normalen FSME-Genom abweicht.«

»Mit dem DNA-Sequenzer dauert das mehrere Monate. Es sei denn ...«, Daniels Gesicht nahm einen lauernden Ausdruck an, »... wir benutzen den neuen Hochleistungs-Sequenzer. Der braucht nur gut eine Woche, um ein komplettes Virus-Genom zu entschlüsseln.«

»Unmöglich.« Sie schüttelte den Kopf. »Dafür bekomme ich keine Genehmigung. Das Gerät hat über eine halbe Million gekostet, entsprechend teuer ist eine Analyse. Und die Kollegen, die es benutzen wollen, stehen Schlange. Wie soll ich begründen, dass unser Virus Vorrang hat?«

»Mit der Gefährdung der Bevölkerung?«, schlug Daniel vor. »Denk an den ungewöhnlichen Krankheitsverlauf: Die FSME hat ihr volles Krankheitsbild wenige Tage nach dem Stich entwickelt. Das spricht ...«

»… für gar nichts«, unterbrach ihn Viola. »Aus einem Einzelfall kannst du keine Verallgemeinerungen ableiten. Außerdem wäre es möglich, dass die Frau einige Wochen zuvor schon von einer anderen Zecke gestochen wurde.«

»Die ebenfalls FSME übertragen hat? Und das auf Norderney, wo normalerweise keine FSME auftritt?«

Punkt für ihn, dachte Viola. Der Fall der verstorbenen Frau gab tatsächlich Rätsel auf. Doch bevor sie mit einer derart wilden These zu Professor Blechschmidt, dem Abteilungsleiter und stellvertretenden Institutsleiter, marschieren würde, wollte sie sich absichern. Zu groß war die Gefahr, sich lächerlich zu machen. Oder schlimmer noch: einen Beweis dafür zu liefern, dass man sich auf sie nicht verlassen konnte. Schließlich galt sie als Problemfall.

»Okay. Vielleicht ist es eine Mutation. Sobald wir einen zweiten Verdachtsfall haben, besser noch einen dritten, setze ich mich für eine umfassende Untersuchung ein, einschließlich RNA-Analyse im Schnellverfahren.«

»Ich verstehe dich nicht.« Daniel schüttelte enttäuscht den Kopf. »Wo sollen wir die zweite Probe herbekommen?«

»Was ist mit dem Mann in Dortmund? Stell fest, was mit seiner Leiche passiert ist. Falls noch vorhanden, besorgen wir uns ein Stück von seinem Gehirn. Und die anderen Fälle, von denen du vor drei Tagen gesprochen hast, in …«

»Köln und Hamburg. Die leben noch.«

»Dann müssen wir abwarten. Nach dem zweiten Fieberschub sind die Viren aus dem Blut verschwunden.«

»Das ist nicht dein Ernst?« Er starrte sie verwundert an. »Wir entdecken möglicherweise einen neuen Subtyp des FSME-Virus und sollen den Mund halten?«

»Vorläufig.«

»Du hast Angst.« Er lachte empört. »Scheiße, Viola, du hast Angst, dass man dich für verrückt hält.«

»Das stimmt nicht.« Blöd, dass er sie durchschaut hatte.

»Ich mache mir lediglich Sorgen um meinen wissenschaftlichen Ruf.«

Daniel drehte den Kopf zur Seite. Viola ahnte, dass er ihre Entscheidung nicht akzeptieren würde. Er würde sie übergehen und sich direkt an Blechschmidt wenden. Sie musste etwas unternehmen. »Und ich werde nach Norderney fahren.«

Er schnellte herum. »*Du* willst nach Norderney fahren?«

»Ja. Möglicherweise war die verstorbene Frau Patientin Nummer eins. Ich will wissen, was sie vor ihrem Tod gemacht hat. Und ob es weitere Erkrankungen gibt, die noch nicht mit FSME in Verbindung gebracht wurden. Vielleicht gelingt es mir sogar, Zecken einzusammeln, die das neue Virus im Körper tragen. Damit könnten wir unsere These untermauern.«

»Weißt du, wie weit Norderney entfernt ist? Du wirst stundenlang Zug fahren müssen.«

»Ich werde es überleben.«

»Und dann die Fähre. Soll ich nicht mitkommen?«

»Daniel!« Sie überwand ihre Hemmung und packte ihn am Oberarm. »Ich schaffe das. Mach dir keine Sorgen! Und bitte! Halt dich bedeckt, bis ich zurück bin. Ja?«

Er schaute zum Monitor, auf dem das Virus schillerte. Ein trockenes Schlucken. Dann das zustimmende Nicken.

7

Betreff: Fürchte dich nicht!

Fürchte dich nicht! Sagt der HERR. Und der HERR irrt sich nie.

Steht nicht überall in der Bibel, dass wir uns nicht fürchten und keine Angst haben sollen?

»Fürchte dich nicht!«, sagte der Herr zu Abraham, als dieser König

Kedor-Laomer geschlagen hatte. Und er sagte es auch zu Abrahams Sohn Isaak, als dieser nach Beerseba gezogen war.

»Fürchtet euch nicht!«, sagte Moses zum Volke, nachdem er von Gott die Zehn Gebote empfangen hatte.

Denn Furcht ist das Gegenteil von Glaube. Wenn wir uns nur aus Furcht vor Strafe zu Gott bekennen, handeln wir dann nicht als Unfreie? Ohne jegliche Überzeugung? Gott will unsere Liebe, nicht unsere Angst. Die vollendete Liebe aber schließt Angst vor Versagen, vor irdischen Strafen und Höllenqualen aus.

Das Wissen darum ist uralt.

»Drum fürchten wir nichts, wenn die Erde auch weicht und Berge in den Meeren versinken«, heißt es in den Psalmen. »Der Herr ist mein Licht und mein Heil, wen sollte ich fürchten? Der Herr ist meines Lebens Feste, vor wem sollte ich beben?« Und an anderer Stelle: »Der Herr ist mit mir, ich fürchte mich nicht mehr! Was können mir Menschen noch antun?«

»Fürchte dich nicht!«, sagte der Engel Gabriel in Nazaret zu Maria. Und er sagte es zu den Hirten auf dem Felde.

Auch Jesus war ein großer Gegner der Angst. Immer wieder beschwor er seine Jünger, sich nicht zu fürchten. Als Simon Petrus ihm zu Füßen fiel, weil er eine so große Menge Fische gefangen hatte, dass die Netze zu reißen drohten. Als Gott aus einer Wolke sprach und Petrus, Jakobus und Johannes sich mit dem Gesicht zu Boden warfen. Als die Jünger erschraken, weil sie Jesus für ein Gespenst hielten, das über den See Gennesaret ging.

»Warum habt ihr solche Angst, ihr Kleingläubigen?«, fuhr Jesus seine Jünger an, weil sie glaubten, ihr Boot würde in den Fluten versinken, als auf dem See Gennesaret ein gewaltiger Sturm losbrach.

Furchtlos wünschte sich Jesus seine Jünger: »Wer aber bis zum Ende standhaft bleibt, der wird gerettet.« Wie Schafe mitten unter die Wölfe wollte er sie senden, klug wie die Schlangen sollten sie sein und arglos wie die Tauben. Wenn man sie in der einen Stadt verfolgte, so sollten sie in eine andere fliehen. Und sich nicht fürchten vor denen, die nur den Leib, aber nicht die Seele töten können.

Ja, Jesus wusste von der zerstörerischen Kraft der Angst. Doch selbst er, Gottes Sohn, war nicht frei von ihren Anfeindungen. Warum sonst haderte er nach dem Abendmahl, im Garten Getsemani, als er mit Petrus und den beiden Söhnen des Zebedäus allein war, mit seinem Schicksal? Hatte er es nicht vorausgesehen? Von der Unausweichlichkeit gesprochen, sein Leben zu opfern? Warum warf er sich dann zu Boden und bat Gott um sein Leben? Warum betete er: »Mein Vater, wenn es möglich ist, gehe dieser Kelch an mir vorüber.« Nicht ein Mal, nein, drei Mal flehte er, nicht aus dem Kelch trinken zu müssen.

Aus Angst. Aus purer Angst vor dem Tod. Die ihn am nächsten Tag noch einmal erfasste, als er am Kreuz rief: »Eli, Eli, lema sabachtani? Mein Gott, mein Gott, warum hast du mich verlassen?«

Wenn nicht einmal Jesus, der Gottessohn, die Angst besiegen konnte – wie soll es den Menschen gelingen?

Ich habe einen Weg gefunden. Es war ein harter Kampf, der mich beinahe umgebracht hätte, aber ich habe es geschafft. Der Glaube hat mich gerettet. Jetzt bin ich frei.

Fürchte dich nicht, Viola!

Zweiter Teil

Die Blutmahlzeit

8

Bremen, Osterdeich

Das Fahren auf der Autobahn hatte ihn nicht beruhigt. Normalerweise half die Autobahn. Bis Vechta und zurück. Alles aus der Kiste herausholen, was sie hergab. Sie sah aus wie ein klappriger alter Golf, hatte aber einen aufgemotzten Motor unter der Haube. Am schönsten war es, erst gemächlich auf der rechten Seite zu tuckern und sich dann hinter einen vorbeirauschenden BMW oder Mercedes zu hängen. Dicht auffahren, Lichthupe, das volle Programm. Da machten die Säcke in ihren Nobelschlitten Augen. Wie er, Marc Schwendtker, Sachbearbeiter bei einer Versicherung und nicht übermäßig groß gewachsen, die Angeber mit seiner Schrottkiste einfach abhängte, ihnen zeigte, wo der Hammer hing.

Das waren die geilsten Momente. Momente, die den Tag und den Abend retteten, wenn im Büro mal wieder einiges schiefgelaufen war. Wenn er einen Fall vergurkt und einen Anschiss bekommen hatte. Wenn die Zicken in seiner Abteilung über ihn tuschelten und kicherten. Er sah es ihren Gesichtern an, was sie dachten. *Marc mal wieder. Baut ständig Mist. Kriegt nie eine Frau ab. Der kleine Marc.*

Das Lenkrad steckte einen Faustschlag ein. Er hasste dieses Gekichere. Jessica war die schlimmste. Aber auch die heißeste Schlampe in der ganzen Verwaltung. Unendlich lange Beine, knackiger Hintern, reichlich Vorbau, blonde Haare, die sich in Locken bis zur Taille kringelten, rote Lippen und immer perfekt geschminkt. Mein Gott, für eine Nacht mit dieser Frau würde er sterben.

Natürlich hatte er es versucht. Warum auch nicht? War

locker zu ihr hinübergeschlendert und hatte sie gefragt, ob sie mal mit ihm essen gehen wolle. Als Antwort hatte er ein mitleidiges Lächeln kassiert. *Tut mir leid, Marc. Bis Weihnachten bin ich ausgebucht. Und nächstes Jahr wahrscheinlich auch.* Blöde Kuh! Was bildete die sich ein! Machte jeden Typen an, der ihr auf dem Flur begegnete, klapperte mit den Augenlidern und lächelte süß. Ob verheiratet oder nicht, da kannte sie keine Gnade. Auch nicht beim Chef. Er hatte es zufällig beobachtet. Auf dem Parkplatz. Der Chef dachte wohl, die Tür seines Vans würde sie schützen. Die Finger des alten Bocks steckten unter Jessicas Pullover und sie hatte sich an ihn gelehnt und mit ihrer Hand …

Marc schlug wild auf das Lenkrad ein. Stau. Der Verkehr machte ihn noch verrückt.

Alle, alle hatten eine Chance bei Jessica. Nur ihn, Marc Schwendtker, behandelte sie wie einen lästigen Aknepickel. Eine Stunde nachdem Jessica ihn hatte abblitzen lassen, wusste es das ganze Büro. Der Neue mit dem Muckibudenoberkörper hatte überheblich gegrinst und die linke Augenbraue hochgezogen. Und Martha, ausgerechnet die dicke Martha, die niemand auch nur mit der Kneifzange anfassen würde, hatte nicht an sich halten können, wollte ihm ein paar schlaue Tipps geben. *Kauf dir endlich mal schickere Klamotten! Du siehst ja aus, als hätte dich deine Mutti eingekleidet. Und ein neues Auto. Welche Frau möchte denn in so eine Schrottmühle steigen?*

Mit den Klamotten hatte Martha vielleicht nicht ganz unrecht. Aber seinen alten Golf würde er nicht abgeben. Dazu hatte er zu viel in den Motor investiert. Um auf der Autobahn richtig Alarm machen zu können.

Heute zum Beispiel. Schon beim ersten morgendlichen Blick in den Spiegel wusste er, was kommen würde. Das Gesicht aufgedunsen und rot wie ein Luftballon, weil er gestern in den Wallanlagen eingeschlafen war. Wochenende,

Sonne, ein paar Bierchen unterwegs. Kann passieren, dass man wegnickt. Als er aufgewacht war, hatte die Haut gespannt. Und jetzt sah er aus wie ein Engländer auf Ibiza. Die Kommentare waren entsprechend, als er durch das Großraumbüro zu seinem Schreibtisch ging: *Na, Marc, den Kopf in den Toaster gesteckt? Oder hast du den Deckel von der Sonnenbank nicht wieder aufgekriegt?*

Und dann der Anruf vom Chef. *Kommen Sie mal bitte zu mir, Herr Schwendtker!* Die Stimme eisig. Ihm war sofort der Schweiß ausgebrochen. Ohnehin fühlte er sich heiß, irgendwie fiebrig vom Sonnenbrand.

Auf dem Schreibtisch des Chefs lag der Vegesack-Fall. Offenbar hatte er was vermasselt. Er hörte kaum, was der Chef sagte. Blätterte durch die Akte, spulte sein Standardschleimprogramm ab: *Kein Thema. Ist schon in Arbeit.*

Aber der Chef hörte nicht auf, ihn anzuscheißen, verwies auf die Abmahnung, die er bekommen hatte, stellte die nächste in Aussicht, drohte mit dem endgültigen Rauswurf.

Der anschließende Spießrutenlauf durch das Büro. Die Frauengruppe mit Jessica und Martha am Kopierer, die plötzlich verstummte, als er in Hörweite kam, und laut losprustete, als er sich einige Meter entfernt hatte. Es war die Hölle, Hölle, Hölle.

Nach Feierabend konnte er nicht anders. Er musste einfach raus auf die Autobahn, mit zweihundertfünfzig Sachen alles von der linken Bahn scheuchen, was ihm in den Weg kam. Aber heute hatte nicht einmal das geholfen. Er war immer noch wütend, verdammt wütend.

Vor der Innenstadt bog er rechts ab. Er hatte mitbekommen, dass sich die Frauen in einem Straßencafé treffen wollten. Auf dem Ostertorsteinweg. Nur mal vorbeifahren. Gucken, nichts weiter.

Die Cafés waren voll. Er fuhr langsamer.

Da saßen sie. Alle.

Das Blut schoss ihm in den Kopf. Die ganze Abteilung hatte sich verabredet. Der Neue war auch dabei und sogar der Chef. Hockte direkt neben Jessica und glotzte ihr in den Ausschnitt. Nur er, Marc Schwendtker, war nicht eingeladen. Obwohl er seit fünf Jahren in der Abteilung arbeitete. Obwohl er sich wirklich Mühe gegeben hatte. Er war abgeschrieben, aussortiert.

Mit schweißfeuchter Hand strich er über seinen kurz geschorenen Schädel. Im Nacken klebte etwas, was sich wie ein großer Pickel anfühlte. Bevor er darüber nachdenken konnte, schoss der Wagen vorwärts. Wie von selbst. Raste auf den Bürgersteig zu, hüpfte über die Bordsteinkante. Leute schrien, Stühle und Tische flogen durch die Luft. Jessica erkannte ihn erst im letzten Moment. Erstaunen im Gesicht.

Endlich begriff sie, was für ein Kerl er war. Zu spät. Der Wagen hatte sie bereits erfasst. Sie hing auf der Motorhaube. Dann die Hauswand. Blech und Knochen brachen. Zu Airbags hatte er sich nie entschließen können. Sein Kopf knallte gegen das Lenkrad.

9

Norderney, Fähranleger

Die Passagiere beeilten sich, die Fähre zu verlassen. Vielen sah man an, dass sie froh waren, wieder festen Boden unter den Füßen zu haben. Salzige Böen fegten über das Plateau. Martin Geis sog den Geruch ein. Er mochte es, wenn das Wasser gegen die Kaimauer klatschte, wenn es sich aufbäumte und seine Kraft demonstrierte. Meistens tarnte sich das Wattenmeer als grauer, spiegelglatter Tümpel. Aber an Tagen wie dem heutigen brachte es sogar die großen Autofähren zum Schaukeln. Dann genügte die kurze Strecke von Norddeich bis Norderney, um manchen Landeiern eine grünlichgraue Farbe ins Gesicht zu treiben.

Auch Lange und die übrigen Sicherheitsexperten hatten heute Morgen die Fähre nehmen müssen. Der Wind blies so stark, dass der Flugverkehr von und nach Norderney eingestellt worden war. Geis hatte die Delegation zum Hafen begleitet und sich innerlich beglückwünscht, als das Schiff ablegte.

Jetzt, am Nachmittag, hielt Geis Ausschau nach einer alleinreisenden Frau. Er trug seine dunkelblaue Uniform, damit auch sie ihn erkennen konnte. Die Wissenschaftlerin hatte sich am Telefon nach Eiko Berends erkundigt. Es ging um die Zecke, die Hannah gebissen hatte, so viel hatte er begriffen. Wieso ein Bundesinstitut involviert war und warum Eiko Berends zu der Angelegenheit befragt werden sollte, darüber hatte sich diese Frau Dr. de Monti ausgeschwiegen. Und Geis' Interesse geweckt.

Eine Blondine in hochhackigen Schuhen, die ihren Rollkoffer wie ein Schoßhündchen spazieren führte, stiefelte ohne Umweg zu einem wartenden Taxi. Eigentlich schade.

»Sind Sie der Leiter der Polizeistation?«

Geis schaute nach unten. Vor ihm stand eine knapp ein Meter sechzig große, schlanke Frau. Anfang dreißig, halblange dunkle Haare, bleiches Gesicht mit hohen Wangenknochen, über denen sich die Haut spannte. Die Sorte Intellektuelle, in deren Gegenwart Geis sich schrecklich ungebildet vorkam.

»Martin Geis. Und Sie sind Frau Dr. de Monti?«

»De Monti reicht. Den Doktor können Sie weglassen.«

Schon während er zwei Finger salutierend an die Mütze legte, bereute er die Geste, sie machte seine Unsicherheit nur noch deutlicher.

»Mein Wagen steht da drüben.«

»Der blau-weiße mit der Aufschrift *Polizei?*«

Bevor er begriff, dass sie einen Scherz gemacht hatte, stand sie bereits hinter dem Kofferraum.

»Warten Sie, ich helfe Ihnen.«

»Danke. Ich habe nur leichtes Gepäck dabei.«

Nach einem albernen Tanz, bei dem vier Hände an dem Koffer zerrten, lag das Ding endlich auf der Ablagefläche.

Geis zündete den Motor. »Wie war die Überfahrt?«

»Gut.« De Monti starrte durch die Frontscheibe auf die schnurgerade Hafenstraße.

»Das Meer ist ein bisschen ruppig heute.«

»Kein Problem.«

»Ihnen ist nicht schlecht geworden?«

»Nein.«

Der Hauptkommissar spürte, wie sein Nacken steif wurde. Die Frau verursachte ihm ernsthafte Verspannungen. Vor allem ärgerte ihn, dass sie ihn keines Blickes würdigte und stattdessen das Gewerbegebiet am Straßenrand betrachtete.

»Liegt an meiner Arbeit«, sagte de Monti plötzlich.

»Was?«

»Dass ich so bleich bin. Sie wissen schon, Forscher hocken den ganzen Tag in ihren Labors unter der Erde und sehen selten das Tageslicht.«

War das wieder ein Scherz? »Aha.«

De Monti räusperte sich. »Schicke Uniform.«

»Auf jeden Fall besser als grasgrün oder erbrochenbraun.« Geis war froh, dass sie das Thema wechselten. »Aber normalerweise trage ich keine Uniform.«

»Nein?«

»Ich war bei der Kripo, bevor ich nach Norderney versetzt wurde.«

»Dann haben Sie sich extra für mich in Schale geworfen?«

»Kann man so sagen.« Er nahm den Fuß vom Gaspedal, weil sie die Innenstadt erreicht hatten. »Soll ich Sie zu Ihrem Hotel bringen?«

»Wenn's geht, würde ich die Sache mit Berends gerne gleich hinter mich bringen.« Zum ersten Mal drehte sie den Kopf in seine Richtung. »Warum haben Sie darauf bestanden, mich abzuholen?«

»Ich wollte Sie warnen.«

»Vor Berends?«

»Der Mann …«

»… hat seine Frau erschlagen«, ergänzte de Monti. »Ist mir bekannt. Haben Sie ihn verhaftet?«

»Ja. Und vor zwei Tagen ist er aus der U-Haft entlassen worden. Wahrscheinlich reichen die Beweise nicht aus, ihn zu verurteilen. Die Angestellten, die zuerst nichts gesehen haben wollten, sagen jetzt aus, dass Hannah Berends mit einer Bratpfanne auf ihren Mann losgegangen ist.«

»Sie glauben das nicht?«

»Vermutlich ist es die Wahrheit. Aber das ändert nichts daran, dass Berends eine Strafe mehr als verdient hätte. Der Kerl ist und bleibt ein Arschloch.«

Die Wissenschaftlerin verharrte einige Sekunden regungslos. »Muss frustrierend für Sie sein.«

»Ja.« Geis stoppte den Wagen. »Das da ist sein Hotel. Das *Strandblick.*«

»Besser, Sie warten hier auf mich.« Sie öffnete die Tür. »In Ihrer Gegenwart dürfte Berends nicht sehr gesprächig sein.«

»Falls Sie Hilfe brauchen …«

»Häng ich eine Fahne aus dem Fenster.« Die Tür wurde zugeschlagen und de Monti rannte zum Hoteleingang, als sei sie auf der Flucht vor einem zudringlichen Verehrer.

Geis wartete, bis sie im Inneren verschwunden war, dann stieg er ebenfalls aus. Zu gern hätte er jetzt eine Zigarette geraucht. Fünf Jahre war es her, dass er sich das Rauchen abgewöhnt hatte, und nur noch ganz selten stand er in Gefahr, rückfällig zu werden. Zum Glück war gerade niemand in der Nähe, von dem er sich eine Zigarette hätte schnorren können.

Der nächste Deichaufgang befand sich direkt gegenüber. Geis stieg die Treppe hinauf und blickte aufs Meer. Die Wellen leckten an den Buhnen, den künstlichen Strandbefestigungen. Ohne Steine und Beton wäre dieser Teil Norderneys längst von Sturmfluten weggespült worden.

Sie sah unverändert aus, bis auf das Glimmen in ihren Augen.

»Sie haben recht, der Typ ist ein Arschloch.«

»Haben Sie wenigstens erfahren, was Sie wissen wollten?«

»Ja und nein.«

»Das heißt?« Ihm blieb nicht viel Zeit. Das Hotel, in dem de Monti ein Zimmer gebucht hatte, lag ebenfalls an der Kaiserstraße, lediglich dreihundert Meter weiter westlich, die Fahrt im Polizeiwagen würde nach zwei Minuten beendet sein.

»Ja, es ist sicher, dass Hannah Berends die Insel in den letzten Wochen nicht verlassen hat.«

»Das hätte ich Ihnen auch sagen können.«

»Und nein, ihr Mann hat keine Ahnung, welche Wege sie genommen hat, wenn sie sich außerhalb des Hotels aufhielt.«

»Warum ist das wichtig?«

»Weil ich die infizierte Zeckenpopulation finden möchte.«

Der Hauptkommissar stoppte den Polizeiwagen vor dem Hoteleingang. »Was ist so ungewöhnlich an dieser FSME-Infektion?«

»Nichts. Abgesehen davon, dass es auf Norderney keine FSME geben dürfte.«

»Deshalb sind Sie von Berlin hierhergekommen?«

»Ja. Gelegentlich machen wir Stichproben. Um die Durchseuchung der Zecken zu untersuchen.«

Das klang nach Ausrede. Der Bulleninstinkt sagte ihm, dass die Wissenschaftlerin log.

Ihre Hand lag auf dem Türöffner. »Vielen Dank für Ihre Bemühungen.«

»Wollen Sie heute Abend mit mir essen gehen?«

De Monti schaute ihn erschrocken an. Die Zeit dehnte sich wie in einem schwarzen Loch.

»Ich glaube ... Ja. Um acht?«

Geis parkte den Wagen vor der Polizeistation und stieg aus. Er hatte nicht damit gerechnet, dass de Monti seine Einladung annehmen würde. Dreißig zu siebzig, größere Chancen hatte er sich nicht eingeräumt. Von daher nahm er ihre Zustimmung als positive Überraschung.

Pfeifend schlenderte er zum Eingang der Wache. De Monti war nicht unattraktiv, aber definitiv nicht sein Typ. Doch abgesehen davon, dass er sich freute, überhaupt mal wieder mit einem weiblichen Wesen auszugehen, nahm er sich vor, die Frau Doktor über den Zweck ihres Besuches auszuquetschen.

Britta Hartweg musterte ihn erstaunt. »Was ist los mit dir?«

»Wieso?«

»Du hast ja gute Laune.«

»Ist das so ungewöhnlich?«

»Ja. Und ehe ich es vergesse: Deine Tochter hat angerufen.«

Geis schloss die Tür zu seinem Büro auf und wählte die gespeicherte Nummer.

Annika nahm sofort ab. »Hallo, Papa!«

»Hast du Lust, am nächsten Wochenende nach Norderney zu kommen? Wir könnten uns zwei schöne Tage machen.«

»Nein, ich habe angerufen, weil ... Ich wollte dich was fragen.«

Ach so. Das. »Wie viel?«

»Hundert Euro. Aber nur, wenn es geht. Ich brauche dringend eine neue Jeans.«

»Und unter hundert Euro gibt's keine?«

»Ich trage doch nicht so ein billiges No-Name-Teil. Aber sag ruhig, wenn du das Geld nicht hast. Es ist schon okay.«

Annika wusste, wie sie ihn kleinkriegte.

»Ich überweise dir die Summe.«

»Heute noch?«

»Ja, heute noch.«

Annika jubelte. »Super, Papa!«

»Und was ist mit dem Wochenende? Wenn du mich nicht auf Norderney besuchen willst, könnte ich nach Hannover kommen.«

»Mach dir nicht die Mühe. Ist echt blöd. Ich bin am Freitag verabredet und am Samstag auch. Vielleicht die Woche drauf. Oder, besser noch, in zwei Wochen.«

»Ja«, sagte Geis tonlos. »Irgendeinen Termin werden wir bestimmt finden.«

10

Norderney, Kaiserstraße

Wieso hatte sie Ja gesagt? Was, um Himmels willen, war in sie gefahren, sich mit diesem Polizisten zu verabreden? Sie hatte sich doch so darauf gefreut, den Abend im Hotel zu verbringen. Die Tür verschließen und sich im Bett vergraben, beim Zimmerservice ein paar Sandwichs bestellen und niemanden an sich herankommen lassen. Das war der Plan gewesen.

Dabei hatte sie die Zugfahrt recht gut überstanden. Besser, als sie es sich in der letzten, schlaflosen Nacht ausgemalt hatte. Natürlich war sie dem üblichen Horror begegnet: einer Frauengruppe, die kleine grüne Fläschchen kreisen ließ und alle zehn Sekunden kreischend lachte; einem Rentnerehepaar, das stinkende gekochte Eier auspackte; Jugendlichen, die die Lautstärke ihrer MP3-Player so hochdrehten, dass die Ohrstöpsel das ganze Abteil beschallten; Geschäftsleuten, die pausenlos in ihre umgehängten Handy-Mikrofone redeten. Der völlig normale Wahnsinn eben.

Viola hatte sich in ihrem Sitz hinter Zeitschriften verschanzt und so unsichtbar wie möglich gemacht. Und mit jeder Stunde, die verstrich, hatte sie sich sicherer gefühlt. Sie hatte gewusst, diesmal würde sie ohne Panikattacken oder andere psychopathische Albernheiten auskommen. Auch dank der zwei Tabletten, die sie am frühen Morgen geschluckt hatte. Nicht einmal die schaukelnde Autofähre hatte sie aus ihrer chemisch stabilisierten Gelassenheit reißen können.

Erst der Polizist hatte sie verunsichert. Sein misstrauischer Blick, seine Nachfragen. Der Mann war nicht dumm, sie durfte nicht den Fehler begehen, ihn zu unterschätzen. Obwohl er keine Ahnung hatte, weshalb sie wirklich auf Norderney war.

Und da war noch etwas. Seine männliche Präsenz, das Testosteron, das er verströmte. Er sah aus wie ein ehemaliger Sportler, der seit geraumer Zeit das Training vernachlässigte. Immer noch kräftig und muskulös, aber mit leichtem Bauchansatz. Und dann diese Tränensäcke unter den Augen, die nicht vom Schlafmangel herrührten und ihm einen Hauch Tragik verliehen.

Umso unverzeihlicher, dass sie sich so lächerlich benommen hatte. Diese blöden Scherze, das Herumgedruckse und peinliche Schweigen – wie ein pubertierendes Mädchen hatte sie sich aufgeführt. Welchen Eindruck musste Geis von ihr bekommen haben? Hatte er sie eingeladen, weil er dachte, er könne bei ihr landen? Glaubte er wirklich, sie sei naiv genug, sich von ihm abschleppen zu lassen? Da würde er auf Granit beißen. Nein, einen One-Night-Stand hatte sie nicht im Angebot. Schon lange nicht mehr.

Viola zog ihre Kleidung aus und warf sie auf einen Sessel. Das Hotelzimmer war riesig. Durch eine Schiebewand konnte man den Schlaf- vom Wohnbereich abtrennen, es gab zwei Fernseher und bodentiefe Fenster ringsum, die einen Ausblick auf die westliche Inselspitze und das Meer erlaubten. Sie stellte sich hinter die Gardine. Unten rollten gischtige Wellen gegen das Ufer, am Horizont leuchteten winzige Modellschiffchen unter einem reiseprospektblauen Himmel.

Fantastisch, dachte Viola, das war wohl der Ausdruck, den gewöhnliche Reisende in solchen Momenten verwendeten. Sie wartete, ob sich bei ihr ein Gefühl des Glücks oder der wohligen Zufriedenheit einstellte. Aber da war nichts. Sie sah nur das Meer, Wellen, Schiffe und den Himmel – Komponenten, die unter farblichen Gesichtspunkten gut zusammenpassten.

Wahrscheinlich war es das Beste, sie sagte die Verabredung ab. Sie fühlte sich nicht in der Lage, mit einem Mann essen zu gehen. Ein paar Stunden Small Talk oder, schlimmer noch, heterosexuelles Gebalze – das würde sie überfordern.

Mit nackten Füßen stapfte Viola zum Zimmertelefon und nahm den Hörer ab. »Können Sie mich mit der Polizeistation verbinden?«

»Gibt es ein Problem?« Die Frau an der Rezeption klang besorgt.

»Nein, ich möchte nur eine Auskunft.«

Ein Freizeichen. Dann eine Frauenstimme: »Polizeiwache Norderney.«

Viola legte auf. Nein, das Experiment war noch nicht zu Ende. Es jetzt abzubrechen, wäre feige. Sie würde den Tag bis zum Ende durchstehen. Als eine Frau, die alles machen konnte, was sie wollte. Sogar mit einem fremden Mann essen gehen.

Aber zuerst musste sie unter die Dusche. Mindestens fünfzehn Minuten lang. Kochend heiß. Um den Angstschweiß abzuwaschen.

Das Restaurant sah edel aus. Überall Holz. Am Boden, an den Wänden, an der Decke, Stühle und Tische sowieso. Und der Blick aufs Meer stand dem aus ihrem Hotelzimmer nicht nach. Auch das Essen war vermutlich sehr gut. Viola kannte sich da nicht mehr so aus. Sie aß, um satt zu werden, nicht, um etwas zu schmecken. Außerdem beanspruchte im Moment das Gespräch ihre ganze Konzentration. Es galt, an den richtigen Stellen zu nicken, zu lächeln, zuzuhören und Fragen zu stellen. Und zwischendurch das Essen nicht völlig zu vergessen.

Als der Polizist sie vom Hotel abgeholt hatte, war sie ein bisschen enttäuscht gewesen. Statt der Uniform trug er Jeans und ein schlabberiges Freizeitsakko. Vor ihr saß ein ganz normaler Mann von Mitte vierzig mit leichtem Übergewicht und ordentlich nach hinten gekämmten, halblangen Haaren.

Die Familiengeschichten waren inzwischen abgehakt. Viola hatte von ihrem sizilianischen Vater Antonio erzählt und wie sich ihre Mutter, eine waschechte Berlinerin, während eines Adria-Urlaubs Hals über Kopf in den Eismann an der Straßenecke, eben Antonio, verliebt hatte. Zwei Monate später war klar gewesen, dass die Liaison Folgen haben würde. Antonio hatte sein geliebtes Italien aufgegeben und war nach Berlin gezogen, um dort einen Eissalon zu eröffnen. Weshalb sie, also Viola, von Geburt an Berlinerin war und Italien nur von den Besuchen bei der weitläufigen Verwandtschaft ihres Vaters kannte.

Danach war Martin Geis an der Reihe gewesen. Dass er geschieden war, hatte Viola vermutet. Auch, dass er nicht ganz freiwillig auf Norderney gelandet war. Allerdings hätte sie ihm mehr als eine Tochter zugetraut und bei den Geschichten vom Scheidungskrieg und seinen Schwierigkeiten, ein gutes Vater-Tochter-Verhältnis aufrechtzuerhalten, verlor sie vorübergehend den Faden.

Sie fand ihn wieder, als sie das Private verließen und auf ein Themenfeld zu sprechen kamen, das Viola erheblich mehr lag.

»Ich habe mich nicht immer mit Zecken beschäftigt«, antwortete sie auf Geis' Frage. »Eine Zeit lang war ich in der Forschung tätig. Ich habe in Deutschland und den USA Mikrobiologie und Epidemiologie studiert und meine Doktorarbeit über Ebola geschrieben.«

»Ebola? Ist das nicht …«

»Das gefährlichste Virus, das es gibt«, erklärte Viola. »An der Kongo-Variante des Virus sterben neun von zehn Infizierten innerhalb von fünf bis fünfzehn Tagen.«

»Und wie …«

»Wie es anfängt? Mit starken Kopfschmerzen, Fieber, Übelkeit. Dann kommen Rückenschmerzen hinzu, die Schmerzen breiten sich im ganzen Körper aus, werden unerträglich. Nach etwa fünf Tagen explodiert das Virus im Körper, es hat sich milliardenfach vermehrt und überschwemmt das Blut und die inneren Organe. In den Adern bilden sich kristalline Blutgerinnsel, Leber und Nieren stellen die Arbeit ein und verflüssigen sich. Die Schleimhäute im Rachen und im Darm lösen sich ab, durch die Blutgerinnsel kommt es im Gehirn zu einer Reihe von kleinen Schlaganfällen. Das Gesicht verwandelt sich in eine starre Maske mit roten Augen, die höheren Bewusstseinsfunktionen werden nach und nach abgeschaltet. Die Erkrankten wissen nicht mehr, wer und wo sie sind, manche springen aus den Krankenhausbetten und rennen nackt durch die Straßen. Dann spucken sie Blut. Körniges, fast schwarzes Blut. Schließlich verflüssigt sich auch das Unterhautgewebe und das Blut sickert direkt durch die Haut, aus den Augen und allen anderen Körperöffnungen.«

»Danke.« Geis legte sein Besteck auf den Teller. »So genau wollte ich es gar nicht wissen.«

Viola starrte auf das nur kurz angebratene Steak, das der Hauptkommissar erst zur Hälfte gegessen hatte. Mein Gott, wie konnte sie nur so tollpatschig sein? Hatte sie denn jegliches Gefühl dafür verloren, was in welcher Situation angebracht war?

»Tut mir leid. Ich habe gar nicht ... Ich meine, ich hätte nicht ...«

»Nicht so schlimm.« Geis lächelte. »Soll ich mit einigen sehr alten und sehr unappetitlich aussehenden Leichen kontern, die mir bei meiner Arbeit begegnet sind?«

»Bitte nicht!« Viola war froh, dass er es humorvoll nahm. »Ich verspreche: keine weiteren Details.«

»Und was genau haben Sie erforscht?« Geis nahm das Besteck wieder auf.

»Wir wollten herausfinden, wo sich das Ebola-Virus normalerweise aufhält. Menschen und Affen sterben nach der Infektion viel zu schnell, um als dauerhaftes Reservoir infrage zu kommen.« Sie bemühte sich, ihre Worte sorgfältig abzuwägen. »Also muss es irgendwo im Dschungel eine Tierart geben, die mit dem Ebola-Virus überleben kann. Nur sporadisch, mehr oder weniger zufällig, springt das Virus auf den Menschen über und richtet verheerende Folgen an.«

»Und wie geschieht das?«

»Das wissen wir nicht genau. Vermutlich durch Kontakte mit Blut oder anderen Körperausscheidungen. Es kann sich um Tiere handeln, die von Menschen gejagt werden, um Fledermauskot, der als Staub eingeatmet wird, oder um Stiche von Insekten.«

»So ähnlich wie Aids? Aids kommt doch auch aus Afrika, oder nicht?«

»Ja. Aids ist ein gutes Beispiel dafür, wie ein harmloses Tier-Virus, das Meerkatzen befällt, über eine mutierte Form in Schimpansen zu einer globalen Plage für die Menschheit werden kann. Und ganz nebenbei der Beweis, dass wir Menschen nicht unbesiegbar sind. Nicht wenige Wissenschaftler vertreten die Auffassung, dass uns die Viren eines Tages erledigen werden.«

»Glauben Sie das wirklich?«, fragte Geis skeptisch. »Ich habe das immer für Panikmache gehalten.«

Viola lächelte. »Alle paar Jahre nimmt die Natur einen Anlauf und von Mal zu Mal werden die Ergebnisse perfekter. Die letzten Versuche hießen SARS und Vogelgrippe. Bei der Vogelgrippe fehlt nur ein kleiner genetischer Baustein zur weltweiten Pandemie. Und sobald sich ein Virus von der Gefährlichkeit des Ebola mit der Leichtigkeit seines Grippe-Verwandten überträgt, hat unsere letzte Stunde geschlagen. Oder sagen wir: für neunzig Prozent von uns.«

»Eigentlich ziemlich dumm von den Viren, uns zu töten«, warf Geis ein. »Schließlich vernichten sie damit ihre eigene Lebensgrundlage.«

»Viren haben eben keinen Verstand. Sie sind nichts weiter als ein Stück Genmaterial mit ein paar Zucker- und Eiweißmolekülen drum herum, unfähig, selbstständig zu existieren. Dafür brauchen sie Zellen, die sie zu ihren Reproduktionsmaschinen machen. Andererseits, schaut man sich an, wie methodisch Viren einen Körper erobern, könnte man das fast für einen Plan halten. Und selbst das Ende der Ebola-Kranken …« Sie schwieg verlegen.

»Reden Sie ruhig weiter!«, forderte Geis sie auf.

»… sieht wie ein letzter Versuch der Viren aus, neue Wirte zu finden. Mit dem Blut, das die Sterbenden verspritzen, werden nicht selten andere Menschen infiziert.«

»Haben Sie das natürliche Reservoir gefunden?«

Er hatte also nicht vergessen, was ihrem kleinen Exkurs vorausgegangen war. War er tatsächlich an ihrer Arbeit interessiert? Oder einfach nur in Verhörtechnik geschult?

Viola seufzte. »Nein. Wir haben drei Expeditionen an den Ebola-Fluss gemacht, Zehntausende von Insekten, Spinnentieren, Fledermäusen und Nagetieren untersucht – keines von ihnen war mit dem Ebola-Virus verseucht. Aus wissenschaftlicher Sicht ein kompletter Fehlschlag.«

Die Bilder der letzten Expedition stiegen wieder hoch. Sie waren fünf Wissenschaftler, die von zwanzig kongolesischen Helfern und fünfzig Regierungssoldaten begleitet wurden. Die Soldaten sollten die Sicherheit garantieren, doch Viola fürchtete sich mehr vor ihnen als vor irgendwelchen Banditen, die sich angeblich in der Gegend herumtrieben. Dann waren die Soldaten eines Tages verschwunden. Zumindest schien es so, als die Forscher am Nachmittag ins Zeltlager zurückkehrten.

Geis sah sie fragend an. Hatte er etwas gesagt?

Viola riss sich zusammen. »Bitte?«

»Geht es Ihnen nicht gut?«

»Doch, doch. Ich war nur gerade …«

»… in Gedanken ganz woanders«, ergänzte der Hauptkommissar. »Das war nicht zu übersehen.«

Eine Kellnerin tauchte am Tisch auf. Viola überließ ihr den Teller mit der übrig gebliebenen Pasta.

»Hat es Ihnen nicht geschmeckt?«, fragte Geis.

»Doch, doch, es war sehr gut.« Sie zuckte entschuldigend mit den Schultern. »Die Zugfahrt hat mich ziemlich erledigt. Ich glaube, ich muss ins Hotel zurück.«

»Lassen Sie uns noch einen Espresso nehmen!«

Sie bestellte einen koffeinfreien. Sonst würde sie in der Nacht kein Auge zubekommen.

»Und wie sind Sie von Ebola auf Zecken gekommen?«,

nahm Geis den Gesprächsfaden wieder auf, als die kleinen weißen Tassen vor ihnen standen. »Ist das nicht ein großer Unterschied?«

»Eigentlich nicht.« Viola probierte einen winzigen Schluck. »Wir hatten Zecken sogar in Verdacht, das Ebola-Virus zu übertragen. Schließlich können Zecken hervorragend mit FSME und anderen Krankheitserregern leben. Aber das war nicht der entscheidende Grund, warum ich nach Deutschland zurückwollte. Nach dem Misserfolg im Kongo hatte ich genug von der Feldforschung – und von gefährlichen Jobs.«

Verdammt noch mal, was plapperte sie denn da? Warum lieferte sie dem Mann Stichworte für Fragen, die sie nicht beantworten wollte. Sie schielte zu ihm hinüber. Zum Glück schien er das Letzte überhört zu haben.

»Wissen Sie, was ich denke?« Der Hauptkommissar beugte sich vor und schaute ihr direkt in die Augen. »Ihr Aufenthalt auf Norderney ist keine Routine. Irgendwas stimmt nicht mit der Zecke, die Hannah Berends gebissen hat.«

»Gestochen«, sagte Viola. »Zecken beißen nicht. Sie stechen.«

Sie stand am Fenster ihres Hotelzimmers und schaute aufs Meer hinaus. So weit das in dem milchigen Mondlicht möglich war. Nicht der schlechteste Platz, um die Nacht zu verbringen. Und über das Gespräch mit Geis nachzudenken. Wahrscheinlich hatte sie seine schlimmsten Vorurteile über Wissenschaftlerinnen bestätigt. Ebola, Aids und Viren im Allgemeinen – sie hatte nichts ausgelassen, was einen harmlosen Restaurantbesuch verderben konnte. Komisch war nur, dass es ihm nicht das Geringste auszumachen schien. Nach dem Essen hatte er es sich nicht nehmen lassen, sie zu ihrem Hotel zurückzubringen. Und dann, als sie damit rechnete, dass er sich umdrehen und weggehen würde, hatte er sich zu ihr hinuntergebeugt und sie auf die Wange geküsst. So überraschend, dass sie nicht hatte zurückweichen können. Falls sie das gewollt hätte.

Eines hatte Geis jedenfalls bewirkt: Sie war hellwach, in dieser Nacht würde sie keinen Schlaf finden. Aber sie ärgerte sich nicht darüber. Im Gegenteil, ein bisschen freute sie sich schon auf den Sonnenaufgang.

11

Norderney, Knyphausenstraße

Die Margarinedose war fast leer und der bläuliche Schimmer auf der Frischwurst sah nicht besonders vertrauenerweckend aus. Er musste dringend einkaufen. Und putzen. Und sich neue Klamotten zulegen. Ja, er musste viele Sachen dringend erledigen. Mit seiner Tochter reden. Über sein Leben nachdenken. Am besten, er fing morgen damit an. Oder übermorgen. Heute fühlte er sich zu müde dazu.

Martin Geis goss sich aus der Porzellankanne eine Tasse Tee ein. Nach ein paar Monaten auf Norderney war er vom morgendlichen Kaffee auf Ostfriesentee mit Kluntje und einem Schuss Milch umgestiegen. Seitdem fühlte er sich wohler, sein Magen meldete sich nicht mehr so oft wie in der ersten Zeit des Alleinlebens.

Heute reichte der Tee nicht, um einen klaren Kopf zu bekommen. Er würde ein oder zwei Schmerztabletten schlucken müssen. Nachdem er Viola de Monti zu ihrem Hotel zurückgebracht hatte, war er dummerweise noch in einer Kneipe gelandet und dort versackt. Das passierte ihm äußerst selten. Aber gestern hatte er nicht einfach ins Bett gehen können. Er war frustriert, sauer. Über seine Unfähigkeit, die Distanz zu der Wissenschaftlerin zu überbrücken. Über ihre

Art, mit ihm zu reden, ohne ihn wahrzunehmen. Als ob er gar nicht existieren würde. Dabei hatte sie kein Blatt vor den Mund genommen. Nein, mit blutigen Ausschmückungen in ihren Geschichten hatte sie nicht gespart. Allerdings wäre sie vermutlich genauso gesprächig gewesen, wenn nicht er ihr gegenübergesessen hätte, sondern ein Diktiergerät.

Und dann hatte sie ausgerechnet bei der wichtigsten Frage gekniffen. Von einem besonderen Anlass, nach Norderney zu kommen, wollte sie nichts wissen. Angeblich alles Routine und Normalität.

Wer's glaubt, wird selig, dachte Geis. Andererseits – vielleicht irrte er sich ja auch. Die Frau wirkte ein bisschen abgedreht, wie traumatisiert. Möglicherweise war es der Eindruck, etwas vorgespielt zu bekommen, der seine Bulleninstinkte geweckt hatte. Und in Wirklichkeit gab es gar kein Geheimnis um Zecken und Hannah Berends, lediglich ein persönliches Problem der Viola de Monti.

Das Telefon klingelte. Der Hauptkommissar erhob sich mit einem schwachen Stöhnen und nahm den Hörer ab. Britta Hartweg war dran. Sein Dienst begann erst in zwei Stunden, es musste sich um etwas Wichtiges handeln.

»Was ist los?«

»Lars Rasmussen turnt auf dem Leuchtturm herum.«

Geis suchte nach einem Gesicht, das zu dem Namen passte. Rasmussen? In der Fußgängerzone gab es einen Kleiderladen Rasmussen.

»Lars ist der Sohn von Wiebke Rasmussen«, erklärte Britta. »Der Junge ist dreizehn oder vierzehn.«

Jetzt tauchte ein Bild vor seinen Augen auf. Einer dieser runden Köpfe mit semmelblonden Haaren, die überall auf Norderney herumliefen. Lars war einer von denen, die mal einen coolen Spruch wagten. Aber eigentlich ganz harmlos.

»Und?« Geis versuchte, den Druck an seinen Schläfen zu ignorieren.

»Er balanciert auf dem Käfig der Aussichtsplattform. Ein paar Spaziergänger haben uns angerufen. Saskia Fischer ist schon vor Ort.«

»Wie konnte er auf den Käfig gelangen? Der ist doch rundum geschlossen, als Sicherung gegen Selbstmordversuche.«

»Es gibt eine Luke. Anscheinend ist es ihm gelungen, sie zu öffnen.«

»Sieht es aus, als ob er springen würde?«

»Frag mich was Leichteres, Martin.«

»Ist seine Mutter verständigt?«

»Wir haben sie noch nicht erreicht.«

»Feuerwehr?«

»Unterwegs.«

»Ich komme«, sagte Geis.

Der 1874 fertiggestellte Leuchtturm war eines der Wahrzeichen von Norderney. Er stand abseits der Strände und bewohnten Gebiete, fast in der Mitte der Insel und direkt neben dem Flughafen. Ein paar Jahre war er für Touristen gesperrt gewesen, doch seit einiger Zeit konnte man wieder zur über fünfzig Meter hohen Spitze hinaufsteigen.

Saskia Fischer hielt eine kleine Gruppe von Senioren in roten und gelben Plastikumhängen in Schach, als der Polizeiwagen mit Martin Geis und Britta Hartweg unterhalb des Turms stoppte. Geis nickte Fischer zu und blickte nach oben. Lars saß auf der äußeren Kante des Gitterkäfigs, seine Beine baumelten in der Luft. Die Ankunft des Polizeiwagens war ihm nicht entgangen, er stieß einen unartikulierten Schrei aus und drückte sich mit den Händen hoch. Dann hakte er seine Füße in den Geländerstäben ein und ließ den Oberkörper nach vorn fallen. Von unten sah es aus, als würde er wie eine Galionsfigur vor dem Bug eines Schiffes schweben. Nur dass es am Fuß des Leuchtturms kein Wasser gab, das den Aufprall des Sturzes milderte.

Die betagten Schaulustigen hielten nach geräuschvollem Einatmen die Luft an.

»Halten Sie bitte Abstand!«, sagte Geis scharf.

Schritt für Schritt wichen die Rentner zurück. Geis trat neben Fischer, die dem Turm den Rücken zuwandte, um die Zuschauer im Auge zu behalten. Wieder wurde ihm bewusst, wie schön die junge Polizistin war.

»Wie lange ist er schon da oben?«

»Der erste Anruf kam vor einer Stunde. Offenbar hat er sich irgendwie den Schlüssel besorgt, normalerweise ist der Leuchtturm nur am Nachmittag geöffnet.«

»Haben Sie mit ihm gesprochen?«

»Nein.« Fischer errötete. »Dafür bin ich nicht ausgebildet. Ich dachte, ich warte, bis Sie ...«

»Kein Problem.« Geis klopfte ihr auf die Schulter. »Das haben Sie richtig gemacht.«

Britta Hartweg stand breitbeinig vor dem Polizeiwagen. Mit der verspiegelten Brille, die sie zum Schutz gegen die Sonne aufgesetzt hatte, sah sie aus wie eine dreidimensionale Comicfigur. Auf der Straße näherte sich ein Feuerwehrwagen, ohne Blaulicht und Sirene. Geis war froh, dass der Einsatzleiter auf jegliches Tamtam verzichtete, es hätte Lars nur provoziert.

»Einer von uns muss nach oben. Ich dränge mich nicht vor.«

Britta drehte den Kopf. »Ich würd's ja tun.«

»Aber?«

»Ich habe mir Lars letzte Woche zur Brust genommen, weil er eine Flasche zerschlagen hat. Kann sein, dass er mich zurzeit nicht leiden kann.«

»Okay«, sagte Geis. »Sobald die Mutter auftaucht, schick sie mir nach!«

Ohne noch einmal zur Turmspitze zu blicken, eilte er den rot gepflasterten Fußweg hinauf, der die Straße mit dem

Eingang des Leuchtturms verband, vorbei am verwaisten Kassenhäuschen. Dann stand er im Inneren. Eine enge Wendeltreppe aus grauem Beton führte nach oben. Es waren rund zweihundertfünfzig Stufen, das wusste er von einer Inselführung, die er zu Beginn seiner Amtszeit mitgemacht hatte. Nach einer Minute kehrten die Kopfschmerzen zurück und pochten wild gegen die Schläfen, nach zwei Minuten fing er an zu keuchen. Davon, dass er in grauer Vorzeit mal regelmäßig gejoggt und Kampfsport getrieben hatte, war seiner Kondition nichts mehr anzumerken. Er fühlte sich wie ein fetter alter Sack. Ein alter Sack, der keine Ahnung hatte, wie man mit dreizehnjährigen Selbstmordkandidaten redete.

Vor der Öffnung, die auf die kreisrunde Plattform hinausführte, blieb er stehen. »Lars! Ich bin Martin Geis, der Chef der Polizei. Ich komme jetzt raus.«

Gejohle war die Antwort.

Hier oben wehte ein starker Wind. Geis hob die Arme, um seine friedlichen Absichten zu unterstreichen. »Ich will nur mit dir reden.«

»Cool.« Lars hing immer noch auf der Außenseite des Geländers, mit der rechten Hand hielt er sich am Gitter fest, während der linke Arm locker herunterbaumelte. Sein Gesicht war gerötet, vom Wind und der Anstrengung.

»Ich fänd's besser, wenn du auf die Innenseite kommen würdest, während ich hier bin.«

»Warum?«

»Es macht mich nervös, dich da rumzappeln zu sehen. Ich verspreche dir, ich bleibe an der Tür stehen.«

»Lässt sich machen.« Lars schwang hoch und setzte sich wieder auf den Käfig.

Ein erster kleiner Erfolg. Geis atmete durch. »Wenn du Probleme hast, finden wir bestimmt eine Lösung.«

»Probleme? Was für Probleme?«

»Ärger in der Schule. Mit deiner Mutter. Liebeskummer. Irgendeinen Grund wird es ja geben, warum du hier oben bist.«

Ganz langsam kippte der Junge zur Seite, der Außenseite.

»Nein!« Entgegen seinem Versprechen machte Geis einen Schritt nach vorn. Sein Herz überschlug sich.

»Heftig!« Lars lachte auf. Im letzten Moment hatte er sich abgefangen.

»Tu das nicht! Bitte!«

»Was?«

»Da runterspringen.«

»Ist doch nicht so schlimm.«

»Lars!« Eine helle Frauenstimme drang von unten herauf.

»Mama?« Er lugte nach unten. »Ihr habt Mama gerufen?«

»Ja. Und deine Mutter wäre wahnsinnig traurig, wenn du dich umbringen würdest.«

»Will ich gar nicht.«

»Das ist gut«, sagte Geis. »Das ist sehr gut.«

»Ich will nur wissen, wie das ist. Zu fliegen.«

»Du kannst nicht fliegen. Du bist tot, sobald du loslässt.«

»Mir kann nichts passieren, Alter.« Das runde Gesicht strahlte. »Ich habe gespeichert.«

»Du hast was?«

»Mein Leben gespeichert. Ich stehe wieder auf und mache weiter. Gott-Modus, verstehen Sie? Ich habe den Gott-Modus eingegeben.«

Eine Ahnung beschlich den Hauptkommissar. »Das hier ist kein Computerspiel, Lars.«

»Hundertpro.«

»Ist es nicht.« Der Junge war sich der Gefahr, in der er schwebte, gar nicht bewusst. Das machte es noch schwerer, ihn zu überzeugen. Geis spürte, wie ihm die Angst die Kehle zuschnürte. »Lars, bitte! Lass uns nach unten gehen und die Sache klären. Falls du recht hast, spendier ich dir …«

»Später.«

Geis hörte den kollektiven Aufschrei. Und dann das Geräusch, als der Körper auf dem Boden aufschlug. Er taumelte zurück und rutschte an der Außenwand des Turms abwärts, bis er den kalten Boden berührte. Das Zittern begann in den Armen und Beinen und breitete sich im ganzen Körper aus, es schüttelte ihn, als wäre er an ein Stromkabel angeschlossen. Die Zähne klapperten und aus seinem Mund kam ein Ton, der ihn an nichts erinnerte, was er schon einmal gehört hatte.

Allmählich verebbten die Zuckungen. Er hörte, dass Britta Hartweg seinen Namen rief, und stand auf. Es fiel ihm unendlich schwer, nach unten zu schauen. Lars' Leiche war mit einer Plastikplane bedeckt. Mehrere Menschen standen daneben: Wiebke Rasmussen, Britta Hartweg, Dr. Habibi – und Viola de Monti.

12

Berlin, Bundesinnenministerium

Heiner Stegebach wusste nicht, was er hier sollte. Hinter der Doppelflügeltür, auf die er von seinem Sessel aus blickte, fand eine Konferenz auf Abteilungsleiterebene statt. Sicherheitsexperten, so viel hatte er mitbekommen. Auch das Stichwort Norderney war gefallen. Also ging es wohl um den bevorstehenden Europäischen Gipfel. Aber das war keine Angelegenheit, die das Gesundheitsressort betraf. Wieso hatte man ihn, den Sprecher des Bundesministeriums für Gesundheit, ins Innenministerium bestellt?

Gleich nach dem Anruf vor zwei Stunden hatte er sich umgehört und auch das Landwirtschaftsministerium kontaktiert. Doch weder auf Norderney noch auf den anderen Inseln oder dem ostfriesischen Festland waren irgendwelche meldepflichtigen Krankheiten aufgetreten, abgesehen von einer einzigen FSME-Infektion. Fehlanzeige ebenso bei Tierseuchen, der letzte dokumentierte Vogelgrippefall lag bereits über ein Jahr zurück. Gesundheitlich hatten die Regierungschefs auf der Nordseeinsel nichts zu befürchten.

Die Tür öffnete sich und eine Sekretärin winkte ihn herein. Der Saal war fensterlos, vermutlich mit Magnetfeldern abgeschirmt und abhörsicher. Eine Galerie von Monitoren an der Stirnwand unterstrich die Bedeutung, an diesem Ort verhandelte man globale Krisen. Allerdings waren im Moment alle Monitore abgeschaltet. Bis auf einen, der eine Satellitenansicht von Norderney zeigte.

Die Klimaanlage schaufelte arktische Luft, Heiner Stegebach fröstelte.

»Setzen Sie sich doch!«, sagte der Mann, der vor den Monitoren thronte.

Stegebach erkannte Winfried Lange, einen der einflussreichsten Abteilungsleiter im Innenministerium. Rund um den ovalen Konferenztisch saßen acht weitere Männer, erst in der zweiten Reihe, auf den unbequemeren Stühlen, tauchten auch weibliche Gesichter auf.

Die meisten Anwesenden waren Heiner Stegebach unbekannt, nur drei oder vier Köpfe hatte er schon einmal gesehen.

»Sie werden sich sicher fragen, warum wir Sie herbestellt haben?«

»In der Tat.« Der Sprecher des Gesundheitsministeriums räusperte einen Frosch weg. »Womit kann ich Ihnen helfen?«

»Indem Sie uns etwas über Ihre Freundin erzählen.«

In den letzten zwei Stunden war Stegebach auf ungefähr dreiundzwanzig Möglichkeiten gekommen, warum die Sicherheitsleute mit ihm sprechen wollten, einschließlich einer drei Jahre zurückliegenden Anzeige wegen Trunkenheit am Steuer. Aber mit einer Frage zu seinem Privatleben hatte er nicht gerechnet.

»Meine Freundin? Was …«

»Sind Sie nicht mit Dr. Viola de Monti befreundet?«

Die Erstarrung verwandelte sich in Ärger. Wen ging das etwas an, mit wem er zusammen war und mit wem nicht? Und woher wussten die das überhaupt?

»Entschuldigung …«

»Sie denken, das ist Ihre Privatangelegenheit?«, unterbrach ihn Lange.

Stegebach schwieg.

»Und Sie haben recht«, fuhr Lange fort. »Ihre persönlichen Beziehungen sollten uns wirklich nicht interessieren. Es geht allerdings um einen Fall, der die nationalen Belange der Bundesrepublik Deutschland tangiert.«

Viola de Monti ein Sicherheitsrisiko? Eine Terroristin, die einen Anschlag plante? Das konnte Stegebach sich nicht vorstellen. Viola war schwierig, verschroben, voller Ängste, Ticks und Macken. Und so damit beschäftigt, ihr Leben und ihren Beruf im Griff zu behalten, dass alles andere keine Rolle spielte. Wenn er, in ihrer kurzen gemeinsamen Zeit, vom Politdschungel in der Hauptstadt, von den Intrigen und Durchstechereien in der Regierung erzählt hatte, war sie geistig auf Tauchstation gegangen. Für Politik schien sie sich ähnlich zu begeistern wie ein Sodbrennen für eine Natriumcarbonattablette. Oder war das nur Show gewesen? Hatte sie ihm etwas vorgespielt? War sie in Wirklichkeit eine knallharte Aktivistin?

»Ich verstehe nicht …«

»Hat Frau Dr. de Monti mit Ihnen über den FSME-Fall auf Norderney gesprochen?«

Was bedeutete das nun schon wieder?

Lange rückte seine Goldrandbrille gerade. »Beantworten Sie bitte meine Frage!«

»Nein«, sagte Stegebach. »Und um Sie auf den aktuellen Kenntnisstand zu bringen: Viola de Monti und ich haben uns vor einigen Wochen getrennt. Wir pflegen jedoch nach wie vor ein freundschaftliches Verhältnis und telefonieren regelmäßig miteinander. Den FSME-Fall auf Norderney hat sie dabei nicht erwähnt.«

Lange schaute in die Runde. Einige der Sitzungsteilnehmer nickten zurück. Heiner Stegebach hatte den Eindruck, dass sich die Körperhaltung der Anwesenden entspannte. Was, zum Teufel, ging hier vor?

»Darf ich fragen …«

»Nun …« Lange faltete seine Hände. »In Ihrem Amt werden Sie sowieso über kurz oder lang damit befasst sein. Im Übrigen vertraue ich auf Ihre Verschwiegenheit.«

»Selbstverständlich. Wir arbeiten für dieselbe Regierung, Herr Dr. Lange.«

Langes Mundwinkel zuckten. »Frau de Monti glaubt, eine Mutante des FSME-Virus entdeckt zu haben.«

»Glaubt?«

»Sie ist derzeit auf Norderney, um weitere Beweise für ihre Hypothese zu finden.«

»Oppolt, Landeskriminalamt Niedersachsen«, stellte sich ein Mann mit Glatze vor. »Frau Dr. de Montis Forschungen interessieren uns nur am Rande. Was uns jedoch beunruhigt, ist der Ort, an dem diese angebliche FSME-Mutation aufgetreten sein soll.«

»Wegen des Europäischen Gipfels«, warf Stegebach ein, um zu demonstrieren, dass er nicht völlig ahnungslos war.

»Richtig«, sagte Lange. »Im Vorfeld des Gipfels käme uns eine öffentliche Berichterstattung über eine neue Krankheit, die ausgerechnet auf Norderney erstmalig in Erscheinung tritt, äußerst ungelegen. Den Veranstaltungsort zu wechseln, würde eine ungeheure Kraftanstrengung erfordern, da die Planungen weitgehend abgeschlossen sind. Von dem, was ein Ortswechsel kosten würde, ganz zu schweigen.«

»Um wie viele Erkrankungen geht es denn?«, fragte Stegebach. »Unserem Ministerium ist bislang erst eine Infektion gemeldet worden.«

»Mehr gibt es auch nicht«, sagte Oppolt scharf. »Und die Betroffene ist nicht an FSME gestorben, sondern aufgrund einer tätlichen Auseinandersetzung mit ihrem Ehemann.«

»Eine singuläre Erkrankung stellt doch kein Gefahrenpotenzial dar«, wagte sich Stegebach vor. »Zumal FSME nicht epidemisch ist. Die Übertragung erfolgt ausschließlich durch Zecken. Solange man sich von ihnen fernhält oder sich impfen lässt, kann nichts passieren.«

»Sie sehen das so. Und wir sehen das natürlich auch so«, ergriff ein grauhaariger George-Clooney-Verschnitt, der rechts neben Lange saß, das Wort. »Allerdings kommt es mehr darauf an, was die Öffentlichkeit aus dem Fall macht. Die Boulevardmedien werden sich mit Freude auf das Thema stürzen, die internationale Presse wird es aufgreifen. Und schon haben wir eine Situation, die zum Handeln zwingt. Der Bundesregierung bleibt dann nichts anderes übrig, als den Tagungsort zu verlegen.«

»Es sei denn«, sagte Lange, »die Sache bleibt unter dem Deckel. Zumindest bis zum Herbst.«

Das war es also. Endlich begriff Stegebach den Sinn der Veranstaltung. Sie wollten, dass Viola den Mund hielt.

Lange schaute ihn erwartungsvoll an. »Was sagen Sie dazu?«

»Viola de Monti ist in erster Linie Wissenschaftlerin.«

»Unbestritten.«

»Wenn sie davon überzeugt ist, dass von der Mutation des FSME-Virus ...«

»Der vermeintlichen Mutation.«

»... ein gesundheitliches Risiko ausgeht, wird sie es für ihre Pflicht halten, die Öffentlichkeit zu informieren. Das verlangt sogar ihre Arbeitsplatzbeschreibung beim BfI.«

Lange winkte ab. »Das BfI ist als Bundesinstitut Ihrem

Ministerium direkt unterstellt. Es gilt der politische Grundsatz, dass eine Panik auf jeden Fall zu vermeiden ist.«

»Ich fürchte, da bin ich der falsche Ansprechpartner«, blockte Stegebach ab. »Als Sprecher des Ministeriums habe ich keinerlei Weisungsbefugnis. Warum reden Sie nicht mit dem Minister persönlich?«

»Wir dachten, dass Sie als Freund einen gewissen Einfluss haben«, meldete sich George Clooney. »Unterhalb der offiziellen Ebene. Wir möchten vermeiden, dass Frau de Monti in einer Trotzreaktion Fehler begeht.«

»Nein.« Das Blut schoss ihm in den Kopf. »Tut mir leid. Das werde ich nicht tun.«

»Gehen wir die Sache mal anders an.« Lange knetete seine Hände. »Frau Dr. de Monti gilt als psychisch labil. Sie hat zwei Selbstmordversuche begangen und nimmt regelmäßig Medikamente.«

»Und?« Stegebach lehnte sich zurück.

»Wussten Sie davon?«

»Ja.«

»Auch den Grund?«

»Sie leidet seit längerer Zeit unter Ängsten und Depressionen.«

»Es gab ein Ereignis, das die psychische Erkrankung ausgelöst hat, nicht wahr?«

»Sie ist nicht psychisch krank.«

»Gut. Sagen wir: die psychische Labilität.«

Natürlich kannten sie Violas Lebenslauf.

»Ich bin kein Arzt …«

»Frau de Monti ist während einer Forschungsexpedition im Kongo von Banditen entführt worden«, sagte Lange. »Hat sie mit Ihnen darüber geredet?«

Abgesehen von Papierrascheln in der zweiten Reihe herrschte ein paar Sekunden lang Stille. Wahrscheinlich imaginierten die anwesenden Männer gerade, wie eine Horde Schwarzer über eine weiße Frau herfiel. Heiner Stegebach schämte sich, dass er genau diese Fantasie nie hatte abschütteln können.

»Ja, aber sie hat keine Details erzählt.«

»Wie wird sich Dr. de Monti verhalten, wenn Druck auf sie ausgeübt wird?«, wollte George Clooney wissen.

»Renitent«, sagte Stegebach. »Sie akzeptiert keine Autoritäten, mit Ausnahme der Wissenschaft.«

»Verstehen Sie jetzt?«, sagte Lange. »Falls Frau de Monti nicht kooperiert, wäre es für uns ein Leichtes, ihre psychische Verfassung ans Licht zu zerren und ihre Glaubwürdigkeit infrage zu stellen. Das möchten wir im Sinne aller Beteiligten vermeiden. Vielleicht gelingt es Ihnen ja, de Monti zu überzeugen.«

13

Norderney, Polizeistation

»Alles in Ordnung?«

Nichts war in Ordnung. Er hatte versagt. Jämmerlich versagt. Er hatte die unpassenden Worte gewählt, nicht den richtigen Ton getroffen, war zu forsch oder zu zaghaft vorgegangen. Auf jeden Fall hatte er alles falsch gemacht, was man falsch machen konnte. Denn der Junge war gesprungen. Und er hatte es nicht verhindert.

Martin Geis hob den Kopf und schaute zu Britta Hartweg, die in der Tür stand.

»Mir geht's gut.«

»Es ist nicht deine Schuld.«

»Ich weiß.«

»Niemand hätte ihn davon abhalten können.«

»Vielleicht.«

Britta schloss die Tür von innen und lehnte ihren breiten Rücken dagegen.

Mit einem Teil seines Bewusstseins, dem professionellen, geschulten Polizistenhirn, verstand Geis, was in seiner Stellvertreterin vorging. Sie machte sich Sorgen um seine Psyche, hatte Angst, dass er zusammenbrechen würde. Und hielt es für ihre Aufgabe, sich um ihn zu kümmern. An ihrer Stelle hätte er genauso gehandelt.

Doch der andere Teil seines Bewusstseins, der menschliche Kern unter den antrainierten, vernunftbestimmten Verhaltensweisen, rebellierte gegen die Bevormundung. Er wollte allein sein. Er wollte sich, verdammt noch mal, schuldig fühlen. Es gab ein Recht, der letzte Arsch der Welt zu sein.

»Ich habe mich gedrückt«, sagte Britta. »Ich habe es dir überlassen.«

»Ach was.« Seine Stimme klang hölzern und müde.

»Doch.« Britta ließ sich nicht beirren. »Ich kannte ihn. Ich ...«

»Hör auf!«

Britta zuckte zusammen. Er hatte geschrien.

»Es bringt nichts«, fügte er leiser hinzu.

»Warum nimmst du dir nicht frei? Wir kommen auch ohne dich zurecht.«

»Weil ...« Er suchte auf seinem Schreibtisch nach einer Antwort. »Weil mir zu Hause die Decke auf den Kopf fallen würde. Lass mich einfach eine Weile hier sitzen. Ich komme schon wieder in die Spur.«

»Es gibt einen psychologischen Beratungsdienst. Vielleicht wäre es ...«

»Nein.« Geis stand auf. »Ich weiß, du meinst es gut, Britta. Aber im Moment möchte ich mit niemandem reden.«

»Okay.« Sie wandte sich um. »Übrigens, deine Freundin ...«

Er starrte sie verständnislos an. »Wer?«

»Diese Wissenschaftlerin aus Berlin.«

»Viola de Monti?«

»Genau die. Sie war bei Wiebke Rasmussen, der Mutter von Lars.«

»Und?«

»Hat sie ausgefragt über Lars. Ob er in letzter Zeit von einer Zecke gebissen worden ist.«

»Und?«

»Findest du das nicht reichlich schräg? Wiebke hat gerade ihren Sohn verloren. Was spielt es da für eine Rolle, ob er einen Zeckenbiss hatte. Wiebke war jedenfalls völlig fertig. De Monti behauptet, die Leiche von Lars müsse nach Oldenburg, zur Rechtsmedizin. Angeblich habe sie schon mit dem Arzt darüber gesprochen.«

»Und – wurde Lars von einer Zecke gestochen?«, fragte Geis.

Britta schüttelte fassungslos den Kopf. »Das darf nicht wahr sein. Die Frau hat dich verrückt gemacht mit dieser Zeckengeschichte.«

»Quatsch«, sagte Geis. »Trotzdem hat de Monti recht. Die Leiche muss obduziert werden.«

»Warum? Wir alle haben gesehen, wie er gesprungen ist. An der Todesursache gibt es nichts zu deuteln.«

Mir wird nichts passieren, Mann. Ich habe gespeichert.

»Lars dachte, er sei in einem Computerspiel. Ich will wissen, ob er unter Drogen stand. Oder unter irgendetwas anderem.«

Britta öffnete die Tür. »Wie du meinst.«

»Wo ist sie jetzt?«

»De Monti? An der Napoleonschanze. Thedinga hat sie dort durchs Gebüsch streichen sehen.«

Die Napoleonschanze, ein Überbleibsel der französischen Besetzung zu Beginn des 19. Jahrhunderts, lag inmitten des Kurparks, südlich der Innenstadt.

Viola de Monti zog langsam ein flauschiges, weißes Flanelltuch, das an einem Stiel befestigt war, über einen Busch.

»Was machen Sie da?«, fragte Martin Geis.

»Ich fange Zecken.« Prüfend betrachtete sie das Tuch und jetzt sah auch Geis die kleinen schwarzen Punkte.

»Hier wimmelt es nur so von Zecken.« De Monti legte das Tuch auf den Boden und entnahm ihrer Umhängetasche ein Glasröhrchen mit Schraubverschluss. »Der verstorbene Junge war manchmal hier. Sagt seine Mutter.«

»Mussten Sie das tun?«

»Was?« Mit einer Pinzette bugsierte sie eine Zecke in das Röhrchen.

»Wiebke Rasmussen mit Ihrer Fragerei quälen.«

Zum ersten Mal, seit er neben ihr stand, schaute sie ihn an. Über ihrer schmalen Nase bildete sich eine Falte, ihre Augen wurden dunkel vor Erstaunen. »Natürlich. Lars ist vor fünf Tagen von einer Zecke gestochen worden. Seine Mutter hat das Tier selbst herausgezogen.«

»Denken Sie, er war infiziert?«

»Das kann nur durch eine Analyse des Blutserums geklärt werden. Allerdings hatte er Fieber. Ich habe den arabischen Arzt …«

»Dr. Habibi.«

»… gebeten, die Körpertemperatur zu messen.« Sie verschloss das Röhrchen, in dem sich inzwischen drei Zecken den Lebensraum teilten. »Sind Sie eigentlich gegen FSME geimpft?«

»Nein.«

»Dann sollten Sie vorsichtiger sein.«

Geis folgte dem Blick der Wissenschaftlerin, der auf seinen rechten Unterschenkel gerichtet war. Erschrocken trat er einen Schritt zurück und fegte das Tierchen vom Hosenbein. »Verdammt! War das eine Zecke?«

»Sah so aus.« De Monti grinste mit schiefem Mund. »Lassen Sie sich impfen. Und bis der Impfschutz wirkt, also in etwa zwei Wochen, bleiben Sie besser auf befestigten Wegen.«

»Sie sind mir noch eine Antwort schuldig«, sagte Geis. »Was bedeutet das alles? Und kommen Sie mir nicht wieder mit Routineuntersuchungen.«

De Monti zog die Schultern hoch. Sie sah aus, als ringe sie mit sich selbst um eine Entscheidung. »Ich bin hier noch nicht fertig.«

»Dann machen Sie später weiter.« Er war nicht in der Stimmung, sich abwimmeln zu lassen. Nicht nach dem, was am heutigen Tag passiert war. »Zwei Todesfälle auf Norderney innerhalb von kurzer Zeit. Und beide nach Zeckenstichen. Erzählen Sie mir nicht, dass es sich um reinen Zufall handelt.«

»Beide Opfer sind nicht an FSME gestorben.«

Geis spürte, dass da etwas war. Wie bei einem Zeugen, der zögert, einen engen Freund zu belasten. Er baute sich vor de Monti auf. Unbewusst hatte er eine Pose der Einschüchterung gewählt, doch die Wirkung überraschte ihn selbst. Die Wissenschaftlerin stolperte rückwärts und riss ihre Arme hoch.

»Entschuldigung.« Er kam sich schäbig vor. »Es tut mir leid …«

»Kein Problem.« Sie schaute zur Seite. »Ich bin manchmal etwas schreckhaft.«

»Wollen wir woanders darüber reden?«

»Na schön.« Anscheinend war sie zu einem Ergebnis gekommen. »Aber ich warne Sie: Was ich Ihnen anbieten kann, ist eine unbewiesene wissenschaftliche Hypothese, eine bloße Vermutung, wenn Sie so wollen. Falls etwas davon durchsickert, vielleicht sogar bis zu den Medien, bekommen wir beide massive Schwierigkeiten. Ich, weil ich wegen unverantwortlichem Handeln entlassen werde. Und Sie, weil Sie eine Massenpanik am Hals haben.«

»Dann sollten wir besser nicht in ein belebtes Café gehen«, folgerte Geis. »Haben Sie Angst vor Wasser?«

»Nein.«

»Vor Kälte?«

»Auch nicht.«

»Davor, mit mir allein auf einem kleinen Boot zu sitzen?«

»Ja.«

De Monti lachte und der Hauptkommissar stimmte erleichtert ein. »Mein Boot liegt im Hafen. Ich verspreche, dass wir nicht ablegen werden.«

»Und Sie zwingen mich auch nicht, mit Ihnen in eine enge Kabine zu kriechen?«

»Kajüte heißt das. Und nein, wir bleiben an Deck.«

Er hatte schwarzen Tee gekocht und einen kleinen Schuss Rum hineingegeben. Viola de Monti saß zusammengekauert am Heck des Shetland-Bootes und wärmte ihre Hände an der heißen Tasse. Zwischen kleinen Schlucken erzählte sie von dem Virus, das sie beunruhigte. Dem Virus, das sich im Körper von Hannah Berends ausgebreitet hatte. Geis verstand nicht alles, aber er ließ sie reden, weil er das Gefühl hatte, dass sie Vertrauen zu ihm entwickelte.

»Auf dem Weg hierher habe ich einen Zwischenstopp in Norden gemacht«, sagte de Monti. »Ich habe mit dem Arzt geredet, der Hannah Berends behandelt hat. Er bestätigte, was sich in dem Bericht der Rechtsmedizin abzeichnete: Der Krankheitsverlauf war äußerst ungewöhnlich. Normalerweise zeigen sich die ersten Symptome einer FSME frühestens eine Woche nach der Infektion. Der zweite, wesentlich heftigere Fieberschub erfolgt dann zwei Wochen später. Hannah Berends war aber bereits in der zweiten Krankheitsphase, obwohl sie erst wenige Tage zuvor gestochen worden war.«

»Was heißt das?«, fragte Geis.

»Das Ganze verlief wie im Zeitraffer. Möglicherweise haben wir es nicht nur mit einem veränderten Virus, sondern mit einem neuen Krankheitsbild zu tun.« De Monti blies in den dampfenden Tee.

»Und wann wollen Sie damit an die Öffentlichkeit gehen?«, fragte Geis.

»Sobald ich beweisen kann, dass Hannah Berends kein Einzelfall war. Theoretisch ist denkbar, dass es sich bei dem neuen Virus um eine Spontanmutation handelt, wie sie in der Natur immer wieder vorkommt. Eine isolierte Erscheinung, die sich mit Hannahs Tod erledigt hat. Dann wäre jede Aufregung überflüssig.«

»Aber Sie haben doch von anderen Fällen gesprochen, in Köln und Dortmund.«

»Bei denen wir das Virus bislang nicht nachweisen konnten, weil die Patienten entweder noch leben oder nach ihrem Tod eine gezielte Analyse versäumt wurde. Deshalb ist Lars Rasmussen so wichtig. Er könnte Patient Nummer zwei sein.«

Es störte ihn, dass sie über Lars redete, als sei er nur ein Forschungsobjekt, etwas, von dem sich eine Scheibe abschneiden und unter ein Mikroskop schieben ließ. Dabei hatte der Junge noch vor ein paar Stunden geatmet, geschwitzt, geredet. Geis stand abrupt auf, wodurch das Boot in Schwingungen versetzt wurde.

»Lars hatte sein Leben noch vor sich. Er hätte etwas Besseres verdient gehabt, als Patient Nummer zwei zu werden. Wenn er sich nur nicht so verdammt sicher gefühlt hätte …«

»In welcher Hinsicht?«

»Er wollte sich nicht umbringen. Er dachte, er sei in einem Computerspiel und könne vom Boden aufstehen und weitermachen. Wenn er einen Anflug von Angst gehabt hätte, wäre das nicht passiert.« Geis betrachtete das blasse, hohlwangige Gesicht der Wissenschaftlerin. »Gibt es das? Wahnvorstellungen, Persönlichkeitsveränderungen durch FSME?«

»Natürlich. Krankheiten beeinflussen generell die Psyche. Durch Fieber wird das noch verstärkt. Denken Sie an den Ausdruck *Fieberwahn.*«

»Wie bei Hannah Berends«, murmelte der Hauptkommissar.

»Was meinen Sie?«

»Hannah hat immer gekuscht. Jahrelang hat sie klaglos alles geschluckt, was Eiko Berends ihr angetan hat. Bis zu dem Tag, an dem sie krank wurde. Da hat sie angefangen, sich zu wehren, ihn angebrüllt und ihm einen Schlag mit der Bratpfanne verpasst.«

Viola de Montis Augen wurden ausdruckslos. Geis drehte sich um und schaute aufs Wasser. Er hatte Lust, mit dem Boot zu fahren. Nicht zur Küste, sondern aufs offene Meer hinaus. Immer geradeaus.

14

Berlin, Bundesinstitut für Infektionskrankheiten

Daniel Felsenburg hatte den Nachmittag freigenommen. Was seltsam war, wusste er doch, dass sie von Norderney zurückkommen würde. Erst gestern Abend hatte sie mit ihm telefoniert, ihm von dem Jungen erzählt, der vom Leuchtturm gesprungen war, und von ihrer Zecken-Sammelaktion im Kurpark. Dreißig Tiere, an unterschiedlichen Stellen aufgelesen, hatte sie im Gepäck. In einer Kühlbox gelagert, damit die Zecken den Transport gut überstanden. Falls keine von ihnen Träger von FSME-Viren war, bewies das gar nichts. Auf Norderney lebten Millionen von Zecken und da niemand sagen konnte, wo sich Hannah Berends ihren Zeckenstich eingefangen hatte, war damit die These einer natürlichen Ressource des neuen Subtyps nicht automatisch vom Tisch. Andererseits – würden in den Speicheldrüsen auch nur einer einzigen Zecke FSME-Viren existieren, waren sie einen erheblichen Schritt weiter. Denn dann konnten sie die Erbinformationen der Zecken-Viren mit der RNA jener Viren vergleichen, die sich in Hannahs Körper entwickelt hatten. Und so, mit etwas Glück, den Beweis erbringen, dass es ein neues Virus gab.

Jetzt erinnerte sich Viola, dass Daniel am Telefon merkwürdig zurückhaltend gewesen war. Sein Enthusiasmus schien verpufft. Glaubte er vielleicht, sie würde den Ruhm für sich allein reklamieren? Nahm er ihr übel, dass er sie nicht nach Norderney hatte begleiten dürfen? Oder war er vielleicht eifersüchtig? Natürlich, das war die logischste aller Erklärungen. Viola hatte Martin Geis erwähnt, den Norderneyer Polizeichef, der sie nach der Teestunde auf seinem Boot zum Kurpark zurückgebracht hatte. Ein klein wenig hatte sie ja auf eine neue Verabredung gehofft, auf eine Wiederholung ihres grandios gescheiterten Abendessens, bei dem sie kaum einen Bissen hinunterbekommen hatte. Aber Geis war dazu wohl nicht in der Stimmung gewesen. Verständlicherweise.

Und so war sie doch noch zu ihrem faulen Abend im Hotelzimmer gekommen, mit Essensbestellung beim Zimmerservice und stundenlanger Zapp-Orgie durch die Fernsehprogramme. Bis sie gegen Mitternacht endlich eingeschlafen war. Am Morgen hatte sie dann die erste Fähre genommen und war vom Berliner Hauptbahnhof, ohne Umweg über ihre Wohnung, direkt zum Institut gefahren.

Von Daniel lag nur eine zwei Tage alte Mitteilung auf ihrem Schreibtisch. Die Leiche des Patienten aus Dortmund, der sich im FSME-Fieber selbst erdrosselt hatte, war bereits eingeäschert worden. Keine Chance, an Viren zu kommen.

Viola entnahm ihrer Tasche die Röhrchen mit den Zecken und ging in das Labor, um das Drüsensekret der Tiere für die Untersuchungen zu präparieren. Während der nächsten Stunden war sie so intensiv in ihre Arbeit vertieft, dass sie alles um sich herum vergaß. Irgendwann stellte sie erstaunt fest, dass es draußen längst dunkel geworden war. Und mitten in der Nacht wurde sie vom Sicherheitsdienst überrascht, als sie auf der Toilette mit sich selbst redete.

Es war die vierzehnte Zecke. Sie enthielt FSME-Viren, die zumindest äußerlich die gleiche Struktur aufwiesen wie die, die in Hannah Berends' Gehirn für Chaos gesorgt hatten. Viola wusste nicht, ob sie sich freuen oder ihre Entdeckung verfluchen sollte. Falls es sich um einen neuen Subtyp handelte – welche Gefahren gingen dann von ihm aus? War der bisherige Impfstoff wirksam oder mussten sie eine Modifikation entwickeln? Und wie lange würde das dauern?

Plötzlich fühlte sich Viola sehr müde. Minutenlang saß sie regungslos auf ihrem Stuhl. Dann schaltete sie den Monitor aus.

Gegen acht wachte sie auf. Sie war nicht nach Hause gefahren, sondern hatte einige Stunden in ihrem Büro geschlafen, die Beine auf dem mit Papieren beladenen Schreibtisch ausgestreckt. Übermüdet und mit schmerzendem Rücken schleppte sich Viola zur Toilette und warf sich ein paar Hände voll kaltes Wasser ins Gesicht. Ihr Spiegelbild sah grauenhaft aus. Wie eine russische Flüchtlingsfrau im Großen Vaterländischen Krieg, nach einem Winter der Entbehrung und der Kälte. Bevor sie Professor Blechschmidt begegnete, musste sie sich dringend restaurieren.

Gewöhnlich verzichtete sie auf jegliches Make-up, doch für besondere Ereignisse hatte sie ein Depot mit Schminkutensilien im Schreibtisch. Nach einer Viertelstunde war sie mit dem Ergebnis einigermaßen zufrieden. Jedenfalls konnte sie sich wieder unter Menschen trauen. Was sie zuerst in dem kleinen Café an der Ecke testete, wo sie ein schnelles

Frühstück zu sich nahm, und dann beim anschließenden Gang durch das Institut, das inzwischen seine normale Arbeitsintensität erreicht hatte.

Daniel Felsenburg war immer noch nicht aufgetaucht. Egal, sie konnte nicht länger Rücksicht auf ihn nehmen.

Im Vorzimmer von Professor Blechschmidt musste sie nur eine Minute warten. Das hätte sie stutzig machen sollen. Ebenso die fürsorgliche Freundlichkeit, mit der der Professor sie empfing und zu dem Stuhl vor seinem Schreibtisch geleitete. Blechschmidt war ein Mann von Mitte fünfzig, der sich wie viele Übergewichtige ziemlich behände bewegte. Mit seinem rosigen Gesicht, von Fettpolstern straff und faltenlos gehalten, sah er aus wie ein großer, alt gewordener Junge.

»Ich habe Sie schon erwartet, Viola.«

Da begriff sie es: Daniel hatte geredet, Blechschmidt war längst eingeweiht.

»Daniel …« Ihre Stimme klang rau.

»Nehmen Sie es ihm nicht übel. Er hat richtig gehandelt.«

»Nun, dann kann ich mich ja kurzfassen.« Viola bemühte sich nicht, ihre Wut zu verbergen. »In der letzten Nacht ist es mir gelungen, FSME-Viren in einer auf Norderney eingesammelten Zecke nachzuweisen. Zudem hat es auf der Insel einen zweiten Todesfall gegeben, bei dem der Verdacht auf FSME besteht. Hinzu kommen mehrere unklare FSME-Erkrankungen in Großstädten. Aus alldem …«

»Ich weiß, worauf Sie hinauswollen«, unterbrach sie Blechschmidt. »Sie glauben, dass wir es mit einer Mutante des FSME-Virus zu tun haben.«

»Und wenn es so wäre?«, entgegnete Viola trotzig.

»Sie haben nichts in der Hand, womit Sie diese Vermutung belegen können. Bevor wir auch nur laut darüber nachdenken, brauchen wir mehr Fälle und vor allem belastbare Daten.«

»Deshalb bin ich ja hier. Ich möchte, dass wir die Viren mit allen verfügbaren Mitteln analysieren.«

»Und genau das werden wir tun.«

Warum hatte sie das Gefühl, dass sie bei diesem ›wir‹ nicht dazugehörte?

»Heißt das, ich kann den neuen Hochleistungs-Sequenzer benutzen?«

»Viola!« Blechschmidt wackelte beim Reden mit dem Oberkörper auf und ab, als würde er auf einer Sprungfeder sitzen. »Tun Sie mir einen Gefallen!«

»Was?«

»Nehmen Sie sich ein paar Tage frei! Oder zwei oder drei Wochen. Machen Sie mal Urlaub! Spannen Sie aus!«

Viola fühlte sich wie vor den Kopf geschlagen. »Jetzt? In dieser Situation? Wo jede Menge Aufgaben anstehen, die umgehend erledigt werden müssen. Da können Sie doch nicht von mir erwarten, dass ich Urlaub mache.«

»Ich versuche nur, Sie aus der Schusslinie zu nehmen. In Ihrem eigenen Interesse.«

»Was für eine Schusslinie?«

»Sie sind nach Norderney gefahren, ohne mich vorher zu informieren.«

»Weil ich vermeiden wollte, was Sie mir gerade vorwerfen: in den blauen Dunst zu spekulieren. Ich war da, um Material zu sammeln.«

»Und Sie haben mit Leuten geredet und vielleicht den einen oder anderen misstrauisch gemacht. Besitzen Sie eine Vorstellung, welchen Aufruhr das erzeugt, wenn die Presse von Ihrem Verdacht Wind bekommt?«

»Ich habe nichts …«

»Das ist auch nicht nötig«, würgte Blechschmidt sie ab. »Die bloße Tatsache, dass eine auf Infektionskrankheiten spezialisierte Wissenschaftlerin kommt und Fragen stellt, regt die Fantasie der Menschen an. Nichts ist verkaufsträchtiger als eine unheimliche Bedrohung. Und einige Medien werden sich zwangsläufig für Ihre Vergangenheit interessieren.«

Viola hatte Mühe zu sprechen. »Das ist nicht fair.«

»Natürlich ist es das nicht. Aber wir wissen, wie einige Journalisten arbeiten. Möchten Sie solche Schlagzeilen lesen? Irgendjemand wird ausplaudern, dass Sie zwei Suizidversuche hinter sich haben.«

»Das eine hat mit dem anderen nichts zu tun«, sagte Viola bitter. »Ich habe meine Arbeit immer korrekt erledigt.«

»Sie sind eine hervorragende Wissenschaftlerin«, nickte der Professor. »Eben deshalb möchte ich Sie ja schützen. Lassen Sie uns die Sache in Ruhe verifizieren. Und die Presse informieren, sobald wir hundertprozentig sicher sind. Wenn sich die erste Aufregung gelegt hat, steigen Sie selbstverständlich wieder ein. Bis dahin …«

Viola war unfähig, einen klaren Gedanken zu fassen. Mit allem hatte sie gerechnet, mit Zweifeln, Bedenken, kritischen Nachfragen, aber nicht damit, eiskalt ausgebootet zu werden. Sie spürte, wie jegliche Energie aus ihr wich. Als sie aufstand, musste sie sich an der Lehne des Stuhls festhalten.

»Das war nicht allein meine Entscheidung«, sagte Professor Blechschmidt sanft. »Ich habe mich abgesprochen. Glauben Sie mir, es ist das Beste für Sie.«

Wie betäubt lief sie durch die Flure. In ihrem Büro fuhr sie den Computer herunter, dann schnappte sie sich ihre Reisetasche, die in einer Ecke stand. Nur weg hier. So schnell wie möglich. Erst als sie am Straßenrand wartete, fiel ihr ein, dass sie vergessen hatte, ein Taxi zu bestellen.

»Viola!« Heiner Stegebach stieg aus seinem Auto.

»Was machst du denn hier?«

»Soll ich dich nach Hause bringen?«

»Woher weißt du …« Sie verstummte. Das Gesundheitsministerium war also auch schon informiert. Die Anweisung, sie für eine Weile in die Wüste zu schicken, kam anscheinend von ganz oben. »Danke, ich schaffe es allein.«

»Viola, sei nicht sauer!«

»Ich habe ein Recht, sauer zu sein«, fuhr sie ihn an. »Das ist *mein* Fachgebiet. *Ich* bin für Zecken zuständig.«

»Aber nicht für Norderney.«

Was redete er da? Viola blinzelte, weil ihr die Sonne in die Augen stach. Die Verkehrsgeräusche klangen seltsam dumpf, wie gefiltert.

»Lebst du auf dem Mond? Guckst du keine Nachrichten? Auf Norderney findet in drei Monaten ein europäisches Gipfeltreffen statt. Wie kommt das wohl an, wenn ausgerechnet dort ein neues Virus in Erscheinung tritt?«

Heiner stand mit dem Rücken zur Sonne. Sie konnte seine Augen nicht erkennen. Meinte er das ernst, was er sagte? Oder übermittelte er ihr eine versteckte Botschaft, die sie nicht verstand?

»Und bis dahin müssen Menschen krank werden, vielleicht sogar sterben?«

»Nein, müssen sie nicht. Wir werden in den nächsten Tagen vor Zecken warnen und zu einer allgemeinen Impfung aufrufen.«

»Der bisherige Impfstoff wirkt möglicherweise nicht.«

»Wir haben keinen besseren.«

»Wie du meinst.« Sie wandte sich ab.

»Viola!« Heiner hielt sie am Arm fest. »Mach bitte keine Dummheit! Du hast doch noch mit niemandem darüber geredet, oder?«

Sie schüttelte ihn ab. »Dummheit ist wohl das, was ihr Politik nennt.«

15

Betreff: Verkünde, du sahst uns hier liegen, wie das Gesetz es befahl

Die Spartaner kannten keine Angst. Ihre Bürgerpflicht war es, für den Staat zu kämpfen. Und nur wer im Heer diente, war ein Bürger. Schon im Alter von sieben Jahren verließen die Jungen ihre Familien, die Polis war von nun an für die Erziehung der Heranwachsenden zu Kriegern zuständig.

Kampfmaschinen sollten die männlichen Nachkommen werden, bereit, für Ehre und Vaterland zu sterben. Wer zu schwach war, wer versagte, wer Zweifel oder Angst bekam, wurde aussortiert. Nicht getötet, sondern zum Mensch zweiter Klasse gestempelt, gleich den Heloten, den Sklaven, die von den Spartanern unterjocht wurden. Ein Mensch, ein Mann, ein Spartaner hatte keine Angst.

Wie in der Schlacht bei den Thermopylen. Am 11. August 480 v. Chr., als der dreitägige Kampf begann, stand ein kleines griechisches Heer einer gigantischen persischen Armee gegenüber. Mit mehreren Hunderttausend Mann war Xerxes I. von Kleinasien gekommen, um Griechenland zu überrollen. Und die Griechen, angeführt von Athen und Sparta, waren sich nicht einmal einig, wo und wie sie sich verteidigen sollten. Nur dreihundert schwer bewaffnete Hopliten schickte Sparta, unter dem Befehl von König Leonidas I. aus dem Geschlecht der Agiaden, der gemeinsam mit Leotychides regierte.

In einer offenen Feldschlacht konnten die Griechen Xerxes nicht besiegen. Doch es gab ein Nadelöhr, durch das sich das persische Heer quälen musste: die Thermopylen. Ein fünfzehn Meter breiter Engpass zwischen Kallidromosgebirge und dem Golf von Malia. Hier erwartete Leonidas die Perser, unterstützt von einigen Tausend Tegeaten, Korinthern, Thespiern und Thebanern. Welle um Welle rannten die Perser an, vergeblich versuchten sie, den Durchgang zu stürmen. Immer wieder wurden sie zurückgeworfen und erlitten hohe Verluste.

Erst der Verrat des Ephialtes von Trachis, der den Persern den Anopaiapfad südlich des Küstenkamms zeigte, brachte die Wende. Auf diesem Pfad konnten die Perser die Thermopylen umgehen und den griechischen Truppen in den Rücken fallen. Zwar hatte Leonidas die Gefahr vorausgesehen und einen Teil seiner Leute zur Bewachung des Umgehungspfades abgestellt, doch den Persern gelang es trotzdem, die Griechen einzuschließen.

Am dritten Tag der Schlacht überbrachten Spähläufer Leonidas die Meldung, dass die Perser im Anzug seien. Der König wusste, dass die Schlacht verloren war, aber er harrte mit seinen dreihundert Hopliten und einigen Thespiern und Thebanern aus, um den Rückzug des übrigen griechischen Heeres zu decken.

Alle fanden den Tod, abgesehen von den Thebanern, die sich ergaben.

Eine Gedenktafel erinnert heute an die Schlacht. Ihre Inschrift lautet:
Wanderer, kommst du nach Sparta, verkünde, du sahst uns hier liegen, wie das Gesetz es befahl.

Wie das Gesetz es befahl. Ohne Regeln, Befehle, die heiligen Gesetze des Vaterlandes, den Drill der Jugend, die harte Ausbildung zum Hopliten wären die Spartaner wohl kaum mutiger gewesen als die übrigen Griechen, hätten genau wie sie die Flucht ergriffen. Die Spartaner haben sich nicht für die Angstlosigkeit entschieden, ihnen wurde die Angst aberzogen. Und dafür bewundern wir sie noch heute.

Dabei gibt es einen einfacheren Weg, die Angst zu verlieren. Vertrau mir, Viola!

Dritter Teil

Die Übertragung

16

Norderney, Polizeistation

Sie wollte ihn und er wollte sie. Die Art, wie er sie anguckte. Die Gier in seinem Blick. Ja, sie war sich sicher, ganz sicher. Dass er sie berührt hatte, am Fuß des Leuchtturms, das war kein Zufall gewesen. Sie hatte eine Gänsehaut bekommen, so viel Nähe zwischen ihnen war eine völlig neue Erfahrung.

Und dann, als der Junge gesprungen war, hatte sie vor allem an ihn gedacht. Wie er sich wohl fühlen würde, da oben. Wie gern hätte sie ihn getröstet, seinen Kopf in ihre Arme genommen. Aber sie durfte diesem Impuls nicht nachgeben, sie war ja im Dienst.

Und später … Später war er mit der anderen zusammen gewesen, dieser Wissenschaftlerin aus Berlin. Ein eiskaltes Luder, das sah man ihr gleich an. Doch ihre Befürchtung, dass Martin auf die Wissenschaftlerin scharf war, erwies sich als unbegründet. Sie hatte die beiden durch ihr Fernglas beobachtet, als sie im Hafen auf seinem Boot saßen. Martin hatte keinen Versuch unternommen, die Wissenschaftlerin anzufassen. Nicht so, wie er das bei ihr getan hatte. Mit diesem Ausdruck im Gesicht, der ihr Herz schneller schlagen ließ.

Martin hatte ihr sofort bei der ersten Begegnung gefallen. Allerdings hatte sie erst einmal auf stur geschaltet, vorgetäuscht, sie würde seine Anmache nicht bemerken. Man durfte es den Kerlen nicht zu leicht machen. Gerade bei der Polizei. Auf ihrer alten Dienststelle hatten die Typen Männchen gemacht und mit dem Schwanz gewedelt, sobald sie ihrer ansichtig wurden.

Und dann die Fotos von ihr in Unterwäsche, die sie zufällig in einem Schreibtisch entdeckt hatte. Anscheinend hatte einer ihrer lieben Kollegen eine Minikamera im Umkleideraum installiert. Widerlich war das. Zum Kotzen. Sie hatte umgehend ihre Versetzung beantragt. Aber keine Anzeige erstattet. Sonst wäre sie als Kollegenschwein gebrandmarkt worden. Ein Stigma, das man bei der Polizei nicht mehr loswurde. Zumal als Frau. Da hätte sie gleich ihren Abschied einreichen können.

Sie hatte beschlossen, keine Gefühle mehr zu zeigen und nur noch mit einem dicken Panzer zur Arbeit zu erscheinen. Schwer fiel ihr das ohnehin nicht. Schon in der Schule hatte sie die kühle Blonde gespielt und die Jungs zappeln lassen. Das Image der Unnahbaren entsprach ihrer natürlichen Schüchternheit und bis heute konnte sie die Zahl ihrer sexuellen Abenteuer an einer Hand abzählen. Dabei war sie mittlerweile neunundzwanzig und nach zwei längeren, mehr oder weniger unglücklichen Beziehungen wieder solo. So wie Martin.

Nicht nur deshalb passten sie hervorragend zusammen. Mal abgesehen vom Altersunterschied, wobei sechzehn Jahre in der heutigen Zeit kein Hinderungsgrund waren. Das würde Martin auch so sehen. Dass sie füreinander bestimmt waren.

Komisch, dass sie sich traute, so etwas zu denken. Bis vor Kurzem hätte sie das als kitschig empfunden und weit von sich gewiesen. Jetzt war sie sogar bereit, über ihren Schatten zu springen und den ersten Schritt zu wagen. Vielleicht würde er nie den Mut aufbringen, schließlich war er ihr Vorgesetzter. Ja, sie würde es ihm leicht machen. Er konnte sie nehmen, hier und jetzt.

Sie lehnte sich gegen die Tür und drehte hinter ihrem Rücken den Schlüssel im Schloss.

»Was machen Sie da, Frau Fischer?«

»Warum sagst du nicht Saskia zu mir, Martin?«

»Weil wir uns dazu nicht gut genug kennen. Bitte entriegeln Sie die Tür wieder! Ich möchte nicht in eine Situation geraten, die uns beide kompromittiert.«

Wie sie ihre Hüften bewegte, musste ihn anmachen. Oft genug hatte sie in einer Fensterscheibe oder einer anderen spiegelnden Fläche beobachtet, dass er ihren knackigen Hintern anstarrte. Er war geil auf sie. Er konnte sich kaum beherrschen.

Sie schob ihren Po auf seinen Schreibtisch und beugte sich vor.

Mit verkniffenem Mund wich er ihren Händen aus.

Der arme Martin! »Du willst es doch auch.«

»Was will ich?«

»Mich vögeln. Auf dem Schreibtisch.«

»Sind Sie betrunken?«

»Ich bin vollkommen nüchtern, Martin. So nüchtern wie noch nie in meinem Leben.«

»Ich bitte Sie, Frau Fischer. Lassen Sie das! Behalten Sie Ihre Uniform an!«

Den BH hatte sie schon vorher abgelegt. Jetzt zog sie mit einer schnellen Bewegung die Uniformbluse über den Kopf. »Warum? Findest du meine Brüste nicht schön?«

»Ihre Brüste sind wunderbar. Aber wenn Sie sich nicht sofort wieder anziehen und den Raum verlassen, werde ich gezwungen sein, den Vorfall zu melden. Sie wissen, was das bedeutet.«

Er war so ängstlich, der kleine Martin. Anstatt es zu genießen, sprang er hektisch auf. Schade, dass er nicht bereit war, zu seinen Gefühlen zu stehen. So musste sie die Sache in die Hand nehmen. In ihrem gemeinsamen Interesse. Sie hielt ihn fest und presste ihre Brüste gegen sein Hemd. Gleichzeitig öffnete sie mit der rechten Hand ihr Pistolenholster, das am Gürtel hing.

Es klopfte an der Tür. Britta Hartwegs Stimme drang herein: »Alles in Ordnung?«

Was mischte die fette Kuh sich ein?

»Nein«, schrie Martin zurück.

Warum machte er es ihr so schwer? Egal, sie konnte nicht mehr zurück. Er würde ihr ewig dankbar sein, dass sie es zu Ende gebracht hatte.

Wie bleich er wurde, als sie ihm den Pistolenlauf an die Schläfe drückte.

»Mach den Mund auf!«

»Was ...«

»Du sollst den Mund öffnen!«

Er gehorchte. Sie stellte sich auf die Zehenspitzen und drückte ihre Lippen auf seine, erforschte mit der Zunge seine Mundhöhle. Als sie von ihm abließ, schnappte er nach Luft.

»Frau Fischer ...«

»Saskia!«

»Saskia, was Sie hier machen, ist Vergewaltigung. Wenn Sie nicht sofort aufhören, müssen Sie mit einer Gefängnisstrafe rechnen.«

»Unsinn! Ich liebe dich.«

»Selbst wenn ...«

»Und du liebst mich.«

»Nein, das tue ich nicht.«

Sie wurde ein bisschen böse auf Martin. Nur ein kleines bisschen, aber es genügte, um den Pistolenlauf auf Wanderung zu schicken, von der Schläfe über die Wange bis zum Mund. Sie schob ihm den Pistolenlauf in den Mund, ganz tief hinein. Er sagte etwas, was sie nicht verstand.

Die blöde Hartweg rüttelte an der Tür.

»Zieh die Hose aus!«

Er schüttelte den Kopf.

»Martin, ich sage es dir nicht zweimal: Zieh die Hose aus!«

Tritte gegen die Tür. Wann begriff die Hartweg endlich, dass sie unerwünscht war?

Die Hose fiel und sie konnte ihre Enttäuschung nicht verbergen. Was zwischen seinen Beinen baumelte, entsprach ganz und gar nicht ihren Erwartungen. Wie war das möglich?

»Was ist mit dir, Martin? Kannst du nicht? Bist du impotent?«

Er würgte.

»Schon gut.« Sie zog die angesabberte Pistole aus seinem Mund. »Entspann dich!«

Martin krächzte so stark, dass sie sich den Sinn seiner Worte zusammenreimen musste: »Legen Sie die Pistole auf den Schreibtisch. Sofort!«

Die Tür flog aus den Angeln. Saskia federte herum und richtete ihre Waffe auf Britta Hartweg. Im selben Moment spürte sie seine starken Hände. Endlich, endlich fasste er sie an. Ein Schuss löste sich, dann lag sie auf dem Boden. Und Martin auf ihr. Das hätte er einfacher haben können.

»Das glaube ich einfach nicht.« Die Hartweg. »Was ist denn hier los?«

»Fischer ist durchgedreht«, keuchte Martin in ihr Ohr. »Sie wollte mich zwingen, mit ihr zu schlafen.«

Zwingen? Ja, nur weil du so feige warst.

»Haben Sie Fieber?«

Fieber? Ihr war heiß, schon den ganzen Morgen. Weil sie sich so auf ihn gefreut hatte.

»Sind Sie in letzter Zeit von einer Zecke gestochen worden?«

Zecke? Schon möglich. Sie liebte die kurzen Radlerhosen. Lange Uniformhosen waren total unsexy. Manchmal musste sie Zecken von ihren Beinen entfernen. Was spielte das für eine Rolle?

17

Berlin, Kreuzberg

Daniel Felsenburg lebte in einer WG. Altbauwohnung im Hinterhof, dritter Stock. Viola hatte ihn nie besucht, aber sie konnte sich vorstellen, wie es im Inneren der Wohnung aussah. Während ihrer Studienzeit hatte sie selbst ein paar Jahre in Kreuzberg verbracht, Kachelofen und Kohlenschleppen inklusive.

Viola postierte sich in der Nähe des Durchgangs zum Hinterhof und schlug den Kragen ihres Trenchcoats hoch. Gegen Abend war es windiger geworden. Auf der anderen Straßenseite stand eine Gruppe von jungen türkischen Männern und gaffte zu ihr herüber. Viola vermied den Blickkontakt. In letzter Zeit hatte sie sich eine Menge zugetraut, Stück für Stück ihren Lebensraum erweitert. Noch vor wenigen Wochen wäre sie nicht einmal auf den Gedanken gekommen, nach Kreuzberg zu fahren. Und doch – ein kleines Erlebnis genügte, um die alte Spinne Angst auf den Plan zu rufen, die sie mit ihren langen Fäden Befürchtung, Horrorvorstellung und Albtraum einwickeln würde, bis sie sich nicht mehr von der Stelle rühren konnte. Eingeschnürt in ihrer Wohnung und bereit für den Giftstoß Panik, der ihren Herzschlag und die Atmung beschleunigte. Schließlich das Gefühl, dass der Kopf im nächsten Moment platzen musste. Viola hatte das so oft erlebt, dass die Angst vor der Angst fast genauso schlimm war wie die Angst selbst. Ein perverser Kreislauf.

An den sie jetzt nicht denken mochte. Sie schaute zur U-Bahn-Station. Vor dem Institut hätten zu viele mitbekommen, wie sie Daniel abfing. Deshalb wartete sie hier auf ihn. Aus den Augenwinkeln beobachtete sie die Türken, die sich nicht vom Fleck rührten. Gott sei Dank, da kam Daniel.

Als er sie entdeckte, verlangsamten sich seine Schritte. Das personifizierte schlechte Gewissen.

»Viola! Was machst du hier?«

»Ich will mit dir reden.«

»Ehrlich, es tut mir leid ...«

»Mir auch.«

Daniel blickte zum Hinterhaus. In seinen Augen glomm eine Hoffnung, die Viola nicht gefiel. »Kommst du mit zu mir?«

»Ein Café wäre mir lieber. Es gibt bestimmt eins in der Nähe.«

Es gab eins, mit harten Holzbänken, Rüblikuchen und Kaffee aus Nicaragua.

»Erzähl!«, forderte Viola ihren Mitarbeiter auf.

Daniel befingerte seine schwarzen Locken. »Du warst doch bei Blechschmidt.«

»Ich möchte es von dir hören.«

Er kam ihr fremd vor, fremder, als ein paar Tage Abwesenheit bewirken konnten. Der Rauswurf, wie sie ihren unfreiwilligen Urlaub insgeheim nannte, hatte ihr Gefühl zum Institut verändert. Es war nicht länger ihr Lebensinhalt. Und Daniel gehörte jetzt zur anderen Seite.

»Puh!« Er rollte mit den Augen. »Okay, ich habe dich hintergangen. Gleich an dem Tag, als du nach Norderney gefahren bist. Ich dachte, im Interesse der Wissenschaft ...«

»Spar dir den Senf! Wie hat Blechschmidt reagiert?«

»Zuerst recht gelassen. Er hat sich die Aufnahmen angeguckt und kritische Fragen gestellt. Er schien sogar Verständnis dafür zu haben, dass du dich nicht gleich an ihn gewandt hast.«

»Und dann?«

»Am nächsten Morgen musste ich bei ihm antanzen. Blechschmidt war wie ausgewechselt. Total mies drauf. Irgendwer hatte ihm offenbar die Hölle heißgemacht. Er hat mich ausgefragt, wie es dir geht, psychisch und so. Und wie du wohl reagieren würdest, wenn man dir die Zuständigkeit entzieht.«

»Das hat er dich gefragt?« Viola brach ein Stück von dem trockenen Kuchen ab. Eine Handvoll Krümel verteilte sich auf der Tischplatte.

»Ja. Und mich hat er auch eingenordet. Ich solle bloß die Klappe halten. Andernfalls wäre die Fortsetzung des Arbeitsverhältnisses nach Ende des derzeitigen Vertrages gefährdet.«

»Und wer arbeitet jetzt an der Sache?«

»Blechschmidt selbst und Björn Meyer, seine rechte Hand. Außerdem ein Typ vom Friedrich-Loeffler-Institut in Jena. Und ich.«

»Habt ihr schon was rausgefunden?«

»Viola, ich *darf* nicht darüber reden. Schon gar nicht nach dem, was sich gestern auf Norderney abgespielt hat.«

»Was denn?«

»Hast du das nicht gelesen? Eine junge Polizistin hat ihren Chef mit einer Pistole bedroht.«

Viola spürte, wie das Blut aus ihrem Kopf abfloss. Ihr wurde kalt und heiß. »Was ist mit ihm?«

»Ist das der, von dem du mir …«

»Nun sag schon!«

»Die Polizistin konnte überwältigt werden. Sie hat einen Schuss abgegeben, aber der ging in die Decke und es wurde niemand verletzt. Stell dir vor, sie war halb nackt. Und der Kommissar auch. Sie wollte ihn zwingen, mit ihr zu vögeln. Verrückt, was?«

»FSME?«

Daniel nickte. »Die ersten Tests sprechen dafür.« Er grinste. »Weißt du, wie wir ihn intern nennen, den neuen

Typ? *Monti.* Nach dir. *FSME Typ Monti.*« Als Viola nicht reagierte, zog er theatralisch die Augenbrauen hoch. »He! Findest du das nicht witzig?«

»Nein, überhaupt nicht«, sagte Viola barsch. »Ich denke an die Menschen auf Norderney. Mit der Polizistin haben wir höchstwahrscheinlich die dritte Erkrankung an *FSME Typ Monti*. Darauf bin ich überhaupt nicht stolz. Vor allem, weil die übrigen Bewohner nichts von der Gefahr ahnen, in der sie sich befinden.«

»Das stimmt doch nicht«, empörte sich der junge Mikrobiologe. »Wir haben über die Zeitungen und den Rundfunk vor Zecken gewarnt. Und seit heute Morgen läuft eine große Impfaktion.«

»Mit dem alten Impfstoff.«

»Der gegen die drei bekannten FSME-Subtypen schützt. Nun mach mal keine Panik, Viola. Wir haben die Sache im Griff. Auch ohne dich.«

Das Letzte war eine unverhohlene Kampfansage. Sie war draußen, hieß das. Von Daniel konnte sie keine Unterstützung erwarten. Einen Moment lang kämpfte sie gegen die Tränen, die sich hinter ihren Augen stauten. Dann kam die Wut zurück. Die Wut auf die anonymen Mächte, die sie von ihrer Arbeit fernhielten.

Viola räusperte sich. »Hör zu, Daniel! Ich möchte auf dem Laufenden bleiben.«

»Das geht nicht.«

»Du lieferst mir sämtliche Daten. Alles, was an Forschungsergebnissen gespeichert wird.«

»Hast du den Schuss nicht gehört, Viola? Bei aller Liebe. Ich bin nicht so selbstlos, mich ans Messer zu liefern.«

»Erinnerst du dich an den Mann, der im letzten Jahr an Hämorrhagischem Fieber gestorben ist? In der Charité.«

Daniel entglitten die Gesichtszüge. Viola war erstaunt, wie hässlich der junge Mann aussehen konnte.

»Damals ist ein Foto des Sterbenden der Presse zugespielt worden«, fuhr sie fort. »Der Fotograf hat vermutlich ein sattes Honorar kassiert.«

»Na und?«

»*Du* warst seinerzeit im Krankenhaus.«

»Ich hatte den Auftrag, ein paar Tests durchzuführen.«

»Und dabei hast du Fotos gemacht. Ich habe sie zufällig auf deinem PC entdeckt. Darunter das Bild, das von einer großen Boulevardzeitung gedruckt wurde. Was glaubst du, wie wird Professor Blechschmidt reagieren, wenn ich ihm das erzähle?«

»Du Aas!« Daniel schnaubte. »Das wirst du nicht tun!«

»Nein. Weil du mir jeden Abend einen USB-Stick mit der täglichen Datenausbeute in den Briefkasten werfen wirst. Keine E-Mails und keine Telefonanrufe, verstanden? Wir wollen doch beide unseren Job behalten.«

Viola war stolz auf sich. Obwohl Daniel sie beschimpft und mit herablassender Geste ein paar Euromünzen auf den Tisch geworfen hatte, bevor er sich an ihr vorbeidrängte, war sie cool geblieben. Kein Anflug von Panik. Auch nicht, als sie durch die nachtdunkler werdenden Straßen zum Taxistand neben der U-Bahn-Station marschierte.

Zurück in ihrer Wohnung, dachte sie daran, Martin Geis anzurufen. Zu gern hätte sie von ihm persönlich gehört, was vorgefallen war. Nach einem Glas Rotwein entschied sie sich dagegen. Möglicherweise würde Geis nicht verstehen, dass sie sich aus rein wissenschaftlichem Interesse erkundigte.

Am nächsten Morgen wachte sie um sieben Uhr auf. Nicht einmal ihr Biorhythmus akzeptierte den unfreiwilligen Urlaub. Viola überredete sich, zum Bäcker zu gehen, eine Zeitung zu kaufen und länger als üblich zu frühstücken. Anschließend erledigte sie all die Arbeiten, die selbst in einem spartanischen Single-Haushalt irgendwann anfielen, vom Fensterputzen über Staubsaugen bis zum Bügeln von selten getragenen Blusen. Am frühen Nachmittag war sie damit fertig. Als sie anfing, überflüssige E-Mails auf ihrem PC zu löschen, wusste sie definitiv, dass sie sich langweilte. Viel zu früh stand sie am Küchenfenster, von dem aus sie die Straße vor ihrem Haus beobachten konnte.

Daniel Felsenburg kam spät. Aber das war egal und vergessen, sobald sie den USB-Stick in den Computer steckte und die ersten Datenreihen auf ihrem Monitor erschienen. Endlich konnte sie sich mit etwas Sinnvollem beschäftigen.

18

Berlin, Innenministerium

Die Temperatur war immer noch arktisch und die Sicherheitsexperten rund um den ovalen Konferenztisch musterten ihn genauso skeptisch wie beim letzten Mal. Der Unterschied bestand darin, dass Heiner Stegebach nicht alleiniger Gast war. Professor Blechschmidt saß neben ihm. Und der Professor schwitzte. So schnell die Klimaanlage die Luft auch umwälzte, sie konnte nicht verhindern, dass in regelmäßigen Abständen Schwaden beißenden Körpergeruchs zu Stegebach vordrangen. Angstschweiß, nahm der Sprecher des Gesundheitsministeriums an. Der Gedanke beruhigte ihn. Dass selbst ein erfahrener Wissenschaftler wie Blechschmidt sich in dieser Umgebung unbehaglich fühlte, machte sein eigenes Einknicken verständlicher. Dabei hatte er doch lediglich versprochen, mit Viola zu reden. Auch wenn das Gespräch, falls man es so nennen wollte, total in die Hose gegangen war. Mit dem Ergebnis, dass Viola jetzt glaubte, er hätte bei ihrer Ausbootung mitgewirkt. Mehrmals hatte er in den letzten Tagen bei ihr angerufen und Bitten um einen Rückruf aufs Band gesprochen. Ohne Ergebnis. Die ohnehin dünnen Fäden, die ihn noch mit Viola verbunden hatten, waren endgültig gerissen. Und das hatte Heiner Stegebach in erster Linie dem Mann zu verdanken, der erneut an der Stirnseite des Raumes thronte: Abteilungsleiter Winfried Lange.

Über Langes Kopf war die bekannte Satellitenaufnahme von Norderney zu sehen, diesmal jedoch flankiert von drei weiteren Standfotos. Das erste zeigte die nackte Leiche von Hannah Berends in der Rechtsmedizin, das zweite den mit einer Plastikplane bedeckten Körper des Jungen, der sich vom Norderneyer Leuchtturm in den Tod gestürzt hatte. Das dritte Foto war die Porträtaufnahme einer lebenden Person. Saskia Fischer, die junge Polizistin, die ihren Chef mit der Waffe bedroht hatte, lag in einem Krankenhaus auf dem Festland und befand sich, nach Aussagen der behandelnden Ärzte, auf dem Weg der Besserung.

Die drei Fotos standen für den Tagesordnungspunkt, den Professor Blechschmidt bereits abgehandelt hatte: die Bestätigung, dass alle drei Abgebildeten mit dem FSME-Virus infiziert waren.

George Clooney, der seinem Hollywood-Vorbild mit einem Dreitagebart noch ein Stück nähergekommen war, meldete sich zu Wort: »Gibt es eine Erklärung, warum die FSME ausgerechnet auf Norderney in Erscheinung getreten ist?«

»Nein«, stöhnte Professor Blechschmidt. »Im jetzigen Stadium ist es viel zu früh für Erklärungen. Wir sammeln Fakten …«

»Und Fakt ist«, unterbrach ihn Clooney, »dass alle drei Erkrankten auf Norderney gelebt haben. Zufall oder nicht?«

»Das weiß ich nicht«, gab Blechschmidt patzig zurück. »Aus drei Erkrankungen lässt sich keine Kausalität konstruieren.«

»Wie viele Tote brauchen Sie denn?«, wurde Clooney im Ton schärfer.

»Darum geht es doch gar nicht. Die drei Erkrankungen sind deshalb gesichert, weil sie so genau untersucht wurden. Niemand kann ausschließen, dass es weitere Infektionen, möglicherweise sogar Erkrankungen mit FSME gibt. Der Nachweis ist nicht einfach zu führen und man findet nur das, wonach man sucht. Viele FSME-Fälle werden übersehen, weil die Symptome denen einer Grippe ähneln. Nur bei etwa einem Drittel der Patienten tritt die schwerere Verlaufsform mit Hirnhaut- und Gehirnentzündung auf. Was ich damit sagen will: Entweder existiert ein isolierter Herd auf Norderney oder das Virus ist bereits in ganz Deutschland, wenn nicht weltweit auf dem Vormarsch. Letzteres würde bedeuten, dass wir lediglich die Ersten sind, die die Gefahr entdeckt haben. Beides, lokaler Herd oder weltweite Verbreitung, ist denkbar.«

»Aber Sie haben doch sicher eine Meinung«, schaltete sich Lange ein.

»Für eine Meinung …«

»… ist es noch zu früh, ich weiß. Ich möchte Ihr Bauchgefühl hören, nichts weiter.«

»Bauchgefühl?« Blechschmidt lächelte gequält. »Einen Wissenschaftler nach seinem Bauchgefühl zu fragen, ist so, als ob Sie von einem Fußballer verlangten, den Torschuss mathematisch zu berechnen.«

»Herr Professor Blechschmidt«, sagte Lange beißend, »wir sind hier nicht auf einem Wissenschaftskongress. Nichts von dem, was unter uns gesprochen wird, verlässt diesen Raum. Sie laufen also nicht Gefahr, Ihr Renommee zu beschädigen.«

Der Mikrobiologe schnaufte.

Jetzt gilt es, dachte Stegebach. Entweder gibt Blechschmidt klein bei oder es kommt zum offenen Konflikt.

»Bauchgefühl, na schön«, knurrte der Professor.

Stegebach verkniff sich ein Grinsen. Von jetzt an würde Blechschmidt über jedes Stöckchen springen, das Lange ihm hinhielt. Da waren sie wenigstens schon zwei.

»Mein Bauchgefühl sagt mir, dass das Problem nicht auf Norderney beschränkt ist. Wir haben einige ungewöhnliche FSME-Fälle in Großstädten, außerhalb der bekannten Risikogebiete. Das könnte ein Indiz sein, dass das Virus mutiert ist und sich auf neuen Wegen verbreitet. Klären lässt sich das erst, wenn wir weiteres Virusmaterial bekommen. Darum bemühen wir uns derzeit.«

»Sie bemühen sich«, wiederholte Lange sarkastisch. »Wie schön. Herr Professor, Sie ahnen sicher, worauf wir hinauswollen?«

»Nein.« Blechschmidt wischte sich den Schweiß von der Stirn.

»Das ist doch ganz einfach. Die entscheidende Frage, die sich uns unter Sicherheitsaspekten stellt, ist die: Handelt es sich wirklich um ein mutiertes Virus, das zufällig auf einer kleinen Nordseeinsel in Erscheinung tritt – oder hat jemand das Virus im Labor scharf gemacht und gezielt nach Norderney gebracht, um den Europäischen Gipfel zu sabotieren?«

»Aber«, stammelte Blechschmidt, »wer …«

»Wer so etwas tun sollte?«, schaltete sich George Clooney ein. »Da kann ich Ihnen eine ganze Reihe von Kandidaten nennen, angefangen bei Ökoterroristen. Ich rede hier nicht von Umweltaktivisten, wie wir sie aus Deutschland und Mitteleuropa kennen. In Großbritannien und den USA gibt es radikale Tierschützer, besser gesagt Menschenfeinde, die seit Längerem in ihren Internetforen über einen Vernichtungsfeldzug gegen die Menschheit nachdenken. Solche Gruppen würden nicht zögern, Zecken für ihre Zwecke einzusetzen. Und vergessen wir nicht El Kaida und andere islamische Terrororganisationen. Wir wissen, dass El Kaida jegliche Waffen, ob konventionell, atomar oder biologisch, gegen die verhassten Ungläubigen einsetzen würde.«

Heiner Stegebach spürte, wie der korpulente Mann neben ihm vor Aufregung vibrierte. Der Wissenschaftler stand kurz vor einer Explosion.

»Das ist in meinen Augen Unsinn«, ereiferte sich Blechschmidt. »FSME ist als biologische Waffe denkbar ungeeignet. Sie wird ausschließlich durch Zecken übertragen und gegen Zecken kann man sich wappnen. Wenn Sie wollen, nenne ich Ihnen Dutzende von Infektionskrankheiten, die sich leichter manipulieren, besser transportieren und gefährlicher verbreiten lassen. Warum, um Himmels willen, sollte jemand auf die hirnverbrannte Idee kommen, FSME zu benutzen? Allein an der herkömmlichen Grippe sterben in Deutschland jedes Jahr tausendmal mehr Menschen.«

Lange faltete seine Hände und wartete, bis die Attacke verhallt war.

Ein paar Sekunden lang herrschte Stille. Stegebach empfand so etwas wie Mitleid für Blechschmidt. Denn was jetzt kommen würde, war so absehbar wie der Rückzug der Gletscher auf Grönland. Lange musste den Wissenschaftler demütigen. Alles andere würde für ihn einen Gesichtsverlust bedeuten.

»Ich verstehe«, sagte Lange. »Sie sind in der Lage, hier und heute auszuschließen, dass *FSME Typ Monti* – netter Name übrigens – gentechnisch verändert und nach Norderney eingeschleust wurde?«

»Das kann ich selbstverständlich nicht. Ein Nachweis …«

»Können Sie nicht?«

»Nein.« Blechschmidt sackte ein Stück tiefer in seinen Sessel.

»Sehen Sie. Deshalb stellen wir solche Fragen. Deshalb sitzen wir überhaupt hier. Es ist unsere Aufgabe, alle Eventualitäten in Betracht zu ziehen, um Schaden von der Bundesrepublik Deutschland abzuwenden. Wollen Sie daran mitwirken, Herr Professor Blechschmidt?«

»Ja, natürlich.«

»Gut. Dann schlage ich vor, dass wir wieder zur konstruktiven Diskussion zurückkehren. Und damit meine ich zwei Dinge. Erstens: Alle Vorgänge rund um das Virus, Forschung, Prophylaxe und so weiter, unterliegen der absoluten Geheimhaltung, solange der Verdacht besteht, dass eine terroristische Vereinigung dahinterstecken könnte. Wir wollen diese Menschen fassen und unschädlich machen. Berichte in den Medien würden sie warnen. Und zweitens: Wir müssen die Situation auf Norderney in den Griff bekommen. Der jetzige Polizeichef scheint mir überfordert zu sein. Wir brauchen mehr und kompetentere Leute, die sich das Umfeld der drei Erkrankten genau anschauen. Gab es Kontakte zu Personen, die radikalen Gruppen angehören? War das, was sich bislang abgespielt hat, ein Testlauf, sozusagen die Generalprobe für eine größere Aktion vor und während des Gipfels?«

Der Glatzkopf, der nach Stegebachs Erinnerung beim niedersächsischen Landeskriminalamt arbeitete, hob seine Hand.

»Herr Oppolt?«

»Wir haben bereits gemeinsam mit dem niedersächsischen Innenministerium einen Einsatzplan entwickelt. Kriminalrat Goronek kann jederzeit mit einer fünfzehn- bis zwanzigköpfigen Soko nach Norderney gehen und die Dinge dort in die Hand nehmen.«

»Sehr gut«, nickte Lange. »Ich muss ja nicht betonen, dass die Ermittlungen mit äußerster Diskretion zu führen sind. Die Bevölkerung darf nicht beunruhigt werden.«

»Selbstverständlich«, bestätigte Oppolt. »Die Kriminalbeamten erfahren nur das Nötigste.«

»Dann ist die Sitzung hiermit beendet«, verkündete Lange.

Stegebach sprang auf. Die ganze Zeit hatte er befürchtet, dass man ihn auf Viola de Monti ansprechen würde. Jetzt war er erleichtert. Und das schlug ihm auf die Blase. Er musste pinkeln, und zwar dringend.

»Herr Stegebach!«

Der Sprecher des Gesundheitsministeriums presste instinktiv die Beine zusammen.

Lange kam auf ihn zu. »Wie geht es Ihrer Freundin, Frau Dr. de Monti?«

»Gut, glaube ich.«

»Sie haben keinen Kontakt zu ihr?«

»In den letzten Tagen nicht, nein.«

»Sie sollten sie im Auge behalten.« Lange trat so dicht an Stegebach heran, dass der die Schuppen auf dem Jackett des Abteilungsleiters zählen konnte. »In unserem gemeinsamen Interesse. Verstehen Sie?«

»Das ist doch verrückt, reine Paranoia«, regte sich Professor Blechschmidt auf. »Ein terroristischer Anschlag mit Zecken. Wie kann man so etwas Absurdes auch nur in Erwägung ziehen?«

»Ich habe Sie gewarnt.« Heiner Stegebach schaute sich vorsichtig um. Er stand mit dem Professor auf dem Uferweg, der zwischen Innenministerium und Spree entlangführte. Vor ihnen floss das graue Wasser der Spree, hinter ihnen erhob sich das in Schlangenform erbaute Ministerium, ein kaltes Monstrum aus Beton und Glas, das im unscheinbaren Stadtteil Moabit versteckt worden war.

»Viola kann froh sein, dass sie da nicht mitmachen muss«, sagte Blechschmidt.

»Das wird sie anders sehen.«

»Ja.« Der Professor rieb sein massiges Kinn. »Es tut mir leid, dass ich sie beurlauben musste. Ich hätte sie gerne dabeigehabt. Sagen Sie ihr das, wenn Sie sie treffen.«

Falls ich sie treffe, dachte Stegebach.

19

Norderney, Polizeistation

Britta Hartweg war hochgradig erregt. »Goronek hat Dr. Habibi festnehmen lassen.«

Martin Geis schob die Dienstpläne, an denen er arbeitete, zur Seite. »Er hat was?«

»Vor einer halben Stunde. Habibis Frau hat gerade bei uns angerufen. Sie ist vollkommen außer sich.«

Geis stand auf. Seitdem Kriminalrat Goronek mit seinen Leuten auf Norderney das Kommando übernommen hatte, teilte sich Geis mit seiner Stellvertreterin ein Büro. Genau genommen war es das einzige Büro, über das die Stammbesetzung der Polizeiwache noch verfügte. Alle übrigen Räume hatte sich die Sonderkommission aus Hannover unter den Nagel gerissen.

»Mit welcher Begründung?«

»Mit keiner. Frau Habibi sagt, die Beamten hätten auf entsprechende Fragen nicht reagiert und damit gedroht, ihrem Mann Handschellen anzulegen, falls er nicht freiwillig mitkommt.«

»Irgendeinen Grund muss es doch geben.« Der Hauptkommissar drehte eine Runde um die Schreibtische. »So verrückt ist nicht einmal Goronek, willkürlich Festnahmen anzuordnen.«

»Frau Habibi glaubt, es hängt damit zusammen, dass ihr Mann Palästinenser ist.«

»So ein Schwachsinn!« Geis blieb vor Britta stehen. »Der Mann ist niedergelassener Arzt in …«

»Osnabrück.«

»Und kommt seit wie vielen Jahren mit seiner Familie zum Urlaub auf die Insel?«

»Seit mindestens zehn.«

»Ziemlich lange Vorbereitungszeit für einen terroristischen Anschlag.«

»Mich musst du nicht überzeugen«, gab Britta wütend zurück. »Dr. Habibi ist der friedlichste Mensch, den ich kenne. Er hat mir mehr als einmal geholfen. Erst zuletzt ...« Sie stockte.

»Wo hat man ihn hingebracht?«

»Nicht hierher. Ins *Hotel Niedersachsen.*«

Geis nickte. Da die Polizeistation für die achtzehnköpfige Soko viel zu klein war, hatte Goronek zusätzlich Konferenzräume in dem Hotel angemietet, in dem die Mehrzahl der Polizisten auch wohnte – Goroneks Hauptquartier. Die Räume in der Polizeiwache wurden nur für Schreibarbeiten und den üblichen Bürokram genutzt.

»Ich rede mit Goronek.«

»Martin!« Britta stoppte ihn mit ihrer erhobenen rechten Hand. »Lass dich nicht zu emotionalen Äußerungen hinreißen!«

»Ich werde ganz sachlich bleiben.«

»Soll ich mitkommen?«

»Das schaffe ich schon allein.« Geis rang sich ein Lächeln ab. »Dass ich Goronek bei unserer letzten Auseinandersetzung verprügelt habe, hat mich meinen Job gekostet. So einen Fehler macht man nicht zweimal.«

Bevor Britta etwas erwidern konnte, ließ er sie stehen und ging schnell durch den Flur nach draußen. Der frische Wind kühlte seine Wut. Goronek war zwar ein arrogantes Arschloch, aber auch ein guter Polizist. Er musste etwas gegen Dr. Habibi in der Hand haben. Anders war die Festnahme nicht zu verstehen. Also tat Geis gut daran, sich nicht zu weit aus dem Fenster zu lehnen. Er würde höflich nachfragen, nichts weiter.

Das *Hotel Niedersachsen* befand sich nur wenige Fußminuten entfernt. Trotzdem hatte Geis Goronek erst einmal gesehen, beim Antrittsbesuch des Kriminalrats in der Polizeistation vor zwei Tagen. Die Männer hatten sich die Hände geschüttelt und dabei so freundlich geguckt wie zwei Profiboxer vor dem Gong zur ersten Runde. Eiskalt. So hatte Britta später die Begegnung bezeichnet. Und genauso kurz wie das Gespräch selbst war die offizielle Erklärung gewesen, die Goronek für den Einsatz der Sonderkommission lieferte: Es gelte, terroristische Bedrohungen auszuschließen, deshalb würden die FSME-Fälle noch einmal genauer untersucht.

Geis hätte kotzen können. Wenn überhaupt, waren das seine Fälle. Er kannte die Erkrankten, er kannte die Insel. Und wieso hatte man ihm ausgerechnet Goronek vor die Nase gesetzt? Entweder arbeiteten im Innenministerium bürokratische Autisten oder der Plan stammte von einem besonders perfide denkenden Menschenfeind. Jeder, der Personalakten lesen konnte, musste wissen, dass Goronek nicht nur Geis' Familie, sondern auch seine Karriere zerstört hatte.

Als Fokke Janssen ihm die Nachricht telefonisch übermittelte, hatte Geis spontan um seine vorübergehende Versetzung gebeten.

Doch der Auricher Kriminalrat hatte abgelehnt. Und sogar gelacht, als Geis das Wort Urlaub in den Mund nahm. Bis zum Ende des Gipfeltreffens werde jeder Mann auf Norderney gebraucht, Geis solle sich gefälligst zusammenreißen und Goronek als Vorgesetzten akzeptieren. Er müsse ja nicht gleich ein Bier mit dem Mann trinken, ein vernünftiges Arbeitsverhältnis reiche vollkommen.

Geis hatte kommentarlos aufgelegt. Ein vernünftiges Arbeitsverhältnis mit dem Mann, der mit Michaela im Bett lag und bei Annika den Stiefvater spielte?

»Wo finde ich die Sonderkommission?«

Der Mann an der Rezeption schaute gelangweilt auf. »Rechts den Flur runter, an den Toiletten vorbei.«

Gleich hinter der Tür zur Herrentoilette blockierte ein Schreibtisch den Durchgang. Kein besonders schöner Arbeitsplatz für die Sekretärin, die etwaige Besucher abfangen sollte. Geis kannte sie nicht, sie musste neu sein.

»Ich möchte zu Kriminalrat Goronek.«

»Name?«

»Geis. Hauptkommissar Geis.«

Die Sekretärin behielt ihn im Auge, während sie den Telefonhörer abnahm und mit jemandem redete. »Zweite Tür links.«

Goronek stand mit Bischoff und Schöning vor einer Reihe von Stellwänden und Flipcharts. Geis erkannte Fotos von Hannah Berends, Lars Rasmussen und Saskia Fischer. Daneben hingen Soziogramme der FSME-Erkrankten. In allen drei Beziehungsgeflechten war der Name von Dr. Habibi unterstrichen.

»Martin!« Goronek steckte seine rechte Hand betont lässig in die Hosentasche. »Was treibt dich her?«

»Ihr habt Dr. Habibi festgenommen?«

»Wir führen Gespräche mit ihm, das ist richtig.«

»Wieso?«

»Ich wüsste nicht, was dich das angeht.«

»Dr. Habibi ist Stammgast auf Norderney, ich kenne ihn seit Langem. Wenn ihm eine Straftat vorgeworfen wird, geht mich das etwas an.«

Goronek schaute seine Untergebenen an, zuerst Schöning und dann Bischoff. Schöning war eine Speichelleckerin, Geis hatte sie noch nie leiden können. Mit Bischoff kam er einigermaßen klar, der Mann verhielt sich so korrekt, dass selbst die übelsten Kriminellen ihn in ihr Herz schlossen. Beide hoben die Schultern zur Andeutung eines Zuckens. Warum sollten sie eine Meinung haben, bevor sich der Chef geäußert hatte.

»Na schön«, sagte Goronek mit einem fiesen Lächeln. »Weil du es bist, Martin. Lass uns einen kleinen Spaziergang machen. Wann habe ich schon mal die Gelegenheit, bei der Arbeit Nordseeluft zu schnuppern?«

»Und wir?«, fragte Schöning.

»Ihr habt Pause.« Der Kriminalrat grinste erneut. »Falls ich nicht zurückkomme, liege ich irgendwo in den Dünen. Hauptkommissar Geis wird manchmal handgreiflich.«

Arschloch, dachte Geis. Gottverdammtes Arschloch.

Goronek summte leise vor sich hin, als sie die Strandpromenade erreichten. »Ich würde mir gern mal den Ostteil der Insel angucken, das Wrack und die Vögel. Oder eine Wattwanderung machen. Ich habe von diesen seltsamen Tieren gelesen, die es da gibt: Kotpillenwurm, Sandklaffmuschel, Seeringelwurm.«

»Habibi«, sagte Geis.

»Du weißt doch, wie das läuft: In Berlin hecken sie eine Theorie aus und dann beauftragen sie uns Fußsoldaten, Fleisch an das Gerippe zu werfen. Wobei ich nicht behaupte, die ganze Theorie zu überblicken, vermutlich hat man mir nur die Hälfte erzählt. Kurz gesagt, ich soll herausfinden, ob jemand die FSME nach Norderney eingeschleppt hat, um den Gipfel zu stören oder platzen zu lassen. Dr. Habibi ist Mediziner und kennt sich mit Krankheiten aus. Außerdem ist er Muslim und gebürtiger Palästinenser.«

»Na und?«

»In Großbritannien haben muslimische Krankenhausärzte Anschläge auf Flughäfen geplant. Habibi könnte einer islamischen Terrororganisation angehören.«

»Das ist lächerlich. Habibi lebt seit vielen Jahren in Deutschland, seine Frau ist Deutsche.«

»Die Ärzte in Großbritannien lebten dort auch seit vielen Jahren. Und die Attentäter vom elften September waren vorher brave Studenten in Hamburg. Das ist ja das Perfide an diesen El-Kaida-Typen, dass sie sich perfekt tarnen.«

Geis schüttelte den Kopf.

»Du siehst das aus deiner beschränkten Inselperspektive«, fuhr der Kriminalrat fort. »Aber mal objektiv betrachtet: Habibi war immer in der Nähe. Er saß im Restaurant von Hannah Berends, er stand unter dem Leuchtturm, als der Junge sprang, und wir haben herausgefunden, dass Saskia Fischer Habibi aufgesucht hat, bevor sie dich ...« Goronek gluckste. »Scheiße, das muss zum Brüllen ausgesehen haben, wie du vor ihr die Hosen runtergelassen hast.«

»Wenn man dabei eine Pistole im Mund hat, ist das weniger komisch.«

»Glaube ich.« Goronek wischte sich eine Lachträne aus dem Auge. »Du bist raus aus dem Spiel, Martin. Das ist was für die großen Jungs.«

»Mehr habt ihr nicht?«, schnappte Geis. »Habibi war in der Nähe – das ist alles? Keine Zecken im Koffer? Keine verdächtigen Schriften? E-Mail-Kontakte? Telefonanrufe? Willst du mir diesen Mist als ernsthaften Verdacht verkaufen?«

Mit zusammengekniffenen Augen betrachtete der groß gewachsene Kriminalrat das Meer. »Ich sage es ungern zweimal, Martin: *Wir* sind die Spezialisten, *wir* erledigen das. Du warst mal ein guter Mann, einer meiner besten. Aber das ist lange her. Schau dich doch an, wie du aussiehst: ein fett gewordener Inselsheriff, der seine eigenen Leute nicht im Griff hat. Du bringst es nicht mehr. Ich scheiße auf deine Meinung, Martin.«

Goronek hatte es geschafft, Geis war wütend. Er spürte, wie das Blut an seinen Schläfen pochte. »Was soll das?«

»Denkst du, du kannst einfach aufkreuzen und mit mir diskutieren? Es geht dich nichts an, ob die Verdachtsmomente gegen Habibi ausreichen. *Ich* entscheide das. Geh wieder an den Strand und pass auf, dass niemand sein Handtuch fallen lässt. Das ist dein Job. Kapiert?«

»Du arrogantes …«

»Was denn?« Goronek drehte sich zu Geis um. »Willst du wieder zuschlagen? Wie vor zwei Jahren? Annika verachtet dich deswegen, ist dir das klar?«

Geis ballte die Fäuste. »Lass meine Familie da raus!«

»Deine Exfamilie. Du kannst dir nicht vorstellen, wie froh die beiden sind, dass sie dich nicht mehr sehen müssen.« Der Kriminalrat bleckte zwei Reihen überkronter Zähne. »Ich war viel zu großzügig, damals. Ich hätte dich fertigmachen sollen.«

»Zu dumm, dass du dir vor Angst in die Hose geschissen hast.«

»Ich habe wenigstens was in der Hose. Michaela sagt, du hast nur jeden zweiten Tag einen hochgekriegt. Bei mir wird sie besser bedient. Und Annika …«

Geis musste schräg nach oben schlagen, denn Goronek überragte ihn um einen halben Kopf. Dafür brachte Geis mehr Gewicht auf die Waage und verfügte eindeutig über den härteren Punch. Das Nasenbein des Mannes aus Hannover brach mit einem hässlichen Geräusch. Blut spritzte und färbte das weiße Hemd rot. Goronek landete auf seinem Hintern.

»Du Arsch!«

Geis erstarrte. Unfähig, sich zu bewegen, sah er zu, wie Goronek seine Pistole aus dem Holster zog und entsicherte.

»Chef!« Schöning japste beim Laufen. »Alles in Ordnung, Chef?«

»Ja.« Der Kriminalrat rappelte sich auf. Seine Stimme klang undeutlich. »Sie sind suspendiert, Herr Geis. Geben Sie mir Ihre Waffe und Ihren Ausweis!«

20

Berlin, Wilmersdorf

A G T C C A G C. Grüne, schwarze, rote und blaue Ausschläge. Jeder Buchstabe, jede farbige Kurve stand für eine Base, für eine Erbinformation des FSME-Virus. Die RNA des Virus war vergleichsweise kurz, rund zehntausend Nukleotide reichten aus, um einen fremden Organismus zu erobern und sich selbst zu reproduzieren. Zehntausend Moleküle schafften es, einen Menschen krank zu machen oder zu töten.

Viola betrachtete die schematische Darstellung der RNA auf dem Monitor ihres Computers. Natürlich hatten Professor Blechschmidt und sein Team auf den neuen Hochleistungs-Sequenzer des Instituts zurückgreifen können. Innerhalb weniger Tage war es ihnen gelungen, den größten Teil des Virus-Genoms zu entschlüsseln. Jetzt galt es, die gewonnenen Daten mit den Gensequenzen des herkömmlichen FSME-Virus zu vergleichen. Gab es Abweichungen, vielleicht sogar zusätzliche Gene, die eine Erklärung für die neuen Eigenschaften des Virus lieferten? Obwohl das kaum vorstellbar war. Wegen ihrer geringen Kapazität eignete sich die RNA von Flaviviren nicht zur Aufnahme neuer Abschnitte. Deshalb mutierten FSME-Viren ja so selten, im Gegensatz zu den Grippeviren, die sich ständig veränderten.

Und doch – Viola entdeckte einen markierten Abschnitt, der die Aufmerksamkeit des Forscherteams geweckt hatte. Es handelte sich um eine Bauanleitung zur Herstellung eines Proteins. Das Protein fand sich in keiner FSME-Datenbank, es gehörte definitiv nicht zum Standardprogramm des Virus.

Je länger Viola die Abfolge der Basen betrachtete, desto seltsamer kam ihr das Ganze vor. Eigentlich gab es dafür nur eine Erklärung: Das Virus war genetisch manipuliert worden. Jemand hatte die zusätzliche Sequenz eingebaut und die Oberfläche verändert.

Viola spürte die Aufregung wie eine eiserne Klammer um ihren Brustkorb. Sie sprang auf und ging zum Fenster. Professor Blechschmidt und sein Team mussten zu demselben Ergebnis gekommen sein. Viola kannte zwar nur die nackten Daten, sie wusste nicht, was im Team diskutiert wurde und welche Schlussfolgerungen daraus gezogen wurden, aber etwas anderes konnte sie sich nicht vorstellen. Am liebsten hätte sie Blechschmidt sofort angerufen und gefragt, was er nun zu tun beabsichtige. Doch das ging nicht. Sie durfte Daniel nicht gefährden. Und auch nicht sich selbst. Schließlich hoffte sie, in ein paar Wochen wieder einsteigen zu können.

Ein Schluck Kräutertee half ihr, sich ein wenig zu beruhigen. Am Horizont färbten die Lichter des Ku'damms den Nachthimmel orange. In weiter Entfernung gellte eine Polizeisirene und unten auf der Straße tastete sich ein einsames Taxi vorwärts. Wahrscheinlich war der Fahrgast so betrunken, dass er sich nicht mehr an seine Hausnummer erinnern konnte.

Es störte sie nicht, dass der Kräutertee längst kalt geworden war. Sie nahm einen weiteren Schluck und dachte über das Protein nach. Eiweiße waren in der Lage, sich in Zellkerne einzuschmuggeln und ihre Erbinformationen weiterzugeben. Damit machte sich das Protein unabhängig von dem Virus, das es transportiert hatte. Und entfaltete auch dann noch seine Wirkung, wenn die Viren längst abgestorben waren und die infizierten Menschen die FSME überwunden hatten.

Viola ging zu ihrem Computer zurück und druckte die Informationen aus. Drei Basen eines Proteins bildeten eine Aminosäure. Biogenetiker verwendeten Buchstabencodes für die Aminosäuren, manchmal ergaben sich daraus einprägsame Kombinationen. Irgendwann während ihres Studiums hatte sie die Codes auswendig gelernt, aber das war lange her. Doch wozu gab es Lehrbücher? In ihrem Bücherregal musste noch so ein altes Schätzchen überlebt haben. Viola ließ ihren Blick über die Buchrücken schweifen. Richtig, da unten stand es. Sie zog das Buch heraus und blätterte es von hinten auf, die Codes gehörten zum Register auf der letzten Seite.

Bewaffnet mit einem Kugelschreiber und einem Blatt Papier, machte sich Viola an die Entschlüsselung der Proteinbasen: AGC = M, CGA = A, ATC = R, ATG = E. MARE. Es folgten noch rund achtzig weitere Aminosäuren, doch Viola musste sie nicht mehr übersetzen. Von einem Protein, das mit der Aminosäurenkombination MARE begann, hatte sie schon einmal gehört. Aber wo? Mit ihrem Fachgebiet, der Virologie, konnte es nicht zusammenhängen, dann würde sie Bescheid wissen. Nein, es musste sich um einen Vortrag handeln, den sie bei einem Kongress gehört hatte. In Gedanken ging sie alle Tagungen durch, die sie in den letzten Jahren besucht hatte: Molekulare Virologie, Molekulare Biomedizin, Medizinische Epigenetik …

Die Epigenetik beschäftigte sich mit der Frage, wie äußere Einflüsse auf das Erbgut und seine Aktivierung wirkten. Und wie man dies mithilfe der Gentechnologie rückgängig machen konnte. So war es gelungen, körperliche und psychische Eigenschaften, wie Krankheiten, Neigung zu Übergewicht oder Aggression, ein- oder auszuschalten. Vorläufig erst einmal bei Mäusen. Ja, das war's! Sie hatte beim Epigenetik-Kongress einen Vortrag über transgene Mäuse gehört. Von Professor Walter aus Münster. Walters Mäuse produzierten dasselbe Protein wie die FSME-Viren.

Viola stützte ihren Kopf in beide Hände. Sie erinnerte sich wieder. Walter setzte die Gentechnologie ein, um seinen Mäusen etwas ganz Bestimmtes auszutreiben. Das Thema hatte Viola deswegen fasziniert, weil sich ihr Leben ständig darum drehte. Und auf Norderney waren ihr die psychischen Veränderungen der Erkrankten aufgefallen. So unwahrscheinlich es klang, die zusätzliche Sequenz des neuen FSME-Virus war möglicherweise in der Lage, diese Veränderung zu bewirken. Aber sie kannte nur zwei Fälle. Was war mit der dritten Erkrankten, der Polizistin? Sie brauchte Gewissheit. Sofort!

Drei Uhr nachts. Sollte sie es wagen? Sollte sie ihn anrufen? Bevor die Zweifel stärker werden konnten, hielt sie ihr Handy in der Hand und aktivierte die gespeicherte Nummer. Nach dem fünften Klingeln meldete sich eine verschlafene Stimme.

»Habe ich Sie geweckt?«

Martin Geis lachte rau. »Mitten in der Nacht? Wie kommen Sie bloß auf die Idee?«

»Tut mir leid.« Sie hatte jetzt keine Ruhe für Geplauder. »Ich möchte Sie etwas fragen.«

»Schlafen Sie nie?«

»Zurzeit arbeite ich nachts. Diese Polizistin, die Ihnen … die …«

»Die mich zwingen wollte, mit ihr zu schlafen – sagen Sie es ruhig.«

»Inwieweit hat die FSME sie verändert, psychisch, meine ich?«

»Sie machen Witze.« Das Lachen, das durch den kleinen Lautsprecher drang, ging in ein Husten über. »Entschuldigung. Wenn Sie Saskia Fischer kennengelernt hätten, würden Sie so etwas nicht fragen. Normalerweise ist sie sehr zurückhaltend, beinahe schüchtern. Nie im Leben hätte sie mich derart angegangen.«

»Glauben Sie denn, dass Frau Fischer schon vorher an Ihnen interessiert war? Dass sie sich nur nicht getraut hat, es zu zeigen?«

Geis dachte nach. »Ja. Das ist möglich. Manchmal, wenn ich sie angeguckt habe, ist sie rot geworden.«

»Und Sie waren scharf auf Frau Fischer?«

»Verdammt. Ja. Auch das ist möglich. Worauf wollen Sie eigentlich hinaus?«

»Dass Sie füreinander bestimmt sind.« Viola kicherte. »Ein Scherz. Ich meine, dass Saskia Fischer radikal in die Tat umgesetzt hat, was in ihren Vorstellungen bereits existent war. Weil ihr aufgrund der FSME ein Gefühl abhandengekommen ist, das gewöhnlich ihr Handeln bestimmt.«

»Angst«, sagte Geis nachdenklich. »Sie hatte keine Angst. Nicht einmal einen Hauch davon.«

»Wie Hannah Berends und Lars Rasmussen.«

»Was heißt das?«

»Kann ich noch nicht sagen«, wich Viola aus. »Vielleicht komme ich demnächst mal wieder nach Norderney. Dann erzähle ich Ihnen alles bei einem Essen.« Das war ihr einfach so rausgerutscht. Ohne Absicht.

»Das wird nicht klappen«, sagte Geis müde. »Morgen fahre ich nach Hannover. Für längere Zeit.«

»Warum?« Sie wunderte sich über ihre Enttäuschung. Und über das Bild, das sie vor Augen hatte: Saskia Fischer und Geis Hand in Hand auf der Fähre.

»Weil ich suspendiert worden bin.«

»Wieso denn?«

»Ach!« Er stöhnte. »Das ist eine lange Geschichte.«

Viola wartete. Doch da kam nichts mehr. Anscheinend wollte er nicht darüber reden. »Dann geht es Ihnen ja so wie mir.«

»Sie sind auch suspendiert?«

»So was Ähnliches. Beurlaubt.«

»Wie auch immer.« Der Hauptkommissar gähnte. »Ich bin raus aus dem Fall. Die Geschichte interessiert mich nicht mehr.«

»Schlafen Sie gut!«, sagte Viola.

Eine Weile blieb sie regungslos stehen. Dann legte sie das Handy auf den Schreibtisch.

Gegen acht versuchte sie es zum ersten Mal. Um neun meldete sich immerhin eine Sekretärin. Und um zehn hatte Viola Professor Walter persönlich am Telefon. In knappen Worten schilderte sie ihre Entdeckung, ohne zu erwähnen, was das veränderte Virus bereits angerichtet hatte und dass sie selbst von der Arbeit im Bundesinstitut ausgeschlossen war.

Walter brauchte eine Weile, um das Gehörte zu verarbeiten. »Das ist unmöglich«, sagte er schließlich. »Wir verwenden keine FSME-Viren. Das Virus kann nicht aus unserem Institut stammen.«

»Das habe ich auch nicht angenommen«, versicherte Viola.

Der süddeutsche Akzent des Professors wurde stärker: »Ist das Virus wenigstens deaktiviert worden?«

»Nein.«

»Es ist scharf? Kein ernst zu nehmender Wissenschaftler würde an einem aktiven Virus manipulieren. Die Folgen könnten verheerend sein.«

»Deshalb brauche ich ja Ihre Hilfe.«

Walter sog Luft zwischen den Zähnen ein. »Schicken Sie mir die Daten per E-Mail. Vielleicht kann ich Ihnen dann mehr sagen.«

»Ich würde gern nach Münster kommen und die Daten mitbringen«, sagte Viola. »Wenn es Ihnen nichts ausmacht.«

Walter war einverstanden. Sie vereinbarten, sich am nächsten Tag in seinem Institut für Medizinische Epigenetik zu treffen.

Den Rest des Vormittags verbrachte Viola damit, eine Zugfahrkarte und ein Hotelzimmer im Internet zu buchen, Informationen über Walters Forschungsgebiet auszudrucken sowie ihren Reisekoffer zu packen. Erst als sie zum Telefon griff, um ein Taxi zu bestellen, fiel ihr auf, dass sie alles ohne Schweißausbrüche oder erhöhten Pulsschlag geschafft hatte. Das bedeutete, sie konnte mittlerweile reisen wie andere Menschen auch. Hoffentlich dauerte die Normalität noch eine Weile an.

Am Abend erreichte sie Münster. Ihr Hotel befand sich an einem Platz, in dessen Nähe es eine Menge Kneipen gab, die vor allem viele junge Menschen anzogen. Etwas beklommen stellte Viola fest, dass ihr Bett unter einer Dachschräge stand. Immerhin lag das Zimmer auf der ruhigeren, der Seite zum Hof, sodass sich in der Nacht ein Fenster öffnen ließ.

Nach einem späten Essen im Hotelrestaurant spürte sie noch kein Verlangen nach ihrem Bett und den Skurrilitäten des abendlichen Fernsehprogramms. Wieder kam ihr Norderney in den Sinn, die luxuriöse Suite, das Essen mit Martin Geis. Auf einmal fühlte sie sich einsam. Warum war sie überhaupt nach Münster gefahren? Warum ging sie das Risiko einer Panikattacke ein, anstatt in Berlin zu bleiben und die Entwicklung abzuwarten?

Um ihre Nerven zu beruhigen, entschloss sie sich, einen kleinen Spaziergang zu machen. Die Straßen waren noch voller als bei ihrer Ankunft, Gruppen von Schülern und Studenten zogen grölend durch das Kneipenviertel. Ein paar Meter weiter, vor einer vierspurigen Straße, blieb Viola stehen. Hinter der Straße erstreckte sich ein riesiges Areal, auf dem ein Jahrmarkt aufgebaut war. Den Plakaten am Straßenrand entnahm sie, dass der Jahrmarkt in Münster *Send* genannt wurde. Blinkende Monstermaschinen schleuderten Menschen herum oder stürzten sie in tiefste Abgründe, untermalt von stampfender Musik und lustvollem Kreischen. Niemals hätte sich Viola freiwillig in dieses Getümmel begeben. Und doch genoss sie das gruselige Gefühl, den Popcorn- und Zuckerwatteatem des Ungeheuers aus sicherer Distanz riechen zu können.

»Na, Lust auf eine Fahrt in der Achterbahn?«

Zwei junge Männer keilten sie links und rechts ein.

»Nein, danke.« Sie drehte sich um.

»He! Warte doch mal!«

Die Männer gingen ihr hinterher. Viola beschleunigte ihre Schritte.

»Mein Kumpel findet dich unheimlich süß.«

Nicht reagieren. Nicht rennen. Keine Angst zeigen.

»Magst du ihn etwa nicht?«

Eine Hand an ihrer Jacke. Viola riss sich los. Rannte jetzt doch.

Wieder grapschte einer der Typen nach ihr. Sie schlug nach hinten, traf ihn im Gesicht.

»Du blöde Ziege!«

Sie wollte um Hilfe rufen, aber rennen und schreien gleichzeitig funktionierte nicht. Endlich das Hotel. Der Nachtportier guckte überrascht. Aufzug wäre jetzt das Letzte gewesen. Sie rannte die Treppen hinauf, schloss die Tür hinter sich ab, wartete darauf, dass sich der Atem beruhigte.

Er beruhigte sich nicht. Saublöd, sie hyperventilierte. In der Nasszelle, die nicht einmal groß genug war, um umzufallen, stopfte sie sich ein Handtuch vor den Mund. Das Herz raste, die Brust schmerzte, ihre Arme prickelten und wurden taub. Wie sollte sie bloß die Nacht überleben?

21

Münster, Altstadt

Martin Geis kannte Münster von einigen Seminaren, die in der Polizei-Führungsakademie in Hiltrup stattgefunden hatten. Abends waren sie durch die Altstadt gezogen, hatten sich über die vielen Fahrradfahrer und den Turmbläser von St. Lamberti gewundert und vergeblich ein Vergnügungsviertel gesucht. Das Einzige, was sie fanden, waren Kneipen, so brav und bieder wie die ganze Stadt. Doch heute, nach zwei Jahren auf Norderney, kam ihm Münster vor wie eine lebendige Metropole.

Nachdem Geis seinen Wagen in einem Parkhaus abgestellt hatte, überquerte er das Rinnsal, das die Einheimischen Fluss nannten, und tauchte in das Gewirr der Altstadtgassen ein. Die Kiepenkerl-Statue auf einem gepflasterten Platz erinnerte ihn an eine Katastrophe, die vor zweieinhalb Jahren als Familientrip zum münsterschen Weihnachtsmarkt begonnen hatte. Eingeladen von Michaelas Eltern, waren sie an einem frühen Samstagmorgen von dem kleinen Emsstädtchen, in dem seine Schwiegereltern lebten, aufgebrochen und mit dem Zug nach Münster gefahren. Erste Zweifel am Sinn des Ausflugs kamen Geis schon im Regionalzug, in dem Gruppen von Zipfelmützenträgern lautstark alkoholische Getränke konsumierten. Das Getümmel im erstaunlich hässlichen münsterschen Hauptbahnhof verstärkte seine Vorbehalte. Doch das chaotische Gedränge und Geschubse auf dem Weihnachtsmarkt übertraf die schlimmsten Befürchtungen. Michaelas Vater drängte es zu den Glühweinständen wie einen Durstigen zum Wasserloch, Annika maulte bereits nach einer halben Stunde, sie wolle endlich wieder nach Hause, und Michaela setzte sich mit ihrer Mutter in ein Kaufhaus ab, während Geis mit Kind, Schwiegervater und Kälte kämpfte. Entsprechend mies war die Stimmung beim Mittagessen, für das sie zwanzig Minuten lang auf einen Tisch warten mussten.

Auf der Rückfahrt stank der Zug nach Erbrochenem. Uwe, Michaelas Vater, schaffte es wenigstens bis auf die Toilette, schlief dort allerdings ein und konnte nur mithilfe des Schaffners rechtzeitig geweckt werden. Und am Abend, im ungemütlichen, kleinen Gästezimmer unter dem Dach des schwiegerelterlichen Hauses, eröffnete Michaela ihm dann, dass sie sich seit Wochen mit Goronek traf und sich entschlossen habe, die Scheidung einzureichen. Ein Tag wie aus dem Lehrbuch für Familientragödien.

Geis wandte sich nach rechts und kam an einigen Kunst- und Antiquitätenläden vorbei. Viola de Montis zweiter Anruf hatte ihn in einem Moment erreicht, als er in Selbstmitleid zu versinken drohte. In dem gleichen Maße, wie ihm die Schwierigkeiten bewusst wurden, die seine Suspendierung verursachte, fühlte er sich mut- und kraftloser. Vieles musste geklärt und geregelt werden. Allein die Wohnungssuche. Das Souterrainzimmer, das er während seiner Aufenthalte in Hannover nutzte, befand sich im Haus eines ehemaligen Kollegen. Für ein oder zwei Wochenenden im Monat mochte es genügen, aber nicht als dauerhafter Wohnsitz. Zumal der Hausbesitzer angedeutet hatte, dass man den Raum für andere Zwecke brauche. Doch wie sollte Geis, trotz nebulöser beruflicher und finanzieller Perspektiven, eine neue Wohnung finden? Und was wollte er mit seinem Leben überhaupt noch anfangen? In den Polizeidienst zurückzukehren, schien nach dem Ausraster auf Norderney ausgeschlossen. Schon nach seiner ersten Prügelei mit Goronek hatte man ihm unmissverständlich klargemacht, dass ein weiterer Vorfall die Entlassung zur Folge haben würde. Und etwas anderes als Polizist hatte er nun mal nicht gelernt. Blieben die üblichen Alternativen für gescheiterte Ermittlerexistenzen: Privatdetektivbüro oder Sicherheitsdienst. Beides so attraktiv wie Pockennarben im Gesicht. Geis hatte nicht die geringste Lust, jugendliche Kaufhausdiebe zu jagen oder nachts an Türen zu rütteln. Dennoch würde ihm wohl nichts anderes übrig bleiben. Weil er es nicht aushielt, zu Hause zu sitzen und Gerichtsshows im Fernsehen zu gucken.

Deshalb war er Viola de Monti dankbar gewesen, als sie ihn von seinen Grübeleien erlöste. Sie musste ihn nicht überreden, nach Münster zu kommen. Sicher, er würde ihr helfen. Es ging um die Zeckengeschichte, umso besser, da kannte er sich wenigstens aus. Erst hinterher war ihm aufgefallen, dass de Monti aufgeregt und ein bisschen kurzatmig geklungen hatte.

Hinter einem kleinen Platz erhob sich das im münsterschen Backsteinstil erbaute Hotel, in dem die Wissenschaftlerin ein Zimmer für ihn gebucht hatte. Zum ersten Mal fragte er sich, was er von der Begegnung mit Viola de Monti erwartete. Ob sie wohl irgendwann den Panzer ablegen würde, mit dem sie die Welt auf Distanz hielt? Und welches Wesen würde dann in Erscheinung treten? Dass sie ihn interessant fand, hatte er schon auf Norderney gemerkt. Doch wie weit würde dieses Interesse gehen?

Viola de Monti stand auf, als er das Hotelfoyer betrat. »Sie sind spät dran.«

»Guten Morgen. Ich freue mich auch, Sie zu sehen.«

»Kommen Sie!« De Monti ging zur Tür. »Wir können unterwegs reden.«

»Entschuldigung.« Geis rührte sich nicht vom Fleck. »Ich habe mich Ihretwegen zwei Stunden ins Auto gesetzt, um von Hannover nach Münster zu fahren – und das ist alles, was Ihnen zur Begrüßung einfällt?«

Die Mikrobiologin schaute auf ihre Armbanduhr. »Wir haben einen Termin.«

»Ich würde gerne erst einmal einchecken, wenn es Ihnen nichts ausmacht.«

»Ist schon in Ordnung«, mischte sich die Frau hinter dem Empfangstresen ein. »Wir bringen Ihr Gepäck auf Ihr Zimmer.«

Das fing ja gut an.

De Monti rannte zum Taxistand. Geis geriet außer Atem, als er ihr folgte. »Sie haben *mich* angerufen – schon vergessen?«

»Nun seien Sie doch nicht so empfindlich!« Sie blieb kurz stehen. »Ich hatte eine schlechte Nacht, okay?«

»Was ist denn passiert?«

»Erzähle ich Ihnen ein anderes Mal.«

»Wo fahren wir eigentlich hin?« Geis ließ sich auf die Rückbank des Mercedes fallen.

»Institut für Medizinische Epigenetik, Von-Esmarch-Straße«, sagte de Monti zum Taxifahrer.

»Und was machen wir da?«, fragte Geis.

»Wir reden mit Professor Walter. Der weiß noch nichts von Ihnen. Ich sage einfach, Sie sind ein Kollege.«

»Tolle Idee. Sobald ich den Mund aufmache, wird die Tarnung auffliegen.«

»Dann schweigen Sie am besten.«

Fantastisch. Zuerst die frostige Begrüßung und jetzt verlangte sie auch noch von ihm, dass er sich lächerlich machte. »Vielleicht sollte ich wenigstens eine Ahnung haben, was das ist, diese Epi…«

»Epigenetik«, sagte de Monti. »Nicht alle Gene, die wir Menschen besitzen, und die bestehen immerhin aus drei Milliarden Basenpaaren, kommen ständig und unverändert zum Einsatz. Ernährung, mütterliche Liebe oder auch Misshandlung hinterlassen in unserem Genom Spuren, die unter Umständen sogar vererbt werden. Genabschnitte, die für diese oder jene Eigenschaften zuständig sind, lassen sich aus- und auch wieder einschalten. Einfach gesagt: Unsere DNA ist wie ein gut gefülltes Regal im Supermarkt, das Leben, das wir führen oder das man uns aufzwingt, entscheidet, welche Gerichte daraus entstehen.«

»Ah ja«, sagte Geis.

»Womit ich nicht behaupten will, dass die Genforscher schon alles verstehen«, dozierte de Monti weiter. »Die Epigenetik steckt noch in den Anfängen. Was hauptsächlich daran liegt, dass wir so kompliziert sind. Die vollständige Entschlüsselung des Erbgutes ist erst bei ganz wenigen Menschen gelungen. Klar ist nur, dass die individuellen Unterschiede weitaus größer sind, als wir lange Zeit angenommen haben.«

»Sie meinen: Ob jemand zum Mörder wird, steckt in den Genen?«

»Möglicherweise. Ja.«

»Wissen Sie, was ich merkwürdig finde?« Geis wartete, bis er die volle Aufmerksamkeit der Mikrobiologin hatte. »Ich habe das Wort Zecke oder FSME bis jetzt noch nicht gehört. Wo ist der Zusammenhang mit unseren Krankheitsfällen?«

»Das ist ja der Witz.« De Monti strich sich eine Haarsträhne aus der Stirn. »Professor Walter beschäftigt sich mit Angst. Damit, wie sich traumatische Erfahrungen in den Genen niederschlagen und wie man das verhindern kann. Und genau dasselbe Eiweiß, das bei Walters Mäusen das Angst-Gen blockiert, befindet sich auch in den mutierten FSME-Viren. Und offenbar wird das Protein von den Viren auf Menschen übertragen. Denn was bei allen bislang Infizierten auffällt, ist das Fehlen jeglicher Angst. «

»Heißt das, Ihr Professor Walter ist so etwas wie Dr. Frankenstein?«

Der Taxifahrer, der aussah wie ein Student im höheren Semester, grunzte. »Was für eine saublöde Frage.«

Das Gitter des kleinen Käfigs öffnete sich automatisch. Die Maus kam heraus und blickte sich schnuppernd um. Interessant waren in dem sterilen, weiß gekachelten Labor allerdings nur zwei Dinge: die getigerte Katze, die einen Meter von der Maus entfernt auf dem Boden hockte, die Vorderbeine gestreckt, den Kopf geduckt, anscheinend in Jagdlaune – und die Öffnung zu einem Tunnel auf der anderen Seite des Labors, groß genug für eine flüchtende Maus, zu klein für das verfolgende Raubtier. Doch anstatt zum Tunnel zu rennen und sich in Sicherheit zu bringen, trippelte die Maus auf die Katze zu, immer näher heran, bis sich die Tiere Auge in Auge gegenüberstanden.

Professor Walter, ein großer blonder Mann mit Wikingervollbart, beendete den Film mit einem Mausklick. »Das ist keine von unseren Mäusen, sondern ein japanisches Experiment. Die Japaner haben Zellen der Nasenschleimhaut gentechnisch manipuliert, den Mäusen fehlt dadurch der natürliche Fluchtinstinkt. Normale, nicht veränderte Mäuse verkrochen sich bei Vergleichstests entweder im Käfig oder suchten ihr Heil im Fluchttunnel. Womit bewiesen wäre, dass Angst nicht auf erlerntem, sozialem Verhalten beruht, sondern auf einer genetischen Codierung.«

»Was ist mit der Maus passiert?«, fragte Geis.

Walter lachte. »Sie hat überlebt. Diese Mäuse sind viel zu wertvoll, um sie als Katzenfutter zu opfern.«

Vor der Filmvorführung hatte der Direktor des Instituts seinen beiden Besuchern einen Einblick in die Forschungseinrichtung geboten. Geis durfte Geräte bestaunen, in denen Viren auf Weltraumtemperatur gekühlt oder Bakterien bei siebenunddreißig Grad Celsius geschüttelt wurden. Voller Stolz hatte Walter ein millionenteures Elektronenmikroskop der neuesten Generation präsentiert und einige andere Apparate erwähnt, deren Funktion der Polizist nicht einmal im Ansatz verstand. Auch die Begriffe, die Walter und de Monti bei ihrer Unterhaltung verwendeten, klangen für Geis japanischer als jede Handy-Bedienungsanleitung. Noch nie hatte er etwas von Reverser Genetik, Mutagenese und Rekombination gehört. Keine einzige vernünftige Frage fiel ihm dazu ein, deshalb hielt er sich an de Montis Rat – und den Mund.

Was er jedoch ohne Probleme registrierte, waren die umfangreichen Sicherheitsvorkehrungen, unter denen die Forschung stattfand. Der gesamte Laborbereich war abgeschirmt und nur mit personalisierten Chipkarten zu betreten. Jegliche Abfälle wurden erst einer speziellen Hitzebehandlung unterzogen und desinfiziert, bevor sie die Räume verlassen durften. Und die Mäuse, mit denen Professor Walter und sein Team experimentierten, konnten Geis und de Monti nur durch eine zentimeterdicke Panzerglasscheibe betrachten. Die Tiere lebten in einem Labor der Sicherheitsstufe drei, der zweithöchsten überhaupt. Zugang zu diesem Labor hatte nur ein kleiner Kreis ausgewählter und entsprechend geschulter Personen, die sich einer genau vorgeschriebenen Prozedur unterziehen mussten.

»Unsere Mäuse leben nicht so gefährlich wie die in Japan«, erklärte Walter. »Wenngleich ich zugeben muss, dass sie ihre unschönen Erfahrungen bewusster erleben. Denn schließlich *sollen* sie Angst bekommen.«

»Womit werden die Mäuse traumatisiert?«, fragte de Monti.

»Mit Elektroschocks. Sehen Sie hier!« Auf dem Computermonitor im Büro des Professors lief ein neuer Videofilm ab: Eine Maus saß regungslos in der Mitte einer Schachtel von etwa einem Quadratmeter Grundfläche. »Die Maus ist verängstigt, weil sie in diesem Raum Erfahrung mit schmerzhaften Elektroschocks gemacht hat. Die körperlichen Symptome der Furcht lassen sich messen: erhöhter Adrenalinausstoß, erhöhter Blutdruck und ebenso erhöhte Herzfrequenz. Und hier …« Ein weiterer Klick, jetzt lief eine Maus in der Schachtel umher und erkundete neugierig die Seitenwände. »... sehen Sie eine Maus, die der gleichen Elektroschockbehandlung unterzogen wurde wie die erste. Allerdings haben wir ihr anschließend eine Substanz injiziert, die die Methylierung des entsprechenden Genabschnitts blockiert. Mit anderen Worten: Die Maus verhält sich so, als wäre nichts passiert. Sie weiß zwar, dass ihr in diesem Raum etwas Unschönes zugestoßen ist, aber die Proteine, die bei Maus Nummer eins körperliche Reaktionen hervorrufen, werden nicht aktiviert.«

»Wahnsinn«, sagte Geis.

Walter schaute ihn irritiert an. »So kann man es auch ausdrücken. Sie verstehen sicher, welche Chancen sich hier eröffnen. In Zukunft wird es möglich sein, Opfer von Gewaltverbrechen, von Vergewaltigungen oder brutalen Überfällen noch im Krankenhaus entsprechend zu behandeln, sodass psychische Nachwirkungen völlig ausbleiben. Bedenken Sie, dass viele Geschädigte jahre-, manchmal sogar lebenslang unter den Folgen leiden.«

De Monti lachte bitter. »Aber bis das Verfahren für die Menschheit tauglich ist, wird es, nehme ich an, noch eine Weile dauern.«

»So ist es«, bestätigte der Professor. »Mäuse und Menschen unterscheiden sich eben doch in manchen Dingen, deshalb lässt sich nicht ohne Weiteres von den einen auf die anderen schließen. Und bevor Versuche mit Menschen erlaubt werden – das wissen Sie selbst –, müssen sehr viele Voraussetzungen erfüllt sein.«

»Was geschieht eigentlich mit den Mäusen?«, fragte Geis.

»Mit welchen?«

»Mit den Versuchstieren.«

»Die bleiben hier. Bis zu ihrem Tod. Und auch danach kommt niemand an sie heran. Wir haben strenge Vorschriften, die zum Inhalt haben, dass alle gentechnisch veränderten Mäuse verbrannt werden müssen.«

»Eine Maus kann also nicht einfach verschwinden?«

»Auf keinen Fall. Jede Maus ist markiert und registriert. Wir würden merken, wenn eine fehlt.«

»Und das ist noch nie vorgekommen?«

Walter zog die Augenbrauen hoch. »Ich verstehe, worauf Sie hinauswollen. Sie denken, das mutierte Virus ist durch unsere Mäuse in die Welt gelangt. Wissenschaftlich äußerst fragwürdig und praktisch unmöglich. Abgesehen von Aufenthalten in der Mäuseklinik ...«

»Im Ernst?« Geis lachte auf. »Es gibt Mäusekliniken?«

Außer ihm fand das niemand komisch. Walter wirkte konsterniert und de Monti wurde sogar ein bisschen rot. »Herr Geis ist neu im Institut, er arbeitet sich noch ein.«

»Tja, Herr Kollege ...«, die Ironie war nicht zu überhören, »... ich will das mal für Sie verständlich ausdrücken: Uns fehlen die notwendigen tiermedizinischen Geräte, um die Mäuse vor und nach den Experimenten auf Herz und Nieren zu überprüfen. Deshalb schicken wir sie zu einer darauf spezialisierten Klinik in Ochtrup. In einem hermetisch abgeschlossenen Fahrzeug einer Sicherheitsfirma. Selbstverständlich kann es passieren, dass die Tiere während der Fahrt oder in der Klinik verenden. In solchen Fällen werden sie in Ochtrup verbrannt.«

»Wie sollte ich denn wissen, dass es tatsächlich Mäusekliniken gibt?«, sagte Geis kleinlaut, als sie das Institutsgebäude verließen.

»Professor Walter wird ohnehin bald erfahren, dass ich suspendiert bin«, gab de Monti zurück. »Es spielt also keine Rolle.«

Langsam gingen sie zur Straße. Geis spürte, wie das Schweigen mit jedem Schritt an Bedeutung gewann. Sie mussten miteinander reden. Nur traute sich keiner von beiden, den Anfang zu machen.

»Das da drin hätten Sie auch ohne mich geschafft. Warum wollten Sie, dass ich nach Münster komme?«

»Weil ...« Sie wandte den Kopf ab und betrachtete die Bäume, die seitlich der Auffahrt in einer ordentlichen Reihe standen. »Weil ich gestern Abend eine Panikattacke hatte. Weil Sie mir allein dadurch helfen, dass Sie da sind. Und weil ... ich Sie mag.« Sie federte herum, bleich, verletzt und wütend. »Sonst noch Fragen?«

»Ja. Was machen wir jetzt?«

»Sie sind der Polizist. Was schlagen Sie vor?«

»Als Polizist würde ich mir die Mäuseklinik genauer angucken. Von allem anderen habe ich sowieso nichts verstanden.«

Dann legte er den Arm um ihre Schulter und verstand nicht, warum sie zusammenzuckte und sich losriss.

22

Münster, Aasee

Wie sollte Geis sie verstehen, sie verstand sich ja selbst nicht. Sie mochte ihn, sie fühlte sich zu ihm hingezogen – und gleichzeitig konnte sie es nicht ertragen, wenn er sie berührte. Das Schneewittchen-Syndrom nannte sie es sarkastisch: ein Leben wie im Sarg, nur bestanden die Wände nicht aus Glas, sondern aus Angst, einem viel haltbareren Stoff.

Viola schirmte die Augen mit der Hand ab und ließ den Blick über den See schweifen. Geis hatte vorgeschlagen, zum Aasee zu fahren und dort etwas zu essen. Und da die Sonne dafür sorgte, dass sich die Temperaturen in angenehmen Bereichen bewegten, hatten sie sich für die Terrasse eines Restaurants entschieden, wenige Meter vom Seeufer entfernt. Geis kannte sich in Münster aus und Viola musste zugeben, dass der Ort gut gewählt war. In einem anderen Leben hätte sie ihn vermutlich idyllisch genannt: Neben drei gigantischen Betonkugeln lagen Hunderte von Studenten im Gras, auf dem Wasser kreuzten bunte Segelschiffe und sogar die unermüdlichen Jogger wirkten entspannt. Sie erinnerte sich an eine Geschichte, die sie mal aufgeschnappt hatte, sie handelte von einem Trauerschwan, der sich in ein weißes Tretboot verliebt hatte. Und tatsächlich, das ungleiche Gespann war keine Erfindung der Medien, es schwamm in der Nähe der Steintreppe, die unterhalb der Wasseroberfläche endete.

»Da drüben!« Sie streckte ihren Zeigefinger aus.

»Ja. Ich sehe sie auch.«

»Wir könnten uns duzen, findest du nicht?« Sie hob ihr Glas mit Apfelsaftschorle. »Ich heiße Viola.«

Er blinzelte überrascht. »Und ich Martin.«

Nach dem Essen gingen sie bis zu der Brücke, die den Aasee in der Mitte überquerte, und auf der anderen Uferseite wieder zurück. Viola erfuhr von Dr. Habibis Festnahme und dem, was danach geschehen war.

»Ich kann dich verstehen«, sagte sie. »Ich habe ihn ja nur kurz kennengelernt, aber Habibi ist der Letzte, dem ich Verbindungen zum Terror zutrauen würde.«

»Trotzdem habe ich Goronek mit meinem Auftritt einen Gefallen getan. Er hat doch nur auf eine Gelegenheit gewartet, mir den Stuhl vor die Tür zu setzen.«

»Tut mir leid.«

»Muss es nicht. Ich habe das selbst verbockt.«

Viola sah ein Paar, das im hohen Ufergras lag. Ideales Jagdrevier für Zecken. »Abgesehen von der Suche nach Terroristen: Was geschieht auf Norderney, um die Bevölkerung und die Touristen zu schützen?«

»Einiges. Überall wird vor Zecken und FSME gewarnt.

Die Parks sind gesperrt und die Geldstrafen für das Betreten der Dünen verdoppelt worden. Außerdem findet eine groß angelegte Impfaktion statt. Mir können die Zecken jetzt auch nichts mehr anhaben.« Geis deutete auf seinen Oberarm.

»Da täuschst du dich.«

Er blieb stehen. »Wieso?«

»Weil der Impfstoff nicht wirkt.«

»Aber du hast doch gesagt …«

»Da wusste ich noch nicht, was ich heute weiß. Diejenigen, die das Virus manipuliert haben …«

»Goroneks islamische Terroristen.«

»Wer auch immer. Sie haben nicht nur das Anti-Angst-Protein in die RNA geschmuggelt, sondern auch die Oberfläche des Virus verändert. Damit wird verhindert, dass die durch den alten Impfstoff gebildeten Antikörper am Virus andocken und es unschädlich machen können.«

»Heißt das, es gibt keinen Schutz?«

»Zurzeit nicht. Nein.«

»Und warum sagt das niemand?« Geis trat mit der Schuhspitze gegen eine vergilbte Zeitung, die auf dem Gehweg lag. Die Schlagzeile *Bremer Amokfahrer tötet zwei Menschen* verschwand unter einer Parkbank. »Wieso habe ich davon nichts im Radio gehört? Wieso steht das in keiner Zeitung?«

»Darüber kann ich nur spekulieren. Vielleicht will man zuerst die Täter finden. Oder eine Panik verhindern. Oder den Europäischen Gipfel auf Norderney nicht gefährden. Irgendeinen Grund wird es geben. Ich bin sicher, dass Professor Blechschmidt auf Anweisung von oben handelt. Es passt nicht zu ihm, dass er solche Informationen zurückhält.«

»Und in der Zwischenzeit sterben Menschen«, regte sich Geis auf. »Ich finde, wir müssen etwas tun.«

»Ich könnte Heiner fragen, was die Bundesregierung vorhat«, sagte Viola.

»Wen?«

»Heiner Stegebach, Sprecher des Gesundheitsministeriums. Mein Exfreund. Er hat in den letzten Tagen ein paarmal versucht, mich anzurufen.«

Ohne Geis' Zustimmung abzuwarten, zog sie ihr Handy aus der Tasche.

Heiner meldete sich nach dem zweiten Klingeln. »Viola! Wo bist du?«

»Ich bin in ...« Sie sah, dass Geis den Kopf schüttelte. »... nicht in Berlin.«

»Das weiß ich. Ich habe mit deiner Nachbarin gesprochen. Sie sagt, du bist verreist.«

»Stimmt.«

»Wohin?«

»Ich musste einfach mal ein paar Tage weg. Mich erholen.«

»Das passt nicht zu dir, Viola.« Heiners Misstrauen kroch in ihr Ohr. »Ich hoffe, die Reise hängt nicht mit deinem Job zusammen. Mit dieser gewissen Sache, du weißt schon.«

»Was wird das? Ein Verhör?«

»Unsinn.« Heiner lachte halbherzig. »Ich mache mir Sorgen um dich. Ich möchte nicht, dass du dir deine Zukunft verbaust.«

Lügner, dachte sie. Du sorgst dich nicht um meine, sondern um deine eigene Zukunft. Weil irgendwer dir Feuer unter dem Hintern gemacht hat. »Rührend. Ich denke mehr an die Gesundheit der Menschen.«

»Meinst du, wir nicht?«

»Gibt es denn etwas Neues? Ist Professor Blechschmidt schon zu irgendwelchen Ergebnissen gekommen?«

»Nein. Sie arbeiten noch dran.«

Er log immer erbärmlicher. Und diesen Mann hatte sie mal geliebt.

»Wann ist damit zu rechnen?«

»Das wird noch eine Weile dauern. Sobald ich etwas erfahre, rufe ich dich an. Okay?«

»Ja, danke. Ich muss Schluss machen, Heiner. Mein Taxi kommt gerade.«

»Sie mauern.« Viola klappte das Handy zu. »Eine offizielle Warnung wird es nicht geben. Wenn wir das nicht machen ...«

»Wir?«

»Warum nicht? Wir könnten den Medien Informationen zuspielen. Über den Redakteur einer Nachrichtenagentur, mit dem ich schon oft zusammengearbeitet habe. Wenn ich ihn bitte, meinen Namen nicht zu erwähnen, wird er sich daran halten.«

Martin wartete, bis ein Jogger außer Hörweite war. »Sobald das rauskommt ...«

»... verlier ich wahrscheinlich meinen Job. In dem ich gerade jetzt am meisten gebraucht würde. Die haben mich kaltgestellt, verstehst du? Die hindern mich daran, das zu tun, was ich am besten kann. Also bin ich niemandem zu Loyalität verpflichtet. Ich komm schon zurecht. Was ist mit dir? Bist du dabei?«

»Ich habe nichts mehr zu verlieren.«

»Na dann!« Viola lachte. »Ich habe Angst. Aber die habe ich sowieso.«

23

Betreff: Alarm in der Amygdala

Letztlich ist es Biochemie. Die Amygdala, jener mandelförmige Verbund von Nervenzellen im Gehirn, darauf spezialisiert, in bedrohlichen Situationen Kräfte zu mobilisieren, löst den Alarm aus. Die Amygdala regt die Hypophyse an, die Hypophyse aktiviert die Nebennierenrinde, die Nebennierenrinde produziert das Hormon Cortisol und Cortisol erledigt dann den Rest: Der Blutdruck steigt, die Atmung geht schneller, das

Herz rast, in den Muskeln erweitern sich die Blutgefäße. Wir sind bereit. Zu kämpfen, zu fliehen, zu erstarren. Oder zu leiden.

Denn der Amygdala ist es egal, ob uns ein Löwe angreift – oder eine Spinne an der Wand entlangkrabbelt. Ob uns jemand ein Messer an den Hals hält – oder eine Lampe merkwürdige Schatten wirft. Wir haben Angst vor Fahrstühlen und Prüfungen, vor großen Plätzen und hohen Türmen. Wir haben Angst vor dem Fliegen und davor, uns fallen zu lassen. Wir haben Angst vor anderen Menschen, vor denen, die uns ansprechen, vor denen, die uns ignorieren, und vor denen, die uns in Autos hinterherfahren. Wir haben Angst vor dem Versagen, vor Krankheiten und dem Tod. Wir haben Existenzängste, Berührungsängste und Zukunftsängste. Wir haben Angst, Menschen zu verlieren, die uns nahestehen. Wir haben Angst vor dem Alleinsein oder vor dem Unglücklichsein. Vor der nächsten Nacht oder dem nächsten Tag. Wir haben eigentlich immer Angst. Wir haben Angst vor der Angst. Vor der nächsten Panikattacke, davor, dass der Blutdruck steigt, das Herz rast, vor Hyperventilation und dem Gefühl, sterben zu müssen. Die Amygdala macht Alarm, weil die Amygdala Alarm machen könnte.

Irgendwann war das Alarmsystem sinnvoll. Als wir in Höhlen lebten, als wir Jäger und Krieger waren, als wir große Tiere erlegen oder unsere Horde verteidigen mussten. Als es den Unterschied zwischen realen und eingebildeten Ängsten noch nicht gab, weil jeder Tag lebensgefährlich war.

Die Todesgefahren verringerten sich, doch die Amygdala blieb unverändert. Ein Überbleibsel aus unserer Vergangenheit, das nach Betätigung sucht. Und das sich, in Ermangelung von Löwen, Mammuts und feindlichen Horden, mit Spinnen, Mäusen und Fahrstühlen anfreundet.

Viele Millionen Menschen leiden unter Phobien. Sie gehen zur Psychotherapie, schlucken Beruhigungsmittel und Antidepressiva, betäuben ihre Angst mit Alkohol, Drogen und Sex.

Doch das ist nur die Spitze des Eisbergs. Angst ist längst zum Lebensgefühl geworden. Wer sich nicht ängstigt, lebt verkehrt, die Angstschürer bestimmen, worüber diskutiert wird: Welche Gefahren birgt die Klimaerwärmung? Wann überrollt uns eine weltweite Epidemie? Wo findet der nächste Terroranschlag statt? Was kommt nach dem Ölpreis-, Bildungs- und Rentenschock? Ist die Weltwirtschaftskrise noch zu stoppen? Frisst ein schwarzes Loch die Erde auf?

Ängste lassen sich jederzeit mobilisieren, mit Zuversicht kann man kein Geld verdienen oder Politik machen. Es wird Zeit, die Amygdala zu entmachten. Du weißt, wovon ich spreche, Viola.

Ich bin nicht allein. Wir werden immer mehr, entschlossen, der Angst zu trotzen. Und wir können es schaffen. Du wirst sehen, Viola: Die Welt ist bunt und schön.

Vierter Teil

Das Wachstum

24

Münster, Paulus-Dom

Himmel. Hölle. Gott. Worte, nichts als Worte. Auch wenn sie an einem Ort wie diesem bedeutungsvoll klangen, sich an den Sandsteinmauern brachen und durch das Kirchenschiff hallten, bis ihre Wellen auch die Hartleibigsten erschütterten. Hier wollte man an das Jenseits glauben, an ein Leben nach dem Tod, an ein höheres Wesen und einen göttlichen Plan, der die Naturgesetze durchkreuzt. O ja, die Architekten des Mittelalters, die Baumeister von Kathedralen wie dieser waren geschickte Psychologen, die mit ihrem Handwerk das göttliche Wirken unterstützten. Wer in diesen Hallen noch Zweifel hatte, gehörte auf den Scheiterhaufen.

Lasset uns beten!

Zu wem? Dem Gott, den Abraham aus Ur mitbrachte, als er nach Kanaan zog? Einen jener sumerischen Hausgötter, die von den zivilisierten, städtischen Familien, zu denen auch Abrahams Sippe gehörte, verehrt wurden. Nicht mehr als ein Schutzpatron, dem man täglich kleine Opfergaben weihte. Der mit Abraham feilschte, sich kritisieren und auslachen ließ und Angeboten nicht abgeneigt war. Der Menschengestalt annahm und mit Abraham und Sara im Zelt sitzend das Fladenbrot teilte. Der Moses seinen Namen verriet: JHWH. Was auch immer das bedeuten mochte.

Nein, es ging nicht. Er schaffte es nicht mehr. Er konnte sich nicht mehr selbst belügen. Er glaubte nicht an Gott und den Himmel, nicht an den Teufel und die Hölle, nicht an all die naiven kollektiven Vorstellungen, die sich die Menschheit in ihrer Urgeschichte konstruiert hatte, aus Angst vor dem Sterben, aus Sehnsucht nach einer höheren Macht und einem übermenschlichen Sinn. Vorstellungen, die sich fast unverändert bis in die heutige Zeit erhalten hatten und die er, Kraft seines Amtes, von der Kanzel verkünden sollte. Um die da unten, die treuherzig zu ihm aufschauten, über die Zweifel hinwegzutrösten, ihnen ein wenig Morphium mitzugeben für die Leere und die Banalität des Alltags.

Zweifel waren im Priesterseminar das tägliche Brot gewesen, das er mit den anderen Seminaristen teilte. Man redete heimlich oder offen darüber, gestand sie sich ein oder verdrängte sie, flüchtete sich in Rituale und Formeln. Nur die wenigsten fanden den Mut, die logischste aller Konsequenzen zu ziehen – und zu gehen. Wie hatte er sie gehasst! Die *Aufgeber,* wie er sie nannte, die von einem Tag auf den anderen verschwanden, die ihm später, wenn er sie zufällig traf, vollkommen fremd waren, in einem bürgerlichen Beruf, mit Frau und Kindern, fernab von Gott.

Die Zweifel hatten ihn nicht verlassen, sie waren nur leiser geworden. Als er aufstieg, vom Priester zum Professor und zum Weihbischof, durfte er sie nicht mehr äußern, jetzt erwarteten andere von ihm, dass er sie stärkte in ihrer Not, dass er Zuversicht ausstrahlte und das Unvereinbare für vereinbar erklärte: Wissenschaft und Glaube.

Vater unser im Himmel …

Kinderreime. Alles, alles war erklärbar. Nun gut, die ersten Mikrosekunden nach dem Urknall waren noch unklar. Aber ab dann, ab dem ultraheißen Quark-Gluon-Plasma winzige Sekundenbruchteile nach dem Anfang unserer Welt, ließ sich alles herleiten. Über die Entstehung von Atomkernen, die sich mit Elektronen zu ersten Elementen verbanden, der Bildung von Gaswolken, Riesensternen, schwarzen Löchern und schließlich Galaxien, die heute, dreizehn Komma sieben Milliarden Jahre nach dem Punkt null, durch das sichtbare Universum trieben. Erklärbar, dass sich auf dem dritten Planeten eines Standardsterns im äußeren Spiralarm einer Galaxie Bedingungen ergaben, unter denen sich Moleküle zu immer längeren Ketten verbanden, die irgendwann die Fähigkeit zur Fortbewegung und zur Reproduktion entwickelten. Einzeller, die sich unter dem Druck der Evolution zu komplizierteren Gebilden steigerten, zu Fischen, Dinosauriern, Säugetieren und Menschen.

Doch nicht nur die Vergangenheit, auch die Zukunft war bekannt. Nach dem Gesetz der Entropie, das der Ordnung aller Dinge eine Richtung aufzwang, nämlich vom Zustand der höheren zum Zustand der geringeren, würden irgendwann alle Sterne erlöschen und die Materie würde zerbröseln, bis nur noch Atomteilchen durch das dunkle Weltall waberten. Nicht einmal der Schatten einer Erinnerung würde übrig bleiben. Gott, falls er für das unaufhaltsame, determinierte Geschehen eine Verantwortung trug, versteckte sich im Wimpernschlag des Urknalls. Allerdings arbeitete ein Heer von theoretischen und experimentellen Physikern daran, ihn auch dort zu eliminieren.

Ja, er las die wissenschaftlichen Bücher mit Genuss und Hingabe, suhlte sich in Weltanschauungen, die ohne höheres Wesen auskamen. Das war sein Ketzertum, dem er sich in den Abend- und Nachtstunden hingab, nachdem er am Tag für Gott und Kirche seinen Mann gestanden hatte. Felsenfest, wie es sich für einen Weihbischof gehörte.

Jahrzehntelang hatte er mit dieser Schizophrenie gelebt, die Spaltung zwischen gläubigem Kirchenmann und wissenschaftlichem Skeptiker ausgehalten. Es gab keinen Grund, die Tarnung aufzugeben, er war gut in seinem Job, verfügte über rhetorisches Talent, konnte mit Menschen umgehen und manchmal blitzte sogar ein Hauch von Charisma auf. Wenn alles nach Plan lief, würde er bald einen Bischofssitz bekommen.

Was stand jetzt auf dem Programm? *Programm?* Hatte er

das wirklich gedacht? Er musste lächeln. Etwas war heute anders als sonst. Der Freigeist löckte wider den Stachel, versuchte die Routine des Sonntagsgottesdienstes zu stören.

Schon gestern Nachmittag, als er die Predigt schrieb, hatte er sich über sich selbst gewundert. Immer wieder waren ihm persönliche Bekenntnisse in den Text gerutscht, die dort nicht hingehörten. Man erwartete Erhabenes und Erbauliches von ihm, nichts Menschliches. Vermutlich lag es an der Erkältung, die ihn seit gestern plagte. Er fühlte sich fiebrig, sein Mund war trocken, die Kehle kratzig. Nach der Messe würde er sich hinlegen und die Krankheit ausschlafen.

Ach ja, das Markus-Evangelium: »Er sagte zu ihnen: Zündet man etwa ein Licht an und stülpt ein Gefäß darüber oder stellt es unter das Bett? Stellt man es nicht auf den Leuchter? Es gibt nichts Verborgenes, das nicht offenbar wird, und nichts Geheimes, das nicht an den Tag kommt. Wenn einer Ohren hat zum Hören, so höre er!«

Was würde Jesus wohl sagen, wenn er den heutigen Wissensstand besäße? Würde er nicht darauf bestehen, seine Lehre weiterzuentwickeln, den Stillstand verurteilen, den seine Kirche seit fast zweitausend Jahren praktizierte? War es nicht an der Zeit, einen ganz neuen Zugang zu den spirituellen Bedürfnissen der Menschen zu suchen?

Ein Schwindel erfasste ihn, die Orgel dröhnte und der Weihrauch tat ein Übriges. Himmel, der Weihrauch würde ihn noch betäuben. Der Gestank war einfach unerträglich heute. In den Augenwinkeln verfolgte er, wie im Seitenschiff eine alte Frau von der Bank rutschte. Kein Wunder bei diesen Gerüchen. Beim nachfolgenden gemeinsamen Gebet klappte er nur den Mund auf und zu. Dann trat er an das Mikrofon.

»Liebe Schwestern und Brüder!« Seine heisere Stimme kroch durch den Dom, streunte zwischen den Säulen herum. »Was meinte Jesus damit, als er sagte: *Wer Ohren hat zum Hören, der höre*? Meinte er nicht, dass wir uns sämtliche

Erkenntnisse nutzbar machen sollen, nicht nur die, die in unser Weltbild passen?«

Die Buchstaben verschwammen vor seinen Augen, er ließ das Blatt sinken. »Ich würde Ihnen gerne etwas Persönliches mitteilen.« Sein Gekrächze verkam zu einem Flüstern, trotzdem hatte er die volle Aufmerksamkeit der Anwesenden, einige beugten sich vor, um ihn besser zu verstehen. »Ich glaube nicht an Gott, schon lange nicht mehr. Unsere Welt funktioniert sehr gut ohne Gott. Götter wurden erfunden, als die Menschen noch nicht verstanden, warum es blitzt und donnert, warum manche Ernten gut ausfallen und andere nicht. In unserer heutigen Zeit ist Gott überflüssig. Um sich anständig und moralisch zu verhalten, um die anderen wie sich selbst zu lieben, ist kein Gott nötig, dazu reicht ein wacher Verstand und ein bisschen Einfühlungsvermögen. Wer das nicht hat, dem wird auch Gott nicht helfen. Verstehen Sie mich nicht falsch! Ich will Ihnen Ihre Krücke nicht rauben. Wenn Sie Gott brauchen, um mit Anstand und Zuversicht durchs Leben zu gehen, dann glauben Sie an ihn. Ich, sein Priester, kündige ihm hiermit die Gefolgschaft.« Der Weihrauch stieg als weißer Nebel auf, locker und leicht wie eine Wolke in einem Hochtal. »Ich weiß nicht, welcher Dämon mich treibt, Ihnen das zu verraten – falls Sie mir diesen kleinen Wortwitz gestatten.« Er lachte und blickte in entsetzte Gesichter. Sie waren erschüttert, steifgefroren bis ins Mark. Die Alten, denen der Tod bereits im Nacken saß; die jungen Eltern, deren Sprösslinge auf den Bänken herumkrabbelten; die Korpsstudenten, die ihre Mützen in den Händen hielten.

Der Nebel wurde dichter, knäulte sich zu einem Kopf mit Augen und Ohren. Ihm fiel auf, dass die Wunden der Christusfigur am Kreuz heller leuchteten als sonst. Es schien, als seien sie frisch aufgebrochen. Der Nebel raste auf ihn zu.

Ihm wurde schlecht.

25

B54, Münster-Ochtrup

»Ganz schön reißerisch«, sagte Geis.

Eine hundertfach vergrößerte Zecke kroch über die Titelseite eines Boulevardblattes und versenkte ihren Stechrüssel in einer Hautlandschaft, aus der einzelne Haare wie kahle Bäume aufragten. *Monsterzecken im Vormarsch?*, lautete die alarmrote Überschrift, kleiner und sachlicher darunter: *Wissenschaftler warnen vor neuer Krankheit.*

»Immerhin haben sie es gebracht«, gab Viola zurück. »Die meisten seriösen Zeitungen sind anscheinend auf Heiners Dementi hereingefallen.«

Bis auf vier kleine Artikel, in denen die kritische Stellungnahme des Pressesprechers aus dem Gesundheitsministerium mehr Platz einnahm als die eigentliche Meldung, hatte sie in dem Stapel Zeitungen, der zu ihren Füßen lag, nichts gefunden. Nur das Boulevardblatt war mit einem großen Aufmacher herausgekommen.

»Was hat dein Ex gesagt?«, fragte Geis.

Sie zischte. »Unterlass bitte alle Anspielungen auf meine intimen Beziehungen zu diesem Menschen! Es ist mir ein Rätsel, wie ich mit so jemandem ins Bett gehen konnte.« Sofort bereute sie die Bemerkung. Geis würde nur auf dumme Gedanken kommen. So gern sie ihn auch mochte, das Letzte, was sie im Moment gebrauchen konnte, war ein Typ, der mit ihr seine sexuellen Bedürfnisse ausleben wollte.

Viola strich die Zeitung glatt. »Ich zitiere: ›*Gerüchte über eine neue Form der FSME entbehren jeglicher Grundlage*‹, *versichert Heiner Stegebach, Sprecher des Gesundheitsminis-*

ters. In vereinzelten Fällen sei es in letzter Zeit zu schweren Verlaufsformen der FSME gekommen. Dies sei jedoch nicht ungewöhnlich, vielmehr bewege sich die Zahl der Erkrankungen im normalen Rahmen. ›Offenbar‹, so Stegebach weiter, ›wird unter dem Deckmantel der Anonymität versucht, die Bevölkerung zu beunruhigen und Panik zu schüren.‹ Behauptungen, dass eine Krankheitswelle drohe, müsse vonseiten der Bundesregierung energisch widersprochen werden. Ungeachtet dessen sei es natürlich sinnvoll, sich gegen FSME impfen zu lassen. Dies gelte insbesondere … Bla, bla.« Wütend schlug Viola die Zeitung zu und wollte sie schon zu den anderen im Fußraum von Geis' Wagen werfen, als ihr ein Artikel auf der Rückseite ins Auge sprang. Schnell überflog sie den Text. »Das ist ja verrückt.«

»Was?«

»Ein Weihbischof hat während der Messe erklärt, dass er nicht mehr an Gott glaubt. Dann ist er zusammengebrochen und wird jetzt mit Verdacht auf FSME behandelt.«

»Wo war das?«

»Du wirst es nicht glauben: in Münster. Im Paulus-Dom von Münster.«

»Du denkst …«

»Der Verdacht liegt nahe, oder? Wahrscheinlich hat der gute Mann seinen Glauben schon vor längerer Zeit verloren. Unter dem Einfluss der neuen FSME traut er sich, seine Überzeugung auszusprechen. Und das bedeutet, Martin, dass diejenigen, die infizierte Zecken freisetzen, vor Kurzem auch in Münster waren.«

»Könnte der Weihbischof nicht Urlaub auf Norderney gemacht haben?«

»Möglich, ja. Aber ich tippe darauf, dass die Zecken gezielt an verschiedenen Orten ausgebracht werden. Das würde erklären, warum die jüngsten FSME-Fälle hauptsächlich in Großstädten aufgetreten sind.«

»Wieso ist es eigentlich notwendig, dass jemand die Viecher transportiert? Verbreiten die sich nicht von alleine?«

»Nein«, lachte Viola. »Zecken sind von Natur aus faul. Am liebsten verbringen sie ihre Zeit regungslos in feuchten Laubhaufen. Da sie nicht trinken können, benötigen sie eine Umgebung mit hoher Luftfeuchtigkeit, um mithilfe eines salzigen Speichelsekrets Wasserdampf aufzunehmen. Wenn sich Zecken bewegen, dann in der Vertikalen, sie klettern auf einen Halm oder Strauch und warten auf einen Wirt. Je größer der Wirt, desto besser für die Zecken. Wo es viele Rehe und Hirsche gibt, tummeln sich massenhaft Zecken. Innenstädte sind normalerweise ziemlich zeckenarm.«

»Am Ende der Straße rechts abbiegen!«, kommandierte eine etwas zickige Frauenstimme. Viola hätte schon längst auf die männliche Version des Navigators umgeschaltet. Aber anscheinend stand Geis auf dominante Damen.

Der suspendierte Hauptkommissar stoppte vor einer Ampel. Sie waren auf der Schnellstraße, die von Münster aus nach Nordwesten führte, sehr schnell vorangekommen. Vertraute man den Angaben des Navigators, würden sie die Ochtruper Mäuseklinik in wenigen Minuten erreichen.

»Dann verstehe ich den Sinn der Aktion nicht«, sagte Geis, während er wieder anfuhr und einem Lkw durch die flache Ackerlandschaft folgte. »Wenn es diese Terroristen auf den Europäischen Gipfel abgesehen haben, wäre es am effektivsten, alle Zecken nach Norderney zu bringen und sie nicht in irgendwelchen Innenstädten abzuladen.«

»Die Terroristenthese stammt nicht von mir.« Viola schaute aus dem Fenster. Einzelne Bauminseln und Bauernhöfe sprengten die Eintönigkeit der Mais- und Weizenfelder. Eine funktionslose Brücke neben der Straße wirkte wie von Kinderhand abgestellt.

»Und was denkst du, wer dahintersteckt?«, bohrte Geis weiter.

»Keine Ahnung. Klar ist nur, dass Wissenschaftler und hochwertige Laborausstattung beteiligt gewesen sein müssen, Gentechnik lässt sich nicht im Hobbykeller betreiben.«

Der Navigator lotste sie zu einem Gewerbegebiet und einem im Jugendstil errichteten ehemaligen Industriegebäude, das inzwischen, nach den Anglizismen auf der Adressentafel zu urteilen, von einer Reihe Start-up-Unternehmen bevölkert wurde. Die Mäuseklinik war in der dritten Etage untergebracht, neben etlichen anderen Firmen, deren Leistungskatalog sich nicht auf Anhieb erschloss.

»Unter Klinik habe ich mir etwas Größeres vorgestellt«, bemerkte Geis.

»Die Patienten brauchen nicht viel Platz«, grinste Viola. »Außerdem gelten Mäuse, im Vergleich zu Menschen, als extrem pflegeleicht.«

Viola hatte am Morgen mit Professor Walter telefoniert und ihn gebeten, ihren Besuch in Ochtrup anzukündigen. Walters Reaktion ließ darauf schließen, dass er ihr nach wie vor vertraute. Die Frage war, wie lange sie noch unter dem Deckmantel eines offiziellen Auftrags ermitteln konnte. Besser, sie fanden schnell etwas heraus.

Eine Tierärztin namens Schmitt-Holstenbrock, die zu allen sinnigen und unsinnigen Anlässen herzhaft kicherte, nahm sie in Empfang und verpasste ihnen erst einmal sterile Overalls, Hauben für die Haare und jeweils einen Mundschutz. »Ist Vorschrift«, kicherte Schmitt-Holstenbrock, »die Mäuse sollen ja keine Krankheiten bekommen, die sie nicht sowieso schon haben.«

Als Nächstes mussten sie eine Luftdusche passieren, die ihnen saubere Luft in Orkanstärke um die Ohren blies. Und dann standen sie in einem weiß gestrichenen Gang, der zu den einzelnen Abteilungen der Klinik führte. Viola las *Kardiologie*, *Orthopädie* und *Neurologie*.

»Hier drin herrscht leichter Überdruck«, erklärte die Tierärztin. »Damit wird verhindert, dass verunreinigte Luft von draußen hereinkommt. Wobei wir uns ...«, Kicherpause, »... nicht als Klinik im eigentlichen Sinne verstehen. Bei uns werden die Mäuse nicht geheilt, wir wollen nur feststellen, *wie* krank sie sind.«

»Wo kommen die Mäuse her?«, fragte Viola.

»Aus ganz Europa. Es gibt ja nicht viele Einrichtungen dieser Art. Zurzeit haben wir dreitausend Mäuse hier. Die meiste Zeit verbringen sie gruppenweise in Käfigen. Es sei denn ...«, Schmitt-Holstenbrock öffnete eine Tür, »... sie müssen gerade zur Untersuchung.«

Viola und Geis sahen, wie zwei Forscher versuchten, eine fiepende Maus auf einer kleinen Bank festzuschnallen.

»Wir haben einen Computertomografen, der speziell für Mäuse konstruiert wurde. Das Gleiche gilt für Geräte, mit denen wir Blutdruck und Herzfrequenz messen. Wir können hier sogar Doppler-EKGs machen.«

»Und feststellen, ob Mäuse zur geistigen Verwirrung neigen?« Viola zeigte auf die Tür mit der Aufschrift *Neurologie.*

»Ach das.« Die Tierärztin kicherte. »Sicher. Die Gene von Mäusen und Menschen sind zu fünfundneunzig Prozent identisch. Forscher konstruieren Mäuse mit Parkinson, Alzheimer oder dem Downsyndrom.«

»Knock-out-Mäuse«, warf Viola ein.

»Richtig. Die meisten unserer Patienten sind Knock-out-Mäuse, in deren Stammzellen ein Gen ausgeschaltet wurde. Sie bekommen Diabetes, Krebs oder Fettleibigkeit, all die Krankheiten, die uns Menschen plagen. Mal sehen, was auf dem Plan steht.«

Sie betraten die Neurologie-Abteilung, eine sichtlich verunsicherte Maus mühte sich unter der Kontrolle einer menschlichen Aufseherin, nicht von einer rotierenden Walze zu fallen.

»Das sogenannte Rota-Rad«, erklärte Schmitt-Holstenbrock belustigt. »So was wie Rodeo-Reiten für Mäuse. An der Zeit, die sie sich oben halten, kann man ihr Koordinationsvermögen messen.«

»Haben Sie auch Mäuse mit FSME?«, fragte Geis, dem die akademische Lehrstunde auf den Geist ging.

»FSME?« Zum ersten Mal wurde die Tierärztin ernst, ihr mädchenhaft-schelmisches Gesicht wirkte auf einen Schlag um zehn Jahre älter. »Nein, FSME haben wir nicht. Jedenfalls nicht zu Forschungszwecken.«

»Was ist mit den Mäusen von Professor Walter?«, fragte Viola schnell, bevor Geis eine weitere Bemerkung machen konnte.

»Die sind etwas ganz Besonderes.« Schmitt-Holstenbrock strahlte wieder.

»Wieso?«

»Weil es sich bei ihnen nicht um Züchtungen handelt. In Japan ist es zum Beispiel gelungen, durch gentechnische Veränderung des Geruchssinns Mäuse ohne Furcht zu züchten.«

»Wissen wir«, knurrte Geis.

Viola warf ihm einen warnenden Blick zu.

»Die Mäuse von Professor Walter kommen jedoch vollkommen normal zur Welt«, fuhr Schmitt-Holstenbrock ungerührt fort. »Bei ihnen wird das Angst-Gen erst später, nach einer einschlägigen Erfahrung, ausgeschaltet. Das eröffnet eine neue Stufe der medizinischen Entwicklung.«

»Und wie wirkt sich das klinisch aus?«, fragte Viola.

»Es ist unglaublich«, begeisterte sich die Tierärztin. »Die Mäuse mit deaktiviertem Angst-Gen liegen bei allen Befunden im oberen Bereich, die nicht therapierten Mäuse dagegen schneiden unterdurchschnittlich ab. Sie tendieren zu Untergewicht, haben Probleme, sich zu konzentrieren, und leiden häufiger als andere unter Herz-Kreislauf-Krankheiten. Mit einem Wort: Angst macht krank.«

»Und ist manchmal sogar tödlich«, sagte Geis.

»Wie ich Ihnen bereits sagte«, übernahm Viola, »überprüfen wir die Möglichkeit, ob einige angstfreie Mäuse auf dem Weg vom Institut in Münster zur Mäuseklinik verloren gegangen sind. Denn mit diesen Mäusen könnte ein Virus in die freie Wildbahn gelangt sein.«

»FSME?« Wieder machte das Gesicht der Ärztin einen rasanten Alterungsprozess durch.

Viola nickte.

Die Verunsicherung der Ärztin war deutlich zu spüren. »Das halte ich für absolut unwahrscheinlich.«

Sie weiß etwas, dachte Viola.

»Aber nicht für unmöglich«, hakte Geis prompt nach.

»Nun, die Mäuse werden registriert und …«

»Sie haben doch einen Verdacht.« Der Hauptkommissar war jetzt in seinem Element. »Sagen Sie es einfach! Dann haben wir es hinter uns.«

»Um Himmels willen, ich konnte ja nicht ahnen, dass …«

»Was?«

»Wir nennen ihn Professor, wegen seines Aussehens und seiner Zerstreutheit. Er hat lange graue Haare, eine runde Hornbrille und einen Bart. Sein Vorname ist Rainer, den Nachnamen kenne ich nicht.«

»Was macht der Professor?«, fragte Geis.

»Er arbeitet nebenan, bei der Firma *Dia-Lab,* die testen neue Arzneimittel auf mögliche Nebenwirkungen. Allerdings ist der Professor kein Naturwissenschaftler, mir hat er mal erzählt, dass er Theologie studiert habe und als Missionar in Afrika war. Ob das stimmt, weiß ich nicht. Für *Dia-Lab* erledigt er jedenfalls einfache Aushilfstätigkeiten.«

»Und für Sie?«, fragte Viola.

Schmitt-Holstenbrock verzog das Gesicht. »Uns hilft er manchmal bei den Mäusetransporten, wenn jemand ausfällt. *Dia-Lab* hat ja auch Mäuse und da …«

»... sind schon mal welche verschwunden«, ergänzte Geis.

Die Tierärztin erstarrte. »Er hat gesagt, sie seien während der Fahrt gestorben.«

»Müssen die Tiere nicht verbrannt werden?«

»Das hat er selbst erledigt. Im Autoklav von *Dia-Lab.*«

»Gesehen hat das niemand, oder?«

Schmitt-Holstenbrock nagte mit ihren überstehenden Schneidezähnen an der Unterlippe. »Bekommen wir jetzt Ärger?«

»Warten wir mal ab, was die Befragung des Professors ergibt«, beschwichtigte Viola. »Kann ja sein, dass wir auf der falschen Fährte sind.«

»Falls er noch bei *Dia-Lab* arbeitet«, hauchte die Tierärztin. »Ich habe ihn seit ein paar Monaten nicht mehr gesehen.«

Dr. Matthias Eichkorn, der Geschäftsführer von *Dia-Lab*, ein smarter Enddreißiger mit umgehängtem Kaschmirpullover, dunklem Teint, grau melierten Schläfen und einer schmalen, ovalen Brille lud Geis und Viola zu einem Kaffee in sein Büro.

»Eigentlich ist das, was wir hier machen, ziemlich harmlos«, entschuldigte sich Eichkorn für die Sicherheitsschleuse am Eingang, »aber weil wir mit Mäusen und noch nicht auf dem Markt befindlichen Medikamenten hantieren, unterliegen wir den gesetzlichen Bestimmungen. Deshalb gilt der komplette Trakt als S-2-Labor.« Er schaute Viola mit einem durchdringenden Blick an. »Irgendwie habe ich damit gerechnet, dass mal jemand auftaucht und sich nach dem Professor erkundigt. Aber dass es ausgerechnet eine Mikrobiologin vom Bundesinstitut für Infektionskrankheiten ist, überrascht mich nun doch.«

»Und weshalb sollte sich jemand nach dem Professor erkundigen?«, konterte Viola kühl.

»Weil er seit drei Monaten wie vom Erdboden verschluckt ist.«

»Wie bitte?«, fuhr Geis auf. »Der Mann ist seit drei Monaten verschwunden und Sie sitzen hier seelenruhig und warten darauf, dass es jemandem auffällt? Warum sind Sie nicht zur Polizei gegangen?«

»Moment mal!« Eichkorn nahm eine aufrechtere Haltung ein. »Ich habe nicht gesagt, dass ihm etwas zugestoßen ist. Er hat ordnungsgemäß gekündigt und seinen Vertrag bis zum letzten Tag erfüllt. Was er danach macht, ist seine Sache. Einige meiner Mitarbeiter, zu denen er näheren Kontakt hatte, haben immer mal wieder versucht, ihn zu erreichen. Ohne Erfolg. Aber vielleicht ist er ja auf einer Weltreise oder bei Verwandten.«

»Was Sie nicht ernsthaft glauben.«

»Ehrlich gesagt: Nein. Der Professor ist kein Typ für eine Weltreise und Verwandte hat er nie erwähnt. Außerdem ...«

»Ja?«

»... habe ich die Gründe für seine Kündigung nicht verstanden. Sehen Sie, der Mann ist zweiundfünfzig und nicht besonders hell im Kopf, da findet man nicht so leicht eine neue Arbeit. Er hat sich bei uns wohlgefühlt und wir hätten ihn gern behalten.«

»Was genau hat er bei Ihnen gemacht?«, fragte Viola.

»Er hat sich um die Mäuse gekümmert. Er hatte ein Händchen für Tiere.« Eichkorn lachte auf. »Als er vor zwei Jahren bei uns vor der Tür stand, dachte ich zuerst, er wäre ein Penner. Die langen grauen Haare, der Bart, schlampige Kleidung – er sah aus, als hätte er die letzten Nächte unter einer Brücke verbracht. Er suche einen Job, sagte er, und würde gerne mit Tieren arbeiten. Da wir gerade expandierten, habe ich ihn probeweise beschäftigt und – wider Erwarten – erwies er sich als fleißig, zuverlässig und umgänglich.«

»Hat er sich auch für andere Tiere interessiert?«, schaltete sich Geis ein. »Für Zecken, zum Beispiel?«

Der Geschäftsführer rümpfte seine sonnengebräunte Nase. »Kann sein. Soviel ich weiß, hat er Insekten gesammelt.«

»Zecken sind keine Insekten«, sagte Viola. »Insekten haben sechs Beine, Zecken acht.«

»Ich bin Pharmakologe, kein Zoologe.« Eichkorn schüttelte angewidert den Kopf. »Alles, was krabbelt, kriecht und sich in Ritzen versteckt, kann mir gestohlen bleiben. Auch die Mäuse sind nicht mein Ding, aber an denen kommen wir nicht vorbei.«

»Hatte der Professor Zugang zu allen Geräten des Labors?«

»Theoretisch schon. Er war manchmal abends allein hier. Allerdings bezweifle ich, dass er die Apparate bedienen konnte, er hatte keinerlei technische Ausbildung. Angeblich hat er die meiste Zeit seines Lebens als Missionar in Afrika verbracht.«

»Angeblich?«, wiederholte Geis. »Zweifeln Sie daran?«

»Es ist seine Geschichte, ich habe sie nicht überprüft. Überhaupt weiß ich, wie Sie schon gemerkt haben, recht wenig über die Vergangenheit des Professors.«

»Noch einmal zurück zur Kündigung. Hat er selbst einen Grund genannt oder gab es einen Anlass?«

Für Violas Geschmack klang Geis zu sehr nach Polizist, allerdings schien Eichkorn keinen Verdacht zu schöpfen.

»Nein«, sagte der Geschäftsführer zögerlich. »Nicht direkt. Er war gesundheitlich angeschlagen. Eine schwere Grippe mit hohem Fieber hatte ihn aus der Bahn geworfen.«

Viola spürte, wie sich die Haare an ihren Unterarmen aufrichteten. Hatte es sich in Wirklichkeit um FSME und nicht um Grippe gehandelt? Die Symptome konnten leicht verwechselt werden. War der Professor, wissentlich oder unwissentlich, die Quelle, die das veränderte Virus freigesetzt hatte?

Sie schaute zu Geis. Sein leichtes Nicken zeigte ihr, dass er das Gleiche dachte.

»Und danach …« Sie räusperte sich. »War er danach verändert?«

»Ja. Jetzt, wo Sie es sagen: Er war gereizter und herrischer als vor seiner Krankheit.«

»Dann brauchen wir noch zwei Dinge von Ihnen«, übernahm Geis wieder. »Den richtigen Namen des Professors und seine Adresse. Und kommen Sie jetzt nicht mit Datenschutz!«

Eichkorn kniff die Augen zusammen, sodass die Haut kleine weiße Falten warf. Offenbar hatte er genug vom anmaßenden Ton seines Besuchers. »Sie sind kein Forscher, oder?«

»Und Sie könnten Ärger wegen unterlassener Hilfeleistung bekommen, falls man eine mehrere Monate alte Leiche findet.«

»Na schön.« Eichkorn riss einen Notizzettel von einem geleimten Block und kritzelte ein paar Zeilen darauf. »Er heißt Rainer Wesseling und wohnt in der Davert, das ist ein Waldzipfel ganz im Süden von Münster.«

»Und ziemlich weit von hier entfernt. Finden Sie es nicht erstaunlich, dass er sich ausgerechnet bei Ihnen um Arbeit beworben hat?«

»Nein.« Der Zettel flog durch die Luft und landete auf der äußersten Kante des Schreibtisches. »Soll ich Ihnen sagen, warum? Ich bin verheiratet, habe zwei kleine Kinder und reiße pro Woche sechzig bis achtzig Stunden ab, um die Firma am Laufen zu halten. Das füllt mich so aus, dass ich keine Zeit habe, mich mit den Problemen anderer Leute zu beschäftigen.«

Geis erhob sich lässig und steckte den Zettel ein.

Mit einem schwungvollen Satz stand Eichkorn ebenfalls auf den Beinen. »Noch Fragen? Sonst würde ich gerne wieder an die Arbeit gehen.«

»Gibt es ein Foto von Wesseling?«

Die Frage kam von Viola und beide Männer drehten sich erstaunt zu ihr um, als hätten sie vergessen, dass noch eine dritte Person anwesend war.

Es gab eins. An der Pinnwand neben der Tür hing eine Aufnahme von der letzten Weihnachtsfeier, auf der Rainer Wesseling mit roter Nase und gefülltem Glas zu sehen war. Er erinnerte an den reifen Karl Marx, der sich im Londoner Exil mit dem *Kapital* und eitrigen Fisteln abquälte.

26

Ochtrup, Gewerbegebiet

»Wieso warst du so unfreundlich?«, fragte Viola, als sie im Auto saßen und der Navigator die schnellste Strecke zum Wohnort von Rainer Wesseling berechnete.

»Weil mir diese ganzen Klugscheißer auf den Geist gehen«, platzte es aus Geis heraus. »Die ihre Doktortitel vor sich hertragen und auf jemanden wie mich herabgucken.«

»Das bildest du dir nur ein.«

»Herr Dr. Eichkorn interessiert sich einen Dreck für seine Mitarbeiter, der hat nur Angst, dass ihm der feine Pulli von den Schultern rutschen könnte.«

»Und was ist mit mir? Ich habe auch einen Doktortitel.«

»Bei dir ist das was anderes.«

War es natürlich nicht. Im Grunde drehte sich alles um Viola. Warum musste sie ihn von einer Forschungseinrichtung zur nächsten schleppen, an Orte, die ihm vorkamen wie abschüssige, mit Seife beschmierte Ebenen? Da konnte er ja nur auf dem Hintern landen. Er wollte ihr auch mal imponieren, ihr zeigen, was er draufhatte. Vor seiner Abschiebung nach Norderney war er eine Autorität gewesen, die jungen Beamten im Kommissariat hatten zu ihm aufgeblickt. Und jetzt spielte er den unterbelichteten Bodyguard für die junge, schüchterne Wissenschaftlerin. Die ihm erzählte, dass sie ihn mochte, und panikartig die Flucht ergriff, sobald er sie berührte. Wie passte das zusammen?

Geis schaltete das Radio ein. »Was hältst du von der Sache?«

Madonna sang, Viola schwieg.

»Was ist?« Er schaute sie von der Seite an.

»Willst du Radio hören oder dich mit mir unterhalten – zwischen den Ansagen deiner zickigen Navigatorstimme?«

»He, du kannst ja richtig emotional sein.« Er drückte Madonna weg.

»Und du bist ein arroganter Macho, der glaubt, dass er mit Einschüchterung weiterkommt.«

»Das hat meine Exfrau auch gesagt.«

»Die im Umgang mit dir weitaus mehr Erfahrung hat als ich.«

Geis holte Luft. »Okay. Können wir jetzt auf neutralen Boden zurückkehren?«

»Meinetwegen«, lenkte Viola ein. »These eins: Der Professor klaut angstfreie Mäuse und bringt sie, vielleicht zufällig, mit FSME-verseuchten Zecken zusammen. Daraus entsteht die neuartige FSME, von der auch der Professor befallen wird. Nach diesem unfreiwilligen Selbstversuch mit entsprechender Wesensveränderung beschließt er, Zecken gezielt auszusetzen.«

»Hältst du das für wahrscheinlich?«

»Nein. Wahrscheinlicher ist These zwei: Der Professor arbeitet mit jemandem zusammen, der über das Wissen und die Geräte verfügt, um Viren gentechnisch zu verändern.«

»Jemand aus Eichkorns Labor?«

»Möglich. Ich habe ein Real-Time-PCR-Gerät gesehen.«

Geis stöhnte: »Ein was?«

»Polymerase-Kettenreaktion, eine Technik, bei der Virus-Gene so oft dupliziert werden, bis man sie in einem Gel sichtbar machen kann. Bei der Real-Time-PCR lässt sich zudem die Menge der Viren bestimmen. Was nichts anderes heißt, als dass man bei *Dia-Lab* mit Viren umgeht. Vermutlich gilt das aber auch für die Mäuseklinik.«

»Aha. Und der wissenschaftliche Kumpel des Professors bringt die Zecken dann unters Volk.«

»Oder er verkauft sie. An die Terroristen deines Chefs, zum Beispiel.«

»Meines Exchefs.«

»Da fällt mir ein«, sagte Viola, »es gibt noch eine dritte These: Der Professor ist in Wirklichkeit gar kein trotteliger Mäusepfleger, sondern ein verkappter, hoch qualifizierter Mikrobiologe.«

»Am besten, wir finden ihn«, meinte Geis. »Lebend.«

Südlich von Amelsbüren, einem dörflichen Vorort am Rande von Münster, tauchten sie in die Davert ein. Kilometerlang erstreckte sich ein dichtes Waldgebiet, feucht und dunkel, nur von wenigen Lichtungen unterbrochen, in denen einzelne Höfe nisteten. Der Kontrast zur hellen münsterländischen Parklandschaft, die sie bislang durchquert hatten, schien Viola zu deprimieren.

Die Navigatorstimme verkündete, dass sie in dreihundert Metern ihr Ziel erreichen würden. Geis ging vom Gas, der Wagen rollte fast lautlos über die schmale Waldstraße. Auf der rechten Seite traten die Bäume zurück und gaben den Blick auf drei Häuser frei, die mit gehörigem Abstand zueinander in Form eines Halbkreises angeordnet waren.

»Das da muss es sein«, sagte Viola und zeigte auf das kleinste der drei Häuser, eine im Rotklinkerstil gebaute Kate mit anderthalb Stockwerken und grünen Fensterläden. Im Gegensatz zu den beiden anderen Häusern, bei denen Türen und Fenster geöffnet waren und spielende Kinder zwischen aufgehängter Wäsche herumrannten, machte die Kate einen unbelebten Eindruck. Die Fenster waren verrammelt, auf der Steintreppe vor der Haustür lagen mehrere leere Blechdosen.

Ein mit schwarzer Asche bestreuter Weg endete vor der Haustür. »Schauen wir uns das Haus mal an!«, schlug Geis vor.

Ohne große Hoffnung drückten sie auf die Türklingel, der Dreiklang im Inneren blieb erwartungsgemäß ohne Folgen.

»Katzenfutter«, sagte Geis und stieß mit dem Schuh gegen eine leere Blechdose. »Sieht so aus, als habe er ein Abschiedsgeschenk für seine Katze dagelassen.«

Zur Straßenseite verhinderten engmaschige weiße Gardinen hinter den Fenstern jeglichen Einblick ins Vorderhaus, trostloser sah es auf der Rückseite des Hauses aus: Einige Fenster waren mit Holzplatten vernagelt, andere mit schwarzer Farbe bestrichen.

»Sehr gemütlich«, ätzte Viola.

»Wohnkomfort ist wohl nicht sein Ding«, stimmte Geis zu.

Als sie zur Vorderseite zurückkehrten, stand eine Frau in der Tür des nächstgelegenen Hauses. Mit in die Hüften gestemmten Fäusten beobachtete sie die Fremden.

»Entschuldigung!«, rief Geis. »Wir suchen Herrn Wesseling.«

»Der ist nicht da.«

»Wissen Sie denn, wo er ist?«

»Nein.«

Viola im Schlepptau, schritt Geis auf die Nachbarin zu, quer über eine mit Löwenzahn gesprenkelte Wiese. »Wann haben Sie Herrn Wesseling zuletzt gesehen?«

»Vor knapp drei Monaten.« Unsicher schaute sich die Frau um. »Dennis, komm mal her!«, befahl sie einem blonden, halb nackten Jungen, der im Sandkasten spielte.

Dennis tat so, als habe er nichts gehört.

Geis blieb stehen. »Könnte ihm nicht …«, er zeigte auf die Kate, »… etwas zugestoßen sein?«

»Nein, bestimmt nicht.« Die Frau stampfte mit dem Fuß auf. »Dennis, du sollst sofort herkommen!«

Dennis warf das Eimerchen in den Sand und trottete langsam zu seiner Mutter.

»Und warum nicht?«, fragte Geis.

»Weil ich gesehen habe, wie er weggefahren ist. Er hat sich noch von mir verabschiedet.«

Dennis kam endlich in Reichweite, die Frau packte ihren Sprössling am Arm und zog ihn in den Hausflur. »Tut mir leid, ich habe zu tun.«

»Eine Frage noch«, rief Geis. »Hat Herr Wesseling eine Handynummer hinterlassen?«

»Herr Wesseling hat kein Handy.«

Damit schlug die Tür zu.

»Was machen wir jetzt?«, flüsterte Viola.

»Wegfahren«, lächelte Geis. »Die hat doch schon den Hörer in der Hand, um die Polizei zu rufen, falls wir nicht verschwinden.«

»Das ist alles?« Viola drehte sich enttäuscht um.

»Nein. Heute Nacht kommen wir zurück und brechen ein. Das heißt, du bleibst besser draußen und stehst Schmiere.«

»Das könnte dir so passen, ich bleibe nicht allein hier im Wald. Wahrscheinlich schleichen die Einheimischen mit Gewehren herum oder hetzen ihre Hunde auf alles, was sich bewegt.«

»Falls es nicht sowieso Bären und Wölfe gibt«, lachte Geis.

»Das ist nicht komisch«, fauchte Viola.

Sein Handy meldete sich, als sie die Innenstadt von Münster erreichten. Auf dem Display stand *Michaela,* ein Relikt aus alten Tagen, *Frau Goronek* oder *Ex* wären die treffenderen Bezeichnungen gewesen.

»Ja?«

»Wie geht es dir?«

Was für eine seltsame Frage! Seit jenem denkwürdigen Abend, als sie ihm ihre Affäre mit Goronek gestanden hatte, war sie nicht mehr so freundlich zu ihm gewesen. »Gut. Wieso?«

»Ich habe gehört, du bist jetzt öfter in Hannover.«

»Meistens. Ja.«

»Und im Moment?«

»Im Moment nicht. Warum?«

»Ich dachte, du könntest mal vorbeikommen.«

Annika, schoss es ihm durch den Kopf. Eine wilde Angst packte ihn. »Ist was mit Annika?«

»Nur ein kleiner Unfall. Nichts Schlimmes.«

»Wie schlimm?«

»Ein paar Prellungen. Sie muss die Nacht über zur Beobachtung im Krankenhaus bleiben.«

»Ich komme vorbei.«

»Heute nicht«, sagte Michaela schnell. »Der Arzt hat gesagt, sie braucht unbedingte Ruhe.«

»Ich will sie ja nicht aufregen.«

»Martin, allein die Tatsache, dass wir zusammen in ihrem Zimmer stehen, wird sie aufregen. Vermutlich denkt sie, sie muss sterben oder so was. Komm morgen! Morgen ist es besser.«

»Okay, dann morgen.«

Michaela nannte das Krankenhaus und die Zimmernummer und Geis schaffte es tatsächlich, einen Abschiedsgruß zu murmeln.

Viola war ein Stück tiefer in den Sitz gerutscht.

»Vielleicht finden wir ja heute Nacht die Lösung«, sagte Geis. »Und falls nicht, kann ich jederzeit zurückkommen.«

»Verstehe ich vollkommen. Sie ist deine Tochter.« Viola zog die Nase hoch und lächelte unecht. »Und bis dahin?«

»Lass uns erst einmal etwas essen und danach ein paar Stunden ausruhen. Wir haben einen langen Abend vor uns.«

Geis konnte den Kastenwagen an der Straßenecke von seinem Zimmerfenster aus sehen. Neutrale Lackierung und hannoversches Kennzeichen. Wieso stand ein Kastenwagen aus Hannover vor seinem Hotel?

Nach einem Mittagessen in einer auf Massenabfertigung ausgelegten Pizzeria waren Viola und er in ihre jeweiligen Zimmer gegangen. Geis hatte einen Raum zur Straßenseite, Lärm machte ihm nichts aus, normalerweise schlief er ein, sobald er fünf Sekunden im Bett lag. Nur heute nicht. Das Gespräch mit Michaela ging ihm nicht aus dem Kopf. Irgendetwas stimmte da nicht, sie war einfach zu freundlich gewesen. Auch der Kontrollanruf im Krankenhaus brachte kein eindeutiges Ergebnis. Nach einigem Suchen fand die Telefonzentrale zwar eine Patientin namens Annika Geis, doch durchstellen gehe leider nicht, technische Probleme, man bitte um Entschuldigung.

Und dann bemerkte er den Kastenwagen. Systematisch suchte er die gegenüberliegende Straßenseite nach Auffälligkeiten ab. In einem Stehcafé nippten zwei junge, durchtrainierte Männer in Jeans und Pulli, der typischen Zivilfahnderkleidung, seit zehn Minuten an ihren Kaffeetassen. Das konnte vieles oder nichts bedeuten.

Vorsichtig öffnete Geis die Zimmertür, der Flur war leer. Geräuschlos bewegte er sich zur Treppe und die Stufen hinunter. Im Gang, der zur Lobby führte, blieb er stehen. Die Frau an der Rezeption telefonierte mit einem Gast. Abgesehen vom Palaver der Köche, das durch die Schwingtüren der Küche drang, ließen sich keine weiteren Geräusche ausmachen. Geis gab sich noch eine Minute, dann musste er hier verschwinden. Der Gang wurde von den Kellnern genutzt, die im Restaurant und Café servierten, und er wollte keine Aufmerksamkeit erregen.

Unter die Stimme der Telefonistin mischte sich ein Rauschen und Pfeifen. Ein Funkgerät. Geis hatte genug gehört.

Viola meldete sich mit müder Stimme, als er an ihre Zimmertür klopfte.

»Lass mich rein!«

»Was ist denn?«

Woher kam nur dieses Misstrauen? »Bitte!«

Sie trug einen Bademantel und schien geschlafen zu haben.

»Das Hotel wird von der Polizei überwacht«, erklärte Geis ohne Umschweife. »Wir müssen uns jetzt entscheiden: Lassen wir uns festnehmen, in der Hoffnung, dass die zuständigen Stellen mit uns kooperieren? Oder machen wir auf eigene Faust weiter? Dann haben wir nur eine Chance, wenn wir sofort verschwinden.«

Eines musste man Viola lassen, sie verfügte zu jeder Tages- und Nachtzeit über einen wachen Verstand und verschwendete keine Zeit mit überflüssigen Kommentaren. In diesem Fall brauchte sie drei Sekunden, um zu einer Entscheidung zu kommen: »Verschwinden.«

»Gut. Dann zieh dich an und pack nur die notwendigsten Sachen ein. Wir treffen uns in drei Minuten auf dem Flur. Ach ja.« Er blieb an der Tür stehen. »Und schalt dein Handy aus! Ich nehme an, dass sie uns geortet haben.«

Sie brauchte vier Minuten, aber auch das war eine respektable Zeit. Geis wartete schon an der Treppe. Eine Etage tiefer stand der Wagen der Zimmermädchen auf dem Flur, beladen mit sauberen und benutzten Handtüchern.

»Moment!«, flüsterte Geis, vergewisserte sich, dass der Wagen unbeaufsichtigt war und schob sein Handy zwischen die dreckigen Handtücher. »Das wird sie eine Weile beschäftigen.«

Viola schien sich voll und ganz auf ihn zu verlassen. Trotz aller Anspannung machte ihn das ein wenig stolz. Blieb zu hoffen, dass sein Plan aufging.

Vor der Küche brachte er seinen Mund in die Nähe ihres Ohres. Sie roch nach einer Mischung aus Seife und Schweiß. Einen Moment lang spürte er das Verlangen, ihr auf den Hals zu küssen. »Tu so, als sei es das Normalste der Welt. Bloß nicht den Eindruck erwecken, dass wir fliehen.«

Viola nickte.

Die Köche machten große Augen, als sie hereinkamen.

»Entschuldigung!«, lachte Geis. »Wir müssen den Hinterausgang nehmen. Vorne wird gedreht, ein Krimi, glaube ich. Das Filmteam hat den Bürgersteig abgesperrt.«

Schon hatte er die Köche auf seiner Seite. »Das passiert in den letzten Jahren dauernd«, sagte der älteste der Mützenträger und zeigte mit dem Messer auf eine Tür. »Da kommen Sie zum Hinterhof.«

Der gepflasterte Hinterhof führte auf eine schmale Seitenstraße. Geis stellte sich hinter den steinernen Torpfosten und checkte die Straße. Vor einer Garage parkte ein Wagen mit zwei Insassen, die freie Sicht auf die Toreinfahrt hatten.

»Scheiße!« Er drehte sich um. »Wir hängen fest. Es sei denn …«, sein Blick fiel auf zwei Kombis mit aufgeklebtem Hotelschriftzug, »… wir nehmen ein Auto.«

»Das wäre Diebstahl – oder nicht?«

»Richtig. Noch können wir aufgeben.«

Violas Augen glitzerten. »Und wie willst du das Autoschloss knacken?«

Zu Geis' Erleichterung war das gar nicht notwendig, in einem der Wagen steckte der Schlüssel. »Leg dich flach auf den Rücksitz! Sie warten auf zwei Personen, also dürfen sie nur eine sehen.«

Es klappte. Das Observationsteam machte keine Anstalten, ihnen zu folgen. Ohne Schwierigkeiten erreichte Geis die vierspurige Straße, die Münster in Nord-Süd-Richtung teilte. Als auf der rechten Seite der Aasee zu sehen war, kletterte Viola auf den Beifahrersitz. Sie hatte sich gerade angeschnallt, da kamen ihnen auf der Gegenfahrbahn zwei Limousinen mit jeweils vier schwarz gekleideten Sturmhaubenträgern entgegen.

»SEK«, sagte Geis.

»Und das wegen uns?«, fragte Viola ungläubig.

»Offenbar sind wir zu Staatsfeinden aufgestiegen.«

Sie stellten den Hotelwagen auf einem Parkplatz ab und nahmen ein Taxi zu einem Autoverleiher, bei dem Geis einen unauffälligen Mittelklassewagen mietete. Einen großen Vorsprung brachte ihnen das nicht, in ein paar Stunden würde man den Verleiher aufgespürt und das Kennzeichen des Wagens zur Fahndung ausgeschrieben haben. Falls die ganze Aktion noch ein glückliches Ende finden sollte, mussten sie im Haus des Professors Beweise dafür finden, dass Wesseling an der Zecken-Attacke beteiligt war. Sonst würde Geis nicht nur aus dem Staatsdienst entlassen werden und seine Pensionsansprüche verlieren, sondern auch noch ins Gefängnis gehen. Aber daran wollte er im Moment nicht denken.

»Wohin fahren wir?«, fragte Viola.

Geis hatte den Wagen auf die Stadtautobahn gelenkt und folgte den Hinweisschildern Richtung Warendorf. »Ein Freund hat mir von einem Hotel in der Nähe von Telgte erzählt. Sehr abgelegen, mitten im Wald.«

»Können wir nicht einfach im Auto sitzen bleiben und warten, bis es dunkel wird.« Viola klang müde, der Adrenalinkick von eben schlug nun ins Gegenteil um.

»Zu auffällig und zu unbequem. Vor zwei Uhr in der Nacht sollten wir nicht in der Davert auflaufen.«

»Na schön.« Sie gähnte. »Dann eben noch ein Hotel. Am besten wir nehmen Zimmer im Erdgeschoss. Falls wir wieder fliehen müssen.«

»Ich dachte an ein Doppelzimmer für ein Liebespaar.«

»Wieso das?« Viola war plötzlich hellwach.

»Weil sie nicht nach einem Liebespaar suchen. Du nennst mich Schatz und ich sage Mausi zu dir, meinst du, du kriegst das hin?«

Sie mussten zweimal nachfragen, bis sie das Hotel fanden. Es lag in einem Waldgebiet namens Klatenberge, nördlich von Telgte. Auf das Anmeldeformular schrieb Geis einen Fantasienamen und eine ebensolche Adresse, zwinkerte dem Concierge komplizenhaft zu und bezahlte das Zimmer bar im Voraus.

»Und Ihr Gepäck?«, fragte der Concierge.

»Brauchen wir nicht«, antwortete Geis mit lüsternem Blick auf Viola.

Endlich hatte der Mann begriffen. »Dann wünsche ich Ihnen einen schönen Aufenthalt.«

Das Zimmer besaß einen rustikalen Charme, wozu vor allem der grüne Märchenwald vor dem Fenster beitrug. Geis zog die Vorhänge zu.

»War das nicht ein bisschen übertrieben?«, fragte Viola.

»Er sollte es verstehen, ohne lange darüber nachzudenken.«

Sie stellte sich auf die Zehenspitzen und küsste ihn mit geschlossenen Lippen auf den Mund. »Du bist mein Held.«

Geis spürte, wie seine Erektion wuchs. »Weißt du, was ich möchte?« Er fasste sie an den Hüften und schob sie vor sich her, bis sie gemeinsam auf das breite Doppelbett fielen.

Viola wurde steif. »Ich ahne es.«

Seine Lippen pressten sich auf ihren Hals, während er versuchte, die Bluse aus ihrer Hose zu ziehen. »Ich möchte mit dir schlafen.«

Viola griff nach seiner rechten Hand und hielt sie fest. »Nein. Bitte nicht!«

»Warum nicht? Was ist das Problem?«

»Darüber möchte ich nicht reden.«

»Hast du einen Freund?«

»Nein.«

»Liegt es an mir?«

»Nein.«

Geis rollte sich auf den Rücken. »Du rufst mich mitten in der Nacht an; du sagst mir, dass du mich magst. Was, verdammt noch mal, willst du von mir? Ich finde, ich habe ein Recht, das zu erfahren.«

»Wie oft in der Woche hast du mit deiner Frau geschlafen?«

»Wieso?« Er stützte den Kopf auf die Hand.

Ihre Augen glühten wie schwarze Edelsteine. »Ist es dir peinlich, darüber zu sprechen?«

»Na klar. Es ist sehr intim.«

»Das, was ich erlebt habe, ist zehnmal intimer. Und jetzt lass mich bitte in Ruhe!«

27

Berlin, Innenministerium

»Wie konnte das passieren?«, fragte Lange.

Eigentlich war es keine Frage, sondern ein Urteil. Ein vernichtendes Urteil über den Mann, der das Glück hatte, nicht körperlich anwesend zu sein. Lange sprach mit dem Monitor auf seinem Schreibtisch, der die mehr oder minder scharfen Bilder einer Computerkamera im Einsatzwagen von Kriminalrat Goronek projizierte.

Goronek machte einen angeschlagenen Eindruck, auf seiner Nase klebte eine Gipsschiene, beim Sprechen atmete er hektisch durch den Mund und um seine Augen lagen dunkle Ringe, so breit wie Teetassenuntersetzer. Der Kriminalrat hätte Heiner Stegebach leidtun können, wäre Stegebach nicht damit beschäftigt gewesen, seine eigene Lage zu reflektieren. Denn diesmal saßen sie nicht im großen Konferenzraum, es gab keine Bildschirmgalerie an der Wand und auch keine doppelte Sitzreihe mit wichtigen und weniger wichtigen Menschen. Außer Lange und ihm selbst waren nur noch der George-Clooney-Verschnitt und der LKA-Mann Oppolt aus Niedersachsen anwesend. Und Stegebach fragte sich, wieso ihm die besondere Ehre zukam, zu diesem erlauchten Kreis zu gehören. Wobei ihm die Ehre eher wie eine Strafe anmutete. Liebend gern hätte er darauf verzichtet, Details über die Jagd nach Viola und ihrem Kripo-Freund zu erfahren. Zumal es ihm stank, dass Lange und die anderen über Viola redeten, als sei sie eine Verbrecherin. Sicher, sie hatte Mist gebaut, es war nicht clever, auf eigene Faust Recherchen anzustellen, und schon gar nicht, sich damit an die Presse zu wenden. Aber all das, davon war er überzeugt, tat sie in dem festen Glauben, etwas Gutes zu bewirken. Und nicht, weil sie dem Land schaden wollte.

Tief unten, in seinem grummelnden Magen, spürte Stegebach Angst. Er fürchtete, zu nah an den Kern der Affäre zu geraten, in einen Mahlstrom aus Geheimnis und Geheimnisverrat gezogen zu werden, der ihn selbst zu einem Sicherheitsrisiko werden ließ. Was gingen ihn die polizeilichen Maßnahmen überhaupt an? Er war Pressesprecher im Gesundheitsministerium und wollte es auch bleiben.

»Noch gehe ich davon aus, dass wir die beiden innerhalb der nächsten Stunden schnappen«, sagte Goronek.

»Aber wie konnten sie aus diesem Hotel entkommen?« Lange blieb unerbittlich. »Soweit ich unterrichtet bin, wurde das Hotel von Ihren Leuten überwacht.«

Das linke Auge des Kriminalrats zuckte. »Ich habe davor gewarnt, Geis zu unterschätzen. Vor dem Eintreffen des SEK hatte ich nur sechs Mann zur Verfügung und …«

»Nur sechs Mann?«, höhnte Lange. »Wie viele brauchen Sie

denn, um einen abgehalfterten Hauptkommissar und eine Wissenschaftlerin festzunehmen? Oder hatten Sie Angst, dass Ihnen Geis schon wieder die Nase poliert?«

Goronek bekam einen roten Kopf.

Jetzt ist Lange zu weit gegangen, dachte Stegebach. Das muss sich niemand bieten lassen.

»Gehen wir die Sache konstruktiv an«, mischte sich Oppolt ein, der wohl verhindern wollte, dass Goronek um sich schlug. »Gibt es Hinweise auf den Aufenthaltsort der beiden Gesuchten?«

»Geis hat einen Mietwagen genommen. Wir überwachen den gesamten Großraum Münster.«

»Was ist mit den Handys?«, fragte George Clooney.

»Geis hat seins im Hotel zurückgelassen und de Monti ihres ausgeschaltet. Allerdings habe ich noch ein heißes Eisen im Feuer.«

Lange schlug mit der flachen Hand auf den Schreibtisch. »Verschonen Sie uns mit Ihren Durchhalteparolen! Ich möchte, dass die beiden aus dem Verkehr gezogen werden, bevor sie weiteren Schaden anrichten. Also möglichst heute noch. Verstanden?« Mit einem Tastendruck beendete der Abteilungsleiter die Verbindung. »Und nun zu Ihnen, Stegebach.«

Stegebach erstarrte. Bislang hatte Lange ein Mindestmaß an Höflichkeit gewahrt. Diese Zeiten schienen vorbei.

»Woher weiß de Monti, dass das Virus gentechnisch verändert ist?«

»Von mir nicht.«

»Woher dann?«

»Sie hat mich einmal angerufen.« Besser, er gab es gleich zu. Irgendwann würden sie es sowieso herausfinden. »Um sich zu erkundigen, welche Fortschritte Professor Blechschmidt erzielt hat.«

»Und was haben Sie geantwortet?«

»Dass es noch keine Ergebnisse gibt, wie abgesprochen.«

»Trotzdem verfügt de Monti anscheinend über konkrete Informationen. Die von etlichen Medien verbreitet wurden, genauso wie Ihr butterweiches Dementi, Herr Stegebach.«

Stegebach spürte, wie sein Herz einen Sprung machte und das Blut durch den Körper schwappte, von der Kopfhaut bis zu den Zehen. »Sollte ich leugnen, dass es einige FSME-Fälle gegeben hat? Fälle, von denen wir inzwischen wissen, dass sie durch das veränderte Virus ausgelöst wurden. Wenn ich mir die Bemerkung gestatten darf …«

»Dürfen Sie nicht«, unterbrach ihn Lange. »Priorität hat die Suche nach den Tätern, die das Virus in Umlauf bringen, alles andere hat dahinter zurückzustehen. Je mehr Aufmerksamkeit die Sache in der Öffentlichkeit bekommt, desto kontraproduktiver für uns. Beim nächsten Mal erwarte ich ein klareres Dementi.«

»Winfried«, sagte George Clooney sanft.

Lange atmete aus. »Was hat de Monti überhaupt in Münster gemacht? Weiß man das inzwischen?«

»Sie hat sich mit Professor Walter getroffen, dem Direktor des Instituts für Epigenetik an der Uni-Klinik«, antwortete Oppolt. »Walter beschäftigt sich mit der genetischen Codierung von Angst bei Mäusen.«

»Mäuse?« Der Abteilungsleiter machte eine wegwerfende Handbewegung. »Ich wette, de Monti hat euch an der Nase herumgeführt, in Wirklichkeit ging es um etwas ganz anderes. Stegebach, Sie arbeiten mit den Ermittlungsbehörden zusammen, wir brauchen Ihre intimen Kenntnisse der Zielperson.«

»Bei allem Respekt …«

»Hören Sie auf mit dem Scheiß!«, brüllte Lange. »Entweder Sie spielen mit oder Sie sind so was von erledigt, das können Sie sich gar nicht vorstellen.«

Stegebach schluckte.

28

Telgte, Klatenberge

»Du hast keine Ahnung, was Angst bedeutet. Sie frisst sich durch deine Eingeweide. Wie eine Ratte, der man keinen anderen Ausweg lässt. Unerbittlich. Du möchtest sie abschütteln. Oder vergessen. Oder betäuben. Aber sie frisst immer weiter. Sie ist da, wenn du aufwachst, und sie geht mit dir ins Bett. Sie quält dich in deinen Träumen. Sie klebt an dir wie ein feuchter Pullover nach einem Sommerregen. Sie schlägt dir im Spiegel entgegen wie dein eigener Mundgeruch.«

»Ich habe gehört, wie du im Schlaf geschrien hast.«

»Dann war es einer von den hässlicheren Träumen.«

»Für alles gibt es einen Grund.«

»Natürlich gibt es einen Grund. Ich bin nicht mit Angst geboren worden. Ich hatte das, was man eine glückliche Kindheit nennt, ohne große physischen und psychischen Blessuren, nichts, was nicht nach ein paar Tagen verheilt gewesen wäre. Ich konnte studieren, was ich wollte, mich verwirklichen. Ich war eine selbstbewusste Frau, hatte den interessantesten Job der Welt.«

»Und was passierte dann?«

»Nennen wir es *Vorfall.* Vorfall ist ein schönes Wort, findest du nicht? Was sagt ihr bei der Polizei dazu?«

»Wenn es sich um ein Verbrechen handelt oder ganz allgemein um eine kriminelle Handlung, nennen wir es Tathergang.«

»Tathergang. Ja, Tathergang ist auch ein schönes Wort, so neutral, sachlich, emotionslos. Genau genommen war es eine

Reihe von Tathergängen, die teilweise parallel verliefen, manchmal auch eskalierten.«

»Wo war das?«

»*Wo* ist eine unzulässige Frage, die ich nicht beantworte.«

Geis nickte. Sie saßen auf der Terrasse und schauten auf die Bühne, in die sich die von mehreren Scheinwerfern angestrahlte Natur hinter dem Hotel verwandelt hatte: eine Rasenfläche unter hohen Bäumen mit Ziersträuchern und bunten Blumeninseln vor der wispernden und gelegentlich kreischenden Kulisse des nächtlich dunklen Waldes. So unheimlich und schön, dass man jeden Moment mit Rotkäppchen oder dem Wolf rechnete.

Geis fror in seinem leichten Sakko, doch er wollte die dünne Hülle der Vertrautheit nicht zerstören, die sich um Viola und ihn gebildet hatte, nach Stunden des Schweigens, einem Abendessen im Hotelrestaurant, das wieder einmal sehr einseitig verlaufen war, und Violas Angebot, sich ihm zu öffnen, soweit sie es verkrafte und mit allen Einschränkungen, die er nicht infrage stellen dürfe.

Nach und nach hatte sich die Terrasse geleert, außer ihnen hielt es nur noch ein junges Paar in der Kälte aus, das sich mit Blicken und Berührungen wärmte und die anderen sieben Milliarden Menschen des Planeten längst vergessen hatte. Während der letzten halben Stunde war auch der Kellner nicht mehr nach draußen gekommen, ein Schrank von einem Kerl mit alttestamentarischem Kopf und tellergroßen Händen, dessen Liebenswürdigkeit in krassem Kontrast zu seiner Waldschraterscheinung stand.

Viola wickelte die Strickjacke, die sie aus dem münsterschen Hotel gerettet hatte, wie eine Bandage um ihre Hüfte. »Die Probleme begannen erst zwei Jahre später. Bis dahin hatte ich normal, fast normal gelebt, das Geschehene einfach verdrängt. Doch dann tauchte es mit Urgewalt wieder auf, wie eine Vulkaninsel, die die Meeresoberfläche durchbricht.

Es war plötzlich da, im Supermarkt, in der U-Bahn, ich konnte mich nicht dagegen wehren. Die Erinnerungen überfielen mich in den unmöglichsten Situationen, mitten im Gespräch, beim Essen, auf der Toilette. Ich begann, mich zurückzuziehen, brach den Kontakt zu Freunden ab, blieb am liebsten in meiner Wohnung. Die Tage waren ganz erträglich, schlimmer wurde es in der Nacht, wenn die Schatten anfingen zu tanzen und mich anstarrten. An manchen Morgen fühlte ich mich so ausgekotzt und leer, dass ich kaum die Kraft fand, zur Arbeit zu gehen.«

»Hast du keine Hilfe gesucht?«

»Gleich nach dem *Vorfall* wurde ich psychologisch betreut. Ich bekam Tipps und Regeln für das Leben danach. Als es mir dann zwei Jahre später wirklich beschissen ging, bin ich von einem Therapeuten zum nächsten gerannt. Der erste hat mit mir Entspannungsübungen gemacht, der zweite hat mir Pillen verschrieben, der dritte hat mir gesagt, ich würde mich weigern, in die tieferen Schichten meines Ichs vorzudringen. Dabei wollte ich keine Wahrheiten über mich herausfinden. Ich wollte nur vergessen, verstehst du? Die schönsten Momente waren die, in denen ich nicht daran dachte. Manchmal eine ganze Stunde, seltener zwei. Im Nachhinein kamen sie mir vor wie Pausen in einem Horrorfilm.«

»Kein Mensch hält das lange durch«, sagte Geis.

»Ich hatte keine andere Wahl, oder?«

Er griff nach ihrer Hand und schob den Ärmel der Strickjacke ein Stück nach oben. »Und was ist das?«

Wütend riss Viola die Hand zurück und zog den Stoff über die Narben am Handgelenk. »Das geht dich nichts an.«

»Du wolltest dich umbringen.«

»Na und? Jeder hat ein Recht, seinem Leben ein Ende zu setzen. Ich hatte einfach genug. Beim zweiten Versuch hätte es fast geklappt. Es war nur eine Frage von Minuten.« Viola lächelte. »Aber es hat sich gelohnt.«

»Gerettet zu werden?«

»Ja. Nach dem ersten Selbstmordversuch wurde ich routinemäßig abgefertigt, mit den Tipps und Pillen, die ich schon kannte. Nach dem zweiten willigte ich in einen vierwöchigen Klinikaufenthalt ein. Ich lernte Menschen kennen, die genauso oder noch schlechter dran waren als ich, das hat mir geholfen, meine Probleme mit etwas Abstand zu sehen. Und ich traf einen Arzt, der in mir die Lust zu kämpfen wiedererweckt hat. Ganz langsam arbeitete ich mich ins normale Leben zurück, jeden Tag ein Stückchen mehr, Rückschläge haben mich nicht mehr umgeworfen. Und irgendwann dachte ich, ich könnte es sogar mal wieder mit einem Mann probieren.«

»Mit diesem Ministeriumssprecher, den du angerufen hast?«

»Heiner Stegebach.« Viola hob den Kopf, Wolken schoben sich vor den Sternenhimmel und knipsten einen leuchtenden Punkt nach dem anderen aus. »Es war ein Fehlschlag, ich musste meine Grenzen erkennen.« Sie wischte sich eine Träne aus dem Auge und lächelte Geis traurig an. »So sehr ich dich mag, Martin, es würde ein bitteres Ende nehmen.«

Das junge Paar kicherte, ein Käuzchen stieß einen heiseren Schrei aus, der allen Mäusen im Umkreis das Blut in den Adern gefrieren ließ.

»Schade«, sagte Geis. »Ich war gerade dabei, mich in dich zu verlieben.«

»Vielleicht habe ich das schon längst.«

Er wusste nicht, was er sagen sollte. Einerseits glaubte er ihr, andererseits fühlte er sich verraten, so als hätte sie ihn mit falschen Versprechungen nach Münster gelockt. »Und was machen wir jetzt?«

»Gib mir Zeit«, bat Viola. »Vielleicht …«

Zeit. Davon würde er bald genug haben. Aber würde er auch die Geduld aufbringen, sie verstreichen zu lassen?

»Müssen wir nicht bald aufbrechen?«

Violas Frage riss Geis aus seinen Gedanken. »Ja. Ich hole unsere Sachen aus dem Zimmer, dann verschwinden wir unauffällig.«

»Wir kommen nicht zurück?«

Er schüttelte den Kopf. »Spätestens morgen haben sie uns hier ausfindig gemacht.«

Als er im Zimmer stand, konnte er der Versuchung nicht widerstehen. Er musste sich Gewissheit verschaffen, diesen letzten Rest Sorge beseitigen, der ihn seit dem Anruf am Mittag umtrieb.

Nach dem fünften Klingeln meldete sich Michaela mit verschlafener Stimme.

»Wie geht es ihr?«

Sie brauchte eindeutig zu lange für die Antwort. »Annika? Der geht es gut. Ich meine, den Umständen entsprechend.«

»Warum verarschst du mich? Ich wette, Annika liegt in ihrem Bett, keine drei Meter von dir entfernt. Goronek hat dich benutzt, weil er herausfinden wollte, wo ich bin. Und du hast bei diesem miesen Spiel mitgemacht.« Er formulierte es nicht als Frage, sondern als Feststellung, beinahe sachlich.

»Und du bist selten dämlich, Martin.« Michaela entsorgte ihre geheuchelte Freundlichkeit wie ein benutztes Papiertaschentuch. »Peter Goronek ist mein Mann und du wirst polizeilich gesucht, weil du irgendwas verbrochen hast, was ich gar nicht so genau wissen will. Nicht nur, dass du dich um deine Beamtenstellung bringst, nein, du musst noch tiefer sinken. Wem, glaubst du wohl, bin ich zu mehr Loyalität verpflichtet? Und wie soll ich das Annika erklären? Sie hat dich immer für ein Vorbild gehalten.«

»Sag ihr, dass ich einer der Guten bin, egal, was Goronek über mich erzählt.«

Michaela atmete in den Hörer. Geis fragte sich, ob Goronek neben ihr lag und zuhörte. Aber vermutlich hielt sich der Kriminalrat eher irgendwo in der Nähe von Münster auf, begierig, ihn in die Finger zu bekommen.

»Tu mir einen Gefallen, Martin«, sagte Michaela in einem Ton, der sich nicht zwischen Wunsch und Drohung entscheiden konnte. »Lass dich nicht erschießen! Erspar deiner Tochter wenigstens das Trauma, ihren Vater auf diese Art zu verlieren.«

»Ich werd's versuchen«, sagte Geis. »Obwohl ich glaube, dass das für deinen neuen Mann eine große Enttäuschung sein wird.«

Ohne ihre Antwort abzuwarten, legte er auf.

29

Landstraße Telgte–Davert

Geis hatte auf der Karte eine Strecke herausgesucht, die sie um Münster herumführte. Sie fuhren über schmale Straßen, auf denen mehr Kaninchen als Autos unterwegs waren, und durch nachtschlafene Käffer, in denen die Häuser abweisend wirkten. Der Polizist blickte mit versteinertem Gesicht auf die Fahrbahn. Seitdem sie in das Mietauto gestiegen waren, hatte er nicht mehr als drei Worte verloren.

Viola wertete Geis' Schweigen als Reaktion auf ihr Gespräch im Hotel. War es ein Fehler gewesen, dass sie ihn angerufen und um Hilfe gebeten hatte? Hätte sie nicht ahnen können, dass er sich von ihrer Begegnung mehr erhoffte, als sie zu halten in der Lage war?

Leichter Nieselregen setzte ein, die Scheibenwischer verschmierten Dreck und Insektenleichen auf der Frontscheibe. Je länger sie schweigend im Auto saßen, desto unsinniger kam Viola ihr Unternehmen vor. Warum brachen sie mitten in der Nacht in ein Haus ein, in dem sie entweder nichts oder eine verweste Leiche finden würden? Was trieb sie an, mit der Polizei ein Katz-und-Maus-Spiel zu veranstalten, abgesehen von ihrem gekränkten Stolz, bei der Forschungsarbeit nicht mehr mitmachen zu dürfen? Vielleicht hatte Professor Blechschmidt ja wirklich nur das Wohlergehen einer Mitarbeiterin im Sinn gehabt. Vielleicht gab es gute Gründe, die manipulierten Viren zu verschweigen. Vielleicht waren sie nur zu blöd, das große, übergeordnete Ganze zu sehen.

Sie schaute zu Geis hinüber. Er umklammerte mit bleichen Knöcheln das Lenkrad.

»Alles in Ordnung?«

Er nickte. »Ja.«

»Du bist mir böse.«

»Nein.«

»Was dann?«

»Du hast deine Geheimnisse und ich habe meine. Okay?«

»Ich habe nachgedacht.«

»Und?«

»Wir sollten aufgeben, finde ich.«

Geis ging vom Gas, der Regen trommelte jetzt heftiger gegen die Scheiben.

»Ich kann dich in Münster absetzen.« Er drehte den Kopf ein Stück in ihre Richtung. »Aber ich werde in diese verdammte Hütte einsteigen. Wenn wir dort etwas finden, das deine Theorie bestätigt, können sie uns nicht als völlige Idioten abstempeln. Dann sind wir in der Lage, Bedingungen zu stellen: keine Strafverfahren, keine Verurteilung, möglicherweise sogar noch ein bisschen mehr. Wenn wir nichts finden …«, er hob die Schultern, »… haben wir Pech gehabt. Also, wofür entscheidest du dich?«

»Ich komme mit«, sagte Viola.

Etwa einen Kilometer vor Wesselings Kate bog Geis in einen unbefestigten Waldweg ein und stellte den Motor ab, sobald der Wagen von der Straße nicht mehr gesehen werden konnte. Der Regen hatte wieder nachgelassen, trotzdem versanken ihre Schuhe im klebrigen Morast.

»Was für ein Scheißwetter!«, knurrte Geis.

Ihren ursprünglichen Plan, sich Wesselings Haus durch den Wald zu nähern, mussten sie aufgeben, das Gestrüpp war zu dicht und der Boden zu matschig. Stattdessen nahmen sie den Weg über die asphaltierte Straße, mit dem Risiko, ins Scheinwerferlicht vorbeifahrender Autos zu geraten, falls es ihnen nicht gelang, rechtzeitig in Deckung zu gehen.

Viola hielt sich dicht hinter Geis. Der Wald machte ihr Angst, seine Schwärze wirkte wie eine Macht, die von ihr Besitz ergreifen wollte. Sie spürte, wie der Boden unter ihren Füßen schwankte, sich ihr Herzschlag beschleunigte und der Atem flacher wurde. Nur jetzt keine Panikattacke!

»Bleib mal stehen!«

»Was ist?« Er wandte sich um.

»Nichts.« Sie lehnte sich an ihn, hörte sein beruhigendes Schnaufen.

Ein Arm legte sich auf ihre Schultern. »Schon gut. Wir sind gleich da.«

In den beiden anderen Häusern brannte kein Licht. Sie verharrten regungslos, lauschten. Kein Fernseher, keine Musikanlage, nichts, was darauf schließen ließ, dass einer von Wesselings Nachbarn noch wach war.

»Packen wir es!«, sagte Geis.

Er wartete auf das nächste Auto. Als das Motorengeräusch am lautesten war, schlug er mit dem Ellenbogen ein Fenster auf der Rückseite der Kate ein.

»Zwei Minuten«, flüsterte Geis. Wieder beobachteten sie die anderen Häuser. Niemand schien das Klirren des Glases gehört zu haben.

Geis kletterte zuerst durch das Fenster. Viola sog die Luft ein. Sie roch abgestanden, aber neutral. Kein süßlicher Verwesungsgestank. Im Schein der Taschenlampe erkannte sie, dass sie in einer Küche standen. Eine Zeile mit alten, aber blank gewienerten Geräten, auf der anderen Seite eine gepolsterte Sitzecke mit Holztisch. Die Einrichtung wirkte ärmlich und zugleich penibel sauber, wie bei einem Junggesellen, der aus reiner Faulheit nichts schmutzig macht.

Sie gingen weiter und kamen in einen Flur, Holzdielen knarrten unter ihren Schritten, an den Wänden gerahmte Fotos, die in Afrika aufgenommen worden waren: lachende Einheimische vor Hütten oder Bäumen, mal mit, mal ohne einen großen hageren Weißen, dessen Vollbart und verfilzte Haarmähne farblich von Dunkelbraun zu Silbergrau changierten, je nach Alter des Fotos. Der Professor trug Zivil, abgesehen von einem Halskettchen mit Kreuz deutete nichts darauf hin, dass er in jener Zeit als Missionar tätig gewesen war.

Geis stieß die Tür zum nächsten Raum auf. Ein Wohnzimmer, das hoffnungslos altmodisch und zugleich unbenutzt aussah wie die *gute Stube* in manchen Bauernhäusern, die nur zu Festtagen und Familienfesten geöffnet wurde. Nicht einmal ein Fernseher oder ein Radio durchbrachen die museale Atmosphäre.

»Hier hat er jedenfalls nicht gelebt«, stellte Geis fest. »Unser Professor scheint ein Eremit zu sein. Fragt sich nur, wo sich seine Höhle befindet.«

Sie befand sich ein Stück weiter den Flur hinunter, neben einem spartanisch eingerichteten Schlafzimmer. Der Hauptkommissar stieß einen Pfiff aus, als er den Designerschreibtisch mit hochwertigem PC und Flachbildschirm entdeckte. Vom Lederschreibtischsessel aus hatte man einen bequemen Blick auf den überdimensionalen LCD-Fernseher an der Wand. »Verstand also doch was vom Leben, der Herr Wesseling. Ob er sich das von seinem Gehalt als Mäusetrainer leisten konnte?«

Viola hielt die Luft an, als der Strahl der Taschenlampe auf eine Landkarte fiel, die hinter dem Ledersessel an der Wand hing. »Sieh mal!«

Die Landkarte zeigte Deutschland und war gespickt mit kleinen bunten Nadeln.

Geis trat neben sie. »Was ist das?«

Die Nadeln markierten überwiegend Großstädte: München, Berlin, Köln, Dortmund, Münster, Bremen, Hamburg. Violas Blick wanderte hoch. Richtig, auch auf Norderney steckte eine Nadel.

»Orte, an denen er die Zecken ausgesetzt hat. Vermute ich jedenfalls.«

»Dieser Schweinepriester«, murmelte Geis.

Warum?, fragte sich Viola. Was hatte Wesseling dazu gebracht, die neuartige FSME zu verbreiten? Wusste er überhaupt, was er getan hatte? Oder war er verrückt, ein Geistesgestörter, der von inneren Stimmen gelenkt wurde?

Geis drückte auf die Starttaste des PC, das Gerät sprang mit einem Brummen an. »Vielleicht finden wir hier noch was. Sieht ja so aus, als habe sich der Professor keine Mühe gegeben, Spuren zu verwischen, als er auf die große Reise ging.«

»Ich sehe mich solange mal im Haus um«, sagte Viola leichthin, schnappte sich die Taschenlampe und verschwand im Hausflur, bevor ihr Begleiter Bedenken äußern konnte.

Falls Wesseling ein Einzeltäter war, musste es irgendwo eine Zeckenzucht geben. Unter optimalen Bedingungen dauerte es rund ein Jahr, bis der Gemeine Holzbock seine endgültige Größe erreicht hatte. Bis dahin galt es, die heranwachsenden Tiere, vom Ei über die sechsbeinige Larve bis zur achtbeinigen Nymphe, unter Kontrolle zu halten. Und mit Blut zu füttern.

Der Flur machte einen Knick, Viola stand vor der Haustür. Offenbar existierte kein Keller, dafür führte eine Treppe unter das schräge Dach. Der Aufgang war durch eine Tür verschlossen, in der praktischerweise der Schlüssel steckte. Viola drehte den Schlüssel und öffnete die Tür eine Handbreit. Beißender Urin- und Kotgestank schlug ihr entgegen. Tierischer Gestank.

Sie setzte einen Fuß auf die Holztreppe. Oben raschelte und fiepte es. Mäuse. Die natürlichen Wirtstiere von Larven und Nymphen. Je höher sie stieg, desto wärmer wurde es. Wesseling hatte eine Heizungsanlage installiert. Und die Luft befeuchtet. Unter dem Dach herrschte eine fast tropische Schwüle. Zecken brauchten eine hohe relative Luftfeuchtigkeit von mindestens achtzig Prozent. Viola konnte nur unter dem Dachfirst halbwegs aufrecht stehen, Schweiß lief ihr über den Rücken. Das Atmen fiel schwer, in Kombination mit dem Gestank war die Treibhausluft ekelerregend. Sie würgte und presste ein Taschentuch vor den Mund. Viele Mäuse lagen reglos in den Terrarien, mit blutigen und eitrigen Wunden übersät. Von Zecken ausgesaugt, hatten Hunger, Durst, Artgenossen und Insekten ihnen den Rest gegeben. In einer Ecke stand ein Käfig voller Kaninchenkadaver.

Viola suchte das Terrarium, in dem sich am meisten Leben regte. Es stand in der Nähe eines kleinen Fensters, hier war die Luft etwas kühler. Nur wenige verendete Mäuse lagen auf der vollgekoteten Streu, abgemagerte graue Körper hoben gierig schnuppernd die Köpfchen. Viola streckte ihre Hand aus, streichelte die Mäuse, die an ihren Fingern knabberten, vergrub die Hand in der verdreckten Streu.

Es stimmte nicht, dass Zeckenstiche keine körperlichen Reaktionen hervorriefen. Je öfter man gestochen wurde, desto heftiger reagierte das Immunsystem.

»Viola, du wirst nicht glauben, was …« Geis blieb überrascht auf der obersten Treppenstufe stehen. »Was tust du da?«

Motorengeräusche drangen von draußen herein. Drei oder mehr Autos hielten vor der Kate. Türen wurden geschlagen, Männer fluchten.

»Sorg bitte dafür, dass ich in ein Krankenhaus komme und richtig behandelt werde.« Viola zog ihre Hand aus dem Terrarium und schüttelte eine Maus ab, die sich festgebissen hatte. »Und dass ich weder mir noch jemand anderem Schaden zufügen kann.«

»Bist du verrückt? Du hast dich ...«

»Ja«, sagte Viola. »Ich werde nie mehr Angst haben. Falls ich es überlebe.«

Ein Lautsprecher knackte. Goroneks verzerrte Mikrofonstimme drang bis unter die Dachbalken.

30

Betreff: Kongo

Weißt du noch damals? Wir saßen Holzwand an Holzwand, wir konnten uns nicht sehen, aber wir konnten miteinander flüstern. Es war verboten, laut zu reden, sie nahmen es als Vorwand, mich zu schlagen und zu treten. Mit ihren Holzknüppeln prügelten sie auf mich ein, bis die Haut platzte. Sicher hast du meine Schreie gehört und mein Wimmern, wenn ich auf dem Boden lag, in meinem eigenen Dreck und Blut, umgeben von Myriaden von Fliegen und Mücken. Mehr als einmal habe ich mir gewünscht, tot zu sein, einfach die Augen zu schließen und zu sterben.

Gott hat mir diese Gnade nicht gewährt. Er hatte andere Pläne mit mir. Und obwohl ich nahe daran war, gegen ihn zu rebellieren, mir gegen seinen Willen das Leben zu nehmen, so weiß ich heute, welch wunderbare Absicht er mit dieser Prüfung verfolgte. Die schlimmste Zeit, die ich jemals erlebte, war zugleich der Beginn meiner Erweckung –

als ein Wesen, das sich weit über die Niederungen der menschlichen Existenz erhebt, dem Adler gleich, der über die Berge schwebt.

Ich hörte dich weinen, Viola, auf der anderen Seite der dünnen Holzwand. Ich weiß, welche furchtbaren Ängste du ausgestanden hast. Der einzige Trost, den ich dir bieten konnte, bestand aus Bibelzitaten und dem Rest Zuversicht, den ich mir bewahrte. Ein schwacher Trost, der nicht einmal mich selbst überzeugte. Ich war am Ende und du hast es gespürt. Meine Worte klangen schal und leer, durch hundertfache Verwendung abgenutzt. Ich zweifelte. An Gott. Am Sinn des Guten und des Lebens. Das Böse schien viel zu banal und offensichtlich. Ich war nach Afrika gekommen als Apostel, das Wort Gottes zu verkünden und die Menschen zu ermahnen. Geblieben bin ich als zynischer Trinker. Während das Land um mich herum im Chaos versank und ein Menschenleben nicht mehr wert war als ein paar Dollar oder ein Kleidungsstück. Aus einer Laune des Augenblicks heraus wurden Kinder erschlagen und Frauen verschleppt und vergewaltigt. Der Teufel hatte Menschengestalt angenommen in jener Zeit. Sie überfielen die Dörfer in der Nacht, hinterließen Grauen und Verzweiflung. Und ich beerdigte die Toten, sprach an den Gräbern auswendig gelernte Formeln, die von Mal zu Mal hohler klangen. Meine einzige Tat, mein Ausharren an einem der großen Seen im Osten Kongos, im Herzen der Finsternis, entsprang keiner Kraftanstrengung, sondern deren Gegenteil: Ich war zu schwach und zu deprimiert, um zu fliehen. In den Momenten, in denen mir der Alkohol erlaubte, einen klaren Gedanken zu fassen, vertraute ich darauf, dass man einen alten, weißen Priester, der seit Jahren in der kleinen Missionsstation lebte, verschonen würde. Ich irrte mich.

Am frühen Morgen zerrten sie mich aus dem Bett und nahmen mich mit. Ich glaube, für sie war es nur ein großer Spaß, ich sollte eine Art Maskottchen für sie spielen. Sie zwangen mich, ihre Waffen zu weihen und afrikanischen Göttern Tieropfer zu bringen. Hätten sie den christlichen und alle anderen Götter auf ihrer Seite, sagten sie, würden sie unverwundbar sein. Ich tat, was sie von mir verlangten. Mit einer Machete am Hals hätte ich jeden Gott verehrt.

Wir zogen nach Westen. Die Banditen, die mich entführt hatten, wa-

ren auf der Flucht vor anderen Banditen oder der ruandischen oder der ugandischen Armee, es gab damals viele Armeen und Milizen im Gebiet der großen Seen. Auf den Flüssen schwammen Leichen, so viele, dass die Krokodile träge und vollgefressen an den Ufern liegen blieben. Eine Hölle, die sich immer wieder in ein Paradies verwandelte, mit Wasserhyazinthen in allen Farben vor einem großartig rot glühenden Sonnenuntergang, begleitet vom Gekreisch der Affen und dem Konzert der Ochsenfrösche.

Ich hatte längst die Orientierung verloren, stolperte hilflos hinter den Banditen her. Hätte Joseph, der Anführer der Bande, nicht ein Interesse daran gehabt, mich am Leben zu halten, wäre ich an einem namenlosen Ort verendet wie Hunderttausende andere in jener Zeit. Joseph war mein Beschützer, Faustin, sein Stellvertreter, mein Peiniger. Faustin quälte mich, wenn Joseph nicht in der Nähe war, die linke Hand behielt er stets in der Hosentasche, seinen Talisman umklammernd, aus Furcht, mein gekreuzigter Gott könnte ihn bestrafen.

Natürlich wusste Joseph genau, was Faustin mit mir machte, er duldete es, solange es Faustin nicht zu weit trieb, ich in der Lage blieb, mich aufrecht zu halten.

So wie es Faustin auch auf dich abgesehen hatte, Viola. Ich konnte ihn hören, seine heisere, gierige Stimme, jenseits der dünnen Holzwand. Sein Verlangen, dich zu besitzen, und seine Enttäuschung, als Joseph ihm verbot, das kostbare Gut zu beschädigen. Ja, du warst bares Geld wert, du und die anderen Wissenschaftler. Im Gegensatz zu mir. Ich war nur ein alter Gaukler, den niemand vermisste. Deshalb ließ Faustin seine Wut an mir aus, ich war dein Schild, der die Schläge abfing, die er dir zugedacht hatte. Ich bin nicht sicher, ob ich diesen Kelch freiwillig getrunken hätte. Aber heute empfinde ich Freude darüber, dass es so gekommen ist.

Nur fünf Tage lehnten wir Wand an Wand, in dieser Holzhütte mitten im Dschungel. Dann brachten sie dich weg, dich und die anderen Wissenschaftler. Ich musste bleiben. Irgendwann merkte ich, dass ich allein war, sie hatten mich einfach zurückgelassen. Mit letzter Kraft gelang es mir, mich zu befreien. An die darauffolgenden Wochen kann ich mich kaum erinnern. Fieberschübe plagten mich, die Wunden schmerzten bei jedem Schritt. Wie durch ein Wunder erreichte ich ein Dorf mit Verbindung zur Außenwelt. Auf der Ladefläche eines Lasters kam ich halb tot in Kisangani an. Und einen Monat später war ich in der Lage, das Krankenhaus zu verlassen und nach Europa zurückzukehren.

Die alten Zeitungen, die ich las, berichteten ausführlich über das glückliche Ende eurer Geiselhaft. Ich schrieb Briefe an dich – und warf sie in den Papierkorb. Ich wählte deine Telefonnummer – und legte vor dem ersten Freizeichen auf. Du würdest mich verachten, glaubte ich, so wie ich meine eigene klägliche Existenz verabscheute. Erst wollte ich ein anderer werden. Bevor ich dir gegenübertreten durfte, musste ich mich verwandeln.

Dabei war ich oft in deiner Nähe, manchmal hätte ich nur den Arm ausstrecken müssen, um dich zu berühren. Ich verfolgte deinen Werdegang, deine beruflichen Erfolge und deine privaten Rückschläge. Deine Ängste machten mich genauso krank wie dich, war mir doch allzu bewusst, woher sie stammten. Und ich suchte einen Weg, dir zu helfen.

Wenn du diese Zeilen liest, Viola, ist mein Haus, mein Geheimnis entdeckt worden. Vielleicht sogar von dir. Niemand kann besser ermessen, welche Chancen für die Menschheit darin stecken. Ich hoffe sehr, du verstehst die Logik und Schönheit meines Plans. Denn das, was bisher geschah, ist erst der Anfang, weitaus Größeres wird folgen. Ich bin nicht allein, es gibt Menschen, die mir helfen. Du könntest dazugehören. Lass uns die nächsten Schritte des Weges gemeinsam gehen, Viola! Du weißt, was du tun musst. Unsere Zukunft wird kommen.

Fünfter Teil

Die Verwandlung

31

Hamburg, Reeperbahn

Freitagabend, Nieselregen. Taxiwetter. Die Leute winkten wie verrückt. Man konnte gar nicht schnell genug anhalten. Touristen, die nur zum Gucken auf die Reeperbahn gekommen waren. Mal eine Nutte am Straßenrand angaffen, mit rotem Kopf und steifem Nacken durch die Herbertstraße marschieren, beinahe, aber auch nur beinahe einen Tabledance-Laden betreten. All die Sachen, die man später erzählen konnte, in Braunschweig, Celle oder Kleinkleckersheim. Ein bisschen ausgeschmückt, okay, da hatte man mit der Nutte um den Preis verhandelt und im Tabledance-Schuppen mit Scheinen nur so um sich geworfen. Die Kumpels in Braunschweig oder Celle würden es glauben – oder auch nicht. Nach dem fünften Bier war das sowieso egal.

Karla konnte diese Typen an der Nasenspitze erkennen, schließlich fuhr sie schon seit fünfzehn Jahren Taxi in Hamburg. Weicheier und Warmduscher, die beim ersten Regentropfen in ihr Hotel flüchteten. Sonst würden sie vielleicht in Versuchung kommen, einen dieser verruchten Schuppen von innen zu besichtigen. Um zu überprüfen, ob ihre kranken Kleinstadtfantasien mit der Realität übereinstimmten. Doch dazu fehlte ihnen der Mut. Die Sünde war nur aus sicherem Abstand reizvoll, wer wusste schon, was man sich da alles holen konnte. Dann lieber einen Absacker an der Hotelbar trinken und von den Heldentaten schwärmen, die man fast begangen hätte.

Karla war mal in New York gewesen, hatte den nicht abreißenden Strom gelber Taxis gesehen und sich gefragt, wie die Kollegen über die Runden kamen. Und dann hatte es angefangen zu regnen. Und plötzlich gab es kein einziges freies Taxi mehr. Am Straßenrand standen Gruppen von durchnässten Menschen und warteten vergeblich. Fast schien es Karla, als würden die wenigen zum Mitfahren Berechtigten von den Taxifahrern ausgesucht.

Seitdem machte sie es genauso. Wählte bei geeignetem Wetter ihre Kunden aus. Ruhige Theaterbesucher zum Beispiel. Wie das ältere Paar da drüben, das wahrscheinlich das Schmidt-Theater besucht hatte.

Karla lenkte den Wagen an die Bordsteinkante. Sofort hing ein Milchbubi aus der Provinz in der Tür. »Nehmen Sie uns mit?«

»Ich habe nicht wegen euch angehalten.« Karla schaute zu dem älteren Paar. Die Frau drehte sich ab, offenbar hatte sie keine Lust auf einen Streit. Der Mann grimassierte entschuldigend.

»Na schön.« Geld musste trotzdem in die Kasse. »Dann steigt ein. Falls ihr euch benehmen könnt.«

Sie waren zu dritt. Noch feucht hinter den Ohren. In dem Alter, in dem sie nicht wussten, wann sie aufhören mussten zu trinken.

»Kotzt mir bloß nicht in den Wagen!«

»Bleib cool, Tante!«

Das fehlte ihr noch. Nicht nur betrunken, sondern auch noch dreist bis unter die von Mama gekämmten Löckchen.

Karla trat auf die Bremse. Hinter ihr hupte jemand wie wild. »Wollt ihr aussteigen?«

»Alles easy.« Milchbubi zeigte seine Handflächen. »Nur kein' Stress!«

Der Wagen glitt wieder vorwärts und wich einem torkelnden Junkie aus. »Wohin soll's gehen?«

»Hinterm Bahnhof da, Sankt Georg oder wie man das nennt.«

»Geht's auch genauer?«

»Wie heißt die Straße, Männer?« Der Typ auf dem Beifahrersitz kroch fast über die Rückenlehne, fühlte sich wohl einsam ohne seine beiden Freunde, die mit viehischen Grunzlauten das Nachtleben kommentierten.

»Nebenan ist ein Sexshop«, sagte der eine.

»Davon gibt's viele in Sankt Georg.«

»Pul... Pulver...«, stotterte der andere.

»Pulverteich«, half Karla.

»Exakt.« Erschöpft fiel Milchbubi auf den Vordersitz zurück.

»Guck dir das geile Tier an!« Einer von der Rückbank.

»Bestimmt völlig ausgeleiert. Wenn du mit der eine Nummer schiebst, ist das so, als ob du eine Salami in den Hausflur wirfst.«

Nein, das brauchte sie nicht. »Hört mal zu, Jungs: Das sind Frauen, denen ihr Respekt schuldet. Egal, womit sie ihr Geld verdienen. Oder gerade deswegen. Entweder ihr benehmt euch in meinem Taxi anständig oder ihr kriegt Ärger. Ist das klar?«

»Du willst doch unsere Kohle.« Der Typ hinter ihrem Ohr spuckte beim Reden kleine Speicheltröpfchen. »Also misch dich nicht ein, wenn sich Männer unterhalten.«

Karla fuhr in mäßigem Tempo geradeaus. Sankt Georg rückte in immer weitere Ferne, aber vermutlich hatte keiner ihrer Fahrgäste eine Ahnung von der Geografie Hamburgs. In Altona bog sie nach links ab, Richtung Elbe. Als die Hafenanlagen vor ihnen auftauchten, wurde Milchbubi munter: »Ist das nicht der Hafen?«

»Richtig.«

»Und was machen wir hier?«

»Anhalten.«

Der Parkplatz war schwach beleuchtet. Karla hatte keine Angst. Eigentlich nie gehabt. Sie brachte siebzig Kilo auf die

Waage, ging dreimal pro Woche ins Fitnessstudio und hatte im Laufe ihres dreiundvierzigjährigen Lebens fast jede asiatische Kampfsportart ausprobiert. Während der Arbeit trug sie meist einen ausgeleierten Trainingsanzug, der ungefähr 1980 in der DDR voll im Trend gelegen hatte. Und wenn das Männer immer noch nicht davon abhielt, ihre Finger auf die Reise zu schicken, konnte sie eine echt harte Miene aufsetzen. Im Laufe der Jahre war sie nur zwei- oder dreimal in brenzlige Situationen geraten. Nicht oft für jemanden, der mit Vorliebe Nachtschichten abriss. Aber in letzter Zeit hatte sich trotzdem etwas verändert.

»Was is 'n los?« Der Spucker von der Rückbank war wohl weggedämmert.

Milchbubi rutschte dichter an die Seitentür. »Wir wollen keine Probleme. Bringen Sie uns einfach nach Sankt Georg.«

Karla legte ihre Hände auf die Oberschenkel. Sie war nicht angeschnallt. Als Taxifahrerin musste sie sich nicht anschnallen.

»Dein Freund soll aussteigen.«

»Ich glaube, ich spinne.« Der Kopf des Spuckers tauchte zwischen den Vordersitzen auf. »Die Tan...«

Weiter kam er nicht. Karla riss ihn an den Haaren nach vorn, bis sein Kopf zwischen ihren breiten Schenkeln lag, intim und schmerzhaft zugleich, denn sein Unterleib klemmte verdreht zwischen den Sitzen. Das Gesicht lief rot an, zuerst hellrot, dann dunkelrot, schließlich bläulich, als Karla ihm mit den Fingern der rechten Hand die Luft abdrückte. Er schlug um sich, traf ihre Nase, fing an zu kratzen. Karla verstärkte den Druck. Die beiden anderen Typen kreischten, mischten sich aber nicht ein.

»Sie bringen ihn ja um.«

»Tu ich nicht.«

Spucki schnappte nach Luft. »Scheiße! Das darf ...«

Druck.

»Ihr beiden steigt aus! Sofort!« Karla wollte klare Verhältnisse. Nur sie und der Typ, dem sie eine Lektion erteilen musste. »Ich möchte euch sehen. Vor den Scheinwerfern.«

»Lassen Sie ihn dann laufen?«

»Ja.«

Sie stolperten nach draußen, zitterten im Licht wie Mädchen mit zu kurzen Röcken in einer kalten Winternacht.

Spucki gurgelte.

»Und? Hast du mir etwas mitzuteilen?«

»Schei…«

Druck.

»Das war das Falsche. Also?«

»Ich … ich … ich …«

»Ja?«

»Ich entschuldige mich.«

»Wofür?«

»Für mein Benehmen.«

»Und sonst?«

»Was? Was?«

»Deine Einstellung zu Prostituierten?«

»Ich … ich schulde …«

»Ja?«

»… ihnen Respekt.«

»Gut.« Karla zog ihn hoch und gab ihm einen Stoß. »Verschwinde!«

Er griff sich an den Hals, taumelte aus dem Auto und zu seinen Freunden, die ihn auffingen. Karla setzte zurück. Als sie anfuhr, schlug die Seitentür zu. Die drei würden sie nicht anzeigen, da war sie sich ziemlich sicher. Und wenn doch, konnte sie damit leben. Ein letzter Blick auf die schwankenden, verdatterten Gestalten. Ja, das war es wert gewesen.

Karla wischte sich Blut von der Wange. Sie fühlte sich gut. Sie fühlte sich sogar sehr gut. Richtig euphorisch. Sie hatte gar nicht gewusst, dass Gewalt wie eine Droge wirkte. Noch vor ein paar Wochen hätte sie die Zähne zusammengebissen und das frauenfeindliche Geschwafel kommentarlos hingenommen. Doch seitdem sie diese schlimme Grippe überstanden hatte, war sie nicht mehr bereit, faule Kompromisse einzugehen, diesen ganzen Mist zu akzeptieren, der ihr täglich über den Weg lief. Ja, die Grippe hatte etwas verändert. Sie tickte nun anders. Als wäre sie ein neuer Mensch geworden.

32

Münster, Altstadt

Die Zeckenabteilung befand sich gleich neben der Kasse des Supermarktes: weiße und blaue Kunststoff-Schutzanzüge mit Kapuzen für Männer, Frauen und Kinder in allen Größen; luftdicht verschließbare Gummistiefel; Repellents, die mit ihren Duftstoffen Zecken vom Stechen abhielten; Insektizide für den Garten; Zecken-Pinzetten zum sofortigen Entfernen von Zecken; Broschüren mit Tipps zum Umgang mit Zecken. Das alles auch im handlichen Zecken-Set für Singles und Familien.

Der Handel hatte sich mit einer Geschwindigkeit auf die neue Bedrohung eingestellt, die sogar Experten in Staunen versetzte. Und die wiederum andere, zum Teil selbst ernannte, Experten für übertrieben hielten und von Hysterie reden ließen.

Tatsächlich gab es bis jetzt erst rund zwanzig gesicherte Erkrankungen mit FSME des neuen Typs. Von diesen Infizierten waren fünf Patienten verstorben, allerdings nur eine Patientin, eine dreiundachtzigjährige Frau, unmittelbar an FSME, die anderen Todesfälle gingen auf das Konto unvorsichtiger oder durch Fieberwahn verursachter Handlungen. Soweit man wusste.

An der Unsicherheit jeglicher Analysen entzündete sich die Fantasie der Medien. Ungeheure Infektionsdunkelziffern wurden in den Raum gestellt, die Gefahr für die Bevölkerung in den düstersten Farben ausgemalt. Vor allem die Wesensveränderung, die die neue FSME bewirkte, stachelte Spekulationen an. *Werden wir alle zu Zombies?*, titelte ein seriöses Wochenmagazin in seiner neuesten Ausgabe.

Geis stellte zwei Flaschen Mineralwasser auf das Transportband an der Kasse. In den letzten Tagen hatte er den Wirbel, den die Zeckengeschichte auslöste, nur als eine Art Hintergrundrauschen wahrgenommen – wenn er zufällig eine Zeitung in die Finger bekam oder irgendwo ein Fernseher lief. Er war mit anderen Dingen beschäftigt gewesen. Zuerst hatten ihn Goronek und seine Leute mit einem Vernehmungsmarathon genervt, in dem er auf unwesentlich variierte Fragen x-mal die gleichen Antworten gab. Und dann, als er nach achtundvierzig Stunden endlich aus dem Polizeigewahrsam freikam, war Viola de Monti bereits so schwer erkrankt, dass er fast pausenlos an ihrem Bett in der Intensivstation der Uni-Klinik wachte, gemeinsam mit wechselnden Mitgliedern aus Goroneks Abteilung.

Heute, am Tag sechs nach ihrer Festnahme, hatte Geis zum ersten Mal eine Auszeit genommen. Zwar bezeichneten die Ärzte Violas Zustand als unvermindert kritisch, doch deutete sich gleichzeitig eine zaghafte Besserung an. So war das Fieber minimal gesunken, auch schien es Geis, als würde sich Viola weniger heftig gegen die Fixierung am Bett wehren und in längeren Schlafphasen zur Ruhe kommen.

Sein eigenes Schlafdefizit hatte dazu geführt, dass er in der gestrigen Nacht fast bewusstlos ins Bett gefallen und heute Morgen in derselben Position wieder aufgewacht war, mit schweißdurchtränktem Hemd und bohrenden Kopfschmerzen. Ein halber Liter Kaffee zum Hotelfrühstück und zwei Schmerztabletten hatten ihn mit dem Reich der Lebenden versöhnt und nach einem Anruf im Krankenhaus war er zu dem Schluss gekommen, dass es Viola verkraften würde, wenn er ein paar Stunden lang nicht ihre Hand hielt, sondern stattdessen einen Spaziergang durch die münstersche Innenstadt machte.

Überall waren ihm die Zecken-Schlagzeilen ins Auge gesprungen, meist in Kombination mit der anscheinend einzigen aktuellen Aufnahme von Rainer Wesseling, dem Fotoausschnitt der *Dia-Lab*-Weihnachtsfeier. Einmal hatte Geis auch sein eigenes Konterfei entdeckt, zum Glück ein offizielles Passfoto, das nur entfernte Ähnlichkeit mit seinem momentanen Äußeren aufwies. Am dritten Zeitschriftenladen konnte er der Versuchung nicht widerstehen, er kaufte eine Tageszeitung und brachte sich in einem Straßencafé auf den Stand der Nachrichtenlage: Von Rainer Wesseling fehlte nach wie vor jede Spur, er wurde per Haftbefehl in Deutschland und europaweit gesucht. Das Bundesinstitut für Infektionskrankheiten arbeitete, wie der stellvertretende Direktor Professor Blechschmidt bei einer Pressekonferenz bekannt gab, intensiv an Maßnahmen zur Eindämmung des Infektionsrisikos, mit einem neuen Impfstoff sei jedoch frühestens in zwei Jahren zu rechnen. Und der Bundesminister für Gesundheit warnte davor, trotz aller berechtigter Vorsicht die Gefahr einer Epidemie zu überschätzen. Eine Hamburger Taxifahrerin, die sich nach ihrer Erkrankung »echt geil« fühlte, hatte ihre Krankheitsgeschichte für viel Geld exklusiv an eine Illustrierte verkauft. Und ein Neurologe beantwortete in einem Interview die Frage, wieso gerade FSME die Blut-Gehirn-Schranke so leicht durchbrechen und das manipulierte Virus zu bleibenden Wesensveränderungen führen könne. Geis überflog weitere Artikel und legte die Zeitung endlich beiseite, als er den Ausführungen eines Philosophen über die Angstbesetztheit moderner Gesellschaften nicht mehr folgen konnte.

Die Lektüre hatte ihn erneut ermüdet, ihm fehlte nicht nur Schlaf, sondern auch Bewegung, er fühlte sich träge und schwer. Nach dem Bezahlen der Rechnung setzte er seine ungezielte Wanderung fort, über den Domplatz mit seinen klerikalen Gebäuden durch das angrenzende Uni-Viertel bis zum barocken Schloss und dem dahinter liegenden Schlosspark. Hier bemerkte Geis zum ersten Mal, dass sich im Alltagsverhalten der Menschen etwas geändert hatte. Noch nie hatte er so viele Gummistiefel abseits der Nordseeküste gesehen. Und nicht wenige Hundebesitzer, die mit ihren schwanzwedelnden Lieblingen durch das Unterholz streiften, waren in Schutzanzüge gekleidet, die Geis von seinen Spurensicherungskollegen kannte. Doch erst jetzt, als er im Supermarkt an der Kasse stand, wurde ihm klar, welche kommerziellen Auswüchse die Zecken-Phobie bereits angenommen hatte.

Viola lag in einem der fleckigen Waschbetonrundtürme, die die übrigen Gebäude der Uni-Klinik nicht nur an Hässlichkeit, sondern auch an Höhe überragten. Als Geis das Zimmer betrat, hob Thomas Bischoff sein graues Gesicht und nickte ihm zu.

Geis nickte zurück. »Wie geht es ihr?«

»Unverändert, würde ich sagen.«

Bischoff war in der Nacht dabei gewesen, als Polizisten Wesselings Kate umstellt hatten. Geis erinnerte sich an die Gefühle, die in jenem Moment in ihm gekämpft hatten. Da war die Angst, was mit Viola geschehen, ob sie überleben und was die Krankheit aus ihr machen würde. Und gleichzeitig die Befürchtung, Goronek oder ein anderer könnte die Nerven verlieren und schießen. Im Nachhinein war er überrascht, wie besonnen und ruhig er selbst reagiert hatte. Am

Ende war alles gut gegangen. Goronek hatte es sich nicht nehmen lassen, sie dazu zu zwingen, sich der Länge nach auf die feuchte Asche vor der Hütte zu legen. Doch dann, als sie mit auf dem Rücken gefesselten Händen wieder standen und der Kriminalrat vor ihnen herumtänzelte, während er Gift und Galle spuckte, hatte Viola den entscheidenden Satz gesagt: »An Ihrer Stelle würde ich etwas Abstand halten, auf meiner Haut krabbeln Dutzende von Zeckenlarven, die das neue Virus übertragen.« Geis konnte nicht anders, er musste einfach lachen – über Goroneks dummes Gesicht und den Sprung, mit dem er sich in Sicherheit brachte.

Pluspunkte hatte er damit natürlich nicht gesammelt. Andererseits waren die Beweise, die sich in Wesselings Behausung fanden, zu eindeutig, als dass man Viola und ihm die Anerkennung verweigern durfte. Obwohl er keine Zusicherung erhalten hatte, ging Geis davon aus, dass man die Ermittlungen gegen sie einstellen würde. Alles andere würde in der Öffentlichkeit einen Sturm der Entrüstung auslösen.

Viola bewegte sich und murmelte etwas. Geis beugte sich vor.

Bischoff ließ die Zeitung sinken. »Was sagt sie?«

»Es klang wie ›Faust‹. ›Faust hat‹ oder so.«

»Faustin«, sagte Viola plötzlich klar und deutlich. »Dieses gottverdammte Schwein.«

»Sie wird wach.« Bischoff nestelte aufgeregt an dem Diktiergerät, das neben Violas Bett lag, und kontrollierte die Anzeige.

Die E-Mails, die Rainer Wesseling an Viola de Monti geschrieben und nie abgeschickt hatte, belegten, dass die Mikrobiologin den ehemaligen Missionar zu seinen Taten animiert hatte. Momentan war Viola deshalb die heißeste Spur, die die Polizei besaß. Bischoff und seine Kollegen warteten sehnsüchtig darauf, ihr endlich Fragen stellen zu können.

33

Kongo, nördlich von Kisangani

Der Wind, der durch die Ritzen drang, brachte keine Erleichterung. Er war heiß und verbreitete den Gestank von verfaultem Obst. Noella lag in ihren Armen. Wie alt mochte sie sein? Siebzehn? Achtzehn? Der schmale Körper in bunte Gewänder gehüllt, das Kraushaar zu kleinen Zöpfchen gebunden. Trotz aller Versuche, die Blutung zu stoppen, wurde der Fleck auf der Vorderseite des Kleides immer größer. Noella wimmerte. Sie hatten sie vergewaltigt, einer nach dem anderen. Und Viola hatte zusehen müssen. Das war Faustins Idee gewesen. Als Rache dafür, dass er sie nicht anrühren durfte. Sobald sie die Augen niederschlug, sobald sie auch nur einen Moment zur Seite schaute, schrie Noella vor Schmerzen, die Faustin ihr zufügte. Ein perverses Spiel. Viola übergab sich, sie kämpfte dagegen an, ohnmächtig zu werden, doch sie wandte den Blick nicht mehr ab. Von den schwarzen, schweißglänzenden Körpern, die sich über das Mädchen beugten, von den Glasscherben, Stöcken und Plastikteilen, die einige der Männer benutzten, um es zu quälen. Noella schrie, sie flehte ihre Vergewaltiger an. Die fanden das komisch und lachten. Und machten weiter. Bis Noella schwächer wurde. Bis sie nicht mehr die Kraft fand, zu schreien oder sich zu wehren. Nur noch ruhig dalag und stöhnte, ein Stöhnen, das Viola das Herz zerriss. Ab und zu bewegte Noella den Kopf und Viola sah ihre blutunterlaufenen verzweifelten Augen, die ins Leere blickten. Und dann war es endlich vorbei.

Noella schlug die Augen auf und starrte sie voller Schreck an.

»Ist schon gut«, sagte Viola. »Du bist in Sicherheit.«

Das Mädchen versuchte, sich aus ihren Armen zu befreien. Viola fiel ein, dass sie womöglich kein Englisch verstand, und sie wiederholte die Sätze auf Französisch. Diesmal zeigten sie Wirkung, Noella wurde ruhiger.

»Wo kommst du her?« Bislang kannte Viola nur ihren Namen, Faustin hatte ihn mit breitem Grinsen und einer obszönen Geste ausgesprochen.

»Dorf bei Walungu«, antwortete Noella mit brüchiger Stimme. »Durst.«

Viola gab ihr aus einer Plastikflasche zu trinken. Das Wasser stammte aus dem Expeditionsproviant und war der einzige Luxus, den die Banditen ihren Gefangenen gelassen hatten, wahrscheinlich aus Angst, sie könnten an Magen-Darm-Infektionen erkranken. Ansonsten vegetierte Viola in einem drei mal drei Meter großen Bretterverschlag vor sich hin, getrennt von den anderen Wissenschaftlern. Der einzige Mensch, dessen Stimme sie ab und zu vernahm, war ein Kerl im Verschlag nebenan, der hauptsächlich religiöse Formeln brabbelte. Anscheinend hatte ihm die Gefangenschaft oder eine Tropenkrankheit den Verstand geraubt.

Seit Tagen trug Viola dieselbe Kleidung, sie hatte sich weder waschen noch die Zähne putzen können. Doch der Ekel, den sie deswegen empfunden hatte, kam ihr angesichts von Noellas Martyrium wie eine Banalität vor. Nachdem die Männer mit ihr fertig waren, hatte Viola darum gebeten, sich um die Verletzte kümmern zu dürfen. Und Faustin hatte es mit einer herablassenden Geste erlaubt.

Noella leckte sich über die aufgeplatzten Lippen. »Muss ich sterben?«

»Nein, du musst nicht sterben. Es wird dir bald wieder besser gehen.«

Es fiel Viola nicht leicht, zu lügen, sie musste sich zwingen, den Blutfleck zu ignorieren. Noella hatte innere Verletzungen erlitten, ihre Scheide, vielleicht sogar ihre Gebärmutter war zerstört. Falls die Blutung überhaupt aufhörte, bestand die Gefahr einer Entzündung. Eine realistische Chance hätte Noella nur gehabt, wenn man sie sofort in ein Krankenhaus gebracht hätte. Aber das war absolut aussichtslos. Ein Menschenleben, zumal das einer Sexsklavin, galt den Banditen gar nichts. Abgesehen davon befand sich das nächste Krankenhaus drei Tagesreisen entfernt.

»Ich habe Schmerzen.« Noella griff sich an den Kopf. »Hier.«

Viola wischte ihr den Schweiß von der Stirn. »Es tut mir leid. Es tut mir so leid.«

Tränen fielen auf das graubraune Gesicht des Mädchens. Viola merkte, dass sie weinte. Sie fühlte sich schuldig. Das eigentliche Objekt der Begierde war sie, Viola, doch Joseph, der Boss, hatte verboten, die Weiße anzufassen. Und dafür hatte Noella büßen müssen, Faustin und seine Leute hatten sie aus purem Frust gequält, gnadenlos grausam. Das waren keine Menschen, sondern tollwütige Tiere.

»Warum weinst du? Ich muss doch nicht sterben?«

»Nein, du musst nicht sterben.«

»Sie haben es schon einmal getan, weißt du? Als sie mich entführt haben. Aber da war es nicht so schlimm wie heute.«

Viola schaukelte das Mädchen in den Armen und summte leise. Der Fleck wurde größer und größer. Das Blut stank.

»Sie haben meinem Vater die Augen ausgestochen und ihn dann mit der Machete getötet. Meine Mutter haben sie vergewaltigt und erschlagen. Ich musste zusehen. Und dann haben sie mich mitgenommen. Sie haben gesagt, ich soll für sie kochen und waschen. Warum bringen sie mich um?«

»Du wirst leben.«

Noella glühte, ihre Stirn fühlte sich ganz heiß an.

»Da ist so ein alter weißer Mann. Ihn haben sie auch mitgenommen. Sie tun ihm nichts, weil er ein Priester ist.«

»Ich habe ihn sprechen hören.«

Noella stöhnte. »In meinem Dorf werde ich nicht bleiben können. Kein Mann heiratet eine Frau, die ...«

»Mach dir darüber keine Sorgen!«

»Ich muss weit weg gehen, nach Kisangani oder Kinshasa, dorthin, wo mich niemand kennt. Eine Schule besuchen. Etwas lernen. Was meinst du?«

»Das ist eine gute Idee.«

Noella schnappte nach Luft. Ihre Augen verschleierten sich.

Das Bild wurde undeutlich und verschwand. Ein neues tauchte auf. Eine Landschaft, grün, ein verschwommenes, vom Nebel milchig gefärbtes Grün. Bäume, die wie seltsame Wesen aus einem Science-Fiction-Film aussahen, keiner glich dem anderen, manche streckten ihre kahlen Äste wie Fangarme aus. Davor ein breiter Fluss, von dem der Morgennebel aufstieg. Der Kongo. Auf dem Fluss ein flaches Fischerboot mit fast nackten Männern. Ein unwirklich schönes Bild, hätte Viola noch einen Sinn für Schönheit gehabt.

Sie waren fast da. Am Abend oder spätestens am nächsten Tag würden sie den Ort der Übergabe erreichen. Hatte Joseph versprochen. In der Gruppe herrschte eine gespannte Erwartung. Die Banditen waren nervös, sie lachten lauter und kontrollierten ihre Waffen häufiger als sonst. Und Violas Kollegen, die anderen Wissenschaftler, fieberten dem Ende der Geiselnahme entgegen. Nur Viola spürte eine tiefe Gleichgültigkeit. Sie konnte keine Freude empfinden, zu tief saß der Schock über das Erlebte. Manchmal wünschte sie sich sogar, die Übergabe würde scheitern und sie müsste sich nicht dem Leben in Freiheit stellen.

Faustin ging hinter ihr. Sie bewegten sich am Ende des Trupps und Viola merkte, dass mit Faustin etwas nicht stimmte. Er war betrunken oder stand unter Drogen, redete ständig und fuchtelte mit den Armen herum. Sie wollte weg, zu den anderen aufschließen, die schon ein Stück voraus waren, doch Faustin hielt sie immer wieder auf.

Plötzlich lag seine Hand auf ihrem Mund. Er drehte ihr den Arm auf den Rücken und zerrte sie zur Seite, ins Dickicht. Sein stinkender Atem an ihrem Ohr: »Jetzt hab ich dich, Täubchen. Jetzt entkommst du mir nicht.«

Sie war eiskalt, nicht ängstlich, nur wütend. Doch gegen den größeren, stärkeren Mann hatte sie keine Chance. Er lag auf ihr, presste ihre Hände auf den Boden, riss ihr das T-Shirt vom Leib. Sie wehrte sich, strampelte, bekam Schläge auf den Kopf und – welch ein Glück – einen Finger zwischen die Zähne.

Sie biss zu.

Faustin schrie.

Es war nicht Faustin, der schrie.

Das Gesicht von Geis über ihr, der seinen Finger anstarrte. Blut, das auf die Bettdecke tropfte.

»Viola?« Er sah, dass sie ihn beobachtete.

Sie hatte den Falschen gebissen.

34

Münster, Universitätsklinik

»Nach allen medizinischen Erfahrungswerten dürfte keine Ansteckungsgefahr bestehen«, sagte der Arzt, der Geis' Fingerverletzung behandelt hatte. »Allerdings wissen wir über die neue Krankheit zu wenig, um jedes Risiko ausschließen zu können. Also seien Sie aufmerksam und horchen Sie in Ihren Körper hinein! Sollten Sie in den nächsten achtundvierzig Stunden Kopfschmerzen, Fieber, überhaupt irgendein grippeähnliches Symptom bemerken – melden Sie sich sofort bei uns! Wir werden Sie dann zur Beobachtung aufnehmen und notfalls intensivmedizinisch behandeln. Wie Sie bei Frau de Monti gesehen haben, kann es sehr schnell kritisch werden.«

»Tolle Aussichten.« Geis starrte den mit Verbandsstoff umwickelten Mittelfinger an, als würde er ihn gerne zur Amputation freigeben. »Und prophylaktisch ist da gar nichts zu machen?«

»Leider nein.« Der Arzt tippte dem Kripomann auf die Schulter. »Es wird schon nicht so schlimm werden.«

Als Geis ein paar Minuten später wieder Violas Krankenzimmer betrat, redete die Mikrobiologin. Langsam zwar und mit vom tagelangen Dahindämmern kratziger Stimme, doch in klaren, verständlichen Sätzen.

»Auch wenn Sie mir nicht glauben«, sagte sie zu Bischoff, der ihr das Diktiergerät vor den Mund hielt, »ich kenne diesen Mann nicht, ich bin ihm nie begegnet. Mag ja sein ...« Sie entdeckte Geis und opferte den Rest des Satzes zugunsten einer Grimasse, die man mit viel Fantasie als Lächeln interpretieren konnte. »Martin, ich freue mich, dich zu sehen.«

»Du hast mich zum Beißen gern, stimmt's?« Er zeigte ihr den bandagierten Finger.

»Das wollte ich nicht. Ehrlich.«

»Ich glaube, du hast mich für einen Typen namens Faustin gehalten.« Geis setzte sich auf die Bettkante und hauchte Viola einen Kuss auf die schweißfeuchte Stirn.

»Es war ein Albtraum. Ein schlimmer Albtraum. Und wenn Frauen Albträume haben, sollte man ihnen keinen Finger in den Mund stecken.«

»In den Mund gesteckt?« Geis lachte. »Mein Finger war nur entfernt in Reichweite deines Mundes. Du hast zugeschnappt wie ein ausgehungertes Krokodil, das Jagd auf eine am Wasserloch trinkende Antilope macht.«

»Mach mich los, ja?« Sie zerrte an den Gurten, mit denen ihre Arme am Bett fixiert waren. »Ich möchte dich richtig begrüßen.«

Geis warf Bischoff einen fragenden Blick zu.

»Um noch einmal auf Rainer Wesseling zurückzukommen«, nahm dieser den Faden wieder auf. »Er hat Ihnen E-Mails geschrieben …«

»Die ich nie bekommen habe«, unterbrach ihn Viola harsch. »Ja, es stimmt, als ich im Kongo festgehalten wurde, war da so ein Kerl im Nachbarverschlag, der religiöses Zeug geredet hat. Aber wir sind uns nicht nähergekommen. Wir haben weder unsere Namen noch unsere Telefonnummern ausgetauscht. Nie im Leben wäre ich auf die Idee gekommen, dass unser Wesseling und dieser Mensch ein und dieselbe Person sind. Da er beim Geiselaustausch nicht dabei war, bin ich davon ausgegangen, dass ihn die Banditen umgebracht haben.«

»Und es hat Ihnen nicht zu denken gegeben, dass Wesseling ›Missionar‹ genannt wurde? Dass es hieß, er sei in Afrika gewesen? Er ist in Sie verliebt, Frau de Monti, das geht aus seinen Texten hervor. Und er beschreibt, wie er Ihre Nähe gesucht hat. Wollen Sie behaupten, davon nichts bemerkt zu haben? Ehrlich gesagt, glaube ich nicht, dass Ihre Begegnung mit Wesseling im Kongo so unpersönlich war, wie Sie es hier schildern.«

»Hören Sie auf, mich zu nerven!«, fuhr Viola auf. »Wir hatten später keinen Kontakt. Millionen Menschen werden von anderen angehimmelt, ohne dass sie etwas davon merken. Alles, was Wesseling über mich weiß, kann er aus dem Internet erfahren haben. Der Mann ist ein Spinner, mehr nicht. Und jetzt gehen Sie bitte! Ich habe Martin seit Tagen nicht mehr geküsst.«

Bischoff starrte sie mit offenem Mund an. »Entschuldigung! Wesseling ist ein *gefährlicher* Spinner. Je früher …«

»Raus«, sagte Viola ohne dramatische Betonung. »Sofort!«

Obwohl die Wissenschaftlerin ans Bett gefesselt war, gab es keinen Zweifel, wer sich in der stärkeren Position befand. Bischoff zog den Kopf zwischen die Schultern. »In Ordnung. Ich komme später wieder.« Eine wortlos an Geis übermittelte Warnung, dann war der Polizist draußen.

»Schnall den Gurt ab!«, befahl Viola. »Worauf wartest du noch?«

»Wie fühlst du dich?« Geis zögerte. Sollte er nicht besser einen Arzt fragen?

»Mir geht es gut. Ich bin geistig voll zurechnungsfähig – wenn du das meinst.«

»Okay.« Er ging das Risiko ein und lockerte den Gurt am rechten Arm.

Sofort griff Viola in sein Haar und zog ihn zu sich herab. Geis spürte, wie ihre Zunge in seinen Mund eindrang und wild herumtobte, wie bei einem Teenagerkuss. Als er fast keine Luft mehr bekam, stieß sie ihn zurück. Die von bläulichen Ringen umgebenen Augen strahlten: »Ah! Genauso habe ich es mir vorgestellt.«

»Ich auch.« Er wischte sich über den Mund. »Ich hätte nur nicht gedacht, dass es in einem Krankenhaus passiert.«

Und mit einer Viola, die er so noch nicht kannte.

Viola hatte nun auch ihren linken Arm befreit und tastete nach seiner Hand. »Was ist mit dir? Freust du dich nicht?«

»Natürlich. Es ist bloß …«

»Du glaubst doch nicht, dass ich mich in ein Alien verwandelt habe?«

»Nein.« Oder doch? »Ich muss daran denken, was auf Norderney passiert ist. Wie mich Saskia Fischer vergewaltigen wollte.«

Sie zog ihn wieder näher zu sich heran. »Ich will dich nicht vergewaltigen. Ich bin auf einvernehmlichen Sex aus.«

»Du bist gerade erst aus dem Fieber erwacht.«

»Bleibst du heute Nacht hier?«

»Moment mal, Viola. Ich finde, wir sollten nichts überstürzen.«

Sie runzelte die Stirn. »Was meinst du damit?«

»Du bist krank. Du …«

Ihr Kopf sank auf das Kissen. »Herrgott, Martin! Ihr Männer seid vielleicht verkorkste Wesen.«

Sie schwiegen. Geis fühlte sich unbehaglich. Da hatte er tagelang an ihrem Bett gewacht, darauf gehofft, dass sie die Augen aufschlagen und mit ihm reden würde. Und als sein Wunsch endlich in Erfüllung ging, gerieten sie sofort in Streit. Das Quälendste aber war die Frage, ob er wirklich mit Viola diskutierte oder mit dem Virus, das sich in ihrem Gehirn festgesetzt hatte.

»Du verstehst mich nicht.« Über ihre Wangen liefen Tränen. »Du verstehst nicht, warum ich das getan habe. Du verachtest mich deswegen.«

»Nein, das tue ich nicht. Bei einer der Vernehmungen im Polizeipräsidium hat man mir die E-Mail von Wesseling gezeigt, in der er über seine Erlebnisse im Kongo schreibt. Ich kann mir vorstellen, was du mitgemacht hast.«

»Vorstellen?«, kam es dumpf aus dem Kissen. »Nein, das kannst du nicht. Du weißt nicht, was es bedeutet, zusehen zu müssen, wie ein Mädchen vor deinen Augen zu Tode gequält wird. Und dir bei jedem Schlag, bei jedem Stich, bei jedem Stoß bewusst ist, dass eigentlich du gemeint bist. Dass sie dich ficken, dich vergewaltigen, dich umbringen wollen. Dass dieses arme Mädchen, dieses junge, vielleicht siebzehnjährige Ding an deiner Stelle herhalten muss. Dass es für dich geopfert wird. Nein, das möchtest du dir nicht vorstellen, Martin Geis. Ich habe mich vor Männern geekelt, vor *allen* Männern, sobald sie mir zu nahe kamen. Ich konnte es nicht ertragen, wenn sie nicht mindestens einen Meter Abstand hielten.«

Geis räusperte sich. »Und dieser Faustin …«

»… war der schlimmste. Grausamer, unbarmherziger, unmenschlicher als alle anderen. Joseph, dem Chef der Bande, ging es hauptsächlich um Geld, Faustin wurde von seiner Bosheit beherrscht.«

»Immerhin hat er dich verschont.«

»Wer sagt das?«

»Wesseling. Und du selbst …«

»Faustin hat sich zurückgehalten. Bis zum letzten Tag. Da hat er es versucht. Hat mich in den Wald gezerrt und zu Boden geworfen.«

»Und dann hat er dich …?«

»Nein. Er ist nicht mehr dazu gekommen. Joseph hat ihn erschossen, ohne Vorwarnung. Eine Kugel in den Kopf. Faustins Gehirn und Blut klebten noch tagelang an meinem T-Shirt. Ich habe es aufbewahrt, als Trophäe. Immer, wenn mein Hass auf Männer zu stark wurde, habe ich es herausgeholt und angeschaut.«

Eine Krankenschwester kam herein, registrierte, dass Viola nicht mehr angeschnallt war, und strafte Geis mit dem grimmig-tadelnden Gesichtsausdruck, der Krankenhauspersonal schon während der Ausbildung antrainiert wird: »Ist der Stationsarzt informiert?«

»Sie können ihn ja fragen«, antwortete Viola. »Und außerdem …«, rief sie der davoneilenden Schwester hinterher, »… hätte ich gerne etwas zu essen. Das Zuckerwasser aus dem Tropf steht mir bis zum Hals.«

»War das zu hart?«, erkundigte sie sich anschließend bei Geis.

»Sagen wir mal so: Du hättest es freundlicher formulieren können.«

»Die Kuh war doch auch nicht freundlich.« Viola grinste. »Da ist es schon wieder passiert. Richtig?«

»Richtig.«

»Du musst mir helfen.« Sie schlug ihm scherzhaft gegen

den Arm. »Kneif mich, trete mir auf den Fuß, unterbrich mich, wenn ich mich schlecht benehme. Damit ich es merke.«

Die Tür flog auf. »Es ist in Ordnung, solange Sie Besuch haben«, verkündete die Krankenschwester und stellte ein Tablett vor Viola ab. »Aber sobald Sie allein sind …«

»… werde ich wieder angeschnallt«, ergänzte die Patientin.

»Zu Ihrem eigenen Schutz.«

Viola biss ein großes Stück von einem belegten Brot ab.

»Wer hat euch damals herausgeholt?«, erkundigte sich Geis. »Aus dem Kongo, meine ich.«

»Die CIA.«

»Der amerikanische Geheimdienst?«

»Die CIA hat im Osten Kongos das eigentliche Sagen«, nuschelte Viola mit vollem Mund. »Über Mittelsmänner, natürlich. Das Land ist reich an Bodenschätzen. Die Gründe für den ständigen Bürgerkrieg dort heißen Coltan, Diamanten, Kupfer, Kobald und Gold. Dafür bekommt man Geld und Waffen. Ohne Geld und Waffen ist man nichts. Weißt du, wofür Coltan benötigt wird?« Viola stopfte sich mehr Brot in den Mund.

»Nein.«

»Zur Härtung von Weltraumkapseln und Interkontinentalraketen sowie zur Herstellung von Mikroprozessoren. Ohne Coltan wäre die westliche Welt aufgeschmissen, kein Handy würde funktionieren. Also ist es wichtig, die Minen zu kontrollieren. Die schwarzen Tagelöhner, die sich in den Minen krank schuften, werden mit Almosen abgespeist. Aufkäufer sind Libanesen, Griechen, Israelis. Aber im Hintergrund ziehen die USA die Fäden. Mit tausendfachem Profit landet das Zeug irgendwann in den Industriestaaten. Joseph wusste, an wen er sich wenden musste, um für uns einen guten Preis zu bekommen. Er hat uns an einen Israeli verkauft. Über Uganda sind wir nach New York zurückgeflogen.«

Neben dem Teller mit belegten Broten stand auf dem Tablett eine Kanne Kräutertee, aus der sich Viola jetzt eine Tasse einschenkte. Sie testete die Temperatur und leerte die Tasse dann in einem Zug.

»Die ersten Wochen nach der Freilassung erlebte ich wie in Trance. Ich bekam kaum etwas mit, genoss es, mich unter eine heiße Dusche zu stellen oder richtigen Kaffee zu trinken. Wir wurden von Psychologen betreut. Sie fragten uns, wie wir uns fühlten, und erzählten etwas von posttraumatischen Belastungsstörungen. Mir kam das ziemlich abstrakt vor. Bis ich zwei Jahre später begriff, was es bedeutete.« Sie ließ sich auf das Kissen fallen und schloss die Augen. »Vielleicht hast du recht. Wir sollten es ruhig angehen lassen.«

Ihre Atemzüge wurden gleichmäßiger. Geis glaubte schon, dass sie eingeschlafen war, als sich das Lid ihres linken Auges hob: »Komm morgen wieder, Martin! Und sag der Gefängniswärterin, dass sie mich anketten darf!«

Bischoff stand draußen vor dem Eingang und rauchte.

»Sie schläft«, sagte Geis. »Mach Feierabend und geh nach Hause! Heute kriegst du nichts mehr aus ihr heraus.«

»Ich muss es zumindest versuchen.« Bischoff drückte die Zigarette im Standaschenbecher aus. »Sonst reißt mir Goronek den Kopf ab.«

»Dann viel Spaß«, spottete Geis. »Es gibt Momente, in denen bedauere ich nicht, dass ich Goronek eine reingehauen habe.«

»Das geht vorüber«, sagte Bischoff müde. »Wenn mich meine hungrigen Kinder angucken, bin ich froh, dass ich mich zurückhalten kann.«

35

Münster, Universitätsklinik

Viola las die E-Mails, die der graugesichtige Polizist ihr gegeben hatte, zum dritten Mal und verstand sie noch immer nicht. Das heißt, sie verstand den Sinn der einzelnen Texte, aber sie brachte sie nicht mit dem Priester in Einklang, dessen konfuses Geschwätz sie durch die Bretterwand gehört hatte. Wie war es möglich, dass ein Mann, der nicht nur jahrelang fernab der Zivilisation gelebt, sondern offenbar auch regelmäßig und intensiv dem Alkohol zugesprochen hatte, sich auf einmal in einen umfassend interessierten Intellektuellen und Gentechniker verwandelte? Und passte das Foto, das sie von Rainer Wesseling gesehen hatte, die Momentaufnahme eines ungewaschen wirkenden Typen mit langen Haaren, Säufernase und trüben Augen, nicht weitaus besser zu dem brabbelnden Missionar im Kongo als zu einem Wissenschaftler, der akribisch plante, die Menschheit auf eine neue Bewusstseinsebene zu heben? Wie konnte Wesseling schließlich behaupten, sich in sie verliebt und häufig in ihrer Nähe aufgehalten zu haben? So jemanden hätte sie doch bemerkt, aus einer Gruppe von Mikrobiologen würde Wesseling herausstechen wie Jesus aus einem Kardinalskonklave. Andererseits gab es keinen Grund anzunehmen, dass die E-Mails nicht von Wesseling stammten. Wie auch immer er es angestellt hatte, nach seiner Rückkehr aus Afrika musste er sich völlig verändert und mit Ehrgeiz weitergebildet haben. Dazu so heimlich, dass er seinen Kollegen bei *Dia-Lab* mühelos den schlicht gestrickten Mäusewärter vorspielen konnte.

Viola erinnerte sich daran, dass sie sich in letzter Zeit häufig beobachtet gefühlt hatte – in ihrer Wohnung, auf der Straße. Vielleicht war es ja nicht nur ein Gefühl gewesen, ein Symptom ihrer Angststörung, wie die Therapeuten ihr klarzumachen versucht hatten. Vielleicht hatte Wesseling ihr tatsächlich nachgestellt.

Die Tür ging auf und Geis kam herein. Er sah bleich und angestrengt aus. Der arme Martin! Ihn hatte das Ganze anscheinend genauso mitgenommen wie sie selbst.

Geis küsste sie flüchtig auf die Wange und zog einen Stuhl heran. »Du darfst dich frei bewegen?«

»Ja. Der Ärzterat hat heute Morgen entschieden, dass ich keine Gefahr mehr darstelle. Das Fieber ist zurückgegangen, ich bin nur noch ein bisschen schwach. Wenn keine Komplikationen eintreten, kann ich die Klinik in ein paar Tagen verlassen.«

»Du bist also gesund?«

»Ja.«

»Bis auf ...« Seine Mundwinkel verbogen sich zu einem unechten Lächeln.

Ihr gefielen weder das Lächeln noch der vorwurfsvolle Ton, in dem er mit ihr redete. »Bis darauf, dass ich keine Angst mehr habe. Findest du das schlimm?«

»Nein.« Geis deutete auf die Papiere. »Was liest du da? Wesselings E-Mails?«

»Kennst du sie?«

Der suspendierte Hauptkommissar nickte.

»Und kamen sie dir nicht komisch vor?«

»Weil alle, mit denen wir geredet haben, ihn nicht für einen Wissenschaftler und Philosophen hielten? Das kann Tarnung gewesen sein. Er wäre nicht der erste Verbrecher, der seiner Umgebung den Idioten vorspielt. Immerhin ist jetzt klar, warum er sich Zecken als Überträger ausgesucht hat.«

Viola guckte ihn fragend an.

»Wegen *dir.*« Geis war verblüfft über ihre Ahnungslosigkeit. »Er wollte *dir* imponieren. Du bist die Zeckenexpertin. Du solltest seine Kreation bewundern.«

Daran hatte sie tatsächlich noch nicht gedacht.

»Und wer weiß«, Geis zuckte mit den Schultern, »vielleicht ist Wesseling ja erst so schlau, seitdem er sich selbst infiziert hat. Wäre doch möglich, dass die neue FSME noch ganz andere Dinge bewirkt. Eine Explosion der Intelligenz zum Beispiel.«

»Was für ein Quatsch«, knurrte Viola.

»Ach ja?«, konterte Geis. »Wie gut kennst du dich denn mit der Krankheit aus?«

Viola spürte, wie ihr Unterkiefer verkrampfte. Sie hatte sich auf Geis gefreut. Und jetzt saß er bräsig neben ihrem Bett und benahm sich wie ein Kotzbrocken. Womit hatte sie das verdient? »Bist du auf Streit aus?«

»Weil ich bezweifle, dass du dich wie ein vernünftiger Mensch verhalten hast?«

»Das ist es also.«

»Ja. Das ist es. Du hast dein Leben aufs Spiel gesetzt, Viola. Um ein Haar wärst du an der FSME gestorben.«

»Bin ich aber nicht.«

»Stattdessen hast du dich verändert. Wer sagt, dass Angstfreiheit die einzige Folge bleibt? Hast du eine Ahnung, was in ein paar Wochen oder Monaten passieren wird?«

Der Stich in ihrem Herz tat weh, verdammt weh. Das Virus killte nicht alle Gefühle, so viel stand fest. Sie war fast erleichtert angesichts dieser Erkenntnis. Gleichzeitig wurde ihr bewusst, dass Geis und sie nicht zusammenkommen würden, er war längst auf der Flucht.

»Hätte ich dich vorher fragen sollen?«

»Warum nicht? Wir haben das gemeinsam durchgezogen. Und dann suchst du auf eigene Faust die Zecken und lässt dich stechen. Das war dumm und egoistisch.«

»Meine Angst habe ich auch mit niemandem geteilt.« Sie sprach jetzt sanft, wie mit einem Kind. »Trotzdem verstehe ich deine Bedenken. Du hast viel für mich getan, ich bin dir wirklich sehr dankbar. Denk nicht, du bist verpflichtet, weiter hierzubleiben. Ich komme schon allein zurecht.«

»Ich muss sowieso mal ein paar Tage weg.« Er strich über die Bettdecke und hielt den Kopf gesenkt. »Nach Hannover. Mich um einiges kümmern, eine neue Wohnung, solche Sachen eben. Aber ich besuche dich. Versprochen.«

»Wann immer du willst.«

Es klopfte an der Tür. Und dann stand Heiner Stegebach im Raum. »Ich hoffe, ich störe nicht.«

»Was willst du hier?« Viola gab sich keine Mühe, Freundlichkeit zu heucheln.

»Dich besuchen.« Heiner lächelte. »Ich habe mir Sorgen um dich gemacht.«

»Schön. Du hast mich gesehen. Es geht mir gut. Jetzt fahr wieder nach Berlin.«

»Da ist noch was.« Er lächelte unentwegt weiter wie ein Verkäufer, der es mit einem hartnäckig Uninteressierten zu tun hat. »Ich möchte dich zu einer kleinen Konferenz einladen. Hier in der Klinik. Und Herrn Geis natürlich auch.«

36

Münster, Universitätsklinik

Zu Geis' Erstaunen hatte Viola sofort eingewilligt. Ihre Neugierde überwog anscheinend die Abneigung gegen den ehemaligen Freund. Krankenschwestern besorgten einen Rollstuhl und halfen Viola beim Ankleiden. Dann zogen sie als Dreier-Prozession los, Stegebach voraus, Geis, den Rollstuhl mit Viola schiebend, hinterher. Durch labyrinthische Gänge und entlang knatschbunter Wände und Einrichtungsgegenstände – das Innere des Bettenturms sah aus, als hätte sich der Architekt an die Legohäuser seiner Kindheit erinnert. Wahrscheinlich entsprach die Gestaltung psychologischen Erkenntnissen, sollte beruhigend und optimistisch wirken, er selbst, davon war Geis überzeugt, würde als Kranker in einer solchen Umgebung erheblich an Lebensmut verlieren.

Stegebach lotste sie zu den Aufzügen und zwei Etagen tiefer zu einer Tür, deren Beschriftung sie als Eingang zu einem Sozialraum auswies. Noch immer hatte der Pressesprecher nicht verraten, wer sich mit ihnen treffen wollte, und so war Geis gespannt, als er Viola über die Türschwelle rollte.

Umso größer fiel die Enttäuschung aus. Das erste Augenpaar, das ihm über einer bläulich gefärbten Nase entgegenstarrte, gehörte Kriminalrat Goronek. Neben Goronek standen zwei weitere bekannte Männer, vor etlichen Wochen hatte Geis sie über Norderney geführt. Es handelte sich um den Sprecher der Sicherheitsexperten, einen Mann aus dem Bundesinnenministerium namens Lange, und einen seiner Stichwortgeber. Etwas abseits von den dreien hielt sich noch eine vierte Person im Zimmer auf, ein stämmiger Typ, der sich sichtlich unwohl fühlte und dessen Habitus am ehesten zu einem Wissenschaftler passte.

Am liebsten hätte Geis gleich wieder kehrtgemacht. Goronek war der letzte Mensch, mit dem er freiwillig reden wollte, und auch an Lange und dessen arrogante Art hatte er keine angenehmen Erinnerungen. Aber es war ja nicht seine Party, Viola stand im Mittelpunkt, und solange sie blieb, würde er sich notgedrungen zusammenreißen.

»Darf ich vorstellen?«, moderierte Stegebach. »Dr. Lange vom Bundesministerium des Innern, Dr. Wiegand, ebenfalls Bundesinnenministerium, Professor Blechschmidt, Bundesinstitut für Infektionskrankheiten in Berlin. Und Kriminalrat Goronek kennen Sie ja.«

Die Herren und die Dame nickten sich mehr oder weniger freundlich zu.

»Um es kurz zu machen«, riss Lange das Wort an sich. »Wir möchten, dass Sie wieder in Ihre Arbeit beim Bundesinstitut einsteigen, Frau Dr. de Monti. Jemand mit Ihrer Erfahrung und Ihren speziellen Kenntnissen wird dort dringend gebraucht.«

Das klang nach einer vollständigen Kapitulation. Geis hoffte, dass Viola ein paar Bedingungen stellte.

Die Angesprochene schwieg. Aufreizend lange. Als die freundlichen Gesichter der Männergarde zu Grimassen einfroren, sagte sie: »Sie brauchen mich also?«

»Unbedingt«, schnappte Professor Blechschmidt. »Nicht nur als Zeckenexpertin. Es gilt, Strategien zu entwickeln. Und zu untersuchen, wie sich die Infektion nach Abklingen der akuten Symptome entwickelt. Offenkundig haben wir es mit Veränderungen der Persönlichkeitsstruktur zu tun, von denen wir nicht wissen, welche Formen sie annehmen und wie lange sie anhalten. Und da sind Sie als Wissenschaftlerin und ... gleichzeitig ...«

»Als Versuchskaninchen«, sagte Viola.

»So würde ich das nicht ausdrücken«, versicherte Blechschmidt. »Sie wären für uns nur erheblich hilfreicher als ein Laie.«

Viola dachte erneut nach. Dann sagte sie: »Eines möchte ich klarstellen: Ich wünsche nicht, dass meine Persönlichkeitsveränderung rückgängig gemacht wird.«

»Das liegt selbstverständlich bei Ihnen«, schaltete sich Lange ein. »Wir machen Ihnen da keine Vorschriften.«

»Danke. Sehr großzügig.«

Lange ignorierte die Spitze. »Ich verstehe Ihr Misstrauen vollkommen. Ich gebe zu, dass wir die Lage falsch eingeschätzt haben, sowohl in Bezug auf den Täterkreis wie auch das, was Ihre Person angeht. Im Nachhinein halte ich es für einen Fehler, dass man versucht hat, Sie da rauszuhalten.«

Professor Blechschmidt lief rot an, die diskrete Schuldzuweisung galt anscheinend ihm.

»Ein Gutes hat die Sache dennoch.« Lange lächelte bis knapp unter die spitze Nase. »Ohne Ihre Beurlaubung, Frau Dr. de Monti, hätten Sie keine Eigeninitiative ergriffen und uns so – mithilfe von Herrn Geis – auf die Spur des mutmaßlichen Einzeltäters geführt. Dafür sollten wir alle dankbar sein. Ich muss nicht extra betonen, dass sämtliche in diesem Zusammenhang von der Polizei und der Staatsanwalt eingeleiteten Ermittlungen eingestellt werden. Sie sind vollständig rehabilitiert.«

»Geht das auch an die Medien?«, fragte Geis.

»Sicher. Damit habe ich nicht das geringste Problem.«

Geis wunderte sich, wie viel Kreide der Abteilungsleiter gefressen hatte, der Druck von oben musste immens sein.

»Und wenn ich Nein sage?«, erkundigte sich Viola.

Die Raumtemperatur sank schlagartig in Bereiche, in denen Lebensmittel länger genießbar bleiben. Lange drehte am Mittelfinger seiner linken Hand, als wollte er ihn an der Wurzel ausreißen, die anderen schauten betreten zu Boden.

»Darf ich?«, fragte Wiegand, der Geis an einen amerikanischen Schauspieler erinnerte, dessen Name ihm gerade nicht einfiel.

Lange nickte.

»Vor Kurzem gab es einen Zwischenfall am Frankfurter Flughafen. Beim Landeanflug einer Maschine mit zweihundert Passagieren rief der Kapitän eine Stewardess zu sich ins Cockpit. Der verdutzten Frau drückte er das Steuer in die Hand und befahl ihr, das Flugzeug runterzubringen. Zur Klarstellung: Die Stewardess besitzt nicht die geringste Flugerfahrung. Als der Kopilot eingreifen wollte, wurde er vom Kapitän in ein Handgemenge verwickelt. Erst im letzten Moment, nachdem der Kapitän zu Boden gegangen war, gelang es dem Kopiloten, das Ruder zu übernehmen und die Maschine zu landen. Abgesehen von einigen Leichtverletzten kamen die Insassen mit dem Schrecken davon. Reines Glück, es hätte auch zweihundert Tote geben können. Es sei nur ein Spaß gewesen, sagte der Kapitän den Beamten, die ihn festnahmen. Sie ahnen vermutlich, was bei der medizinischen Untersuchung festgestellt wurde: eine überstandene FSME.«

George Clooney. Das war der Schauspieler, dem Wiegand ähnelte, besonders, wenn er dieses schmierige Verführergesicht aufsetzte.

»Da draußen laufen tickende Zeitbomben herum«, fuhr der Sicherheitsexperte fort. »Stellen Sie sich vor, was Infizierte in sicherheitsrelevanten Bereichen anstellen könnten: beim Militär, in der Atomindustrie, bei der Luftsicherung. Wir müssen das Problem lösen, Frau Dr. de Monti. Und zwar schnell.«

»Und da vertrauen Sie einer tickenden Zeitbombe wie mir?«

»Das gilt selbstverständlich nicht für Sie.« Professor Blechschmidt schüttelte seinen Kopf so heftig, dass die rosigen Wangen in Schwingungen gerieten. »Nach allem, was wir wissen, verstärkt das Virus Charaktereigenschaften, die ohnehin …«

»Sie wissen gar nichts«, würgte Viola ihn ab. »Sie spekulieren. Oder verfügen Sie über gesicherte Daten?«

Die aus Berlin angereisten Männer tauschten verstohlene Blicke aus.

»Das ist ja der Grund, weshalb wir Sie brauchen«, versuchte es Lange noch einmal. »Ich bitte Sie inständig, Frau Dr. de Monti: Geben Sie uns eine Chance!«

»Allein bin ich nicht zu haben.«

»Was heißt das?« Lange legte den Kopf schief.

»Ich mache mit unter der Bedingung, dass Martin Geis in den Polizeidienst zurückkehrt. Mit allen Rechten.«

»Auf keinen Fall«, bellte Goronek, der mit versteinertem Gesicht zugehört hatte. »Was sich Geis geleistet hat, muss geahndet werden.«

»Darüber ließe sich doch reden.« Lange drehte sich zu Goronek um.

»Das ist nicht Ihr Ernst? Geis hat einen Vorgesetzten tätlich angegriffen. Zum wiederholten Mal. Falls das keine Konsequenzen hat, ist die Moral ...«

»Nun machen Sie mal einen Punkt!«, wurde der Abteilungsleiter laut. »Hier geht es nicht um Ihre kleinlichen Rachegelüste, sondern um die Interessen des Landes.«

»Mit Verlaub ...«

»Unsinn!«, brüllte Lange. »Ich werde Ihnen sagen, was Sie machen: Sie ziehen Ihre Aussage gegen Geis zurück!«

»Aber ...«

»Kein Aber. Sie sind am Strand gestolpert und mit der Nase auf einen verdammten Stein gefallen. Sie wollten Geis die Sache nur anhängen. Wegen der alten Geschichte.«

»Und ich ...«

»Sie haben nichts zu befürchten. Dafür sorge ich. Also: Sind wir uns einig?«

Goronek holte Luft zu einer wütenden Antwort. Dann sagte er: »Ja.«

Der Mond hing wie ein Stück schimmeliger Käse über den Baumwipfeln. Es unkte und quakte aus stinkenden schwarzen Tümpeln. In einiger Entfernung stachen Autoscheinwerfer Lichtschlitze in die Nacht. Geis kam sich schäbig vor. Seit ein paar Stunden fuhr er ziellos herum, stieg ab und zu aus, lief durch ein Dorf oder einen Wald, fuhr wieder weiter. Er hätte nicht sagen können, wo er überall gewesen war, und auch nicht, wo er sich momentan befand, den Navigator hatte er längst abgeschaltet.

Ein abgestorbener Baum versperrte ihm den Weg. Beißender Torfgeruch mischte sich mit dem Gesumm blutgeiler Insekten. Die Juliluft war noch warm vom Tag, fast so samtweich wie eine italienische Sommernacht. Geis dachte an den letzten Familienurlaub. Gardasee. Kitesurfer, die in der Abenddämmerung über das Wasser glitten und durch die Luft segelten. Annika, die sich an ihn hängte, wenn er auf den See hinausschwamm, die er vom Restaurant zum Hotel tragen und ins Bett bringen musste. Er war ihr Held gewesen. Damals. Als er glaubte, seine Familie würde ewig zusammenbleiben.

Heute wartete Viola auf ein Wort, eine Geste von ihm. Aber er konnte nicht. Er empfand nichts für sie. Oder doch, er empfand etwas: Angst. Angst vor dem Virus, das ihre Persönlichkeit veränderte. Das sie unberechenbar machte und möglicherweise zu den verrücktesten Dingen trieb. Müsste er nicht bei jedem Streit fürchten, dass sie vollkommen ausrastete und mit dem Messer auf ihn losging? Wie sollte er sich in jemanden verlieben, dessen Verstand von einer im Labor konstruierten Molekülkette gesteuert wurde?

Viola dagegen hatte sich für ihn eingesetzt, hatte dafür gesorgt, dass er ohne einen schwarzen Fleck in seiner Personalakte den Dienst wieder aufnehmen konnte. Mit allen Rechten. Sogar mit zusätzlichen Privilegien. Statt nach Norderney zurückzukehren, durfte er bis zum Abschluss der Ermittlungen an der Zeckengeschichte dranbleiben. Zwar hatte Goronek es abgelehnt, ihn in sein Team aufzunehmen, aber das kam Geis durchaus gelegen. Ein Mitglied der Sonderkommission hielt Kontakt mit ihm, ansonsten genoss er bei seiner Arbeit völlige Freiheiten. Was wollte er mehr?

Sein Handy klingelte. Eine unbekannte Nummer. Geis meldete sich.

»Schöning. Wo sind Sie?«

»In der Nähe von Münster. Warum?«

»Die Spurensicherung hat noch mal das Haus von Wesseling untersucht. Unter den Dielen in der Küche sind sie auf etwas gestoßen. Ich dachte, das würde Sie interessieren.«

»Was ist es denn?«

»Kommen Sie einfach her und sehen Sie es sich an!«

Die Leitung wurde unterbrochen. Geis guckte auf die Zeitanzeige des Handys. Kurz vor elf. Offenbar hatten die Kollegen eine Goldader entdeckt.

Geis lief zu seinem Wagen zurück und schaltete den Navigator ein. *Venner Moor* – das Display verriet den Namen der unwirtlichen Landschaft, durch die er gestolpert war. Wesselings Kate befand sich weniger als fünf Kilometer entfernt.

Statt Bischoff, den Geis als Verbindungsmann vorgeschlagen hatte, war ihm Schöning zugeteilt worden. In diesem Punkt hatte Goronek auf stur geschaltet. Offenbar brauchte er das für sein Ego, um mit dem Arrangement leben zu können. Und da Geis den Konflikt nicht weiter auf die Spitze treiben wollte, hatte er nachgegeben. Letztlich war es egal, welches Mitglied der Sonderkommission ihn kontrollierte. Dass er intern jeglichen Kredit verspielt hatte, stand sowieso fest.

Das Haus war von einem Wall von Fahrzeugen umgeben. Schöning erwartete ihn an der Haustür. Sie trug einen blauen Schutzanzug, unter der Kapuze lugten ihre rot gefärbten Haare hervor. Geis wusste, dass sie ihn genauso wenig leiden konnte wie er sie. Das machte den Umgang einfacher.

Die Hauptkommissarin reichte ihm einen Plastikoverall und ein Paar Handschuhe. »Das haben Sie beim letzten Mal vergessen. Hat uns die Arbeit nicht leichter gemacht, Ihre Fingerabdrücke waren im ganzen Haus verteilt.«

»Da war ich nicht im Dienst.«

»Das Resozialisierungsprogramm für Einbrecher sieht vor, dass Sie sich diesmal an die Vorschriften halten.«

Geis stieg in den Anzug und folgte seiner Kollegin in die Küche. Scheinwerfer tauchten den aufgeheizten Raum in gleißendes Licht, Geis spürte, wie ihm der Schweiß aus allen Poren brach.

»Wir haben die Räume mit Ultraschall gescannt«, erklärte Schöning. »Dabei ist die Grube entdeckt worden.«

Man hatte die Bodendielen herausgerissen und an der Wand aufgestapelt. Zwei Blaugekleidete, die ihm den Rücken zukehrten, versperrten Geis die Sicht. Er ging um sie herum. Ein dritter Spurensicherer, der in der knietiefen Senke hockte, nickte ihm zu. Die Leiche musste schon mehrere Wochen dort liegen, die Verwesung war bereits weit fortgeschritten.

Schöning trat neben Geis. »Wenn es das ist, wonach es aussieht, haben wir ein Problem.«

37

Betreff: Du und ich

Ich habe eine Flasche Champagner geöffnet. Ganz allein, in dem Zimmer, in dem ich vorübergehend wohne. Doch in Gedanken warst du bei mir. Findest du es kitschig, dass ich das Glas erhoben und dir zugeprostet habe? Über Hunderte von Kilometern hinweg? Ich vergesse ja immer, dass du mich noch nicht so gut kennst wie ich dich. Obwohl wir uns stetig aufeinander zu bewegen.

Bis heute hast du alles erfüllt, was ich mir in meinen hoffnungsvollsten Träumen vorgestellt habe. Du hast mein Angebot angenommen und dich stechen lassen. In vollem Bewusstsein der Konsequenzen, der

Lebensgefahr trotzend. Ein größeres Geschenk hättest du mir nicht machen können. Das war deine Art, mir zu zeigen, wie sehr du mir vertraust. Ich bin so stolz auf dich, Viola. Denn für dich habe ich die neue FSME konstruiert, für dich und mich. Gemeinsam werden wir die Welt verändern.

Woher ich weiß, dass du es getan hast? Man hat es mir berichtet. Ja, unsere Augen und Ohren sind inzwischen überall, auch im Klinikum Münster. Dein Umwandlungsprozess ist bereits weit fortgeschritten, wie ich hörte. Du hast die Angst besiegt, trittst auf mit der Autorität einer Herrin. Dein wahres Ich kommt endlich zur Geltung.

Der Einzige, der noch stört, ist der Polizist, der an dir klebt. Gib dich nicht länger mit ihm ab! Ich habe euch zusammen gesehen. Er ist nicht gut für dich, glaube mir. Er will dich kleinhalten, sein beschädigtes Ego verträgt nicht, dass du über dich hinauswächst. Er wird deine Umwandlung niemals gutheißen.

Du gehörst zu mir, Viola. Du wirst es einsehen. Es ist nur eine Frage der Zeit, bis wir uns begegnen. In meinen Plänen spielst du eine herausragende Rolle, ich habe Aufgaben für dich vorgesehen, die niemand außer dir erfüllen kann.

Noch ist es zu früh, darüber zu sprechen, die Tollkühnheit mancher Ideen würde dir den Atem rauben. Das alte Leben hängt dir nach. Es drückt dich nieder, mit dem Gewicht seiner Sorgen und Bedenken. Wie ein angeketteter Vogel, der nicht weiß, dass er fliegen kann, bist du in den Niederungen deiner Pflichten verhaftet. Aber mit jedem Tag, der vergeht, wird sich die Freiheit vergrößern, werden deine Gedanken ein Stück höher fliegen.

Ich weiß, wovon ich rede, Viola. Ich bin den Weg gegangen, habe alles hinter mir gelassen, was mich mit dem gewohnten Leben verband. Jetzt bin ich frei. Ich reiche dir die Hand, Viola. Komm zu mir!

Sechster Teil

Die Fortpflanzung

38

Norderney, Up Süderdün

Thedinga betrachtete die junge Frau, die auf seinem Sofa saß. Wie ein Fremdkörper wirkte sie in diesem Wohnzimmer, das ihm plötzlich miefig und unpersönlich erschien. Logisch. Nicht er hatte die Möbel und alles andere ausgesucht, sondern seine Frau. Vor fünfzehn Jahren, als er auf die Insel versetzt wurde. Nach ihrem Tod hatte er nichts verändert. Warum auch? Die Deckchen auf dem Tisch passten zum Bezug der Polstergarnitur, die Topfblumen auf den Fensterbänken zu den gerafften Gardinen und die Muschelbilder an den Wänden zum Teppich, der die Bodenfliesen bedeckte. Thedinga hatte genug damit zu tun, das kleine Häuschen einigermaßen sauber zu halten und den Garten zu pflegen. Gedanken an Veränderungen wären ihm wie Verrat vorgekommen. Verrat an seiner Frau, die sich ein Jahr lang durch Operationen und Chemotherapien gequält hatte, die nicht loslassen wollte, nicht einmal ganz zum Schluss. Seitdem war das Haus für ihn eine Gedenkstätte, jedes Fleckchen atmete ihren Geist.

Heute schnürte ihn das ein. Die Vergangenheit hockte wie ein zentnerschwerer Affe auf seinen Schultern. Er wollte die Wände einreißen, frische Luft hereinlassen, etwas Neues wagen. Und das lag nicht nur an der Frau, die auf der äußersten Sofakante hockte und mit den Beinen wippte, voller Energie, die aus ihren leuchtenden Augen sprühte.

Thedinga hatte sich ein wenig geschämt, weil er nur ein weißes Unterhemd trug und eine von Gartenarbeit fleckige Hose. Aber sie hatte gelacht und ihm in den Bauch geboxt.

Als wären sie alte Freunde. Dabei hatten sie selten mehr als ein paar Worte gewechselt – auf der Dienststelle.

Sie war jetzt viel offener und direkter, nicht mehr so distanziert wie früher. Es musste an diesem Virus liegen. Er hatte davon gehört, die Zeitungen und Fernsehkanäle kannten ja kein anderes Thema mehr. Bei den Infizierten sei eine Wesensveränderung festzustellen, sie hätten keine Angst und neigten zu Übermut und Draufgängertum, manchmal auch zu aggressivem und für die Umwelt gefährlichem Verhalten.

Für ihn bestand im Moment keine Gefahr. Im Gegenteil. Die Blicke, die Saskia Fischer ihm zuwarf, ließen ihn spüren, dass er ein Mann war. Zwar doppelt so alt wie sie, aber noch ganz gut in Schuss. Er hielt sich in Form und war zu allem bereit. Nicht so wie Geis, der Blödmann, der Fischer von seinem Schreibtisch geschubst hatte. Thedinga hatte nicht vor, eine ähnliche Dummheit zu begehen.

»Was du darüber liest, sind amtlich verordnete Märchen«, sagte Fischer. »In Wirklichkeit geht es uns von Tag zu Tag besser. Das will bloß niemand wahrhaben. Weder die Ärzte und Psychologen, die uns untersuchen, noch die Regierung, die eine Warnung nach der anderen rausbläst. Die haben Angst, dass ihnen das Volk abhandenkommt, dass auf einmal alle Schlange stehen, um sich mit FSME anstecken zu lassen.«

»Glaubst du das?«

»Hundertprozentig.« Sie riss die Augen auf wie diese Zicke in der Vorabendserie, die Thedinga gestern gesehen hatte.

»Und wann … wann kommst du wieder zum Dienst?«

»Vorläufig nicht. Ich bin bis auf Weiteres krankgeschrieben. Wegen der Sache mit Martin trauen sie mir nicht. Sie denken, ich könnte durchdrehen, die Pistole ziehen, zur Amokläuferin werden, irgend so ein Scheiß. Offiziell heißt es, die Tests seien noch nicht abgeschlossen. Mir soll das recht sein.« Sie schüttelte ihre blonden Locken. »Ich habe was Besseres zu tun, als Touristen den Po zu wischen.«

»Und was?« Die Spucke lief in seinem Mund zusammen, so schnell konnte er gar nicht schlucken.

»Dafür ist es noch zu früh, Garrelt.«

Garrelt! Sie hatte tatsächlich Garrelt gesagt. Seit dem Tod seiner Frau rief ihn niemand mit seinem Vornamen. Für Kollegen, Freunde und Nachbarn war er bloß Thedinga.

Sie beugte sich vor und nahm seine schwielige Hand zwischen ihre zarten Finger. »Es gibt da einen Plan.«

»Plan?«, keuchte er.

»Willst du einer von uns werden?«

»Was … was meinst du?«

»Mach mir nichts vor, Garrelt! Du warst in der letzten Woche krank.«

»Eine Erkältung, nichts weiter. Ich musste mich ein paar Tage ausruhen.«

Natürlich hatte er daran gedacht. Jetzt, wo alle davon redeten. Aber sein Hausarzt hatte Entwarnung gegeben, bei der Blutuntersuchung seien keine Antikörper festgestellt worden. Bis auf eine Nacht mit hohem Fieber war es ihm nicht mal besonders dreckig gegangen. Landeten die meisten FSME-Infizierten nicht im Krankenhaus, viele sogar auf der Intensivstation? Dagegen war das, was er erlebt hatte, nichts gewesen. Und wie sollte er überhaupt infiziert worden sein – ohne Zecke?

Fischer lächelte. Thedinga konnte sich nicht erinnern, wann ihn zum letzten Mal eine Frau derart angelächelt hatte. Nicht mal Swantje Kunstmann, die sich eine Zeit lang Hoffnung gemacht hatte, ihn für sich zu gewinnen, bevor sie sich für den Tierarzt aus Oberhausen entschied.

»Du hast eines vergessen, Garrelt: Ich kenne dich. Vor deiner Erkältung warst du ein mürrischer alter Sack, der am liebsten mit seinem Kummer allein blieb. Hätte ich in jener Zeit vor deiner Haustür gestanden, was wäre das Resultat gewesen? Du hättest mich mit einer billigen Ausrede abgewimmelt.«

Fischer hatte recht. Etwas war mit ihm geschehen. Er entdeckte neuerdings, dass es im Leben auch Positives gab.

»Und schau dir den Garrelt von heute an! Ein Mann, der offen ist, der Lebensfreude ausstrahlt, der noch etwas erleben will.« Sie stand auf und ging um den Tisch und den Sessel herum, bis sie hinter ihm stand. »Der Mann, der das Virus erfunden hat, hält sich in Ostfriesland auf.«

»Wer …«

Ihre Hände legten sich auf seine Schultern, nah am Hals, wo die Haut nicht von den Trägern des Unterhemdes bedeckt war. Thedinga zuckte zusammen, als hätte ihn ein Stromschlag getroffen.

»Er nennt sich Deus. Ich bin ihm noch nicht begegnet. Es gibt ein Forum im Internet, in dem sich die Infizierten austauschen. Dort spricht er manchmal zu uns. Aber in den nächsten Tagen möchte er einige von uns persönlich treffen. Dann verrät er uns mehr über seinen Plan.« Ihr Atem strich über seine Wange. »Jemanden wie dich könnten wir gut gebrauchen. Wenn du willst, fahren wir zusammen hin.«

»Ja. Ja«, sagte Thedinga. »Ja, ich will.«

39

Berlin, Wilmersdorf

Die Luft war noch frisch, aber schon bald würde sie auf der Haut kleben wie ein Latexanzug. Zwei Tage schönes Wetter, dann folgte unweigerlich eine Gewitterfront. So war es stets in Berlin. Heute hatte Viola den Wetterumsturz gerochen – auf ihrer Runde durchs Quartier.

Sie lief jetzt jeden Morgen, um körperlich wieder fit zu werden. Beim ersten Mal hatte sie nicht mal einen Kilometer geschafft, inzwischen näherte sie sich der Fünf-Kilometer-Distanz. Es machte ihr Spaß, an die Grenze zu gehen, sich auszupowern. Laute Musik auf den Ohren und Frust abbauen. Frust über die eintönigen, sich ständig wiederholenden Tagesabläufe. Denn es war so gekommen, wie sie vermutet hatte. Man hatte sie nicht als Zeckenexpertin nach Berlin zurückgeholt, sondern als Testperson. Die meiste Zeit verbrachte sie in Röhren und abgedunkelten Räumen, man scannte ihr Gehirn und maß mit am Kopf befestigten Elektroden ihre Reaktionen auf Bilder und Aussagen. Statt an vorderster Front für die Eindämmung der FSME-Epidemie zu sorgen, redete sie mit Neurologen, Psychiatern und Psychologen, die sie zu allem Möglichen befragten, nur nicht zu dem, was gesundheitspolitisch momentan am notwendigsten gewesen wäre. Und in den Pausen, während sie sich von dem Gequatsche erholte, nahm man ihr Blut ab oder schickte sie aufs Laufband.

Ihre Ausflüge zum Bundesinstitut für Infektionskrankheiten hatten Seltenheitswert, sie vermisste die Arbeit im Büro und den Gedankenaustausch mit Kollegen. Schaffte sie es zufällig zu einer der regelmäßig stattfindenden Abteilungskonferenzen, fühlte sie sich wie ein Fremdkörper, mehr geduldet als respektiert, umgeben von einer unsichtbaren Quarantänekapsel, die Daniel Felsenburg, Professor Blechschmidt und die anderen davon abhielt, sich ihr zu nähern, als könne das Protein, das sich in ihrem Gehirn eingenistet hatte, durch die Luft übertragen werden.

Es war zum Kotzen. Zumal auch Geis sich nicht mehr bei ihr meldete.

Viola las noch einmal den Text, den sie direkt nach dem Laufen in den Computer gehackt hatte:

Herr Wesseling (oder wer auch immer Sie sind),
dass ich Sie unbekannterweise dazu animiert habe, eine Flasche Champagner zu öffnen, freut mich nicht im Geringsten. Es wird der einzige Traum bleiben, den ich Ihnen erfülle, alle anderen können Sie sich abschminken. In meinen Träumen kommen Sie nämlich nicht vor, allenfalls in Albträumen, die von der Katastrophe einer Virus-Epidemie handeln.
Sie sind, um das klar und unmissverständlich auszudrücken, ein Verbrecher. Ihre selbstsüchtigen und morbiden Fantasien bringen Sie dazu, das Leid und den Tod vieler Menschen in Kauf zu nehmen. Wie den des Jungen, der im Fieberwahn vom Norderneyer Leuchtturm gesprungen ist. Vor meinen Augen.
Ein Mörder sind Sie, an Ihren Händen klebt Blut, egal welche Rechtfertigungen und verdrehten Theorien Sie für Ihre Taten bemühen. Mich können Sie damit nicht beeindrucken. Was auch immer Sie von mir erwarten: Vergessen Sie es! Ich werde nicht zu Ihnen kommen. Und ich werde Ihnen schon gar nicht dabei helfen, das Virus weiter zu verbreiten.
Ich weiß, was Sie jetzt einwenden werden: Ich sei undankbar, immerhin habe ich Ihre Virus-Kreation genutzt, um meine Angst zu verlieren.
Richtig ist, dass ich mir die neue FSME ganz bewusst zugezogen habe. Richtig ist auch, dass ich es bis heute nicht bereue. Allerdings – und das ist der große Unterschied zu allen anderen Infizierten – hatte ich die Möglichkeit, eine Entscheidung zu treffen, in voller Kenntnis der Risiken. Die übrigen Erkrankten (Sie selbst vielleicht ausgenommen) wurden von dem Virus heimtückisch überfallen.

Deshalb werde ich alles dafür tun, Ihre Pläne zu durchkreuzen. Geben Sie auf! Stellen Sie sich der Polizei! Und lassen Sie Martin Geis aus dem Spiel! Mein Privatleben geht Sie einen Dreck an.
Dr. V. de Monti

Viola klickte auf *Senden*, die E-Mail machte sich auf den Weg zu ihrem unerwünschten Verehrer. Am Vortag hatte sie seine Liebesgrüße erhalten, diesmal ohne Umweg über die Polizei. Offenbar strebte der Typ eine intimere Form der Kommunikation an. Aber da war er bei Viola an die Falsche geraten, sie empfand nicht die geringste Sympathie für den Mann, der sich abmühte, ihr zu gefallen. Dass sie ihm geantwortet hatte, war schon fast zu viel der Ehre.

Sie stand auf und ging ins Badezimmer, um zu duschen. Als sie es zehn Minuten später mit nassen Haaren wieder verließ, klingelte das Telefon. War es möglich, dass Wesseling ihre in keinem Verzeichnis gelistete Telefonnummer herausgefunden hatte? Wollte er mit ihr über ihre E-Mail reden?

Auf dem Display erschien das Foto von Martin, das sie zusammen mit seiner Nummer abgespeichert hatte. Sie war erleichtert.

»Habe ich dich geweckt?«

»Nein, ich war unter der Dusche. Und vorher bin ich gelaufen.«

»Wie geht es dir?«

»Gut. Gut. Und dir?«

»Mir auch.«

Viola klemmte sich den Hörer zwischen Ohr und Schulter und hantierte in der Küche mit der Kaffeemaschine. Laufen, schreiben und duschen machte durstig.

»Du bist wahrscheinlich sauer, weil ich mich ein paar Tage …«

»Du musst dich nicht entschuldigen«, unterbrach sie ihn. »Wir haben beide viel zu tun.«

Er schwieg. War sie wieder zu grob gewesen? »Tut mir leid«, schob sie freundlicher hinterher. »Ich habe immer noch Probleme mit dem Feintuning. Wie weit seid ihr denn mit der Suche nach Wesseling?« Männer redeten am liebsten über ihre beruflichen Erfolge. »Habt ihr schon eine Ahnung, wo er steckt?«

»Wesseling? Habe ich dir nicht erzählt, dass wir unter den Dielen seiner Küche eine Leiche gefunden haben?«

»Ja. Aber es stand doch nicht fest, um wen es sich handelt.«

»Mittlerweile besteht kein Zweifel mehr«, sagte Geis. »Der DNA-Vergleich war eindeutig. Außerdem ist bei der Obduktion herausgekommen, dass Wesseling ermordet wurde. Vor vier bis fünf Wochen.«

Und wer hatte ihr dann die E-Mail geschrieben? Sein Geist aus dem Jenseits? Oder waren auch die ersten E-Mails, die man auf Wesselings Computer gefunden hatte, gar nicht von dem früheren Missionar, sondern von jenem Unbekannten verfasst worden?

»Aber das bedeutet ja …«

»… dass Wesseling entweder einen Komplizen hatte oder von jemandem benutzt wurde«, ergänzte Geis. »Und es ist nicht auszuschließen, dass diese Person weiter Zecken aussetzt. In den Texten, die du ja kennst, ist von einer Unterstützergruppe die Rede. Das kann gelogen sein, kann aber auch der Wahrheit entsprechen. Es ist jedenfalls viel zu früh, um Entwarnung zu geben.«

Sollte sie Geis von dem gestrigen Schreiben erzählen? Die Folge wäre wahrscheinlich, dass die Polizei ihre Online-Kontakte komplett überwachen würde, in der Hoffnung, den Absender ausfindig zu machen. Und das Telefon dazu. Schlimmstenfalls musste sie mit einer Totalüberwachung rechnen. Nein, dazu hatte sie keine Lust.

»Heißt das, du bist noch eine Weile im Münsterland beschäftigt?«

»Am Wochenende könnte ich nach Berlin kommen«, schlug Geis vor. »Vorausgesetzt, du hast nichts Besseres vor.«

»Wochenende klingt gut«, sagte Viola. »Ich freue mich auf dich.«

»Also dann!«, sagte Geis, als würde er sich selbst Mut machen. »Bis zum Wochenende!«

Die Kaffeemaschine verröchelte mit einem letzten Schnaufer. Viola schüttete sich eine Tasse ein und ging zum Kühlschrank.

Aus ihrem Arbeitszimmer drang die Synchronstimme von Brad Pitt: »Sie haben E-Mail.«

Liebe Viola,
ich bin nicht enttäuscht über deine Antwort, ganz und gar nicht. Um ebenfalls ehrlich zu sein: Ich habe nichts anderes erwartet. Hättest du freundlich und verständnisvoll reagiert, würde ich davon ausgehen, dass du mir eine Falle stellen willst. So aber hast du aus deinem Herzen keine Mördergrube gemacht. Recht so. Im jetzigen Stadium unserer Beziehung müssen wir offen miteinander umgehen. Keine Heuchelei, keine Versteckspiele. Das wäre die Ebene der Normalos, über die wir uns inzwischen himmelweit erhoben haben.
Du wirst noch verstehen, warum es keinen leichteren, schmerzfreien Weg gab. Jede neue Entwicklungsstufe, jeder zivilisatorische Fortschritt fordert Opfer, Kollateralschäden, das lässt sich nicht vermeiden. In der Geschichte der Menschheit finden sich dafür viele Beispiele. So bedeutete ihre Entdeckung durch die höherstehende europäische Kultur für Millionen Bewohner Amerikas den Tod. Krieg und Versklavung waren dafür weniger verantwortlich, als gemeinhin angenommen wird. Weitaus häufiger

kapitulierte das in Jahrzehntausenden der ethnischen Isolation degenerierte indigene Immunsystem vor den simpelsten Viren, die aus Europa eingeführt worden waren. Infektionen rafften die Indios so schnell dahin, dass die Totengräber mit dem Graben nicht mehr nachkamen. Vergleichbar der Spanischen Grippe, die nach dem Ende des Ersten Weltkriegs mehr Menschenleben kostete als der gesamte Weltkrieg zuvor.
Bis heute hat sich – wenn ich richtig informiert bin – noch keine europäische Regierung dafür entschuldigt, dass Bewohner ihrer Länder todbringende Viren in der ganzen Welt verbreiteten. Warum also sollte ich Reue empfinden?
Mein Virus ist kein Killer. Manche mögen unter seinen Nebenwirkungen leiden, einige, deren Körper ohnehin geschwächt sind, sogar sterben. Doch den allermeisten erleichtert mein Virus das Leben, es gibt ihnen neue Kraft und Selbstsicherheit, befreit sie von der überflüssigen Angst. So wie dich, Viola.
In zehn Jahren wird niemand mehr von den negativen Seiten des Virus reden. Es wird ein ganz selbstverständlicher Bestandteil unseres Lebens sein. Und ich – ich werde in Stockholm den Nobelpreis entgegennehmen.
Das ist die Wahrheit, Viola. Ich vertraue auf die Zeit und meine Begabung, die Dinge voranzutreiben. Dein Sträuben ehrt dich. Und mich, der ich den schnellen Erfolg verachte. Doch auch du wirst einsehen, dass es zu alldem keine Alternative gibt. Den ersten, entscheidenden Schritt hast du mit der Aufnahme des Virus bereits vollzogen. Der zweite, die Anerkennung meines Werkes, wird unweigerlich folgen.
Ich bin da. Und bereit, dich zu empfangen.
In Liebe
Deus

Deus? Gott? Was für ein größenwahnsinniges Arschloch, dachte Viola. Redete von Offenheit und benutzte die Legende eines armseligen Missionars aus dem Kongo.

»Wer bist du?«, murmelte Viola. »Wesseling jedenfalls nicht. Der ist tot. Von dir ermordet, oder nicht?«

Gegen ihren Willen musste sie lächeln. Es war Deus gelungen, sie zu beeindrucken.

40

Ochtrup, *Dia-Lab*

Geis parkte vor dem ehemaligen Fabrikgebäude in Ochtrup. Das Telefongespräch mit Viola ging ihm nicht aus dem Kopf. Sie war so fahrig gewesen, als hätte er sie bei etwas Wichtigerem gestört. Vielleicht war es ja keine gute Idee, nach Berlin zu fahren.

Unsinn, dachte Geis. Du suchst nur einen Grund, ihr aus dem Weg zu gehen. Reiß dich gefälligst zusammen und finde heraus, wie es um sie steht.

Er stieg die breite Treppe hinauf. Am Vortag hatte er versucht, Eichkorn, den Geschäftsführer von *Dia-Lab*, zu erreichen, aber in dem Labor, das Arzneimittel für Pharmakonzerne testete, war niemand ans Telefon gegangen. Deshalb hatte sich Geis heute Morgen ins Auto gesetzt.

In den Protokollen, die Mitglieder der Sonderkommission nach Gesprächen mit Eichkorn und den übrigen Beschäftigten von *Dia-Lab* angefertigt hatten, fand sich kein Hinweis auf einen möglichen Komplizen Rainer Wesselings. Geis zweifelte nicht an den Fähigkeiten seiner Kollegen, manchmal war es allerdings hilfreich, etwas Zeit verstreichen zu lassen und dann dieselben Fragen noch einmal zu stellen.

Plötzlich tauchten Namen oder Gesichter in der Erinnerung auf, die zuvor nicht präsent gewesen waren. Nicht etwa, weil sich die Zeugen beim ersten Mal zu wenig bemüht hätten. Es war die Aufregung, von Kriminalbeamten vernommen zu werden, die bei manchen das Gedächtnis blockierte.

An der gläsernen Eingangstür des Labors hing ein mit Klebestreifen befestigter Zettel: *Wegen Umstrukturierungsmaßnahmen vorläufig geschlossen.*

Das klang nach finanziellen Schwierigkeiten. Etwas überraschend, fand Geis, hatte Eichkorn bei ihrem letzten Besuch doch den Eindruck erweckt, als würde das Geschäft brummen.

Der Hauptkommissar drückte auf die Klingel und hoffte, jemanden bei den Umstrukturierungsmaßnahmen zu stören. Vergeblich. Entweder arbeitete tatsächlich kein Mensch bei *Dia-Lab* oder die Anwesenden weigerten sich, zur Tür zu kommen. Geis schirmte seine Augen mit der Hand ab und schaute durch das Glas. Er erkannte abgeschaltete Computer und verwaiste Schreibtische. Langsam drehte er sich um. Direkt gegenüber befand sich der Eingang zur Mäuseklinik.

»Sie schon wieder?« Schmitt-Holstenbrock, die Tierärztin, kicherte ängstlich, als Geis vor ihr stand.

»Keine Sorge. Mäuse interessieren mich nicht mehr. Ich wollte zu Ihren Nachbarn auf der anderen Seite des Flurs. Wissen Sie, was bei *Dia-Lab* los ist?«

»Sehr mysteriös«, hauchte die Tierärztin. »Von einem Tag auf den nächsten hat Eichkorn den Laden dichtgemacht und seine Leute nach Hause geschickt.«

»Und warum?«

»Angeblich gibt es keine Aufträge mehr.«

»Angeblich?«

Schmitt-Holstenbrock zog die Schultern so hoch, dass sie fast die Ohren berührten. »Bei uns klingelt ständig das Telefon, weil seine Kunden auf der Suche nach ihm sind. Die sind wütend, weil *Dia-Lab* nicht mal die laufenden Aufträge abgewickelt hat.«

»Vielleicht sind Eichkorn die Kosten über den Kopf gewachsen?«

»Kann sein. Kann aber auch sein, dass er einfach keine Lust mehr hatte. Er tat jedenfalls so, als hätte er es nicht nötig, Geld zu verdienen. Wenn man sich mit ihm unterhalten hat, vermittelte er einem den Eindruck, er betreibe seine Firma nur aus Zeitvertreib. Ehrlich gesagt, ich mag Eichkorn nicht besonders. Ein Zyniker, der weder sich selbst noch seine Arbeit ernst nimmt.«

Schmitt-Holstenbrock sagte das mit der Verachtung einer Frau, die ihre monatlichen Gehaltsüberweisungen für viele notwendige Dinge verwendete. Der Gedanke, auf ein regelmäßiges Einkommen zu verzichten, kam ihr wahrscheinlich wie ein Frevel vor.

»Trotz seiner Familie?«, hakte Geis nach.

»Wer hat Ihnen von seiner Familie erzählt?«

»Er selbst. Er sagte, er habe eine Frau und zwei Kinder.«

»Dann hat er gelogen. Alle, die ihn kennen, erzählen, dass er seit seinem Studium allein in Münster lebt. Von einer Frau an seiner Seite habe ich noch nie etwas gehört. Und ich habe große Ohren.«

Unwillkürlich schaute Geis auf ihre Ohren. Große, oben spitz zulaufende Ohren, die von den im Nacken festgesteckten Haaren nicht bedeckt wurden. Mäuseohren.

Die Tierärztin kicherte.

Auf dem Rückweg nach Münster ließ sich Geis die Privatadresse von Eichkorn übermitteln. Er spürte ein Kribbeln im Bauch. In seiner hannoverschen Zeit hatte es immer dann eingesetzt, wenn sie bei komplizierten Mordfällen dicht davor standen, den Täter zu überführen. Oder es zumindest glaubten.

Noch hatte er nichts gegen Eichkorn in der Hand, rief sich Geis ins Gedächtnis. Für die überraschende Schließung von *Dia-Lab* gab es hundert mögliche Gründe und neunundneunzig davon waren harmlos. Ein denkbarer Grund allerdings hing direkt mit ihrem bislang einzigen Verdächtigen zusammen: Eichkorn hatte Wesseling benutzt, um die neue FSME in Umlauf zu bringen, und ihn anschließend getötet. Als Wesselings Leiche entdeckt wurde, war Eichkorn in Panik geraten und geflohen. Das würde vieles erklären, von den wissenschaftlichen Kenntnissen, die für die genetische Veränderung des Virus nötig waren, bis zu der abgedrehten Sprache der E-Mails. Auch Viola hatte sich ja über die Ausdrucksfähigkeit und die komplexen Gedankengänge des früheren Missionars und späteren Mäusepflegers gewundert. Was, wenn nicht Wesseling, sondern Eichkorn unter dem Deckmantel seines Angestellten der Verfasser war? Alles ergab plötzlich mehr Sinn.

Trotzdem ermahnte sich Geis, nicht zu siegessicher zu sein. In einem Punkt wies seine Theorie nämlich eine Lücke auf: Viola hatte Eichkorn nicht erkannt und war ihm offenbar noch nie begegnet. Der Täter aber behauptete, sich des Öfteren in ihrer Nähe aufgehalten zu haben.

In der Straße, die zu Eichkorns Adresse gehörte, reihte sich ein Jugendstilhaus an das andere. Die Gegend sah nach Geld aus, Ärzte, Rechtsanwälte, Professoren, vermögende Singles und doppelt verdienende Paare ohne Kinder, die es sich in Zweihundert-Quadratmeter-Altbauwohnungen gemütlich machten. Geis hätte nichts damit anzufangen gewusst. Räume ohne Menschen waren Verschwendung, schon die Zweizimmerwohnung auf Norderney war ihm manchmal viel zu groß vorgekommen.

Auf dem Klingelbrett standen drei Namen, für jede Etage einer. Eichkorn bewohnte die mittlere. Geis überlegte, ob er nach Dienstvorschrift verfahren und Verstärkung anfordern sollte. Dazu hätte er Schöning seine Überlegungen mitteilen müssen. Und ein paar Minuten später würde die gesamte Sonderkommission informiert sein. Nein, er durfte nicht riskieren, sich lächerlich zu machen. Falls er sich irrte, Eichkorn zu Hause saß und eine plausible Erklärung für das Ende von *Dia-Lab* vorweisen konnte, blieb der Verdacht sein kleines Geheimnis.

Schwach drangen die Klänge einer Jazzmelodie zur Haustür, nachdem Geis die Türklingel benutzt hatte. Eichkorns Nachbarn besaßen ähnlich kreative Töne. Auch die brachten keinen Erfolg. Wer hier lebte, war wochentags damit beschäftigt, Geld zu verdienen. Oder auf der Flucht.

Von dem gediegenen innerstädtischen Wohnviertel zum münsterschen Polizeipräsidium brauchte Geis nur einige Minuten. Nachdem er den Wagen auf dem Parkplatz abgestellt hatte, fuhr er mit dem Aufzug bis zu der Etage, in der sich die Sonderkommission ausgebreitet hatte. Offiziell standen die Ermittlungen inzwischen unter nordrhein-westfälischer Leitung, inoffiziell hatte Lange dafür gesorgt, dass weiter Goronek gemeinsam mit Bischoff und Schöning die Fäden zog. Da Geis nicht zur Soko gehörte, war er nicht an den Konferenzen und Arbeitsplanungen beteiligt, aber er hatte Zugang zu allen schriftlichen Informationen.

Auf den meisten Monitoren blinkten Bildschirmschoner, wahrscheinlich fand gerade eine Konferenz statt. Geis setzte sich an den erstbesten Schreibtisch und loggte sich ein. Die *Soko Zecke,* wie sie intern firmierte, umfasste rund hundertzwanzig Mitglieder, die jeden Tag Unmengen von Texten produzierten. Einige Beamte waren daher permanent damit beschäftigt, das elektronische Archiv zu aktualisieren.

Geis rief das Stichwort *Eichkorn* auf. Die Vorgeschichte des *Dia-Lab*-Gründers nahm nicht einmal sieben Zeilen ein: *Dr. Matthias Erich Eichkorn, geb. 21.07.1971 in Gelsenkirchen, Studium der Medizin in Münster, Dr. med., nach For-*

schungsprojekten in Münster Gründung der Firma Dia-Lab *(Arzneimitteltests) in Gronau im August 2005. Arbeitgeber von Rainer Wesseling (Link) seit September 2008.*

Dann folgte das Vernehmungsprotokoll, das Geis noch einmal aufmerksam las. Es enthielt nichts, was er nicht schon kannte, allerdings hatte sich Eichkorn gehütet, seine angebliche Familie zu erwähnen.

Geis verließ das polizeiinterne System und ging ins Internet. Bei Google gab es Hunderte von Eintragungen zu Eichkorn, die meisten im Zusammenhang mit *Dia-Lab.* Geis überflog die Stichworte und klickte sich durch die Seiten. Als sich ähnliche Links wiederholten und er die Suche schon abbrechen wollte, elektrisierte ihn ein zweiter Name neben dem von Eichkorn. Er rief den gesamten Text auf und spürte, während er las, wieder das Kribbeln, mit dem sein Jagdinstinkt erwachte. Ja, das war das Indiz, das er brauchte, die Verbindung zwischen Eichkorn, Wesseling und der neuen FSME.

Im Telefonbuch fand er die Nummer des Instituts für Medizinische Epigenetik und hatte Glück, Professor Walter war anwesend und gleich im Bild: »Eichkorn, ja, der hat bei mir studiert. Seine Doktorarbeit behandelte einen Aspekt unserer Traumaforschung.«

»Das heißt, er weiß, wie Sie es geschafft haben, den Mäusen die Angst zu nehmen?«

»Im Prinzip: Ja. Zumindest bis zum Stand von 2005. Bis dahin war er an Forschungsprojekten beteiligt. Danach habe ich ihn aus den Augen verloren. Wobei das, was wir seitdem gemacht haben, nicht der Geheimhaltung unterliegt, jeder kann sich auf Kongressen und in Fachzeitschriften darüber informieren.«

Geis konnte seinen Ärger über die Weltfremdheit des Wissenschaftlers nicht verbergen: »Sagen Sie, Herr Professor, lesen Sie keine Zeitung? Schauen Sie kein Fernsehen? Eichkorn stand in enger Verbindung zu dem Mann, der verdächtigt wird, die verseuchten Zecken in Umlauf gebracht zu haben. Da muss es doch bei Ihnen geklingelt haben!«

»Ich nehme an, Sie bekommen täglich eine Menge Hinweise.« Professor Walter blieb gelassen. »Da dürfte es schwerfallen, auf dem Laufenden zu bleiben.«

»Was meinen Sie damit?«

»Ich habe angerufen, schon vor einer Woche, sobald ich Eichkorns Namen zum ersten Mal gelesen habe. Ich weiß nicht mehr, wie der Beamte hieß, mit dem ich gesprochen habe. Sein Name hatte etwas mit Kirche zu tun, ein …«

»Bischoff«, sagte Geis.

»Richtig. Ich wurde zu ihm durchgestellt. Und er betonte ausdrücklich, dass er meine Information für wichtig halte.«

»Entschuldigen Sie bitte!«, sagte Geis. »Anscheinend habe ich etwas übersehen.«

»Ja«, sagte eine Stimme neben ihm. »Sie haben übersehen, dass Sie an meinem Schreibtisch sitzen.«

Ein ungeduldig guckender Jüngling aus Goroneks Truppe wartete darauf, dass sein Platz frei wurde. Geis tat ihm den Gefallen. Einzeln oder in kleinen Grüppchen sickerten immer mehr Ermittler in das Großraumbüro. Einige warfen Geis verstohlene Blicke zu.

»Wo finde ich Bischoff?«

»Am Ende des Flurs. Aber er hat jetzt keine Zeit.«

»Für mich schon«, sagte Geis.

Bischoff schaute überrascht auf. »Du? Ist Schöning nicht da?«

»Ich wollte zu dir.«

»Tut mir leid, Martin, ich bin gerade …«

»Du hast mit Professor Walter gesprochen.«

»Walter?« Bischoff zog die Stirn in Falten, als würde Geis ihn mit Geschichten über das Kantinenessen nerven.

»Der Doktorvater von Eichkorn, welcher wiederum der Chef von Wesseling war«, sagte Geis. »Professor Walter beschäftigt sich mit der Entstehung und Verhinderung von Angst. Es ist ihm in seinem Institut gelungen, den Mäusen die Angst auszutreiben. Jedes zehnjährige Schulkind würde da eine Verbindung zu unserem Fall sehen.«

»Ach. *Der* Walter.« Ein nervöses Grinsen flackerte über Bischoffs Gesicht.

»Warum steht davon nichts in den Akten?«

Die Tür ging auf und Schöning hämmerte die langen Absätze ihrer Stiefel auf das PVC. Noch bevor einer der beiden Männer den Mund aufmachte, erahnte sie die Spannung zwischen ihnen. »Was ist los?«

Geis ließ Bischoff den Vortritt.

»Mir ist da was durchgegangen.« Bischoff brachte so viel Zerknirschtheit in seine Stimme, dass man es als Reue interpretieren konnte.

»Und?«, fragte Schöning, nachdem ihr Kollege seine Beichte beendet hatte.

»Eichkorn hat *Dia-Lab* geschlossen und ist offenbar verschwunden.« Geis war klar, dass er übertrieb, doch er wollte jede weitere Zeitvergeudung verhindern. »Ich schlage vor, dass ihr Durchsuchungsbeschlüsse beantragt, sowohl für die Firma wie auch für die Privatwohnung von Eichkorn.«

»Verdammt!«, sagte Schöning mit Blick auf Bischoff. »Das nimmst du auf deine Kappe!«

41

Autobahn A28 Leer–Oldenburg

Sie hätte jubeln können. Das Leben machte Spaß. Wie die rasende Fahrt auf der nächtlichen Autobahn.

»Ein bisschen langsamer! Wir haben Zeit.«

»Kein Problem. Ich habe alles im Griff.«

Er legte seine Hand auf ihren Oberschenkel, sie spürte die Wärme durch den dünnen Stoff. Die Berührung erregte sie. Schon wieder. Erst vor einer Stunde hatten sie im Bett gelegen. Er war ziemlich wild gewesen, ein paar blaue Flecken würde sie davontragen. Aber das machte ihr nichts aus. Unter allen Frauen, die ihn anhimmelten, hatte Deus ausgerechnet sie, Saskia Fischer, ausgewählt.

»Ich möchte nur nicht, dass wir angehalten und kontrolliert werden.«

»Ich bin Polizistin, schon vergessen? Eine Krähe hackt der anderen kein Auge aus.«

»Trotzdem – sie wissen dann, dass du mit mir unterwegs warst. Meine Papiere sind zwar gut, doch am liebsten würde ich sie gar nicht erst vorzeigen.«

Saskia nickte und drosselte die Geschwindigkeit etwas.

Deus hatte sie zu seiner Adjutantin erhoben. Sie verstehe es, zu organisieren und mit Menschen umzugehen, hatte er gesagt. Und nicht zuletzt sei es ihr zu verdanken, dass sie jetzt über einen zweiten Polizisten auf Norderney verfügten, das könne noch sehr wichtig werden. Bei der Umsetzung des genialen Plans, von dem Deus bislang nur in Andeutungen sprach. Es ging um den Regierungsgipfel auf Norderney, so viel hatte er verraten. Irgendwie mussten sie es schaffen, an die Regierungschefs heranzukommen und sie mit dem Virus zu infizieren. Doch wie genau das ablaufen sollte, darüber hatte sich Deus ausgeschwiegen. Saskia wusste nur, dass ihr dabei eine wichtige Aufgabe zukam. Und sie würde alles daransetzen, diese Aufgabe zu erfüllen. Sie durfte Deus nicht enttäuschen.

Deus' Hand glitt aufwärts, bis sie in der Beuge zwischen Saskias Oberschenkel und Leiste lag. »Wie weit ist es noch?«

Saskia atmete schneller. »Nicht weit. Da vorn ist die Ausfahrt.«

Oldenburg. Saskia hatte das Ziel vorgeschlagen. Deus war es nur darum gegangen, nicht in der Nähe des Ortes gesehen zu werden, in dem er sich seit einigen Tagen aufhielt. Als sie erschöpft und erhitzt vom Liebesakt nebeneinander im Bett lagen, hatte er ihr den Wunsch ins Ohr geflüstert, für ein paar Stunden wegzufahren. Saskia nahm an, dass er mal wieder Stadtluft schnuppern und ein Restaurant besuchen wollte, das nicht nur Schnitzel oder Kutterscholle Finkenwerder Art, die Spezialitäten der hiesigen Gastronomie, auf der Speisekarte führte.

Die Familie mit den zwei Kindern, die Deus eine geräumige Dachgeschosswohnung in ihrem Haus zur Verfügung gestellt hatte, bemühte sich, so gut sie konnte. Die Eltern gehörten zur Gemeinschaft. Sie hatten sich nacheinander infiziert, zuerst der Mann, dann die Frau. Und waren stolz darauf, Deus dienen zu dürfen. Wie alle anderen. Wie Saskia selbst.

Gegen die Biederkeit und Verschnarchtheit des Provinzlebens konnte allerdings kein Virus der Welt etwas ausrichten. Ein weltgewandter Mann wie Deus, der vermutlich in den besten Hotels der Welt abstieg, musste sich hier einfach langweilen.

Immerhin besaß der Versammlungsort Stil. Der Raum, in dem Deus seine Anhänger traf, das Gebäude, auf das er von seiner Dachwohnung aus blickte. Es gefiel ihm, das hatte Saskia sofort gemerkt. Und sich gefreut, dass sie und ihre Helfer die richtige Wahl getroffen hatten.

Sie erreichten die Innenstadt von Oldenburg. Saskia schaute sich nach einem Parkplatz um. »Ich habe hier mal in einem mongolischen Restaurant gegessen. Was hältst du davon?«

»Klingt gut.« Deus nickte. »Was immer du willst.«

Die mongolische Kellnerin trug beige Stützstrümpfe, hatte eine tiefe Stimme und lachte so dreckig wie ein kettenrauchender Bauarbeiter. Aber das Essen schmeckte Deus vorzüglich, und darauf kam es schließlich an. Saskia strahlte, als er sich lobend äußerte.

Deus griff nach ihrer Hand und drückte sie an seine Lippen. »Ich liebe dich. Weißt du das?«

»Nein.« Sie spürte, wie ihr heiß wurde.

»Ich liebe dich auf meine Art. Das heißt, ich darf nicht so egoistisch sein, dich für mich allein haben zu wollen. Und du musst verstehen, dass ich auch für alle anderen da bin. Eine Zweierbeziehung ist uns nicht gestattet, zumindest so lange nicht, bis wir unsere Aufgabe erfüllt haben.«

»Natürlich.«

»In einigen Tagen wird eine Frau zu uns kommen, eine Wissenschaftlerin. Sie ist sehr wichtig für uns. Für mich.«

Wissenschaftlerin? Doch nicht etwa diese Viola de Monti, die sich auf Norderney herumgetrieben hatte? Und die später mit Martin Geis in Münster verhaftet wurde?

»Ich werde mich intensiv um sie kümmern. Vielleicht werde ich sogar mit ihr schlafen.«

Sie hasste de Monti. Sie wollte nicht, dass Deus mit der Zeckenforscherin schlief. Aber welches Recht hatte sie, Saskia Fischer, dem Mann Bedingungen zu stellen, der mit seiner Schöpfung die Welt verändern würde? Der ihr und vielen anderen zu einem neuen Leben verholfen hatte? War es nicht eine Gnade, ihn bei seinem Werk unterstützen zu dürfen?

Deus hielt ihre Hand fest umklammert. »Eifersucht ist ein Gefühl aus der alten Zeit, es ist unnütz und hindert uns daran, gemeinsam für das eine Ziel zu kämpfen. Meine Beziehung zu dieser Frau berührt nicht im Geringsten meine Beziehung zu dir. Versprichst du mir, dass du nicht eifersüchtig sein wirst? Dass du dieser Frau mit der Achtung begegnest, die ihr gebührt?«

Der Kampf, den Saskia mit sich selbst ausgefochten hatte, war beendet. Ihre Muskeln erschlafften. »Ich verspreche es.«

42

Münster, Erphoviertel

Über die Reihenfolge war lange diskutiert worden. Sollten Wissenschaftler in biowaffentauglichen Schutzanzügen vorangehen und die Räume auf mögliche Gefahren checken? Oder doch zuerst SEKler die Wohnung stürmen und sichern? Schließlich hatte man sich für das Sondereinsatzkommando entschieden, dessen Kampfuniformen zumindest vor Zeckenstichen schützten.

Geis stand mit Schöning im Treppenhaus, während eine halbe Etage höher Eichkorns Wohnungstür mit lautem Knall unter dem Rammbock nachgab und die toughen Jungs ihr Polizei-Gebrüll anstimmten.

Geis dachte daran, dass es sich vermutlich um dasselbe Kommando handelte, das Viola und ihm vor nicht allzu langer Zeit auf den Fersen gewesen war. Die Flucht aus dem Hotel lag gerade mal zwei Wochen zurück und doch kam es ihm so vor, als erinnerte er sich an eine Episode aus einem früheren Lebensabschnitt. Seitdem er Norderney verlassen hatte, war nichts mehr wie zuvor, ein Zeitstrudel hatte ihn erfasst, der ihn immer schneller herumwirbelte. Ob sich wohl irgendwann wieder Normalität einstellte, Gewohnheiten, die seinem Leben Halt gaben? Und wo würde er sich dann wiederfinden: in Hannover? Auf Norderney? Oder an einem Ort und unter Umständen, von denen er heute noch nichts ahnte?

»Gesichert«, drang es vielstimmig von oben herunter.

»Zielperson nicht angetroffen«, erläuterte die vom Funkgerät metallisch verzerrte Stimme des Kommandoführers.

»Soweit erkennbar kein Gefahrenpotenzial vorhanden, die Wohnung scheint sauber zu sein.«

Schöning nickte den beiden Virologen zu, die mit ihnen auf dem Treppenabsatz warteten. »Sicher ist sicher. Wir haben uns schon genug blamiert.«

Die Wissenschaftler klappten die Visiere des Kopfschutzes herunter und stapften in ihren unförmigen weißen Astronautenanzügen die Treppen hinauf. Ein bisschen lächerlich wirkte das, fand Geis, wie Teletubbies bei einem Mondspaziergang.

Noch einmal vergingen fünf zähe Minuten, dann kam die endgültige Entwarnung.

»Na dann«, sagte Schöning. »Schauen wir uns das gemütliche Heim mal an!«

Die Enttäuschung wuchs mit jedem Zimmer, das Geis inspizierte. Was er sah, war eine teuer eingerichtete Wohnung, so aufgeräumt und steril, dass ihr jeglicher Charme fehlte. Und ohne sichtbare Zeichen, die seinen Verdacht bestätigt hätten: keine Fotos, kein Schlachtplan an der Wand, nicht einmal bekritzelte Zettel, die Eichkorn mit Viola oder Wesseling in Verbindung brachten. Natürlich besagte der erste oberflächliche Eindruck wenig. Die Kriminaltechniker würden sich die Schränke, Schubladen und vor allem den Computer und die Telefonkontakte vornehmen. Es war nur eine Frage der Zeit, bis man alles über Eichkorn in Erfahrung gebracht hatte, was sich in Daten ausdrücken ließ. Und außerdem gab es ja noch die Firmenräume in Ochtrup.

Doch etwas sagte Geis, dass es schwieriger werden würde, als er angenommen hatte. Eichkorn hatte seinen Abgang offenbar gründlich geplant. Falls er überhaupt der war, für den ihn Geis hielt …

»Verschwunden, hast du gesagt.« Schöning stand neben ihm. »Was heißt das eigentlich? Er könnte auch irgendwo in der Sonne liegen.«

»Klar.« Geis guckte an ihr vorbei. »Eine Garantie gibt es in unserem Job nicht.«

»Scheiße, Scheiße, Scheiße«, murmelte die Hauptkommissarin. »Wenn du uns ein Ei ins Nest gelegt hast …«

»Der Computer hat keine Festplatte«, meldete einer der Kriminaltechniker.

Geis grinste: »Wer baut die Festplatte seines Computers aus, bevor er in Urlaub fährt?«

»Hier ist was.« Die Stimme eines anderen Spurensicherers.

»Schwein gehabt«, sagte Schöning.

Der Mann, der zuletzt gerufen hatte, stand vor einer komplett weißen Wand in Eichkorns Arbeitszimmer.

Schöning runzelte die Stirn. »Und *was* ist da?«

»Nichts.«

»Das sehe ich.«

»Eben. Die Wand ist vor Kurzem frisch gestrichen worden. Offenbar hat sich dort etwas befunden, das wir nicht sehen sollen.«

»Spuren von Bildern und Fotos zum Beispiel«, schlug Geis vor.

»Die Wohnung hat bestimmt einen Keller«, sagte Schöning. »Der muss durchsucht werden. Ebenso die Mülltonnen.«

»In der ganzen Straße«, ergänzte Geis. »Er wird nicht seine eigene Mülltonne benutzen. Und im Recyclinghof sollte man auch nachfragen. Die Abgabe von Hausmüll ist gebührenpflichtig. Vielleicht erinnert sich jemand an sein Gesicht.«

»Und was wissen wir dann?«, gab Schöning skeptisch zurück.

»Dann wissen wir, dass er etwas zu verheimlichen hat«, antwortete Geis. »Im Moment ist jedes kleinste Puzzleteilchen wichtig. Alles, was wir kriegen können, um ihn festzunageln.«

Die Hoffnung schwand von Stunde zu Stunde. Weder der Keller noch die Mülltonnen des gesamten Viertels gaben Geheimnisse preis. Und aus Ochtrup, wo Bischoff die Durchsuchung der *Dia-Lab*-Räume leitete, kamen ähnlich deprimierende Nachrichten. Eichkorn hatte sein Privatleben vollständig gelöscht. Wäre Geis ihm nicht persönlich begegnet, er hätte fast daran gezweifelt, dass es sich um ein Wesen aus Fleisch und Blut handelte.

Unruhig tigerte der Hauptkommissar durch die Wohnung, bis ihn die genervten Spurensicherer vor die Tür verwiesen. Eine Zeit lang hielt er es in dem Café an der Straßenecke aus, dessen Achtzigerjahre-Einrichtung sich unverändert in die Gegenwart gerettet hatte. Ebenso wie die Haarlänge des Besitzers, der seine Frisur als stummen Protest gegen die größer werdende Glatze trug. Schließlich wanderte Geis ziellos herum, alle zehn Minuten sein Handy kontrollierend, das die erlösende Mitteilung nicht ausspucken wollte.

Der Anruf kam gegen fünfzehn Uhr. Von Schöning.

»Was ist?«, fragte Geis.

»Komm her!«, sagte Schöning.

Das schien eine Masche von ihr zu sein, nie eine vernünftige Antwort zu geben.

Ein Foto war hinter den Schreibtisch gerutscht und dort hängen geblieben. Die Leute von der Spurensicherung hatten es erst entdeckt, als sie das Möbelstück zur Seite rückten. Es zeigte Viola mit blutigem T-Shirt, wirrem Blick und Haaren, die so vor Schmutz starrten, dass sie wie kleine Hörner vom Kopf abstanden. Offensichtlich war es im Kongo aufgenommen worden, denn Viola stieg mit anderen Weißen in ein kleines Propellerflugzeug, das auf einer staubigen Piste stand, umgeben von einer Meute bewaffneter Schwarzer.

»Deshalb hat er sich ihr nahe gefühlt«, sagte Geis. »Ich wette, an der Wand hingen Dutzende von Fotos. Viola de Monti in allen Lebenslagen. Jeden Tag hat er sie angeglotzt und sich eingebildet, es gebe eine Beziehung zwischen ihr und ihm.«

»Wie ist er wohl an das Foto gekommen?«, wunderte sich Schöning. »Das muss einer der Geiselnehmer aufgenommen haben.«

»Für Geld bekommt man alles«, sagte Geis verächtlich.

»Höre ich da so etwas wie Eifersucht aus deinen Worten?«

»Der Mann ist verrückt.«

»Und was ist de Monti in ihrem jetzigen Zustand?«

Geis spürte, wie ihm heiß wurde.

»Schon gut«, wiegelte Schöning ab. »Ich denke, wir haben genug, um Eichkorn zur Fahndung auszuschreiben.«

»Dann kann ich ja gehen.« Geis wandte sich zur Tür.

»Was hast du vor?«, rief Schöning ihm nach.

»Mit Professor Walter reden. Eichkorn hat vielleicht keine Freunde, aber er hatte mal einen Vorgesetzten.«

Das, was Geis eigentlich von Walter wissen wollte, betraf gar nicht Eichkorn, sondern Viola. Aber er hütete sich, Schöning davon zu erzählen.

Professor Walter guckte etwas gequält, als Geis an die geöffnete Bürotür klopfte. »Ach! Der Herr Kollege!«

»Ich muss mich gleich zweifach bei Ihnen entschuldigen«, sagte Geis. »Für meinen peinlichen Auftritt hier bei Ihnen und dafür, dass ich Sie neulich am Telefon angefahren habe.«

Walter deutete auf den Besucherstuhl vor seinem Schreibtisch. »Um offen zu sein: Schon während Ihres Besuches kamen mir erhebliche Zweifel, dass Sie über naturwissenschaftliche Grundkenntnisse verfügen. Frau de Monti zuliebe habe ich nichts gesagt. Ich dachte, sie hat ihre Gründe, jemanden wie Sie mitzubringen.«

»Das war nett von Ihnen.« Geis setzte sich.

»Und wo wir schon bei den Geständnissen sind«, fuhr Walter fort. »Ich habe mich am nächsten Tag beim Bundesinstitut für Infektionskrankheiten erkundigt und erfahren, dass Frau de Monti nicht an dem Fall arbeitet.«

»Und trotzdem haben Sie sie nicht verpfiffen. Respekt!«

Der Professor lächelte. »Eine weise Entscheidung. Oder nicht? Schließlich ist Ihnen gelungen, was die Polizei nicht geschafft hat: Sie haben diesen Zeckenzüchter ausfindig gemacht.«

»Das waren turbulente Tage«, sagte Geis nachdenklich. »Manchmal wünsche ich mir, wir hätten keinen Erfolg gehabt.«

»Ich verstehe immer noch nicht, wie sich Frau de Monti infizieren konnte. Sie ist *die* Zeckenexpertin Deutschlands. Sie hätte wissen müssen, wie man sich schützt.«

Geis nickte. »Übrigens hatten Sie in der anderen Sache recht: Ihr Anruf stand in den Akten. Ich habe die Notiz überlesen.«

»Und was hat sich daraus ergeben? Ist Eichkorn in die Sache verwickelt?«

Was sollte er antworten? Goronek würde vor Wut toben, wenn vor der offiziellen Pressekonferenz etwas durchsickerte und ihm die Show gestohlen wurde.

»Wir wissen es noch nicht«, sagte Geis lahm und kam sich im selben Moment schäbig vor. Walter hatte sich anständig verhalten, er verdiente es nicht, permanent belogen zu werden. »Ach was, in ein paar Stunden werden Sie es ohnehin erfahren: Ja, Eichkorn steckt mit drin. Wahrscheinlich ist er sogar der Kopf des Ganzen. Aber behalten Sie das bitte vorläufig für sich.«

Ein Schatten huschte über das Gesicht des Professors. »Irgendwie habe ich damit gerechnet«, sagte er leise.

»Warum? Hielten Sie Eichkorn schon damals für gefährlich?«

»Nein. Das nicht. Er war, wie soll ich sagen, kein Teamspieler. Wenn ihn etwas interessierte, hat er sich der Aufgabe mit einer Besessenheit gewidmet, die weder ihn selbst noch andere schonte. Manchmal hat er hier regelrecht campiert. Ich musste ihn dann nach Hause schicken, damit er mal duschte und frische Kleidung anzog.«

»Hört sich nicht nach jemandem an, der bei seinen Kollegen beliebt war.«

»Da tippen Sie richtig. Ich kann mich nicht erinnern, dass er sich mit jemandem aus dem Institut verabredet hat. Im persönlichen Umgang war er unbeholfen und schüchtern. Studentinnen haben sich einen Spaß daraus gemacht, ihn anzustarren. Eichkorn bekam sofort einen roten Kopf, sobald er das merkte.«

Geis dachte an den markant gestylten Geschäftsführer von *Dia-Lab,* der vor Selbstsicherheit kaum laufen konnte. Das genaue Gegenteil von dem, was Professor Walter beschrieb.

»Warum hat er das Institut verlassen?«

»Ich habe seinen Vertrag nicht verlängert.« Walter spielte mit der Kappe eines Kugelschreibers. »In der Wissenschaft kommt es nicht nur auf Brillanz an – und Eichkorn ist brillant –, sondern auch auf Kooperation. Seine fehlende soziale Kompetenz wurde immer offensichtlicher.«

»Hat er mal Viola de Monti erwähnt? Kannten sich die beiden?«

»Frau de Monti?«, vergewisserte sich der Professor erstaunt. »Nein. Nie. Kann sein, dass sich die beiden auf einem Kongress über den Weg gelaufen sind. Aber es würde mich wundern, wenn sich daraus etwas ergeben hätte. Eichkorn war kein Frauentyp, beileibe nicht. Wieso fragen Sie?«

Geis zögerte. Über die E-Mails, die sie in Wesselings Computer gefunden hatten, war in der Öffentlichkeit nichts bekannt geworden. Aus gutem Grund hielten die Ermittler solche Informationen zurück, da sie damit ein Instrument hatten, den Täter von eventuellen Trittbrettfahrern zu unterscheiden. »Es ist möglich«, formulierte er vorsichtig, »dass sich

Eichkorn in Viola de Monti verliebt hat. Bei welcher Gelegenheit und weshalb entzieht sich leider unserer Kenntnis.«

Walter schüttelte den Kopf. »Meiner auch. Nein, wirklich, ich habe keine Ahnung.«

»Ja.« Geis stand auf. »Das war's schon. Das heißt, eine Frage habe ich noch: Die Wesensveränderung, die die Infizierten durchmachen – wohin wird die führen?«

»Das kann ich Ihnen nicht sagen. Wir machen Versuche mit Mäusen, nicht mit Menschen. Außerdem benutzen wir keine aktiven Viren als Vektoren. Tatsache ist allerdings, dass genetische Veränderungen und Defekte einen ungeheuren Einfluss auf die menschliche Persönlichkeit haben. Einen sehr viel stärkeren, als man in der Vergangenheit angenommen hat. Kennen Sie das Lesch-Nyhan-Syndrom?«

»Nein.«

»Es wird ausgelöst durch einen Gendefekt und befällt fast ausschließlich Jungen. Im Alter von zwei Jahren fangen sie an, sich selbst zu verletzten. Sie beißen und kratzen sich oder schleudern ihren Kopf gegen die Wand. Wenn sie erwachsen sind, muss man sie fesseln wie Hannibal Lecter in *Das Schweigen der Lämmer.* Denn sobald sie die Gelegenheit erhalten, greifen sie sich selbst an – mit allem, was sie in die Finger kriegen. Und das bei klarem Verstand. Sie wissen, was sie tun, und können ihren inneren Feind doch nicht kontrollieren. Auf der anderen Seite verfügen die Lesch-Nyhan-Patienten über ein gewinnendes Wesen. Sie sind berühmt für ihren Charme.«

»Und was wollen Sie damit sagen?«, fragte Geis.

»Dass der Charakter eines Menschen manchmal von einem winzigen Baustein abhängt. Das Gen, das als Verursacher des Lesch-Nyhan-Syndroms gilt, besteht aus etwas mehr als vierzigtausend Molekülen. Möglicherweise reicht die Veränderung eines einzelnen Moleküls, um eine komplette Persönlichkeitsstruktur zu gestalten. Und ich könnte

Ihnen noch andere Beispiele für genetische Veränderungen nennen: Menschen mit Tourette-Syndrom werfen mit schweinischen Ausdrücken um sich, das Williams-Beuren-Syndrom erkennt man am koboldhaften Aussehen der Betroffenen, die sehr gesellig sind und Musik lieben. Aber auch Infektionskrankheiten stehen in Verdacht, bei Menschen zu schwerwiegenden psychischen Veränderungen zu führen. Das Bornavirus, eigentlich eine Pferdekrankheit, wird seit Langem mit Depressionen und Schizophrenie in Verbindung gebracht, inzwischen untersucht man die Wirkung von Influenzaviren, Borrelien, Streptokokken, Chlamydien und Herpesviren auf die menschliche Psyche.«

Geis' Handy klingelte. Auf dem Display stand *Viola.*

Geis entschuldigte sich bei Professor Walter und trat auf den Flur hinaus. »Ja?«

»Was machst du gerade?«

»Ich bin im Institut für Medizinische Epigenetik.«

»Wieso?«

»Erzähl ich dir später. Oder schalt einfach die Nachrichten ein. Goronek wird die *Tagesschau* nicht verpassen wollen.«

»Heißt das, es gibt etwas Neues?«

»Ja. Aber im Moment ...«

»Verstehe. Kommst du trotzdem am Freitag nach Berlin?«

»Sicher. Versprochen ist versprochen.«

»Toll. Ich freue mich. Wirklich. Auch wenn das gestern nicht so geklungen hat. Es gibt nur ein winziges Problem. Ich muss am Sonntagmorgen früh weg. Eine Familienfeier. Meine Tante wird siebzig.«

Warum fiel ihr das erst jetzt ein?

»Ist nicht schlimm«, sagte Geis. »Wir haben ja den ganzen Samstag.«

Als er in Walters Büro zurückkehrte, war der Professor schon wieder in seine Arbeit vertieft und studierte irgendwelche Diagramme.

»Viola de Monti«, erklärte Geis. »Ich besuche sie morgen.«
»Seien Sie vorsichtig!« Walter blickte auf. »Das ist der einzige Rat, den ich Ihnen geben kann.«

43

Berlin, Wilmersdorf

Sie hatte das Gespräch abgebrochen. Die Psychologin war nicht mehr zu ertragen. Dieses Pferdegebiss, das nach jeder Frage zu einem künstlichen Lächeln gebleckt wurde. Diese weit aufgerissenen, Verständnis heuchelnden Augen, deren Blicke wie Saugnäpfe an ihr klebten. Dieses ewige Nicken, sobald sie eine Antwort gab, als könne sie ohne positive Verstärkung keine grammatikalisch sauberen Sätze herausbringen.

Wahrscheinlich lernte man so etwas bei der Ausbildung zur Gesprächstherapeutin. Mehrfach wöchentlich in den Genuss der Grimassen und berufsbedingten Ticks zu kommen, war jedoch unsäglich, eine Art von psychischer Folter. Am liebsten hätte Viola der Frau die Zähne ausgeschlagen und in den Hals gestopft. Den verständnisvollen Blick mit beiden Daumen weggedrückt, das Nicken mit einem sauberen Würgegriff gestoppt.

Aber das durfte sie natürlich nicht sagen. Nicht mal andeuten. Das wäre für die Psychologen, Psychiater, Neurologen, die sich Tag für Tag mit ihr beschäftigten, eine Steilvorlage gewesen. Man würde sie entmündigen, ihr die Bürgerrechte rauben, sie in eine geschlossene Anstalt einweisen. Um die Doktorspiele ungestörter treiben zu können. Dann würden sie sich nicht länger mit Kernspintomografien und Elektroenzephalogrammen abgeben, sondern könnten gleich die

Schädeldecke aufsägen und nachsehen, was das Virus in ihrem Gehirn anstellte.

Nein, Viola hatte keine Drohungen ausgestoßen und die Psychologin nicht angerührt. Sie war aufgesprungen, das schon, hatte den Stuhl umgestoßen, auf dem sie stundenlang hatte sitzen müssen, war hinausgerannt und hatte die Tür hinter sich zugeknallt. Sie war schlicht und einfach ausgerastet. Professionelles Verhalten sah anders aus.

Und trotzdem fühlte sie sich gut. Sie hatte diesen Idioten gezeigt, dass sie nicht alles mit sich machen ließ. Das war es wert gewesen. Auch wenn seitdem ständig das Telefon klingelte. Sollte es klingeln. Sie war nicht zu sprechen.

Und jetzt auch noch die Türglocke. Verdammt!

Viola ging zur Sprechanlage neben der Wohnungstür. »Wer ist da?«

»Heiner. Heiner Stegebach.«

»Was willst du?«

»Mit dir reden. Wegen deines Verhaltens heute. In deinem eigenen Interesse, Viola.«

Sie drückte auf den Türöffner.

Er zeigte einen besorgten Gesichtsausdruck, ganz der gefühlvolle Ex. »Warum bist du abgehauen?«

»Weil ich keinen Bock mehr hatte.«

»Und warum gehst du nicht ans Telefon? Wieso verschanzt du dich in deiner Wohnung?«

»Weil ich noch weniger Bock habe, darüber zu reden.«

»Das kannst du nicht machen. Wir haben einen Deal.«

Sie stemmte ihre Fäuste in die Hüften. »Du glaubst gar nicht, wie mir das auf die Nerven fällt. Diese ewigen Intelligenz-, Gefühls-, Reaktions-, Was-weiß-ich-für-Tests. Die behandeln mich, als hätte ich einen Sockenschuss. Dabei bin ich bei klarem Verstand. Ich möchte endlich wieder meine Arbeit machen. Keine Fragen mehr beantworten oder die durch mein Gehirn fließenden Gammawellen messen lassen.«

»Aber genau das ist im Moment am wichtigsten. Die Arbeit im Institut läuft auch ohne dich. Begreifst du nicht, um was es hier geht, Viola? Wir müssen wissen, wie sich die Krankheit entwickelt.«

»Ich bin nicht krank.«

»Dann eben die Auswirkungen der Infektion auf die Psyche. Ihr seid eine Gefahr für die Gesellschaft. Der Staat hat ein Recht, euch zu kontrollieren.«

»Heißt das, alle Infizierten gelten als kriminell?«

»Stell dich nicht blind, Viola! Einige Infizierte sind bereits zu Mördern geworden, andere, die extrem aggressives Verhalten zeigten, hat man zu ihrem eigenen Schutz inhaftiert. Wiederum andere stehen unter ständiger Beobachtung. Das kann dir auch blühen, wenn du nicht kooperierst.«

Sie lachte heiser. »Du willst mir drohen?«

Er zog eine beleidigte Schnute. »Ich bitte dich, Viola!«

»Du kleiner Scheißer willst mir drohen?«

Sein Kopf lief rot an. »Sei doch vernünftig, Viola!«

»Raus!« Sie tippte ihm mit dem Zeigefinger auf die Brust. Nicht fest, aber auf die Stelle am Solarplexus, an der es besonders wehtat.

Er zuckte zurück. »Du bringst dich in große Schwierigkeiten …«

»Raus!«

Er rannte zur Tür.

44

Berlin, Wilmersdorf

Jemand kam ihm entgegen, eilte in großen Sätzen die Treppe herunter. Geis sah zuerst den roten Kopf und dann die verkniffenen Gesichtszüge. Heiner Stegebach, Violas Ex. Was machte der denn hier?

Stegebach verlangsamte seine Schritte, öffnete zweimal den Mund wie ein Fisch, der überraschend aus dem Wasser gezogen wird und vergeblich nach Sauerstoff schnappt, und stürzte grußlos weiter. Dicke Luft.

Geis' Nackenmuskulatur spannte sich an, als er auf den Klingelknopf drückte.

Zwei Sekunden später riss Viola die Tür auf. »Was denn noch?«

Obwohl er etwas Ähnliches erwartet hatte, prallte Geis einen halben Meter zurück.

»Entschuldige!« Viola lächelte. »Ich dachte, du wärst …«

»… Heiner Stegebach. Ist mir auf der Treppe begegnet.« Geis versuchte sich ebenfalls an einem Lächeln. »War wohl eine Begegnung der unangenehmeren Art.«

»Das ist noch milde ausgedrückt.« Viola trat zur Seite. »Komm rein!«

Sie trug das vormals schulterlange dunkle Haar jetzt kurz geschnitten und mit viel Gel dicht am Kopf. Männlicher.

»Er hat mir gedroht.« Viola führte ihn ins Wohnzimmer. »Was willst du trinken?«

»Weswegen?«

»Wir seien eine Gefahr für die Gesellschaft, hat er gesagt. Dieses Pack, das sich von den Zecken hat stechen lassen. Mörder, Gewalttäter, Terroristen. Falls ich mich weigern würde, weiter als Versuchskaninchen zur Verfügung zu stehen, hätte ich mit ständiger Überwachung oder Inhaftierung zu rechnen.«

So ganz falsch war die Vorschrift vermutlich nicht, dachte Geis.

»Gab es denn einen Anlass?«

»Der Schleimbeutel war hier, weil ich das Handtuch geworfen habe. Ich bin es leid, mein Innerstes auszubreiten und die Ärzte und Psychologen darin herumstochern zu lassen. Was sagst du dazu?«

»Ich …«

»Zum Thema Trinken. Bier oder Wein. Ich nehme Wein.«

Geis atmete aus. »Dann schließe ich mich an.«

Viola verschwand in der Küche und kam mit einer Flasche Rotwein und zwei Gläsern zurück. »Und jetzt hören wir auf, über mich zu reden. Wie lief es bei dir? Wie seid ihr auf Eichkorn gekommen?«

Geis erzählte es ihr. Bis zu dem Punkt, an dem sie das Foto in Eichkorns Wohnung gefunden hatten. »Hast du eine Idee, wieso er hinter dir her ist? Könntet ihr euch nicht doch schon einmal begegnet sein?«

»Nein.« Viola schüttelte den Kopf. »Außerdem stehe ich nicht auf gelackte Business-Typen.«

»Professor Walter meint, Eichkorn sei früher schüchtern und unscheinbar gewesen. Ich nehme an, er hat die FSME an sich selbst ausprobiert und wirkt erst seitdem so cool.«

Viola schnaufte. »Ist mir egal, warum der Typ in mich verknallt ist. Seine abartigen Fantasien möchte ich mir nicht vorstellen.«

»Es würde uns helfen, ihn zu finden.«

Sie hob ihr Glas und wartete darauf, dass er mit ihr anstieß. »Schluss mit der Arbeit! Ich habe bei einem Italiener um die Ecke einen Tisch für uns bestellt. Und danach …«

Sie wollte nicht darüber reden. Hatte Eichkorn vielleicht versucht, Kontakt zu ihr aufzunehmen?

»Ich sollte erst noch ein Zimmer buchen«, sagte Geis. »Gibt's ein Hotel in der Nähe, das du mir empfehlen kannst?«

»Was für ein Quatsch! Du schläfst natürlich hier.«

Der Hauptkommissar erstarrte.

»Auf der Couch«, lachte Viola. »Und keine Angst! Ich falle heute Nacht nicht über dich her.«

Eine halbe Stunde später war Viola im Badezimmer verschwunden, um letzte Hand an ihr Outfit zu legen. Geis saß untätig im Wohnzimmersessel, als im Nebenzimmer eine Stimme verkündete: »Sie haben E-Mail.«

Nach einer Schrecksekunde begriff Geis, dass er die Stimme kannte. Und dass der Synchronsprecher des Ehemanns von Angelina Jolie unmöglich hinter der Tür stehen konnte.

Im Badezimmer rauschte Wasser. Geis stand auf und war mit drei Schritten im Nebenraum. Sollte er es wagen?

Er klickte auf das Briefsymbol und auf dem Bildschirm erschien der Text:

Liebe Viola,
ich freue mich auf dich. Um 14 Uhr wirst du am Bahnhof von Leer abgeholt.
Bis Sonntag!
Deus

Deus? Siebzigjährige Tanten hießen Frieda oder Hannelore, aber nicht Deus.

Im Eingangsregister entdeckte Geis noch weitere Nachrichten von Deus. Er öffnete die erste und spürte, während er las, wie sein Herz zu rasen begann.

45

Leer, Bahnhof

Geis erstarrte, als er die Person erkannte, die Viola vom Bahnhof abholen sollte. Die Erinnerung an ihre letzte Begegnung war noch so lebendig, dass er glaubte, Metall auf der Zunge zu schmecken. Den Lauf der Pistole, die Saskia Fischer ihm in den Mund geschoben hatte. Nie im Leben würde er vergessen, wie hilflos und entwürdigt er sich gefühlt hatte. Als er seine Hosen ausziehen musste und zuerst Fischer und dann das gesamte Personal der Norderneyer Polizeistation ihn angestarrt hatten.

Fischer hatte sich also Eichkorn angeschlossen. Wer noch? Wie viele Anhänger mochte Deus um sich versammelt haben? Was war ihr Ziel? Und welche Rolle spielte Viola dabei?

Geis rutschte tiefer unter das Lenkrad. Fischer richtete ihre Aufmerksamkeit auf den Bahnhofseingang, und die spiegelnde Frontscheibe schützte ihn vor ihren Blicken. Trotzdem musste er vorsichtig sein, seine ehemalige Kollegin durfte ihn nicht entdecken. Fischer würde ihn zu Eichkorn führen. Und damit zu der Chance, die ganze Clique hochzunehmen. Einschließlich Viola.

Er hatte gehofft, Viola würde das Thema ansprechen und ihm von sich aus ihren Mailwechsel mit Deus alias Eichkorn beichten. Bis heute Morgen, als sie sich verabschiedeten, hatte er gehofft. Aber Viola hatte kein Wort über die Lippen gebracht. Jetzt konnte er sie nicht länger schützen. Es würde genau das passieren, vor dem sie sich am meisten fürchtete. Mitgefangen, mitgehangen. Er durfte nicht länger warten.

Schöning ging nicht ans Telefon. Dann eben Bischoff.

In groben Zügen schilderte Geis seinen Erkenntnisstand.

»Was schlägst du vor?«, fragte Bischoff.

»Ich werde Fischer und de Monti observieren. Es wäre schön, wenn wir nicht an jeder Ecke einem Polizeiwagen begegnen würden. Die Kräfte sollen zwar in Alarmbereitschaft versetzt werden, sich aber im Hintergrund halten. Zugriff erst auf mein Kommando. Falls zudem ein oder zwei zivile Teams zur Verfügung stehen, um mich abzulösen, könnte ich mich ein Stück zurückfallen lassen, schließlich kennt de Monti meinen Wagen. Gib meine Handynummer an die Auricher Kripo weiter. Ansonsten melde ich mich, sobald sich was tut.«

»Ist notiert«, sagte Bischoff. »Viel Glück!«

»Danke.« Geis beendete das Gespräch in dem Moment, in dem Viola auf den Bahnhofsvorplatz trat. Fischer ging auf sie zu, begrüßte sie herzlich mit Küsschen links und rechts. Geis fiel ein, dass die Polizistin der Wissenschaftlerin auf Norderney begegnet war, allerdings erklärte das nicht, warum sich Fischer bei Viola unterhakte und so munter mit ihr plauderte, als wären sie alte Freundinnen. Wobei sich Viola, wenn ihn sein Eindruck nicht täuschte, deutlich zurückhaltender verhielt.

Die Frauen stiegen in einen roten Golf mit Auricher Kennzeichen und fuhren los. Geis hängte sich an sie. In zügigem Tempo ging es stadtauswärts und dann auf die Autobahn Richtung Emden. Geis dachte an die Zeit, die er mit Viola in Berlin verbracht hatte. Sie hatte ihr Versprechen gehalten und ihn nicht bedrängt. Fast distanziert war sie mit ihm umgegangen. Und er, geschockt von der Lektüre der Deus-E-Mails, hatte am ersten Abend kaum einen Satz herausbekommen. Viola bestritt den Hauptteil der Unterhaltung, indem sie von der Arbeit im Bundesinstitut und den Versuchen erzählte, die man mit ihr anstellte. In der ersten Nacht war Geis ein paarmal hochgeschreckt und auch am nächsten Tag hatte er seine Beklommenheit nicht abschütteln können. Das Misstrauen war immer gegenwärtig gewesen, die Beziehung zwischen Viola und ihm ähnelte der eines alten Paares, das sich nach Scheidungskrieg und verbrannter Erde zu einem vergeblichen Versöhnungstreffen aufraffte. Und so hatte er den Augenblick des Abschieds herbeigesehnt. Früh am Sonntagmorgen war er aufgebrochen, um Leer vor Viola zu erreichen.

Kurz vor dem Ende der Autobahn Richtung Emder Hafen

nahm Fischer die B70 nach Norden. Wieso rief eigentlich niemand an? Geis kontrollierte sein Handy. Bischoff musste längst die Auricher Kripo informiert haben. Und bei einem Fall dieser Dringlichkeit und Tragweite war es doch wohl selbstverständlich, dass er Unterstützung bekam.

Gerade wollte er Bischoffs Nummer aktivieren, als die Anrufmelodie erklang. Eine Festnetznummer aus der Region. Na endlich!

»Thedinga hier.«

»Garrelt? Was machst du …«

»Ich bin zurzeit auf dem Festland. Und da ich dich kenne, habe ich den Auftrag bekommen, den Kontakt zu dir zu halten.«

Hatte man keinen Besseren auftreiben können als den phlegmatischen Thedinga? Was waren das für Schnarchsäcke in Aurich?

»Und wie sieht's aus?«, fragte Geis genervt. »Ich bin jetzt seit einer halben Stunde hinter dem Zielfahrzeug. Es wäre langsam angebracht, dass mich jemand ablöst. Immerhin ist Fischer Polizistin.«

»Noch ein paar Minuten, höchstens eine Viertelstunde«, sagte Thedinga. »Heute ist Sonntag. Du weißt doch, wie das läuft.«

»Verdammt noch mal, ich verfolge keinen Hühnerdieb. Hat euch Bischoff nicht gesagt, um was es geht?«

»Reg dich nicht auf, Martin! Ich halte dich auf dem Laufenden. Wo bist du gerade?«

»B70 zwischen Emden und Georgsheil. Auf der Höhe des Großen Meeres.«

»Gut. Lass die Verbindung stehen! Ich melde mich wieder.«

Geis warf das Handy auf den Beifahrersitz. Fischer bog von der Bundesstraße auf eine schmalere Nebenstraße ab. Fluchend ließ sich Geis zurückfallen, bis das Auto vor ihm nur noch einen Punkt in der flachen Landschaft bildete.

»Garrelt?«

»Ja?«

»Wir sind runter von der B70 und fahren Richtung …« Er wartete auf das Hinweisschild am Straßenrand. »… Thedasfehn.«

»Alles klar«, kam es quäkend aus dem Handy.

Nichts war klar. Wo blieben die Kollegen, wenn man sie mal brauchte?

Kilometer folgte auf Kilometer, Pferdeweide auf Pferdeweide. Plakate am Straßenrand riefen zum Milchstopp auf oder boten Fremdenzimmer an. Regenwolken zogen auf, am Horizont war der Himmel giftgrün, fast schwarz. Bald würde es wie aus Kübeln gießen. Und noch immer keine Unterstützung.

»Garrelt?«

Keine Antwort.

Was zum Teufel war da los?

Das Ortseingangsschild von Thedasfehn. Geis kannte den Ort nur von der Straßenkarte. Eines der vielen verschlafenen ostfriesischen Nester, in der Regel mit einer Kirche, zwei Kneipen und drei Läden. Früher hatten die Menschen von der Landwirtschaft und vom Moor gelebt, heute suchten sie Arbeit in Aurich, Emden oder Leer.

Thedasfehn besaß sogar zwei Kirchen. Eine stand in der Mitte des Dorfes und eine etwas außerhalb, auf einem kleinen Grashügel. Fischer machte keine Anstalten, einen Parkplatz zu suchen, Thedasfehn schien nicht das Ende der Reise zu sein.

Geis konnte die Warfenkirche jetzt besser sehen, ein altes, verwittertes Gebäude aus der Zeit, als die Gegend noch manchmal vom Meer überflutet wurde und die höher gelegenen Kirchen als Zufluchtsorte dienten. Drum herum standen etliche Autos. Auch Fischer setzte den Blinker. Tatsächlich, sie stoppte den Wagen vor der halb verfallenen Kirche.

Langsam fuhr Geis am Zufahrtsweg vorbei und hielt unter ein paar Bäumen am Straßenrand. Eine Kirche als Versammlungsort – man musste schon so größenwahnsinnig sein wie Deus, um auf eine solche Idee zu kommen.

»Garrelt?«

Nur ein Knacken.

Jetzt reichte es ihm. Geis beendete die Verbindung. Er würde Bischoff zur Rede stellen. Sein Daumen schwebte bereits über der Taste, als er zögerte. War es möglich, dass Bischoff erneut Mist gebaut hatte? Konnte man sich auf den Mann überhaupt noch verlassen? Geis wählte Schönings Handynummer. Ausgeschaltet. Das durfte alles nicht wahr sein!

Ein Klopfen an der Seitenscheibe ließ Geis zusammenzucken. Als er Thedingas Gesicht erkannte, beruhigte er sich wieder. Wenigstens auf den Norderneyer Kollegen war Verlass.

Geis stieg aus und blickte sich um. »Bist du allein? Wir brauchen ein SEK.«

»Ist angefordert.«

»Herrgott, Garrelt, hier geht es um jede Minute. Fischer und de Monti sind da drüben in der Kirche.«

»Ich weiß.«

»Und Eichkorn, der die Zeckengeschichte angezettelt hat, vermutlich auch. Wir haben die Chance, die ganze Bande hochzunehmen. Die Aktion muss so schnell wie möglich durchgeführt werden, bevor sie etwas merken. Falls sie bewaffnet sind und sich in der Kirche verschanzen, kann es zu einer Katastrophe kommen. Du kennst doch die Bilder aus Amerika – von diesen verrückten Sekten.«

»Wir gehen rein«, sagte Thedinga.

»Was?«

»Du und ich.«

»Das ist albern.« Geis schüttelte den Kopf. »Wir wissen nicht, was …«

Thedinga zeigte seinem früheren Chef die Dienstwaffe, die er plötzlich in der rechten Hand hielt. »Gib mir deine Pistole, Martin! Langsam, mit zwei Fingern!«

»Du …«

»Richtig, Martin. Ich gehöre dazu.«

Thedinga machte nicht den Eindruck, von Skrupeln geplagt zu werden. Es gab keine Alternative, Geis musste gehorchen. Erst jetzt fiel ihm auf, dass sich der Norderneyer Polizist verändert hatte. Der ewige Missmut war aus seinem Gesicht verschwunden, er wirkte entspannt, fast fröhlich.

»Los!« Thedinga winkte mit der Pistole. »Gehen wir!«

Wie hatte er nur so blind sein können!, beschimpfte sich Geis selbst. Wieso hatte er keinen Verdacht geschöpft? Schon nach der Panne mit Professor Walter wäre der Gedanke naheliegend gewesen, dass Bischoff die Ermittlungen hintertrieb. Bischoff musste ebenfalls mit drinstecken. Anstelle der Auricher Kripo hatte sich Goroneks Vize mit Deus alias Eichkorn in Verbindung gesetzt. Und der war so clever gewesen, ihm Thedinga auf den Hals zu hetzen.

Erste Regentropfen fielen auf das gestreifte Hemd des Hauptkommissars.

In der Kirche herrschte andächtiges Schweigen. Auf beiden Seiten des Mittelgangs standen Leute zwischen den Bänken und schauten neugierig zu, wie Geis von Thedinga nach vorn geführt wurde. Saskia Fischer, die neben Viola einen Platz in der ersten Reihe eingenommen hatte, grinste ihn höhnisch an. Geis suchte Violas Blick, aber die Wissenschaftlerin hielt den Kopf gesenkt. Sie schien der einzige Mensch in der Kirche zu sein, dem seine Anwesenheit unangenehm war.

Auf dem Steinpodest, wo sich vor der Säkularisierung der Altar befunden hatte, war ein bequemer Sessel platziert. Und auf dem Sessel saß ein Mann mit blonden Haaren und stahlblauen Augen. Erst beim zweiten Hingucken begriff Geis, dass es sich um Eichkorn handelte.

»Herzlich willkommen in unserer kleinen Gemeinde!«, sagte der frühere *Dia-Lab*-Geschäftsführer. »Auch wenn Sie nicht ganz freiwillig zu uns gefunden haben.«

Geis erwiderte nichts. Alles, was ihm einfiel, hätte seine Situation nur verschlechtert.

»Leider können wir Sie jetzt nicht mehr gehen lassen.« Eichkorns Stimme troff vor Ironie. »Das verstehen Sie doch, oder?«

»Was haben Sie vor?«, stieß Geis heiser heraus. »Mich umbringen?«

»Umbringen? Nein, Herr Hauptkommissar, wir sind keine Mörder. Wir geben Ihnen die Chance, sich uns anzuschließen.«

Geis verstand sofort, was Eichkorn meinte. Sie würden ihn mit FSME infizieren, ihn in ein anderes Wesen verwandeln. Panik ergriff ihn. Er war mit seinem bisherigen Leben zufrieden, mochte es auch unvollkommen und manchmal traurig sein. Er wollte kein neues, nicht zu einem dieser angstfreien Roboter werden, die auf Eichkorns Kommando hörten. Wie Fischer, Thedinga – und Viola.

Er musste es versuchen. Darauf hoffen, dass Thedinga nicht schießen würde. Beiläufig drehte er den Kopf. Dreißig bis vierzig Menschen hielten sich in der Kirche auf. Fast unmöglich, ihnen zu entkommen. Aber es gab …

Ein Schlag auf den Hinterkopf beendete schmerzvoll seine Überlegungen.

Das Bett schaukelte. Er fürchtete, dass es umkippen und ihn unter sich begraben würde. Seine Finger klammerten sich in der Bettdecke fest.

Jetzt merkte er, dass sich das Bett vorwärtsbewegte wie eine Lore, die auf unterirdischen Schienen immer tiefer hinabglitt, durch ein Labyrinth von Tunneln, bis zu einer Halle, einer hell erleuchteten Halle.

Das Licht blendete ihn. Er konnte die Augen nicht öffnen. Das Licht stach in seinen Kopf, füllte ihn aus mit blauen und roten Schmerzen.

»Wie geht es Ihnen?«

Die Stimme kam ihm bekannt vor. Er versuchte noch einmal, die Augen zu öffnen. Nur einen winzigen Schlitz. Ein Mann saß auf seinem Bett. Eichkorn.

Das Schaukeln blieb. Das bildete er sich nicht ein. Das ganze Haus rollte hin und her. Wie ein Boot. Natürlich, er befand sich auf dem Wasser.

»Haben … haben …«

»Ob wir Sie schon infiziert haben? Nein. Wir wollten warten, bis Sie Ihr Bewusstsein wiedererlangen. Da Sie den feierlichen Moment sicher miterleben möchten.«

»Arsch…«

»Strengen Sie sich nicht an, Herr Hauptkommissar. Entspannen Sie sich!«

Geis konnte seine Arme nicht bewegen. Sie waren an der Pritsche festgeschnallt, ebenso wie die Beine.

Eichkorn zog eine Spritze auf. »In Ihrem Fall brauchen wir keine Zecken. Ich injiziere Ihnen die Viren direkt. Es wird sehr schnell gehen, vertrauen Sie mir.«

»Lassen Sie das!« Geis strampelte. »Meine Kollegen werden Sie bald festnehmen.«

»Das kann passieren. Zu dem Zeitpunkt, den *ich* für richtig halte. Dann werde ich mich rechtfertigen und der Welt meine Argumente darlegen.«

Ein Gummiband schlang sich um den rechten Oberarm des Hauptkommissars, Eichkorn suchte nach einer passenden Vene.

»Ihr großartiger Plan.« Geis gab seinen Widerstand auf. »Glauben Sie wirklich, Sie kommen an die Teilnehmer des Regierungsgipfels heran? Das ist absolut lächerlich.«

»Denken Sie?« Die Spritze stach zu. Ein winziger Pikser

im Vergleich zu den dröhnenden Kopfschmerzen. Aber mit fürchterlichen Auswirkungen.

»Die Dosis ist großzügig bemessen.« Eichkorn lächelte. »Meine Anerkennung dafür, dass es Ihnen gelungen ist, Viola zu beeindrucken. Trotzdem haben Sie eine realistische Chance. Zu überleben, meine ich. Und falls nicht …«, er zog die Spritze heraus und wischte das Blut mit einem Tupfer weg, »… ist es nicht schade um Sie.«

Geis spürte, wie ihm die Hitze in den Kopf schoss. Sein Mund wurde trocken, die Zunge klebte am Gaumen. Gleichzeitig fielen ihm die Augen zu.

»Ich habe ein Schlafmittel beigemengt«, sagte Eichkorn sanft. »Das macht es Ihnen und uns leichter.«

46

Betreff: Die Gemeinschaft der Freien

1. *Wir lassen uns keine Angst mehr machen. Weder von ideologischen noch von staatlichen Instanzen, die uns vorschreiben wollen, wie wir zu leben haben. Zwänge, Neurosen und Psychosen, die uns zu gängeln versuchen, verlieren ihre Kraft. Mit uns beginnt das Zeitalter der Angstfreiheit. So wie mit Adam und Eva das Zeitalter der Angst begann, als sie vom Baum der Erkenntnis aßen und sich schuldig fühlten.*
2. *Wir akzeptieren keine Götter über uns. Wir sind so göttlich wie die Erschaffer der Welten und so menschlich wie die Götter, die vom Himmel herabstiegen. Wir knien vor nichts und niemandem und niemand soll vor uns knien.*
3. *Von allen anderen Freiheitsbewegungen unterscheidet uns, dass wir keine Diktatur der Freiheit errichten, keine Privilegien für uns oder andere schaffen wollen. Die Angstfreiheit unserer Gene bewahrt uns*

davor, die alte Unterdrückung in neuem Gewand zu wiederholen. Nur wer keine Angst empfinden kann, ist wirklich frei.

4. *Die Angst der Mächtigen, die Kontrolle über das Heer der Unmündigen zu verlieren, bedroht unsere physische Existenz. Sie werden alles daransetzen, uns zu therapieren, zu isolieren und zu eliminieren. Deshalb müssen wir uns tarnen und schützen. Jedes Mitglied unserer Gemeinschaft hat für alle anderen einzustehen, Unterstützung und Hilfe zu leisten. Wer einen von uns den Kräften der Angst überlässt, gefährdet uns alle.*
5. *Unser uneingeschränktes Ziel ist die Vertreibung der Angst. Dem ordnen wir alles andere unter, auch unser persönliches Schicksal. Die Angstfreiheit darf nicht mit uns sterben, ein Leben in Angst ist keine Alternative. Jetzt und hier besteht die Chance, eine neue Welt zu schaffen. Lasst sie uns nutzen!*
   gez. Deus

Siebter Teil

Der Tod

47

Berlin, Innenministerium

Der Minister kam langsam auf Betriebstemperatur. Am Hals schwoll eine Ader und die Gesichtshaut färbte sich dunkelrot, mit einem leichten Stich ins Violette. Anzeichen dafür, dass ein Wutausbruch unmittelbar bevorstand.

Der Minister war gefürchtet für seine Wutausbrüche. Im Ministerium duckte ein jeder den Kopf, wenn er einen dieser Tage hatte – und weder Freund noch Feind verschonte. Jeder läppische Fehler provozierte unweigerlich einen Schreianfall. Und wehe, jemand wagte auch nur den leisesten Widerspruch. Kübel voll Hohn und Zynismus schüttete der Minister dann aus, bis der Unglückliche am Boden zerstört war. An solchen Tagen sah man erwachsene Männer wie geprügelte Schuljungen durch die Flure schleichen, während Frauen Sonderschichten vor den Toilettenspiegeln einlegten, um ihr von Weinkrämpfen zerstörtes Make-up zu erneuern.

Lange fürchtete sich nicht vor den Anfällen seines Chefs. Als der Minister noch nicht Minister war, sondern einfacher Bundestagsabgeordneter, hatte Lange ihm bereits als wissenschaftlicher Mitarbeiter gedient. Von da an waren beide aufgestiegen. Zuerst kam der Vorsitz eines parlamentarischen Untersuchungsausschusses, dann der Staatssekretärsposten in einem unwichtigen Ministerium. Lange fungierte als Chefberater und Stabschef, organisierte Wahlkämpfe, schaltete Konkurrenten inner- und außerhalb der Partei aus und kümmerte sich um die abgelegten Affären seines Gönners, der inzwischen als Hoffnungsträger und Kandidat für höhere Aufgaben gehandelt wurde. Es störte Lange nicht, dass er im Schatten blieb, für die politische Bühne fehlten ihm Charisma und rhetorische Brillanz. Geduldig verfolgte er das langfristige Ziel, ins Zentrum der Macht vorzustoßen, dafür nahm er Rückschläge des Mannes, für den er arbeitete, ebenso in Kauf wie das Scheitern seiner eigenen Ehe.

Und jetzt war Lange da, wo er immer hingewollt hatte: Ministerialdirektor und wichtigster Abteilungsleiter im Bundesinnenministerium. In Fragen der inneren Sicherheit gab es keine Instanz, die über ihm stand. Vom Minister einmal abgesehen. Und den hatte er in der Hand.

»Noch zehn Tage«, sagte der Minister. »Dann findet dieser gottverdammte Gipfel auf dieser idiotischen Insel statt. Falls wir ein Problem haben, zögern Sie nicht, es mir zu erzählen! Es wäre blamabel, eine Katastrophe, die größte anzunehmende Kacke. Aber lieber trete ich mit steifer Oberlippe vor die Presse und verkünde, dass der ganze Mist ausfällt oder meinetwegen auf ein Kreuzfahrtschiff vor Helgoland verlegt wird, bevor ich hinterher zugeben muss, dass wir die Sache nicht im Griff hatten. Verstehen Sie, worauf ich hinauswill, Lange? Falls auch nur ein Hansel, irgendein unwichtiges Mitglied einer unwichtigen europäischen Regierung von einer dieser verdammten Zecken gebissen wird …«

»Gestochen«, sagte Lange.

»… und diese bescheuerte Krankheit bekommt, bei der man gaga wird oder größenwahnsinnig oder alles zugleich, dann kann ich mir die Kugel geben. Dann ist meine politische Karriere definitiv zu Ende. Und Ihre auch, Lange, da sind wir uns doch einig, oder?«

»Vollkommen«, sagte Lange. »Aber dazu wird es nicht kommen. Die Sicherheit der Teilnehmer ist hundertprozentig gewährleistet. Es besteht keinerlei Gefahr einer Ansteckung.«

Der Minister griff nach dem Plastikbecher mit Cola, der auf seinem Schreibtisch stand, und sog geräuschvoll am

Strohhalm, während er seinen Untergebenen aus blutunterlaufenen Augen musterte. Lange wusste, dass es seit einigen Wochen eine neue Freundin gab, die das ohnehin knappe Schlafbudget des Ministers noch weiter schmälerte und dafür seine Reizbarkeit anstachelte.

»Hundertprozentig? Können Sie garantieren, dass die Viecher nicht in die Hotels krabbeln?«

»Zecken krabbeln nicht in Häuser«, antwortete Lange geduldig. »Sie klettern auf Halme und Sträucher. Deshalb haben wir sämtliches Grünzeug rings um die Hotels entfernen lassen beziehungsweise mit Insektengift eingenebelt. Nach menschlichem Ermessen dürften Zecken dort nicht überleben. Natürlich sollten ein paar Sicherheitsvorschriften beachtet werden. So raten wir allen Teilnehmern, nicht barfuß ins Freie zu gehen oder einen Park zu betreten. Von den Dünen ganz zu schweigen, die müssen selbstverständlich gemieden werden. Potenziell gefährliche Gebiete sind gut sichtbar markiert und abgesperrt, während des Gipfels werden sie Tag und Nacht von Polizeikräften bewacht. Es besteht die strikte Anweisung, Unvorsichtige davon abzuhalten, sich in Gefahr zu begeben. Nur Selbstmörder können es schaffen, sich stechen zu lassen.«

»Sie glauben gar nicht, wie viele Selbstmörder frei herumlaufen«, knurrte der Minister.

»Zudem weise ich darauf hin, dass es seit Wochen keine Neuerkrankungen auf Norderney gegeben hat«, fuhr Lange fort. »Nach neuesten Erkenntnissen stehen die dortigen Fälle nicht im ursächlichen Zusammenhang mit dem Gipfel. Das Muster der Erkrankungen legt vielmehr den Schluss nahe, dass der oder die Täter die kontaminierten Zecken wahllos aussetzen. Um einen möglichst hohen Grad der Bevölkerung zu verseuchen.«

»Aber dieser … dieser …«

»Eichkorn«, half Lange.

»… hat sich verflucht nahe der Küste aufgehalten. Das gefällt mir nicht. Ich verstehe nicht, warum es uns nicht gelingt, ihn festzunageln.«

»Wir haben ihn quasi gehabt«, gab Lange zu. »Leider hat der Polizeibeamte, der ihn ausfindig gemacht hat, es versäumt, seine Vorgesetzten rechtzeitig zu informieren. Ein Einzelgänger, der wohl glaubte, den Helden spielen zu müssen. Seitdem fehlt von ihm jede Spur. Ebenso von der Wissenschaftlerin, die er verfolgt hat. Offenbar hat sich Viola de Monti mit Eichkorn arrangiert. Ein schweres Versäumnis der Therapeuten, die Frau de Monti nach ihrer Infektion behandelt haben. Sie hätten erkennen müssen, dass die Frau abdriftet.«

»Das gefällt mir ganz und gar nicht«, wiederholte der Minister. »Eichkorn scheint uns immer einen Schritt voraus zu sein. Was halten Sie davon, Wiegand?« Die Frage galt dem Mann, der neben Lange saß und bislang geschwiegen hatte.

Wiegand strich sich über die Bartstoppeln und blinzelte in George-Clooney-Manier. »Ich kann wirklich nicht …«

»Der Sicherheitsausschuss ist einhellig der Meinung, dass der Gipfel auf Norderney wie vorgesehen stattfinden muss«, würgte ihn Lange ab. »Alles andere würde dem Ansehen der Bundesrepublik Deutschland nachhaltig schaden.«

»Ich weiß nicht«, sagte der Minister. »Gleich ist Kabinettssitzung. Die Kanzlerin wird von mir verlangen, dass ich die Finger zum Schwur hebe. Und ich möchte nicht mit einem verdammten Meineid in die Geschichte eingehen.«

»Wir haben keine Alternative«, beharrte Lange.

»Und wenn schon! Ich werde sagen, dass ich die Verantwortung ablehne. Dann soll das Kabinett entscheiden. Falls etwas schiefgeht, kann ich behaupten, dass ich vorher gewarnt habe.«

»Das werden Sie nicht«, sagte Lange.

Der Minister blinkerte ein paarmal mit den Augenlidern

und nahm die Füße vom Schreibtisch. »Was haben Sie gesagt, Lange?«

»Sie werden sich dafür einsetzen, dass der Gipfel auf Norderney stattfindet.«

»Habe ich irgendwas verpasst? Seit wann haben wir die Rollen getauscht und Sie erzählen *mir*, was ich zu tun habe? Seien Sie vorsichtig, Lange! Beißen Sie nicht die Hand, die Sie füttert!«

Der Abteilungsleiter blieb ruhig. »Ich arbeite seit über einem Jahr an der Vorbereitung des Gipfels. Und ich möchte nicht, dass die Früchte unserer gemeinsamen Anstrengungen im letzten Moment vernichtet werden. Dass eine infizierte Zecke auf Norderney einen Regierungschef sticht, ist in etwa so wahrscheinlich wie ein Tsunami, der die Insel überrollt. Vor der Panik zurückzuweichen, die in einem Teil der Medien verbreitet wird, wäre völlig falsch. Die Menschen erwarten von der Bundesregierung Stärke und Zuversicht. Auf keinen Fall dürfen wir die Hysterie unterstützen, die geradewegs ins Chaos führt. Und genau das würde passieren, wenn wir den Gipfel jetzt absagen. Möchten Sie dafür die Verantwortung übernehmen, Herr Minister?«

Der Atem der Männer klang wie das Rauschen eines weit entfernten Gebirgsbaches. Mit jeder Sekunde, die verstrich, war sich Lange sicherer, dass er gewinnen würde. Und er hatte recht.

»Du treibst ein gefährliches Spiel«, sagte Wiegand, nachdem sie das Büro des Ministers verlassen hatten.

In letzter Zeit gefiel sich Wiegand darin, den Bedenkenträger zu geben. Doch Lange hatte genug von Wenns und Abers. »Und du bist ein ebensolcher Hosenscheißer wie der Mann da hinter der Tür. Gibt's denn außer mir niemanden, der sich um die Aufrechterhaltung der öffentlichen Ordnung sorgt?«

»Es ist nicht nötig, mich zu beleidigen, Winfried.« Die George-Clooney-Maske zerbröselte. »Warum hast du ihm nichts von dem Schiff erzählt?«

»Weil es nicht wichtig ist.«

»Ich bitte dich! Eichkorn könnte an Bord gewesen sein.«

»Das ist nicht erwiesen, verdammt noch mal!«

»Aber die DNA des Polizisten hat man gefunden.«

»Na und? Geis ist wahrscheinlich längst tot. Und selbst wenn sich Eichkorn auf Norderney aufhält: Was kann er denn machen? Glaubst du, er kommt durch die Sicherheitskontrollen vor den Hotels?«

»Nein, sicher ...«

»Dann halt die Klappe und geh an die Arbeit!«

Wiegand zog ab. Ein Freund weniger, dachte Lange. Später, wenn alles vorbei war, würde er sich darüber Gedanken machen. Im Moment hatte er dazu keine Zeit.

Mit schnellen Schritten eilte Lange durch das Vorzimmer seines Büros, stoppte den beginnen wollenden Redefluss seiner Sekretärin mit einer Handbewegung und schloss die innere Tür, die mit ihrer Polsterung jedes Geräusch absorbierte. Keine Sekunde später hielt er ein Handy in der Hand.

Eine Männerstimme meldete sich.

»Wir müssen für den Fall vorsorgen, dass Eichkorn ausfällt«, sagte Lange ohne Vorrede. »Die Situation ist brenzlig, ich kann sie nicht unter Kontrolle halten.«

»Kein Problem«, antwortete der andere. »Es sind genügend Leute eingeweiht. Die Aktion wird auch ohne Eichkorn laufen.«

»Sind die Leute nicht kopflos – ohne ihren Deus?«

»Er hat ihnen beigebracht, selbstständig zu handeln.«

»Gut. Ich verlasse mich auf Sie.«

Der Mann lachte. »Tun Sie das lieber nicht. Ich könnte auch auffliegen.«

48

Norderney, Nordhelm-Siedlung

Er war so dumm. Warum hatte er nicht getan, was man von einem Polizisten erwartete? Wieso war er ihr gefolgt, ohne jemanden zu informieren? Und weshalb hatte er sich von dem einfältigen Thedinga überwältigen lassen? Dummer, dummer Martin.

Viola tupfte Geis den Schweiß von der Stirn. Er fieberte. Manchmal stieß er Flüche und Verwünschungen aus. Oder er brabbelte mit offenen Augen zusammenhanglose Sätze, in denen häufig die Namen Michaela und Annika fielen, die Namen seiner Exfrau und seiner Tochter.

Es stand nicht gut um Geis. Viola pflegte ihn, so gut es ging. Viel hatte sie nicht zur Verfügung: ein fiebersenkendes Mittel, Schmerztabletten, Wadenwickel. Geis gehörte in ein Krankenhaus, sie war keine Ärztin, verstand nur theoretisch etwas von der Krankheit, die den Polizisten an den Rand des Todes brachte.

Aber dazu, Geis in ein Krankenhaus einzuliefern, war Eichkorn nicht bereit. Sie hatte schon betteln, ihm versprechen müssen, alles zu tun, was er sich von ihr wünschte, nur um die Erlaubnis zu bekommen, bei Geis zu bleiben.

»Drei Tage«, hatte Eichkorn gesagt. »Ich gebe dir drei Tage. Entweder ist Geis dann über den Berg oder …«

Heute Abend ging der dritte Tag zu Ende. Und Geis war nicht über den Berg.

Er stöhnte. Immer wieder musste Viola an Noella denken, an das Mädchen im Kongo, das in ihren Armen gestorben war.

Würde sich die Geschichte wiederholen? Würde sie erneut Schuld am Tod eines Menschen tragen?

Wenn sie doch nur Hilfe holen könnte. Das schlichte Dreizimmerapartment, Teil eines anonymen Ferienkomplexes, in dem Geis und sie eingeschlossen waren, befand sich nur wenige Straßen vom Zentrum Norderneys entfernt. Allerdings gab es weder ein Telefon noch durfte sie ohne Begleitung die Wohnung verlassen. Eichkorns Vertrauen in ihre Loyalität hielt sich in engen Grenzen. Abwechselnd wurden sie von Saskia Fischer und dem anderen Norderneyer Polizisten bewacht, und unverhohlen hatte Eichkorn damit gedroht, Geis zu töten, sollte Viola sich nicht an seine Anweisungen halten.

Sie nannte ihn immer noch Eichkorn. Nicht Deus, wie seine Anhänger. Es fiel ihr schwer, ihre Abneigung nicht zu zeigen. Er war widerlich. Trotzdem empfand sie keinen körperlichen Ekel. Nicht so wie in den Zeiten vor ihrer Infektion. Ein Hoch auf das Virus in ihrem Gehirn.

Die Tür wurde aufgeschlossen, jemand kam herein. Viola spürte Hände auf ihren Schultern.

»Er sieht beschissen aus, findest du nicht?«, flüsterte Saskia Fischer ihr ins Ohr. »Ob er wohl die Nacht überleben wird?«

»Er wird«, sagte Viola. »Das verspreche ich dir.«

»Oh! Habe ich deine Gefühle verletzt?« Fischer verstärkte den Druck ihrer Hände. »Glaub nicht, dass du mir Deus wegnehmen kannst. Eine Nacht noch, dann ist der Spuk zu Ende.«

Du kannst ihn haben, dachte Viola. Meinetwegen sogar in Geschenkpapier verpackt.

Ein Klaps auf den Hinterkopf zum Abschied, dann war Saskia Fischer wieder verschwunden.

»Schlampe«, sagte Geis.

Das Wort hörte sich klarer an als alles, was Geis in den

letzten Tagen von sich gegeben hatte. Seine Augen waren geöffnet.

»Bist du wach?«

Nicken.

»Hast du mitbekommen, worüber wir geredet haben?«

Erneutes Nicken.

»Wie geht es dir?«

»Zum Kotzen. Wo …«

»Wo du bist? Auf Norderney. In einer Ferienwohnung.«

»Was … was … machst du …«

Viola gab ihm einen Schluck Tee zu trinken. »Eichkorn hat mir erlaubt, mich um dich zu kümmern.«

»Aber …« Er verschluckte sich und spuckte den Tee auf die Bettdecke.

»Entschuldige!« Viola wischte ihm den Mund ab.

»… du bist zu ihm gefahren.«

»Ja. Und du solltest mir folgen. Das war mein Plan. Denkst du, ich habe nicht gemerkt, dass du meine E-Mails gelesen hast? Ich wusste, dass du mir misstraust. Doch anstatt dafür zu sorgen, dass ich zusammen mit allen anderen verhaftet werde, lässt du dich von einem Dorfpolizisten aufs Kreuz legen. Eine tolle Leistung, Martin.«

»Warum … warum hast du nicht mit mir geredet?«

»So wie du mit mir?«, gab Viola bitter zurück. »Wenn ich dir die Wahrheit gesagt hätte, hättest du mir entweder nicht geglaubt oder mich davon abgehalten, nach Ostfriesland zu fahren. Ich wollte, dass Eichkorn verhaftet wird. Also musste ich dir vorspielen, ich würde die Seiten wechseln. Hat doch wunderbar geklappt, oder? Konnte ich ahnen, dass du es vermasseln würdest?«

War das Wasser in seinen Augen? Weinte er tatsächlich?

»Du bist verrückt.«

»Vielleicht.« Viola lächelte. »Weißt du, wie man das auch ausdrücken kann?«

Er schüttelte den Kopf.
»Ich liebe dich, Martin.«

49

Norderney, Nordhelm-Siedlung

Er begriff es nicht. Da war ein Gefühl, das er nicht in Worte fassen konnte. Es drückte ihn nach unten wie eine Welle, die einen von den Beinen holt. Wenn er doch bloß nicht so schrecklich müde gewesen wäre. Dann würde er darüber nachdenken können.

Als er wieder aufwachte, war es dunkel im Zimmer. Der Schlaf hatte ihn erfrischt. Er richtete sich auf und schaute aus dem Fenster. Die Sterne am dunkelblauen Himmel sahen aus wie auf Geschenkpapier gemalt. Plötzlich fühlte er sich allein. Etwas fehlte. Viola.

Tränen liefen ihm über die Wangen. Endlich fiel ihm der Name ein: Trauer. Eine große Traurigkeit füllte ihn aus. Er wusste nicht, weshalb er traurig war und was dieses Gefühl ausgelöst hatte. Doch noch nie hatte ihn eine Empfindung so stark berührt.

Nach einer Weile versiegten die Tränen. Er hörte, wie die Tür geöffnet wurde, das grelle Deckenlicht blendete ihn. Ein Kopf mit helmartigen blonden Haaren geriet in sein Blickfeld. Eichkorn.

Der Kopf begann zu sprechen: »Sie sind ein zäher Bursche, Geis. Hätte nicht gedacht, dass Sie das überleben.«

Eichkorn stellte etwas ab. Geis drehte sich mühsam auf die Seite und sah, dass der Wissenschaftler eine Spritze aus einem Arztkoffer nahm.

»Es war ein Fehler, Sie nicht gleich zu töten. Viola hat einen Narren an Ihnen gefressen. Ich wollte ihr die Gelegenheit geben, von Ihnen Abschied zu nehmen. Stattdessen leben bei ihr alte Gefühle auf. Das kann ich nicht dulden, das verstehen Sie doch?«

»Sie wissen nichts über Viola«, sagte Geis.

»Tatsächlich?« Eichkorn zog die Spritze auf. »Da muss ich Sie enttäuschen. Ich weiß alles, jedes Datum, jedes Ereignis in ihrem Leben. Ich kenne alle Menschen, mit denen sie in den letzten Jahren zu tun hatte. Als mir Viola zum ersten Mal begegnete, bei diesem Vortrag von Professor Walter über transgene Mäuse, da spürte ich sofort, dass wir Seelenverwandte waren. Angstverwandte. Viola und ich, wir wurden von den gleichen Dämonen gejagt und hatten die gleiche Hoffnung: unsere Angst zu verlieren. Ich begann, mich für ihr Leben zu interessieren, und fand heraus, dass es dieses dunkle Kapitel gab, ihre letzte Forschungsreise in den Kongo. Und dann lief mir der alte Säufer Wesseling über den Weg. Verstehen Sie, was das bedeutete, Geis? Es war ein Zeichen. Ein Zeichen, dass Viola und ich füreinander bestimmt sind. Wesseling erzählte mir von der Frau im Kongo, von der Forscherin hinter der Holzwand, in deren Armen ein junges Mädchen starb, von ihrer Verzweiflung und ihrem Mut. Ich weinte vor Glück, als ich begriff, dass Viola mir auf diesem Weg ihr Geheimnis anvertraut hatte. Und dass ich auserwählt war, ihre Angst zu besiegen. Während ich meine Forschungen vorantrieb, sammelte ich jegliches Material, das ich von und über Viola finden konnte: Fotos, Texte, persönliche Dinge, die sie in den Abfall geworfen hatte. Ich habe sie heimlich gefilmt, ich weiß, auf welcher Seite sie nachts schläft und wie viel Zeit sie morgens im Bad verbringt.«

»Sie sind ein Arsch«, sagte Geis. »Sie wissen nichts.«

Ein helles Geräusch drang aus den nebenan gelegenen Räumen herüber, als ob ein Teller oder eine Tasse zu Boden gefallen wäre.

Eichkorn lauschte einen Moment, bevor er ein Gummiband um den Oberarm des Polizisten wickelte und es strammzog. »Sie können nichts annähernd Vergleichbares vorbringen. Was ist von den paar Tagen hängen geblieben, die Sie mit Viola verbracht haben? Ist sie nicht austauschbar, eine von den vielen Frauen in Ihrem Leben? Haben Sie eine Vorstellung von der Einzigartigkeit ihres Wesens?«

»Ich kenne ihre Seele«, sagte Geis. »Die können Sie nicht filmen, die finden Sie nicht im Abfall.«

»Seele?« Eichkorn lachte auf. »Was soll das sein?«

»Etwas, was Sie nicht haben.« Geis hob den anderen Arm, um Eichkorn zu schlagen, doch auf halbem Weg verließ ihn die Kraft, der Arm fiel auf die Bettdecke wie ein abgebrochener Ast.

»Wie armselig«, spottete Eichkorn. »Wenn Viola sehen würde, was aus ihrem Helden geworden ist.«

»Das tue ich«, hörte Geis Violas Stimme.

Eichkorn fuhr herum. »Du? Was machst du hier? Wo ist Saskia?«

»Ich habe sie schlafen gelegt.« Viola zielte mit einer Pistole auf die Brust des Wissenschaftlers. »Und mir ihre Waffe ausgeliehen.«

»Was soll das, Viola?« Eichkorn deutete über seine Schulter. »Der da darf nicht länger zwischen uns stehen. Er ist es nicht wert.«

Viola entsicherte die Pistole.

»Warum wird das neue Virus wohl durch Zecken übertragen? Das habe ich nur für dich getan, Viola. Mein Geschenk für dich. Damit wir berühmt werden, du und ich. «

»Du kannst es behalten«, sagte Viola und schoss.

Geis stöhnte, als der Kopf des Wissenschaftlers gegen seine Brust prallte. Der Schmerz raubte ihm fast das Bewusstsein.

Viola zerrte den zuckenden Körper vom Bett herunter. Dann beugte sie sich über Geis und küsste ihn auf den Mund.

50

Norden, Ubbo-Emmius-Klinik

An den Hubschrauber, der ihn aufs Festland gebracht hatte, konnte sich Geis nur dunkel erinnern. Er wusste, dass Viola neben ihm gesessen und seine Hand gehalten hatte. Auch später, als sich Ärzte und Krankenschwestern um ihn bemühten, war sie stets in seiner Nähe gewesen. Einmal hatte er einen Teil ihres Gesichtes gesehen, dann einen Arm, ein anderes Mal ihre Stimme gehört. Die Ärzte sagten, er habe Glück gehabt, seine robuste Konstitution habe ihm das Leben gerettet. Zu seinem eigenen Schutz werde man ihm ein Beruhigungsmittel geben, er wisse ja, dass die neue FSME zu unvorhersehbaren psychischen Veränderungen führe.

Geis begriff nicht, was sie meinten. Er war doch kein anderer Mensch geworden. Er fühlte sich nur manchmal traurig und manchmal glücklich. Seit langer Zeit hatte er diese Gefühle nicht mehr so stark empfunden, vielleicht seit seiner Kindheit nicht mehr. Trotzdem waren sie ihm nicht fremd, sie gehörten zu ihm, obwohl sie sich im Laufe seines Lebens nach und nach abgeschwächt hatten. Wenn er traurig war, musste er weinen, und wenn er glücklich war, summte oder lachte er. Vorausgesetzt, er war nicht zu müde. Was selten genug vorkam.

In seinen wachen Phasen unterhielt er sich mit Viola, die ihm erzählte, dass man Bischoff verhaftet habe und es inzwischen gelungen sei, viele Anhänger Eichkorns aufzuspüren. An einem anderen Tag standen Michaela und Annika an seinem Bett. Er wollte Annika in den Arm nehmen und küssen, doch sie wich mit angeekeltem Gesichtsausdruck zurück. Als ihm die Tränen aus den Augen schossen, rannte sie aus dem Zimmer. Und Michaela warf ihm vor, er habe das arme Kind überfordert.

»Aber wieso?«, fragte Geis. »Was ist verkehrt daran, wenn ein Vater seine Tochter liebt?«

»Du bist nicht mehr du selbst«, sagte Michaela. »Annika weiß, dass du dieses ... diese Krankheit hast. Da ist es doch völlig normal, dass sie ein bisschen auf Distanz geht. Und anstatt darauf Rücksicht zu nehmen, fängst du an zu flennen.«

»Ich bin nicht krank«, sagte Geis. »Nicht so, wie du denkst.«

»Herrgott, Martin, merkst du nicht, was mit dir los ist? Du hast dich überhaupt nicht mehr unter Kontrolle.«

»Stimmt das?«, fragte Geis Viola später. »Habe ich mich verändert?«

»Ja.«

»Und wie?«

»Du lässt deine Gefühle zu. Oder, um es in der Logik des Virus zu formulieren: Du hast keine Angst mehr, deine Gefühle zu zeigen.«

»Du meinst, ich habe in der Vergangenheit meine Gefühle unterdrückt?«

Viola lachte. »Da warst du nicht allein, Martin Geis. Die meisten Männer tun das. Und viele Frauen auch. Ich hätte meine Angst gerne unterdrückt, aber es ist mir nicht gelungen. In manchen Berufen ist es sogar notwendig, seine Gefühle abzuschalten. Nimm mal das medizinische Personal hier im Krankenhaus. Wenn die mit jedem sterbenden Patienten mitfühlen würden, könnten die ihren Job nicht mehr vernünftig erledigen. Und in deinem Beruf ist das vermutlich ähnlich. Aber irgendwann kannst du nicht mehr zwischen beruflich und privat unterscheiden, dann stumpfen deine Gefühle ab. Man nennt das auch berufliche Deformation.«

Geis dachte darüber nach. »Heißt das, dass ich meinen Beruf nicht mehr ausüben kann?«

»Willst du denn wieder als Polizist arbeiten?«

»Ich weiß nicht. Aber von irgendetwas muss ich ja leben.«

Viola wich seinem Blick aus. Er spürte, dass sie ihm etwas verheimlichte. »Was ist?«

»Es gibt eine Möglichkeit, die psychische Veränderung rückgängig zu machen«, sagte sie zögernd. »Erste Tests haben überraschend positive Ergebnisse gebracht.«

»Und wie?«

»Mit Antikörpern. Jeden zweiten Tag eine Spritze, ein bis zwei Wochen lang. Man hat damit experimentiert, weil die Methode in der Vergangenheit Bornavirus-Patienten geholfen hat, die aufgrund der Infektion depressiv oder schizophren geworden waren. Antikörper bekämpfen gezielt die angsthemmenden Proteine.«

»Und wo ist der Haken?«, fragte Geis.

»Es gibt keinen.«

»Lässt du dir Spritzen geben?«

»Nein.«

»Warum nicht?«

»Das habe ich doch schon in Münster gesagt, Martin. Ich will mich nicht in die ängstliche Viola zurückverwandeln. Ich möchte so bleiben, wie ich bin.«

Am nächsten Tag machte Geis einen Ausflug vor die Tür des Krankenhauses. Es war warm, ein Spätsommermorgen, in den sich die Ahnung des nahenden Herbstes mischte.

Neidisch beobachtet Geis eine Gruppe von Rauchern in Bademänteln, die einen mit Kippen überfüllten Aschenbecher umlagerte. Niemand fragte einen Raucher, warum er einfach bloß herumstand. Eine Zigarette gab jedem Nichtstun einen tieferen Sinn. Dabei reizte es Geis weniger, teerhaltigen Rauch einzuatmen, er sehnte sich nach dem Gefühl, mit einer Zigarette im Mund in die Ferne zu blicken. Von dort, genau genommen vom Parkplatz, näherte sich eine groß gewachsene Frau mit rötlich schimmernden Locken, deren Stöckelschuhe unrhythmisch auf dem Asphalt klackerten.

Geis hatte gehofft, dass ihn die Sonderkommission noch eine Weile in Ruhe lassen würde. Eine Illusion, wie er sich mit einem Seufzer eingestand. Aber wenigstens hatten sie Schöning geschickt und nicht irgendeinen karrieregeilen Frischling.

Die Hauptkommissarin blieb vor ihm stehen und begutachtete ihn von oben bis unten. »Du siehst gut aus.«

»Und du hast schon mal besser gelogen.«

»Dafür, dass du knapp am Tod vorbeigeschrammt bist. Eichkorn soll dir eine hochdosierte Ladung verpasst haben.«

»Ich kann mich nicht so genau erinnern«, blieb Geis bei der Wahrheit. »Das meiste habe ich verschlafen.«

Schöning probierte ein Lächeln. »Wir haben dir viel zu verdanken, Martin.«

Er zuckte mit den Schultern. »Ich wollte nicht den Helden spielen. Es hat sich so ergeben.«

»Du hast verdammtes Pech gehabt. Zuerst erwischst du mit Bischoff den Falschen und dann war ich nicht zu erreichen. An dem Nachmittag war ich mit meinem Mann in einem Konzert. Zum ersten Mal seit Wochen hatte ich mein Handy ausgeschaltet.«

»Shit happens.« Ein Windstoß wirbelte den Bademantel hoch. Geis wurde bewusst, dass er darunter nur eine kurze Schlafanzughose trug, aber er hatte keine Lust, mit Schöning in die Cafeteria zu gehen. Die vielen Kranken und Siechen deprimierten ihn. »Wie seid ihr auf Bischoff gekommen?«

»Auf Umwegen. Nach dem Konzert habe ich versucht, dich zu erreichen. Als dein Handy auch am nächsten Tag noch abgeschaltet war, habe ich den letzten Anruf orten lassen. So sind wir auf die Kirche in Thedasfehn gestoßen. Die Spurensicherung erbrachte den Beweis, dass sich Eichkorn dort aufgehalten hatte. Anschließend haben wir den ganzen Ort auf den Kopf gestellt und sein Versteck gefunden. Dummerweise hatte er sich bereits mit einem Teil seiner Anhänger und mit dir als Geisel abgesetzt. Nach Norderney, wie wir jetzt wissen.«

»Wie konnte das passieren? Ich dachte, vor dem Gipfel wird das Meer rund um die Insel überwacht.«

»Dachte ich auch. Möglicherweise hatte Eichkorn einen Komplizen bei der Küstenwache. Das prüfen wir noch.«

»Bischoff«, erinnerte Geis.

»Das lief parallel. Die Auswertung deiner Handydaten brachte ans Licht, dass du eine Stunde vor deinem letzten Anruf zwei Nummern im münsterschen Präsidium angewählt hast, meine und die von Bischoff. Und Bischoff war definitiv an seinem Arbeitsplatz.«

»Was sagt er dazu?«

»Nichts. Er schweigt.«

»Hatte er mal FSME?«

»Nein. Die Ärzte sagen, er ist clean.«

Geis kniff die Augen zusammen. »Das ergibt doch keinen Sinn.«

Schöning schaute über Geis' Schulter zum Eingang. »Was hältst du von einem Kaffee?«

»Schmeckt scheußlich.«

Sie nickte. »Wir checken Bischoffs Umfeld. Bis jetzt haben wir nicht viel entdeckt. Auffällig ist lediglich, dass er häufig mit einer Nummer in Berlin telefoniert hat. Der Apparat steht im Bundesinnenministerium, in einem Raum, der derzeit nicht genutzt wird.«

»Bundesinnenministerium?«, wiederholte Geis skeptisch.

»Die Sache stinkt zum Himmel, ich weiß.«

»Ihr solltet den Gipfel absagen.«

»Zu spät. In zehn Tagen geht's los. Die Vorbereitungen laufen auf Hochtouren. Den Gipfel jetzt abzusagen, wäre der Super-GAU.«

»Möglicherweise gibt es unentdeckte Helfer von Eichkorn auf Norderney. Die könnten auf eigene Faust handeln.«

»Sie hätten keine Chance. Die Hotels und Konferenzräume sind mindestens so gut gesichert wie die Goldreserve der Bundesbank. Niemand kommt da rein oder raus, der keine Genehmigung hat. Das gesamte Personal wird ständig auf Herz und Nieren und vor allem auf FSME getestet. Und von Zecken halten wir die Gipfelteilnehmer fern.« Schöning schüttelte ihre Locken. »Die meisten von Eichkorns Jüngern haben übrigens eingewilligt, sich behandeln zu lassen. Mit diesem Mittel, das die Persönlichkeitsveränderung rückgängig macht.«

»Was geschieht jetzt mit ihnen?«

»Diejenigen, die sich strafrechtlich nichts haben zuschulden kommen lassen, stehen unter ständiger ärztlicher Aufsicht. Und die anderen, wie Saskia Fischer und Garrelt Thedinga, die mit einem Strafverfahren rechnen müssen, sind in einem gesicherten Gebäude hier in der Nähe untergebracht. Sollte es zu Prozessen kommen, könnte es allerdings sein, dass geschickte Anwälte behaupten, ihre Mandanten wären durch die Krankheit nur eingeschränkt zurechnungsfähig gewesen.«

»Heißt das, sie kommen bald frei?«

»Wir leben in einem Rechtsstaat, Martin. Wir können Menschen nicht willkürlich inhaftieren. Ich bin jedoch sicher, dass von Eichkorns Organisation keine Gefahr mehr ausgeht.« Schöning berührte ihn am Arm. »Und was ist mit dir?«

»Was meinst du?«

»Kommst du in den Polizeidienst zurück? Wir brauchen dich, Martin.«

Er spürte das Bedürfnis, sie zu umarmen. Es war albern, gänzlich unpassend und doch konnte er sich nicht dagegen wehren.

»Martin?«, hörte er ihre erschrockene Stimme an seinem Ohr. »Alles in Ordnung?«

»Nein.«

Sanft befreite sich Schöning aus seiner Umklammerung. »Überleg's dir! Ich bin die nächsten Tage auf Norderney. Bis zum Ende des Gipfels.«

51

Spiekeroog, Süderloog

Wolkenfäden umspannten den Himmel wie ein riesiges weißes Spinnennetz, in dessen Mitte eine blasse Sonne hockte. Ein kühler Wind strich über die Holzterrasse und spielte mit dem zusammengefalteten Sonnenschirm. Geis hatte die Wolldecke bis zur Brust hochgezogen, er schien zu schlafen. Die Falten in seinem Gesicht, besonders die beiden Marionettenfalten, die sich von den Mundwinkeln bis zum Kinnende gruben, waren tiefer geworden. Was auch daran lag, dass er in den letzten Wochen etliche Kilo abgenommen hatte.

Viola sah in seinem Gesicht noch etwas anderes. Sie sah den alten Geis durch die Gesichtshaut schimmern, den erfahrenen, kontrollierten Polizisten, dessen männliche Abgeklärtheit und stoische Ruhe sie einst fasziniert hatten.

Geis hatte beschlossen, sich Antikörper spritzen zu lassen, und die Therapie entfaltete ihre Wirkung. Geis verwandelte sich zurück. Bald würden die Anfälle kindlichen Spieltriebs vorbei sein, in denen er sie über den Sandstrand jagte. Vorbei auch das Versinken unter einer Glocke todtraurigen Unglücklichseins, wenn er sich an das erinnerte, was in seinem Leben schiefgelaufen war. Eine ganze Menge, wie Viola inzwischen wusste. Geis hatte geredet und geredet. Bei ihren langen Spaziergängen quer über die Insel und am Strand entlang, am Abend im Restaurant und vor dem Kamin ihres Ferienhauses.

Viola hatte ihm zugehört, lediglich ab und zu eine Frage gestellt. Sie konnte damit umgehen, dass er ihr anvertraute, was er noch nie einem anderen Menschen gesagt, vermutlich nicht einmal sich selbst eingestanden hatte. Schwerer erträglich war allerdings, dass Geis auch ihre gemeinsame Beziehung nicht ausklammerte. Es rührte sie, dass er sich für sein mangelndes Vertrauen schämte, seine manchmal überbordende Dankbarkeit für ihre Hilfe war ihr dagegen schon peinlich. Doch vollends in den Zwiespalt trieb sie die Tatsache, dass er sie neu begehrte. Denn sie wusste, der Mann, der sie jetzt küssen und mit ihr schlafen wollte, würde verschwinden und die Entzauberung – ihre Entzauberung – einsetzen. Schneller als bei einem gecasteten Superstar im Fernsehen. Was würde Geis von seinen eigenen Gefühlen halten, wenn ihn die Antikörper in den alten Zustand zurückversetzten? Würde er wieder auf Distanz gehen, bereuen, dass er sich ihr geöffnet hatte?

Nein, Viola hatte nicht vor, die Entfremdung ein zweites Mal hautnah zu erleben. Deshalb hatte sie ihn sanft, aber bestimmt zurückgewiesen. Keine Küsse, kein Sex. Nicht, bis sich beide Geis für sie entschieden.

Vor der Terrasse und einem schmalen Stück Rasen verlief der Pfad, der in den Dorfkern führte. Auf Spiekeroog gab es keine Autos, keine Pferdekutschen, nicht einmal Fahrräder konnten die Touristen ausleihen. Wer sich hier fortbewegen wollte, musste seine Füße benutzen. Keine Insel für eilige Menschen.

Wie den Mann, der sich zwischen Familien durchschlängelte, mit Handkarren kollidierte und über Kinderspielzeug stolperte. Viola hatte ihn schon von Weitem erkannt, sein rot leuchtender Kopf erinnerte sie an ihre letzte Begegnung. Und die nächste würde wahrscheinlich nicht erfreulicher verlaufen.

Geis schlug die Augen auf, als sie ihn an der Schulter rüttelte. »Was ist?«

»Heiner ist auf dem Weg zu uns.«

»Wer?«

»Heiner Stegebach, mein Ex.«

Geis kam hoch und rieb sich die Augen.

Heiner hatte sie inzwischen entdeckt, er winkte. Viola fand, dass er gehetzt wirkte. Mitleid erregte der Gedanke nicht.

»Ich habe euch gesucht.« Heiner öffnete die hölzerne Gartentür und nahm den Weg über die Steinplatten.

»Und dummerweise hast du uns gefunden.« Viola machte keine Anstalten, ihn zu begrüßen.

Das schien ihn nicht zu beeindrucken. »Ich muss mit euch reden.«

»Worüber denn?«

»Über …« Er blickte sich um. »Können wir nicht ins Haus gehen?«

»Willst du mir schon wieder drohen?« Viola stand nun doch auf. »Habe ich meine Treue zum Staat nicht hinreichend bewiesen?« Sie zielte mit dem Zeigefinger auf ihren ehemaligen Freund. »Wer hat Eichkorn für euch erledigt?«

»Eben«, sagte Heiner Stegebach. »Das ist es ja.«

»Hört auf, euch zu streiten!« Geis stellte sich neben sie. »Und lasst uns endlich reingehen.«

Gegen zwei Männer war sie machtlos. Viola öffnete die Glastür zur Wohnküche. Das Haus war unpersönlich eingerichtet, sie hatten es über eine Internetagentur gemietet, die

Ferienwohnungen und -häuser auf den Nordseeinseln vermittelte. Reiner Zufall, dass sie auf Spiekeroog gelandet waren, abgesehen von Norderney hätten sie auch jede andere Insel akzeptiert.

Heiner ließ sich in einen Polstersessel fallen. »Kann ich einen Schluck Wasser bekommen?«

»Sonst noch was?«

»Ich mache das schon.« Geis legte Viola eine Hand auf die Schulter. Friedensengel war wohl seine neueste Berufung.

Viola verschränkte die Arme. »Wer hat dich denn diesmal geschickt?«

Heiner schnaufte. »Niemand.«

»Ziemlich weiter Weg für einen Höflichkeitsbesuch.«

»Ich kann ja verstehen, dass du sauer auf mich bist. Aber glaub mir, ihr seid die Einzigen, denen ich vertraue.«

»Du vertraust zwei Zombies?«

Geis trug ein Tablett, auf dem drei Gläser mit Mineralwasser standen. »Hör auf, ihn anzuzicken! Du weißt doch gar nicht, um was es geht.«

Ein Macho mit schlechten Manieren hatte auch seinen Reiz. Allmählich freute sich Viola darauf, dass Geis' Zeit als einfühlsamer Moderator bald vorüber sein würde.

»Also?«, fragte sie laut. »Um was geht es?«

»Um das Gipfeltreffen auf Norderney. Ich bin davon überzeugt, dass ein Anschlag stattfinden wird.«

»Ich dachte, das Thema wäre erledigt.«

»Ist es nicht. Ich habe einen anonymen Hinweis bekommen, dass viele von Eichkorns Anhängern gar nicht behandelt werden. Sie bekommen Placebos statt echten Wirkstoffen.«

»Einen anonymen Hinweis?«

»Auf Briefpapier des Bundesinnenministeriums. Ich habe daraufhin, so vorsichtig wie möglich, Erkundigungen eingezogen. Es wäre möglich, dass an der Sache etwas dran ist.«

»Ist das alles?«, fragte Viola empört. »Warum gehst du mit

deinen Vermutungen nicht zur Polizei? *Wir* sind raus aus dem Spiel.«

Geis hob die Hand. »Er hat recht. Man weiß nicht, wem man trauen kann. Bischoff, der Mann bei der Sonderkommission, der Eichkorn unterstützt hat, verfügte über einen Draht ins Innenministerium. Irgendjemand dort war vermutlich eingeweiht.«

Heiner nickte heftig. »Eben. Ich glaube, dass der Plan nie aufgegeben wurde. Der Plan, die Regierungschefs mit der neuen FSME zu infizieren. Da Eichkorn tot ist, läuft es eben ohne ihn.«

»Und zu welchem Zweck?«, fragte Viola.

»Das hier lag ebenfalls im Umschlag.« Heiner griff in seine Jackentasche und holte eine CD-Hülle heraus. »Gibt es hier einen DVD-Player?«

Das Bild war unscharf und verwackelt, mit einem Handy oder einer versteckten Minikamera aufgenommen. Der Ton klang blechern. Männer. Ausschließlich Männer in teuren Anzügen mit ernsten, entschlossenen Mienen. Einige trugen Kopfhörer, anscheinend wurde übersetzt. Jemand sagte etwas auf Englisch, es ging um die Bedrohung durch den Islamismus. Die Kamera drehte ruckartig zur Seite, von rechts schob sich ein Profil ins Bild.

Heiner drückte die Pausen-Taste. »Lange. Ihr kennt ihn ja. Er ist der wichtigste Abteilungsleiter im Bundesministerium des Innern. Die Person, die filmt, sitzt direkt neben ihm.«

»Und *was* ist das?«, fragte Geis.

»Eine Konferenz von Sicherheitsexperten mehrerer europäischer Länder. Ich habe mir die Aufnahme drei Mal angesehen und einige der Beteiligten identifiziert. Allesamt in herausgehobenen Verwaltungspositionen bei ihren jeweiligen Regierungen, direkt unterhalb der Politikerebene. Mit anderen Worten: diejenigen, die die eigentliche Arbeit machen. Das Brisante daran ist: Es handelt sich um ein inoffizielles Treffen.«

»Wie kommst du darauf?«, fragte Viola.

Heiner warf ihr einen belustigten Blick zu. »Weil eine offizielle Konferenz anders aussieht, ich kenne mich da aus. Hier gibt es weder eine Tagesordnung noch Akten, auch keine Kofferträger oder Sekretärinnen. Die Herren sind unter sich. Später, bei Außenaufnahmen, wird deutlich, dass sie sich in einer pompösen Villa mit privatem Seeufer getroffen haben, ich tippe auf Oberitalien. Und wenn ich sage, ich habe einige identifiziert, dann betrifft das auch ihre Parteizugehörigkeit: stramm konservativ bis rechtspopulistisch. In unterschiedlichen Sprachen, aber ansonsten so eintönig wie ein Froschkonzert, beklagen sie, dass der Westen zu wenig tut, um sich gegen seine Feinde zu wehren. Lange hat übrigens auch gesprochen.« Der Pressesprecher spulte vor. »Hört euch das an!«

Lange war jetzt von schräg hinten zu sehen, der Kameramann hatte sich zurückgelehnt, am unteren Bildrand war ein Teil seines Oberschenkels zu erkennen.

»... Angst das beherrschende Element.« Lange gestikulierte. »Unsere Regierungen setzen lieber auf Verständigung, auf Diplomatie, auf das Geschwafel von Konferenzen, als das anzupacken, was notwendig wäre.« Zustimmendes Gemurmel. »In fünfzig Jahren wird die Hälfte der deutschen Bevölkerung moslemischen Glaubens sein. Und in anderen europäischen Ländern sieht es nicht besser aus. Dann ist es zu spät, um gegenzusteuern.« Erneute Zustimmung. »Wir brauchen jetzt eine entsprechende Gesetzgebung und entschlossene Aktionen. Intelligente Operationen, keinen Micky-Maus-Stellungskrieg, wie ihn George Bush im Irak geführt hat. Warum unsere kostbaren Soldaten für so etwas opfern? Wozu haben wir Luftwaffen, die Atomreaktoren und militärische Arsenale in instabilen, vom Islamismus infizierten Ländern vernichten können? Geheimdienste und Spezialkommandos sind in der Lage, mit Blitzaktionen das zu beseitigen, was anschließend an gefährlichen Waffen noch übrig ist. Erst wenn diese Länder waffentechnisch auf den Stand des neunzehnten Jahrhunderts zurückgeführt sind, können wir wieder verhandeln. Aus einer Position der Stärke heraus.« Lange redete auf der Woge seiner eigenen Begeisterung. »Parallel dazu müssen endlich die Grenzen Europas dicht gemacht werden. Und wer schon hier ist und sich mit unseren Grundwerten nicht anfreunden kann, wird rausgeworfen, so einfach ist das. Aber dazu …« Lange stoppte die lauter werdenden Kommentare mit energischen Handbewegungen. »Aber dazu sind unsere Regierungen zu feige. Ohne meinem englischen Kollegen zu nahe treten zu wollen: Wer trägt eine Mitverantwortung für den Siegeszug Hitlers durch ganz Europa? War es nicht die kriecherische, unterwürfige Appeasement-Politik von Premier Chamberlain, die Hitler ermutigt hat? Die Angstpolitik Englands und Frankreichs? Schluss damit! Kein Appeasement mehr! Wir brauchen Regierungen, die mutig und entschlossen …«

»Das reicht«, sagte Viola. »Den Rest kann man sich denken.«

Der Bildschirm wurde dunkel.

»Erwähnt er das neue Virus?«, fragte Geis.

»Nein. Ich schätze, für den Plan, die Regierungschefs zu infizieren, hätte Lange nicht einmal bei dieser Konferenz Unterstützung gefunden. Das ist zu verrückt. Und die Folgen sind unkalkulierbar.«

»Wer sagt denn, dass Lange mit Eichkorn gemeinsame Sache gemacht hat?«, fragte Viola.

»Mein Informant. Vermutlich der Mann, der die Konferenz gefilmt hat, jemand, der mit Lange politisch auf einer Welle schwimmt, aber nicht bereit ist, ihm bei diesem Irrsinn zu folgen.« Heiner schaute erwartungsvoll in die Runde. »Und?«

»Was erwartest du von uns?«, erkundigte sich Viola.

»Dass ihr etwas unternehmt. Ihr seid schließlich …«

»Du meinst, wir haben nichts mehr zu verlieren, im Gegensatz zu dir.«

»Ihr seid Helden. Die Leute glauben euch.«

Viola lachte höhnisch. »Mach mir nichts vor, Heiner. Dieser Typ im Innenministerium, der kalte Füße bekommen hat, ist zu feige, mit seinem Material an die Öffentlichkeit zu gehen. Also schickt er dir das Zeug. Aber du bist auch zu feige und kommst zu uns, damit wir die Welt retten. Falls wir scheitern, kannst du dich fein raushalten. Schließlich sind wir die Verrückten, die von einem Virus gesteuert werden.«

Heiners Gesicht nahm die Farbe von ranziger Buttermilch an. »Das ist nicht wahr. Ich …«

»Aber warum nicht?«, mischte sich Geis ein. »Wir haben tatsächlich nichts zu verlieren, Viola.«

»Du unterstützt ihn auch noch?« Sie wurde wütend. »Schau dich doch mal an! Du hast gerade eine schwere Krankheit überstanden. Du bist gar nicht in der Lage …«

»Es geht schon«, würgte Geis sie ab. »Ich muss ja keinen Langstreckenlauf machen. Mein Problem liegt ganz woanders. Ich frage mich, wie sie es anstellen wollen. Wie sollen die Regierungschefs infiziert werden? Die Zecken auf Norderney sind weitgehend vernichtet und niemand wird mit kleinen Tierchen oder unbekannten Substanzen durch die Kontrollen an den Hoteleingängen kommen. Also was soll eigentlich passieren?«

Es gab eine Möglichkeit. Viola kannte sie nur aus Lehrbüchern, in der Realität kam sie so selten vor, dass sie von keiner Statistik erfasst wurde. Aber wenn Eichkorn vorausschauend genug gewesen war, über seinen eigenen Tod hinaus zu planen, dann hatte er sie sicher in Erwägung gezogen.

»Rohmilchkäse«, sagte sie. »Schafs- und Ziegenkäse ist in der Lage, das FSME-Virus zu übertragen.«

52

Kleinheide, Moorhof

»Lange«, sagte Schöning. »Weißt du, was das bedeutet?«

Geis nickte. »Ärger.«

»Ärger ist gar kein Ausdruck. Falls auch nur der leiseste Zweifel besteht, wird man uns kreuzigen. Wir brauchen keine hundertprozentigen, wir brauchen hundertfünfzigprozentige Beweise. Hast du die?«

»Nein«, sagte Geis.

»Toll. Das ist wirklich super, Martin. Ich freue mich schon darauf, beim Staatsanwalt einen Haftbefehl zu beantragen. Der Herr Lange hat es gewagt, in einem Kreis von Kollegen die derzeitige Regierungspolitik zu kritisieren, werde ich dann sagen, wenn er mich fragt, was ich vorweisen kann. Die Staatsanwaltschaft wird begeistert sein, schätze ich. Vielleicht erlauben sie mir, gleich das halbe Kabinett zu verhaften. Das wäre dann ein sauberer Staatsstreich.«

Geis zuckte mit den Schultern. »Ich sage ja nicht, dass du ihn verhaften sollst.«

»Außerdem: War es nicht Lange, der dafür gesorgt hat, dass du wieder in unseren Verein aufgenommen wurdest? Und dass Viola zu ihrem Institut zurückkehren konnte?«

»Er dachte, dass er uns damit unter Kontrolle hat. Sein Pech, dass es nicht geklappt hat. Lange wollte nicht, dass etwas über die neue Krankheit an die Öffentlichkeit drang. Deshalb hat er Viola von dem Fall abziehen lassen. Und mir Goronek auf den Hals gehetzt. Erst als er merkte, dass Viola und ich gemeinsame Sache machten und uns nicht einschüchtern ließen, hat er seine Strategie geändert und Goronek zurückgepfiffen.«

»Das ist doch alles ein Haufen Scheiße, Martin.« Schöning stampfte mit dem Fuß auf den Boden. »Ich weiß nicht, warum ich hier stehe und mir das anhöre. Ich sollte auf Norderney sein und meine Arbeit machen.«

»Siehst du die Schafe da drüben?« Geis zeigte auf eine Herde, die eine Weide abgraste. Das Gelände war von schmalen Gräben durchzogen. Inmitten der Marschlandschaft stand ein alter Bauernhof, umgeben von verwitterten Eichen und Buchen.

»Hast du mich in die Pampa bestellt, um mir Schafe zu zeigen?«

»Ostfriesische Milchschafe«, sagte Geis. »Sie gehören zu einem ökologischen Bauernhof, der Rohmilchschafskäse produziert.«

Schöning grunzte belustigt. »Tatsächlich?«

»Der Hof ist exklusiver Lieferant von Schafskäse für einige der besten Hotels auf Norderney.«

»Und was …«

»Ich habe mich bei den Nachbarn erkundigt«, redete Geis weiter. »Die Schafe zeigen seit einiger Zeit ein ungewöhnliches Verhalten. Sie greifen Hunde und Spaziergänger an. Komm mit!«

Er trat dicht an den Maschendrahtzaun heran und klatschte in die Hände. Die Schafe hoben die Köpfe und blickten in ihre Richtung. Dann machte sich das erste Schaf auf den Weg, gefolgt von zwei anderen. Zuerst fielen die Schafe in einen leichten Trab, doch je näher sie dem Zaun kamen, desto schneller rannten sie. Schließlich knallte das erste Schaf mit voller Wucht in den Zaun, prallte zurück und blieb auf dem Boden liegen.

»Verdammt!« Schöning machte einen Satz zurück.

Schaf Nummer zwei und Schaf Nummer drei kopierten die Aktion ihres Anführers, der sich inzwischen wieder aufgerappelt hatte und die Menschen aus blutunterlaufenen Augen anglotzte. Bald darauf blökten die Schafe zu dritt über den Zaun.

»Ich verstehe, was du meinst«, sagte die Hauptkommissarin. »Die haben etwas Unheimliches. Du denkst, es ist das Virus?«

»Ja«, sagte Geis. »Und es kann durch Käse auf Menschen übertragen werden.«

Schöning zerrte ihr Handy aus der Tasche. »Ich werde Schafskäse vom Speiseplan absetzen lassen.«

»Warte!« Geis griff nach ihrem Arm. »Dann wissen sie, dass wir ihren Plan durchschaut haben.«

»Sollen wir zusehen, wie sich die Spitze Europas das Virus einfängt?«

»Nein. Aber wir haben nur einen Schuss frei. Mal angenommen, deine Warnung landet bei einem von Langes Leuten. Dann können sie uns ausschalten und ungestört weitermachen.«

Schöning war die Skepsis anzusehen. »Und was schlägst du vor?«

»Wie sieht das Programm für den Gipfel aus?«

»Die offizielle Konferenz beginnt morgen. Die meisten Regierungschefs reisen allerdings schon heute an. Sie essen in ihren Hotels zu Abend und treffen sich anschließend zu Kamingesprächen.«

Geis schaute auf seine Uhr. »Also bleiben uns rund sieben Stunden.«

»Wozu?«

»Einen oder mehrere der Beteiligten zu identifizieren. Es muss uns gelingen, eine Verbindung zu Lange herzustellen. Er ist der Kopf des Ganzen. Erst wenn wir ihn festnageln können, sind wir auf der sicheren Seite.«

Schöning schnaubte. »Du bist wahnsinnig, Martin!« Sie schluckte. »Entschuldige, so war das nicht gemeint.«

»Schon gut.«

»Du verlangst von mir, dass ich alles aufs Spiel setze, wofür ich die letzten zwanzig Jahre gearbeitet habe. Wenn du dich irrst, wenn diese Schafe an einer harmlosen Schafskrankheit leiden ...« Sie schüttelte ihre roten Locken. »Verdammt noch mal, Martin, du hast dieses Virus im Kopf. Ich sollte dir misstrauen und nicht Lange.«

»Ich bekomme regelmäßig meine Spritzen. Du hast gesehen, wie ich im Krankenhaus war. Inzwischen bin ich wieder der alte. Fast.«

»Trotzdem. Ich würde gegen sämtliche Regeln verstoßen.« Sie drehte den Kopf weg. »Scheiße! Das ist nicht fair.«

»Wenn du nicht mitmachst, versuche ich es alleine.«

»Du hast nicht die geringste Chance, überhaupt nach Norderney zu kommen.«

»Kann schon sein.«

»Okay.« Als sie ihm das Gesicht zuwandte, glitzerte Wasser in ihren Augen. »Wie gehen wir vor?«

»Zu zweit schaffen wir es auch nicht. Gibt es ein paar Leute in der Sonderkommission, denen du absolut vertraust?«

Sie nickte.

»Die sollten wir ins Boot holen. Viola wartet übrigens in Norddeich. Du hast doch nichts dagegen, dass sie mitkommt?«

Das Meer war ruhig. Sie saßen schweigend im Heck des kleinen Polizeibootes. Unter dem Vorwand, Geis und Viola würden als Zeugen benötigt, hatte Schöning Ausweise besorgt, die zum Betreten der Insel berechtigten. Jetzt konnten sie nur hoffen, dass sie bei ihrer Ankunft auf Norderney weder Goronek noch Lange über den Weg laufen würden.

Geis hatte gelogen. Er war noch längst nicht wieder der alte, in ihm tobte ein heftiger Kampf zwischen Euphorie und Resignation, das Einzige, was die Antikörper-Spritzen bewirkten, war die Fähigkeit, nach außen kontrolliert zu erscheinen. Viel intensiver als vor der Infektion empfand er die Gefühle der Menschen in seiner Nähe. Er spürte Violas ruhige Entschlossenheit. Und Schönings Verzagtheit, die mit jeder Minute zunahm, in der sie sich der Insel näherten.

Die Hauptkommissarin zuckte zusammen, als er ihre Hand drückte.

»Wir schaffen es«, schrie er gegen den Motorenlärm an. Der Spruch war albern, wie aus einer Fernsehwerbung. Und doch schien er ihm in diesem Moment richtig.

Sie lächelte. »Wieso vertraust du eigentlich mir?«

»Weil du Angst hast.«

»Das ist eine saudumme Begründung.«

»Nein. Sei froh, dass es so ist.«

Zu acht hatten sie sich um den Küchentisch versammelt. Drei Männer und eine Frau aus Schönings Gruppe, Viola, Schöning, Geis und Britta Hartweg. Geis hatte Britta vom Hafen aus angerufen, ihr in Kurzform geschildert, um was es ging, und sie gebeten, den Schlüssel seiner alten Dienstwohnung zu besorgen, der in der Norderneyer Polizeistation lag. Insgeheim hatte er gehofft, dass sie ihre Unterstützung anbieten würde, und genau so war es auch gekommen.

Die Luft in der Wohnung roch muffig und klebte unangenehm auf der Haut, seit seinem Weggang hatte niemand gelüftet. Noch bedrückender erschien Geis die Atmosphäre, die seelenlose Ansammlung von Gegenständen, die sein ehemaliges Zuhause beherrschte. Wie hatte er es hier nur aushalten können?

»Sehe ich das richtig?«, fragte ein Kripomann. »Kriminalrat Goronek ist nicht unterrichtet?«

»Korrekt«, sagte Schöning. »Wir wissen nicht, auf welcher Seite Goronek steht.«

»Im Zweifelsfall auf seiner eigenen«, ergänzte Geis.

Die Köpfe der vier Kripoleute sackten ein Stück tiefer zwischen die Schultern. Langsam wurde ihnen bewusst, dass sie auf einem schmalen Grat zwischen Heldentum und Karriereabgrund balancierten.

»Ich übernehme die volle Verantwortung«, sagte Schöning. »Sollten Ihnen später Vorwürfe gemacht werden, können Sie sich darauf berufen, dass Sie aufgrund meiner Anweisungen gehandelt haben.« Die Hauptkommissarin hatte ihre Krise überwunden und strahlte die natürliche Selbstsicherheit einer Anführerin aus.

Die junge Kripofrau presste die Lippen zusammen.

»Ilona?«, fragte Schöning.

»Gibt es keine Alternative? Wenn Sie so sicher sind ...«

»Wir sind nicht sicher«, übernahm Geis die Antwort. »Wir können erst in dem Moment sicher sein, in dem wir einen der Täter festnehmen.«

»Müssen überhaupt Menschen im Spiel sein?« Ilonas Kollege spielte mit seiner leeren Kaffeetasse. »Reicht es nicht, dass dieser Biohof den verseuchten Käse an die Hotels liefert? Irgendwann werden ihn die Regierungschefs sowieso serviert bekommen.«

»Nein«, sagte Viola. »Die Chance, dass alle Regierungschefs jungen Schafskäse bestellen oder zufällig vertilgen, ist zu gering. Durch Beteiligung des Servicepersonals erhöht sich die Wahrscheinlichkeit um mehrere hundert Prozent.«

»Das heißt, wir überprüfen die Kellnerinnen und Kellner, die direkt an den Tischen der Spitzenpolitiker servieren?«, präzisierte der Kripomann.

»Das erscheint mir am sinnvollsten.«

»Aber die sind genauestens durchleuchtet worden, einschließlich ihrer Blutwerte.«

»Bis gestern«, sagte Geis. »Heute ist ein anderer Tag.«

»Wenn wir wüssten, wie sie es anstellen, säßen wir nicht hier.« Britta Hartweg stellte eine Kaffeekanne auf den Tisch. »Also schlage ich vor, dass wir nicht länger rumquatschen, sondern uns an die Arbeit machen.«

»Einen Moment!« Schöning hob die Hand. »Ich möchte nicht, dass Sie sich zu etwas gezwungen fühlen, was Ihren Überzeugungen widerspricht. Wer aussteigen will, hat die Gelegenheit zu gehen.«

»Und gefährdet die anderen?«, protestierte Ilona. »Sie denken doch, dass es in der Sonderkommission einen Maulwurf gibt?«

Schöning und Geis schauten sich an, sie hatten den Namen Lange noch nicht erwähnt.

»Sie alle kennen den Fall Bischoff«, antwortete Schöning. »Und ja, wir haben den Verdacht, dass Eichkorn von mindestens einer weiteren Person in unseren Reihen gedeckt wurde. Mehr kann ich dazu im Moment nicht sagen.«

»Was ist jetzt?« Britta Hartweg stemmte ihre Fäuste in die Hüften. »Wollt ihr nur eure eigenen Ärsche retten? Oder die von vielen anderen?«

Sie arbeiteten sich durch die Dienstpläne der Hotels, grenzten den infrage kommenden Personenkreis ein und machten sich in Zweierteams auf den Weg. Von Viola waren sie über Verhaltensweisen und Merkmale von Infizierten instruiert worden, ansonsten mussten sie sich auf ihren in der Polizeiarbeit geschulten psychologischen Verstand verlassen. Viel hatten sie nicht in der Hand.

Geis und Viola, denen es unratsam schien, ihre Gesichter auf der Straße zu zeigen, blieben in der Wohnung zurück und fungierten als Einsatzzentrale und Berater.

Und wenn sie sich doch irrten? Geis konnte den Schweiß riechen, der sich unter seinen Achseln ausbreitete. Anspannung und Nervosität wuchsen von Stunde zu Stunde, krochen aus den Lautsprechern der Handys, visualisierten sich in durchgestrichenen Namen und Fragezeichen. *Ein blödes Gefühl* bedeutete das eine Fragezeichen, *nicht angetroffen* ein anderes.

»Goronek hat schon drei Mal versucht, mich anzurufen«, berichtete Schöning. »Wie viel Zeit haben wir noch?«

Geis blickte zu Viola, die nicht den Eindruck machte, als hätte sich ihr Puls auch nur um einen Schlag erhöht.

»Bis siebzehn Uhr. Dann bleibt uns eine gute Stunde, um sämtlichen Schafskäse aus den Hotels zu entfernen.«

»Hast du verstanden?«, fragte Geis.

»Okay.« Schönings Stimme klirrte wie eine dünne Eisschicht unter einem Wanderstiefel.

Gleich darauf meldete sich die Frau, die Geis unter ihrem Vornamen Ilona kannte. »Wir haben etwas Verdächtiges. Ein Kellner namens Malte Rauch, der im Hotel des britischen Premierministers serviert. Er hat vor einer Viertelstunde die Sicherheitsschleuse passiert, aber niemand weiß, wo er steckt.«

»Könnte ein anderer an seiner Stelle das Hotel betreten haben?«

»Dann hätte er auch Rauchs Daumenabdruck haben müssen.«

Geis dachte nach. »Seht euch im Hotel um, wir gehen zu der Wohnung des Kellners.«

Das Hotel, in dem der Premierminister logierte, war nicht weit entfernt. Malte Rauch, so stand es in der Liste, bewohnte ein Zimmer in einem Gebäude, das zum Hotelkomplex gehörte. Nachdem sie Schöning informiert hatten, machten sich Geis und Viola zu Fuß auf den Weg. Die Straßen waren voller Polizisten und geschäftig aussehender Menschen im Laufschritt.

Vor dem Hotelangestelltengebäude schob ein Polizistenpärchen Wache. Geis zeigte seinen Kripoausweis und murmelte etwas von einer Routinekontrolle. Die Polizisten nickten gelangweilt und ließen auch Viola passieren. Während sie mit dem Aufzug in die dritte Etage fuhren, überprüfte Geis die Pistole, die Schöning ihm besorgt hatte. Ein guter Schütze war er nie gewesen, während seiner Zeit als Mordermittler hatte er allerdings ab und zu das Schießtraining absolvieren müssen. Danach, in den zwei Jahren auf Norderney, hatte es einfach keinen Grund gegeben, die Dienstwaffe zu benutzen.

Geis klopfte an die Tür. »Herr Rauch, sind Sie da?«

Nichts.

Noch einmal. »Herr Rauch, hier ist die Polizei. Machen Sie bitte auf!«

Viola hob die Hand. »Psst!«

Er hörte nichts. »Was ist?«

»Ein Geräusch. Als ob …«

Die Tür hatte keine Klinke, nur einen Knauf, sah aber nicht besonders stabil aus. Geis machte einen Schritt zurück, winkelte das rechte Bein an und trat mit voller Wucht in Höhe des Türschlosses zu. Das Holz knirschte, gab aber nicht nach. Beim zweiten Tritt spürte Geis einen stechenden Schmerz im Kniegelenk. Immerhin hatte sich die Tür ein paar Millimeter bewegt. Er wechselte die Methode und benutzte die rechte Schulter zum Anrennen. Ein neuer Schmerz und endlich Erfolg, die Tür flog auf.

Ein kleines Zimmer mit Dachschräge. Unter der Dachschräge stand ein Bett und auf dem Bett lag ein gefesselter Mann, über dessen Mund ein brauner Paketstreifen klebte. Die rechte Hand des Mannes war mit weißem Verbandsstoff umwickelt, der sich rund um den Daumen blutrot gefärbt hatte.

»Hilf ihm!«, sagte Geis. »Ich informiere die anderen.«

Viola riss das Paketband ab, der Mann schrie vor Schmerzen.

Geis wählte Schönings Nummer.

»Wer sind Sie?«, fragte Viola.

»Rauch. Malte Rauch. Bitte! Mein Daumen!«

»Ja?«, meldete sich Schöning.

Viola drehte sich zu Geis um. Ihr Blick ging an ihm vorbei. Da war etwas in ihrem Gesicht, das ihn herumfahren ließ. Saskia Fischer stand in der Tür. Ihre Pistole war auf ihn gerichtet, aus dieser Entfernung konnte sie ihn nicht verfehlen.

»Was ist los?«, fragte Schöning.

Fischer machte zwei Schritte nach vorn und schlug Geis das Handy aus der Hand. Sie trug Polizeiuniform, nicht die schicke Radlerhose, sondern die unförmige Montur für Einsätze.

»Damit hast du wohl nicht gerechnet?« Fischer tippte mit der Pistole gegen Geis' Brust.

Reden, er musste mit ihr reden. Das hielt sie vom Schießen ab. »Wieso sind Sie hier?«

»Du bist doch auch hier.« Fischer lachte. »Und wie ich dich kenne, hast du den bequemeren Weg genommen. Ich bin in der letzten Nacht durchs Watt gegangen.«

»Allein?«

»Nein, nicht allein. Wir sind viele. Und wir haben eine Menge vor. Eigentlich sollte ich in diesem Moment ganz woanders sein. Aber als ich dich und die kleine Viola auf der Straße gesehen habe, konnte ich nicht wiederstehen. Der Gedanke, euch zu töten, war zu verlockend.«

»Wer hat Sie freigelassen?«

»Wir haben Helfer, drinnen und draußen. Leute mit Einfluss, die dafür sorgen, dass sich Türen öffnen.«

»Es ist vorbei«, sagte Geis. Seine Beine zitterten. Sie war wieder da, die Angst.

»Es ist erst vorbei, wenn es vorbei ist.«

»O nein! O nein!«, jammerte Rauch.

»Halt die Klappe!« Die Pistole schwenkte kurz zum Bett, der Kellner verstummte.

Geis versuchte, Gefühl in die Stimme zu legen. »Saskia!«

Es funktionierte nicht.

Sie lachte. »Was denn, mein Schatz?« Sie trat dicht an ihn heran, wie damals, in der Polizeistation. Und wieder spürte er die Pistole, sie bohrte sich in seinen Bauch. Das Zwerchfell vibrierte, als würde jemand daran zupfen.

»Du hättest es haben können, weißt du noch? Dann wäre alles anders gelaufen.«

»Es war ein Fehler, ich sehe es ein.«

»Ein dummer Fehler, Martin!«

»Eichkorn ist tot. Warum ...«

»Hör auf, mich vollzuquatschen!« Sie drückte ihm die Pistole fester in den Bauch, Geis schnappte nach Luft. »Deus hat den Plan zwar entworfen, aber jetzt ist es unser Plan. Wir werden die Welt von der Angst befreien.«

»Das ist doch Unsinn. Menschen brauchen Angst zum Überleben. Ohne Angst geht die Welt zugrunde.«

In Fischers Augen war kein Funken Verständnis. »Du laberst Scheiße, Martin. Frag die kleine Viola! Sie kommt gut ohne Angst aus, nicht wahr?«

Viola hatte keinen Laut von sich gegeben, auch jetzt ignorierte sie die Frage.

»Nicht wahr?«, wiederholte Fischer lauter.

»Dann weißt du ja, dass ich keine Angst vor dir habe«, sagte Viola.

»Dabei wäre sie in diesem Fall berechtigt.«

Fischer hob die Pistole und stieß den Lauf mit voller Wucht gegen Geis' Solarplexus. Er stöhnte auf und taumelte rückwärts.

»Stellt euch mit den Rücken zueinander.« Sie warf ihm Handschellen zu. »Kette deine linke Hand an ihre linke. Und dann setzt euch auf den Boden, Rücken an Rücken.«

Geis befolgte die Anweisungen. Fischer hatte ihm seine Waffe nicht abgenommen. Wieso war sie so unvorsichtig? Konnte sie es tatsächlich vergessen haben? Oder spielte sie mit ihm? Letzteres war wahrscheinlicher, bevor er die Pistole gezogen und entsichert haben würde, hätte sie ihn längst erschossen.

»Es wäre zu einfach, euch sofort zu erledigen. Ihr sollt mitbekommen, wie wir gewinnen.«

»Wir arbeiten mit der Soko zusammen«, sagte Geis. »Wie wären wir sonst auf Rauch gekommen?«

»Und wenn schon! Es wird euch nicht gelingen, uns aufzuhalten.«

»Ich muss ins Krankenhaus. Bitte!«, flehte Malte Rauch.

Saskia Fischer lehnte sich gegen den geraden Teil der Stirnwand und schaute auf ihre Armbanduhr. »Ungefähr um diese Zeit melden sich in fast allen Hotels unsere Leute zum Dienst. Bis man gemerkt hat, dass sie falsche Identitäten benutzen, wird es zu spät sein. In zwei Stunden beginnt ein großartiger Prozess, der die Menschheit verwandelt.«

»Es gibt Mittel gegen das Virus, ich nehme sie auch«, sagte Geis.

»Du bist kein Politiker. Diese Leute sind deswegen an der Macht, weil sie weniger Skrupel haben als andere. Durch das Virus werden sie noch mächtiger. Warum sollten sie das rückgängig machen? Es ist ihre Entscheidung, niemand kann sie zwingen, sich behandeln zu lassen.«

»Eben. Durch das Virus werden diese Politiker unkontrollierbar. Wer sagt denn, dass sie ihre Macht für etwas Positives einsetzen? Es könnte zu Kriegen kommen, zu Repressionen gegen die eigene Bevölkerung.«

»Unsinn.«

»Haben Sie nie darüber nachgedacht, wer Sie unterstützt? Wer die Leute mit Einfluss sind, die Ihnen helfen? Das sind Menschen mit extrem rechter Gesinnung, die Europa zu einer Festung gegen alles Fremde ausbauen wollen. Diese Leute benutzen Ihre Gruppe als Handlanger für ihre politischen Ziele.«

»Halt den Mund!«, sagte Fischer.

Die Tür war nur notdürftig geschlossen. Durch die Spalte zwischen Rahmen und verbogenem Türblatt drang das Geräusch von Schritten. Schöning, hoffte Geis. Fischer straffte sich und lauschte.

Jetzt oder nie, dachte Geis. Langsam schob er die rechte Hand unter die Jacke.

»Martin?« Schönings Stimme.

Die Pistole aus dem Holster ziehen und entsichern.

»Martin?« Schöning stand jetzt direkt vor der Tür.

Fischer zielte. Das Türholz würde die Kugel kaum bremsen.

Geis riss die Pistole hoch. »Waffe fallen lassen!«

Fischer federte herum. Er schoss. Sie auch. Ihre Kugel schlug in die Wand über ihren Köpfen.

Was jetzt? Noch mal schießen?

Fischer starrte ihn wütend an. Dann glitt ihr die Pistole aus den Fingern.

Geis sah das Blut. Er hatte ihre Hand getroffen. Ein Präzisionsschuss. Ein Glücksschuss.

Geis lief die Treppe hinunter. Ilona und ihr Kollege hatten das Double von Malte Rauch noch nicht gefunden. Die Beschreibung, die der echte Kellner gegeben hatte, war ziemlich vage: mittelgroß, schlank, um die fünfzig.

Schöning und Viola kümmerten sich um die anderen Hotels. Es galt zu verhindern, dass in irgendeiner Form Käse auf den Tisch kam. Gleichzeitig benötigten sie möglichst schnell mindestens einen der Täter. Bevor Lange sich einschalten und die Aktion abbrechen konnte. Mit einer Festnahme waren sie auf der sicheren Seite.

Geis öffnete die Tür und hastete an dem verdutzten Polizistenpärchen vorbei.

»Routinekontrolle, was?«, brüllte der Mann ihm hinterher. »Kann man uns mal informieren?«

Weiter, weiter. Um die Gebäudeecke zum Haupteingang des Hotels.

Sein Handy klingelte. Viola: »Rauch ist noch etwas eingefallen. Der Mann trägt einen Schnurrbart, sagt er.«

»Danke.« Geis zeigte den Beamten vor dem Eingang seinen Ausweis. »Ich gehöre zur Soko Zecke.«

Seine Daten wurden in einen Laptop eingegeben. »Warum sind Sie dann nicht registriert?«

»Ich bin assoziiertes Mitglied. Hören Sie, es ist dringend. Wir haben einen konkreten Verdacht, dass ein Anschlag geplant ist. Und ich bin in der Lage, den Verdächtigen zu identifizieren.«

»Und wieso wissen wir davon nichts?« Den Leuten hinter der Sperre kroch das Misstrauen aus den Poren.

»Gibt es ein Problem?« Goronek, wie aus dem Nichts. Natürlich.

»Der Hauptkommissar hier sagt, dass er zu Ihrer Soko gehört.«

Goronek musterte ihn. Viel zu lange. »Er hat mit uns zusammengearbeitet, das ist richtig. Aber zurzeit ist er krankgeschrieben, wegen der gewissen Virusinfektion.«

Das war das Todesurteil. Um nichts in der Welt würden sie ihn jetzt noch durchlassen.

»Dann ist Ihnen bestimmt auch nichts von einem geplanten Anschlag bekannt?«, hakte einer der Sicherheitsleute nach.

»Anschlag?« Goronek zog amüsiert die linke Augenbraue hoch. »Was ist das für ein Unsinn, Geis?«

»Fragen Sie Schöning!«

»Wenn Schöning etwas wüsste, wüsste ich es auch.«

In den Augenwinkeln bemerkte Geis, wie Abteilungsleiter Lange durch die Drehtür des Hotels kam. An seiner Seite dieser Mensch, der auf George Clooney machte. Mit Sicherheit derjenige, der Lange gefilmt und Heiner Stegebach das Material geschickt hatte.

»Und Herr Lange kann es Ihnen ebenfalls bestätigen«, sagte Geis laut.

Lange hob den Kopf. »Was soll ich bestätigen können?«

»Tut mir leid.« Goronek wedelte verlegen mit der Hand. »Geis ist ein bisschen verwirrt.«

»Den Regierungschefs soll Schafskäse serviert werden, der das neue Virus überträgt.«

»Geis!«, warnte Goronek.

»Lange weiß das. Er hat nämlich dafür gesorgt, dass Eichkorns Anhänger nach wie vor aktiv sind.« Jetzt war sowieso alles egal, also setzte er noch eins drauf: »Weil Lange die ganze Zeit mit Eichkorn zusammengearbeitet hat.«

»Eine Unverschämtheit.« Der Abteilungsleiter plusterte sich auf. »Der Mann ist verrückt. Wie konnte er überhaupt auf die Insel gelangen? Nehmen Sie ihn endlich fest, bevor er echtes Unheil anrichtet!«

Es dauerte keinen Wimpernschlag und Geis wurde von einem halben Dutzend Beamten überwältigt. Sie drehten ihm die Arme auf den Rücken und zwangen ihn auf die Knie.

»Sagen Sie es ihnen!« Geis suchte den Blickkontakt zu Clooney. Verdammt, warum fiel ihm der Name nicht ein? »Sagen Sie ihnen, dass ich recht habe!«

Für einen Moment herrschte atemlose Erwartung, alle Augen waren auf Clooney gerichtet.

53

Norderney, Hotel Britannia

Der Premierminister redete. Beachtete den Teller mit Schafskäse nicht, der vor ihm auf dem Tisch stand. Thedinga, in dem Kellneranzug von Malte Rauch, verstand nicht, worüber sich der Premierminister aufregte, was ihn knurren und bellen ließ, während seine Entourage im Chor *»Yeah, Sir!«* murmelte.

Iss, dachte Thedinga, iss endlich deinen Käse!

Einer der Männer am Tisch schaute irritiert zu ihm auf. Hatte er laut gedacht? Auch der Premierminister warf ihm jetzt einen Blick zu.

Thedinga lächelte freundlich und deutete auf den Teller: »Sehr guter Käse.«

»Bleib hier nicht stehen!«, zischte ein anderer Kellner im Vorbeigehen.

Thedinga machte drei Schritte rückwärts. »Good cheese.«

Der Premierminister glotzte verständnislos, während er gleichzeitig mit der linken Hand nach der Gabel griff, ausholte und zustach, als müsse der Käse an der Flucht gehindert werden.

Brav! Thedinga sah gelbbraune Zähne, zwischen denen ein großes Stück verschwand. Der Premierminister kaute gedankenverloren. Es war geschafft. Von jetzt an erledigten die Viren ihren Job, bahnten sich einen Weg durch den Körper, eroberten Zellen, zwangen ihnen das neue Erbgut auf. Ein paar Tage Fieber, danach würde sich der Mann an der Spitze Großbritanniens wie neugeboren fühlen. Bereit zu großen Taten.

Thedinga hätte beinahe gelacht. Stolz, ja, das war das richtige Wort. Was er getan hatte, machte ihn stolz. Hoffentlich lief es in den anderen Hotels genauso gut. Dort würde man bis zum Abend warten müssen, Käse stand als Dessertgang auf allen Menükarten. Dass der Premierminister schon am Nachmittag nach einem Imbiss verlangt hatte, war ein Glücksfall. Den Thedinga eiskalt ausgenutzt hatte.

»Lassen Sie mich durch!«

War das nicht die Stimme von Geis?

Sein ehemaliger Chef drängte sich durch den Menschenauflauf am Saaleingang. Thedinga erschrak nicht, früher hätte er sich in einem solchen Moment vielleicht erschreckt, aber jetzt nicht mehr. Trotzdem verflog seine Euphorie, stattdessen machte sich Enttäuschung breit. Wenn Geis hier war, hatte er ihren Plan durchschaut. Wie konnte das sein?

»Spucken Sie es aus!« Geis hastete an ihm vorbei, auf den britischen Regierungschef zu.

Der Premierminister erstarrte. Man sah ihm an, dass er sich fürchtete. Wahrscheinlich glaubte er, dass der Mann, der schreiend auf ihn zurannte, ihm nach dem Leben trachtete.

Stühle fielen um, Männer in maßgeschneiderten Anzügen warfen sich Geis in den Weg.

»Spucken Sie es aus! Der Käse ist vergiftet.«

Vergiftet? Was für ein Unsinn! Der Käse öffnete das Tor zu einer neuen Welt.

Plötzlich war es still. Jemand übersetzte die Worte ins Englische.

Der Premierminister fasste sich an den Hals. Er wollte etwas sagen – und schluckte.

54

Spiekeroog, Nordstrand

Geis redete nicht mehr über sich, seine Gefühle, seine Vergangenheit. Viola wusste nicht, was ihn bewegte. Ob ihn etwas bewegte. Sein Gesicht war so glatt und verschlossen wie in den Tagen, als sie sich kennenlernten, sein Blick oft in die Ferne gerichtet.

Manchmal lasen sie Zeitung. Dem britischen Premierminister war der Magen ausgepumpt worden, die Ärzte überwachten ihn rund um die Uhr. Noch hielt seine Partei zu ihm, doch die Rücktrittsforderungen wurden lauter. Die Gefahr, dass er sein Amt zu unbedachten, den Interessen Großbritanniens zuwiderlaufenden Handlungen missbrauche, sei zu groß, argumentierte vor allem die Opposition. Und die englische Boulevardpresse hetzte gegen die deutsche Regierung, die es nicht geschafft habe, ihre Staatsgäste zu beschützen.

Abgesehen vom britischen Premier hatte kein Regierungschef den infizierten Schafskäse gegessen. In allen übrigen Hotels war es gelungen, den Käse sicherzustellen oder das eingeschleuste falsche Servicepersonal rechtzeitig festzunehmen. Abteilungsleiter Lange hatte, nachdem er von seinem Kollegen Wiegand beschuldigt und das heimlich aufgenommene Filmmaterial ausgewertet worden war, den Gang in die Untersuchungshaft angetreten.

Schöning hielt Geis auf dem Laufenden, was die Ermittlungen anging. Inzwischen hatte man die letzte noch offene Verbindung geschlossen, man wusste, wie der Kontakt zwischen Lange und Eichkorn zustande gekommen war. Die erste Begegnung der beiden lag mehrere Jahre zurück, Eichkorn hatte an einer geheim gehaltenen Expertise für das Bundesinnenministerium mitgewirkt, in der die Auswirkungen von Biowaffenanschlägen abgeschätzt wurden. In diesem Zusammenhang war wohl die Rede auf Eichkorns Spezialgebiet, das Ausschalten von Angst durch genetische Manipulation bei Säugetieren, gekommen. In der Folgezeit hatten sich, wie die Ermittler rekonstruierten, Lange und Eichkorn mehrfach getroffen, aus einem Geheimfonds waren Gelder des Innenministeriums an das Ochtruper Labor geflossen. Die Frage, wer wen für seine Zwecke instrumentalisiert hatte, blieb jedoch offen, da Eichkorn tot war und Lange jede Kooperation verweigerte.

Geis interessierte sich zwar für den Fortgang der Polizeiarbeit, allerdings schien es Viola, als würde er die Ergebnisse nur mit Distanz betrachten. Sie hatten ihren Urlaub auf Spiekeroog wieder aufgenommen, wanderten oft stundenlang schweigend am Meer entlang, wo sie um diese Jahreszeit nur wenigen anderen Menschen begegneten, und genossen die Strahlen der schwächer werdenden Herbstsonne.

Eines Abends hatte Geis lange mit Annika telefoniert. Anschließend war er weggegangen und erst gegen Mitternacht zurückgekommen. In seinen Augenrändern hatte Viola die Spuren getrockneter Tränen gesehen. Sie hatte ihn nicht gefragt und er hatte nichts erzählt.

Das, was sich zwischen ihnen abgespielt hatte, war eine seltsame Beziehung voller Metamorphosen gewesen, in denen sich mal die eine, mal der andere geängstigt hatte – vor dem Leben, vor dem Partner und vor dem, was die Krankheit anstellte. Gelegentlich dachte Viola darüber nach, welches Stadium sie jetzt erreicht hatten. Sicher war sie sich eigentlich nur in einem Punkt: Es würde kein völliges Zurück geben. Die Vertrautheit, die sich eingestellt hatte, würde andauern. Vielleicht bestand die Kunst des Lebens darin, mit dem zufrieden zu sein, was ist, und nicht ständig mehr zu erwarten.

Viola nahm sich vor, jeden Tag etwas Neues schön zu finden. Einmal war es eine Bewegung, die ein Mensch machte, dann das Geräusch der brechenden Wellen, ein anderes Mal die Farben der Muscheln, die zu Hunderttausenden am Strand lagen.

Auf dem feuchten Sand balgten sich zwei Möwen um einen toten Fisch.

»Du hast gesagt, dass du mich liebst.« Geis hielt den Kopf gesenkt.

»Ich dachte nicht, dass du dich daran erinnerst.«

Er blieb stehen. In seinen Augen spiegelte sich das Sonnenlicht.

Danksagung

Die Handlung und die Figuren dieses Romans sind frei erfunden, einige Forschungsfelder, die beschrieben werden, existieren dagegen tatsächlich. Genetisch veränderte Mäuse, die auf Katzen zulaufen und mit ihnen spielen wollen, gibt es ebenso wie Mäusekliniken, in denen Knock-out-Mäuse (mit ausgeschalteten Genen) untersucht werden. Eine ganze Reihe von Forschern in Deutschland und in anderen Ländern beschäftigt sich mit der Frage, wie sich traumatische, Angst auslösende Erlebnisse in den Genen niederschlagen und wie man diese Angstcodierung rückgängig machen kann. Erste Medikamente befinden sich bereits in der Erprobungsphase.

Trotz der Lektüre von Büchern, Zeitschriftenartikeln und im Internet verfügbaren Informationen zu den im Buch behandelten Themen, wäre ich ohne die Hilfe einiger freundlicher Menschen nicht in der Lage gewesen, *Fürchte dich nicht!* zu schreiben. So danke ich Prof. Matthias Niedrig vom Robert Koch Institut in Berlin für wertvolle Ratschläge und eine Einführung in die Arbeit des Instituts, Angelina Kus vom Robert Koch Institut für einen Einblick in die Technik der Genanalyse, Karina Mildner vom Max-Planck-Institut für molekulare Biomedizin in Münster für eine Unterrichtsstunde am Elektronenmikroskop und dem Zeckenforscher Dr. Jürgen Stein für ein interessantes Gespräch über Zucht und Bekämpfung von Zecken. Mein besonderer Dank gilt Prof. Stephan Ludwig vom Institut für Molekulare Virologie an der Universität Münster, der sich nicht nur in die Geschichte hineingedacht, sondern mich auch von einigen Irrtümern abgehalten hat. Ulrike Rodi hat als Lektorin wie immer versucht, alle Schwachstellen des Textes aufzudecken. Dafür danke ich ihr ebenso wie den aufmerksamen Leserinnen und Lesern Dr. Christiane Freese, Gila Hass, Peter Veckenstedt und Matthias Pheiler, die mit ihren jeweiligen Sachkenntnissen geholfen haben, Unstimmigkeiten zu vermeiden. Nicht zuletzt danke ich Sandra, die mit Tipps, Kritik und Aufmunterung das Buch begleitet hat, sowie Julie und Lisanne, die dafür gesorgt haben, dass ich es in Ruhe schreiben konnte. Für alle Fehler, die jetzt noch vorhanden sind, bin ich selbst verantwortlich.

Jürgen Kehrer, im Mai 2009

Wilsberg-Krimis von Jürgen Kehrer

»Kehrer hat nicht nur ein Gespür für das perfekte Timing in der Wahl seiner Themen. Er verknüpft auch gründlich recherchierte Fakten so geschickt mit gewagter Fiktion, dass die Grenzen dazwischen verschwimmen. Respekt!«
Westdeutsche Allgemeine Zeitung